現代文學46

傅春桂　著

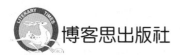 博客思出版社

## ● 誰被中國教育逼瘋了？請看《高考》●

本不想有這個自序的，無奈出版社多次來函說這是必備內容，也就勉為其難了。

2009年，我家少爺15歲，進入高一階段，正是學習最為緊張的時期，除了學校的必修課外，我的內人替他報了許多的課外補習，甚至於請了所謂的專家實施「一對一」的輔導，讓孩子沒有了一點自由空間，為此，我和她發生激烈的衝突，結果以我的失敗告結。

我清楚記得，為了孩子不輸在起跑線上，從幼稚園開始，我內人就替孩子報了樂器、畫畫、棋類等多方面的培訓班。上小學後，不斷加量，進入初中後，變本加厲，高中三年更是達到巔峰，語文、數學、英語、物理、化學、書法、畫畫、奧數等這些課外補習一刻也沒停止過。毫不誇張說是年年補，月月補，天天補，時時補，刻刻補。孩子辛苦，家長也辛苦；孩子心累，家長心更累；結果是孩子無奈，家長無奈，孩子不樂意，家長更不樂意。到頭來錢花了，效果並不好，扼殺了孩子的天真，約束了孩子的創造力，一個活潑可愛的孩子，硬是磨得沒有了稜角。

我孩子的遭遇，也是中國億萬孩子的遭遇，為此我很憂戚，為中國的孩子憂戚，為中國社會憂戚，為前赴後繼的家長們憂戚。

在這樣一個背景下，我開始著手寫長篇小說《高考》。

我是寫散文的，在這之前，我在全國各地發了不少散文，也出版過散文集，有朋友和文藝評論界的專家比較看好我的散文，寫過一些評論文字，更有一些喜愛我文字的讀者，常有文字發給我，給我一些鼓勵。我自己也承認，我的散文經得起檢驗，時間的，空間的，都經得起。

然而寫長篇小說我沒有嘗試過，《高考》是我的長篇處女作，擔心寫不好。好在生活是現成的，經歷也是現成的，不需要去編故

事，三個月一氣呵成，就是現在的樣子。

雖然文字一稿成書，書名卻是反覆推敲，先是《殤.com》《大悲咒》，然後是湖南文藝出版社擬定的《身不由己》《獨木橋》；再到後來的《狀元劫》《高考來襲》《又是一年高考時》《中國高考》《高考》。事實上，就是《高考》我也不喜歡，曾想改為《國考》。

2009年11月23日，小說早已完稿，我把這個作品送給我兒子做生日禮物。

次年3月，朋友阿泰（朱金泰，著名作家）把書稿給了湖南文藝出版社的徐應才老師，徐老師經歷與我相似，立即產生共鳴，一天二晚看完稿子後立項報審，二個月後與我簽訂出版協議，首印20000冊。遺憾的是因突發原因，書稿最終沒能順利出版。

著名作家丘脊梁老師看到書稿後，十分喜歡，力排眾議在他負責的報紙上有刪節的做了連載，部分文字得以問世，引起強烈反響。

總的說，我是反對應試教育的，我對國家當下的教育模式是持否定態度的，我小說中的一些言辭相當尖銳，我的文字甚至還被國家某個部門監控了。因此，我的這個作品很難在國家出版社出版。

但我想為孩子們發言，我擔心中國教育這樣下去會貽害國家，戕害孩子，我選擇在境外出版，也要為孩子們發聲。

可以說，《高考》是一部批判教育體制的現實主義長篇小說，小說從社會、學生和家長間尖銳的矛盾衝突中提出了一個尖銳但已經麻木了的問題：打不倒的應試教育。從而讓讀者得到醒悟：應試教育是個筐，什麼垃圾都能裝。

西南省是全國教育大省，教育品質和教育的奢侈之風像一對孿生兄弟，在西南省大有衝鋒陷陣、橫掃千軍萬馬之勢。西南省長樂市山水區教育局基礎二科科長羅明義，是一個反對應試教

育的公職人員，對長樂市的教育集團和利益集團利令智昏造就名校、家長則不惜一切代價也要送孩子讀名校的做法，感到無比的擔憂和反對。然而他位卑言微，無力改變這種現狀，時時處處只能適應，順從。他的兒子羅小義，小學畢業，為了能進長樂市四大名校讀書，他的妻子逼著他去鋌而走險，他明知某中學招生辦主任楊本齋為了利益，洩露試卷，販賣試題，不僅不檢舉，反而通過楊本齋把兒子和鄰居家的幾個孩子們弄進了名校，從而也把自己送上了道德、良知的審判席。

小說以羅明義一家、張小北一家、朱銘琦一家的故事為主線，通過一波三折的矛盾糾紛、矛盾激化、矛盾放大，矛盾毀滅，深刻揭露出了中國當前教育面臨的最大危害：將人變成機器。張小北的兒子小棟，本是一個聰明伶俐的孩子，可是，這種教育方式讓他變傻了，高二剛畢業，他出走了，母親謝敏從此瘋了！朱銘琦的女兒小魯，只是一個有個性的孩子，結果被送到特訓學校，關進一個鐵籠子裡，自殺了，母親朱銘琦從此失蹤了。是誰把學生逼得離家出走？是誰把家長逼瘋？是誰在將學生逐漸變成機器？小說中並沒有提出這些問題，但讀者明顯感到了這些問題存在於文字中，讓讀者從中感受到：是中國教育的功利性讓學校變成了像張開血盆大嘴的猛獸，是應試教育把中國的孩子們逼瘋了，是中國的「孝文化」讓孩子們沒有了自主。

縱觀整部小說，讓讀者看到：用堆積如山的作業來剝奪孩子的自由，用統一的教材來扼殺孩子的自主，用各種生存的技巧來替代孩子的愛好，用考試來消耗孩子的精力，用分數來限制孩子的追求，用升學來壓迫孩子的心智，用各種被閹割的知識來迷惑孩子的認知，用前途莫測的就業來阻止孩子的求索，最後再在孩子們頭頂上壓一套房子。於是，這個世界，一下就安靜了。

名校，名大學，培訓班，贊助費，教育投資，望子成龍，這些帶有利益驅動的詞彙，讓學校、家長和社會在這名利追逐場中變得沒有一點理性，學校的功利，家長的麻木，社會的短視，是逼瘋

學生的罪魁禍首。

誰被中國教育逼瘋了？請看《高考》。

《高考》這本書讓家長和社會懂得：「孝文化」讓中國的孩子們失去了自由！

教育應該有兩場變革：從應試，轉變為常識；從他願，轉變為自願。


傅春桂

2018年3月於長沙

# CONTENTS

# 第一章

# 身不由己

　　人的一生中，有很多事情身不由己。羅明義也是一樣。

　　羅明義本來不想這麼早回家的，他剛從北方的一個城市出差回來，還在火車上，就接到了朱銘琦的電話。朱銘琦問他在哪裡，他說在火車上，朱銘琦隨口問：明義，你在火車上？羅明義說：是的，我在回家的火車上。朱銘琦說：明義，你什麼時候到家？羅明義說：差不多兩個小時吧。朱銘琦哦了一聲說：兩個小時，要兩個小時。有點焦急的樣子。羅明義想朱銘琦肯定有什麼急事，放低了聲音說：銘琦，你有什麼事嗎？

　　朱銘琦什麼也不說，只問羅明義到站後方便不，羅明義說方便。朱銘琦說：到後你先來我家，行嗎？又補充：我等你。你一定要來呀。

　　剛掛機，電話又響了，看號碼，是家裡的。羅明義接了電話，妻子張小燕問他什麼時候到，羅明義想到了朱銘琦的電話，有心說四五個小時，正猶豫時，張小燕催問：到底什麼時候回來？羅明義說兩個小時吧。

　　羅明義沒想說兩個小時的，他是被張小燕嚇的，張小燕追問他時，他一不留神就說了。車到站時，羅明義只好先回了家，他給朱銘琦打了電話，朱銘琦說你來不了就算了，也沒什麼大事。

　　門是兒子開的，羅明義帶了鑰匙，但他不想翻袋子，就按了

門鈴。門鈴響了三聲後，門就開了，兒子站在他面前。

羅明義的兒子羅小義今年十二歲，長得比羅明義還高半個頭，這一點讓羅明義很自豪。

羅明義在省城長樂市山水區教育局上班，他在基礎教育二科做科長。基礎教育分三個科，一科負責全區基礎教育的業務管理，擬訂基礎教育的基本教學文件及評估標準，指導教學管理、教學改革和教學科研；二科負責研究擬訂基礎教育入學、升學、考試有關政策，以及高中學生的學籍管理，指導全區中小學生學籍管理工作；三科負責管理中小學教學音像製品、圖書建設和現代教育技術工作，管理全區學前教育、特殊教育。羅明義的二科是最有潛力也最有權力的一個科。山水區是這個城市中最發達的一個區，不僅經濟活躍，教育方面也是名列前茅。全區有中小學校四十一所，地市級專科學校十一所，省部級以上大學七所。四十一所中小學校中，有市一中，二中，三中，四中，五中，其中尤以一中，二中，五中最好，生源最俏。除山水區這幾所學校外，還有西麓區的師大附中，民辦的眺月湖中學，貴族式的同升海中學，這幾所中學是全省乃至全國都有名的，生源主要以本省為主，也有來自全國各地的。西南省是全國教育品質最高也最發達的省份之一，每年高考的錄取分數線比北方省份和西部省份高出七八十分，比落後地區高出一百多分，所以很多外地學生家長四處找關係，送孩子來西南省讀書，然後回當地參加高考。西南當地人幾乎都知道，只要是進了一中、二中、五中和師大附中的任何一所學校，百分之六十的學生能進重點本科，包括北大、清華這樣的名校；百分之二十的學生能進一般本科；百分之四的學生不需要考試就會被美國等國外名校錄取；百分之一的學生在全國、國際上獲得各種奧林匹克金獎銀獎而被保送；其他的學生至少也進二本；也有極小部分的學生發揮不好，沒有考出好成績，最起碼也達到三本水準，只是這部分學生不願意讀三本，選擇複讀。長樂市其他區的教育局也看到了山水區那些學校創造的巨大商機，紛紛效

仿，高薪聘請海歸派，專家派，想步這些學校的後塵，搶一杯殘羹。而一中，二中，五中等名校又不甘他們被壟斷的資源就這樣失去優勢，紛紛圈地辦起了分校，對外稱學校，對內稱起了公司。

對於西南省教育方面的內幕，羅明義是知道一些的，他自己就身在其中，但他只是一個小小的科長，他也知道有些事情是不可為而為之。羅小義小學就要畢業了，下學期升初中，進哪個學校讀，這還要取決於羅小義的分數。這幾年關於教育腐敗的問題，激起了民怨，越來越多的市民抱怨政府官員只知道貪圖享樂不管事，抱怨學校只要錢不要臉。「這書是讀不起了。」有市民甚至打出這樣的條幅上訪，意見歸意見，該投入的還得投入，中國的事情就是這樣，上面有政策，下面就有對策，換湯不換藥。這不，市局針對市民和這幾所學校反映的不同意見，都照顧到位，提出了派位分配原則。所謂派位，就是電腦搖號，搖到哪個學校就分配到哪個學校。可操作起來，還是看分數硬不硬紮，看關係硬不硬紮，看鈔票硬不硬紮。羅明義儘管也是個小嘍囉，可是競爭太激烈了，比他關係硬紮鈔票硬紮的大有人在。因此，羅小義進哪個學校讀初中，這是最讓他頭痛的事。

羅明義指望的是羅小義能考出好成績。

兩三天沒見到羅小義，羅明義還真有點想，他正想和羅小義有一個親昵的動作，張小燕穿著睡衣過來了。張小燕說：羅明義，快點洗一洗，回家吃飯。張小燕說的回家吃飯，是指回娘家去。

這邊羅明義一邊放行李一邊和羅小義說話，那邊張小燕卻在嘮叨，說你不在家的這兩天，晚上十一點不到羅小義就睡了，要他多看一會兒書就等於要他的命。又說，羅小義的語文基礎太差，特別是作文，是不是多請幾個家教回來給他惡補一下。還說，羅小義學校搞了一次模擬考試，結果出來了，你要他自己給你報成績。對於張小燕的嘮叨，羅明義並沒有反應，他看到羅小義有點不高興，臉上像掛了一臉的霜，問他怎麼啦，為什麼不高興？羅小義不吭聲。羅明義說：好了，男子漢，有什麼事說出來，不要憋在心裡。

羅小義說：煩躁，只知道告狀。羅明義知道是張小燕的話讓羅小義不高興了，不再問。

羅明義洗了臉後回到客廳，羅小義在看電視，西南省衛視台的一個娛樂節目，叫《超級美少女》，臺上的女孩奇裝異服，在聲嘶力竭地唱著一些聽不懂的歌，那幾個更是像異類的評委，正在口若懸河故弄玄虛地點評。羅明義非常反感這類節目，他很喜歡日本人搞的《超級變變變》，他認為《超級美少女》這類節目在輿論引導上有一定的傾向性錯誤，是在培養孩子們圖慕虛名，投機鑽營，相互拆臺，走捷徑，沒有一點務實和協作精神，同時也是在造星。而日本人的《超級變變變》，則是培養孩子們的創造能力，腳踏實地的實幹精神和協作精神。他總認為日本能夠強大，就是與這種培養有關。

羅小義也喜歡《超級變變變》，但更喜歡《超級美少女》。《超級美少女》已經搞了多年了，造就了一批明星，其中就有一個叫季桃夏的，後來又捧出一個木霄雲的，用羅明義的話說，不男不女。就是這麼些人，如今火得都要把地球燃燒了。到處做廣告，到處演出，還上了國家電視臺，據說一年的收入就有超億人民幣。難怪全國各地都效仿西南衛視台，而那些參與節目的美少女們，更像是瘋子一樣在這條道上拼殺。羅明義為此感歎：這個社會怎麼啦？這些人怎麼啦？羅小義也多次感歎：真是過癮，為什麼不搞一個《超級美少男》？果然，就有了《快樂美少男》《明星學校》等節目，也是如火如荼。

羅明義並沒有問羅小義考試的成績，只是問他為什麼沒有去上課。羅小義除正常的上課之外，還上了老師辦的課外補習班，補習班是羅小義的班主任聯合學校的老師辦的，九十分鐘一堂課，每堂課每人收費七十元，在省展覽館的六樓租了一間教室。張小燕給羅小義報了全部課程，從週一至週五，每天晚上一節課時，羅小義放學後就直接去了補課地點，一般是晚上九點下課，到家裡時十點了，有時羅小義還要在路上逗逗，吃點夜宵什麼的，就會

13

晚半小時或一小時，到家後立即做家庭作業，一直要弄到十二點多。有時候，羅小義就在學校抽空把家庭作業做了，如果老師佈置晚了，就只能回家做。有時太晚回家，羅小義在沙發上睡著了，張小燕就會揪住羅小義耳朵，拖到書桌前。羅明義見狀就干涉，要羅小義去睡，明天一早起來再做，張小燕就火了，說羅明義你是什麼意思，我要他做作業，你要他去睡，我是他後娘呀。羅明義就解釋，說小孩子長身體的時候，哪能這樣呀。張小燕就說別人的孩子為什麼能，羅小義為什麼就不能？羅明義就說羅小義不是體質差嗎。這時候，張小燕總是說一句「養不教父之過」之類的氣話，把羅明義氣得就此不作聲了。平時，羅明義看到羅小義很辛苦，有心想少報點補習班，又被張小燕嘮叨一番，也就任她了。每個週六週日的課也是安排得滿滿的，上午和下午各二節，晚上也有一節，只有週日的晚上沒有課。

　　按說，羅小義還在讀小學，是不需要這樣拼命補課的。但羅小義語文基礎太差，作文太臭，英語也不好，加上張小燕一直讓羅小義在畫畫和練字，還報了奧數班，所以，羅小義的課餘時間安排得滿滿的。

　　有一次，羅明義回家路過羅小義補課的地方，看時間還早，就上去了。來到樓上一看，五樓六樓都有辦班的，他數了數，十一間教室有孩子在上課，他原以為這裡只有羅小義的班主任辦了班，沒想到這麼多，他不知道這些孩子都是哪個學校的，好像還有初中生和高中生。他在六樓靠西的走廊找到了羅小義上課的教室，躡手躡腳進去了，在後面坐了下來。班主任是個年輕的男老師，見羅明義進來，點點頭算是打了招呼。羅明義聽了一會，感覺枯燥乏味，就開始數學生人數。他一邊點頭一邊默念著數位，三十八個，總共三十八個學生。他在心裡計算著，三十八個就是二千六百六十元，他們老師一個晚上收入二千六百六十元，剔除房租水電老師授課等費用，乖乖，是朱銘琦三個月的收入，難怪如今的老師都買了私家車了。

　　羅明義問了兩聲之後，羅小義才說是班主任老師今天結婚，這兩天的課都取消了。羅明義哦了一聲，突然問：你送禮物了沒有？

　　羅小義說和同學們聯合送了禮物。羅明義問送的什麼，羅小義不耐煩說：哎呀不知道。見羅明義有點失落，對羅小義說：對爸爸這麼凶，不知道好好說話啊？羅小義才說：同學們湊份子，是班長去買的，也是班長去送的，沒問。

　　羅明義還要和羅小義說什麼，張小燕打扮一新出來了。張小燕凶：怎麼還坐著？羅小義，快點換衣服，去外婆家。見羅小義不動，就去關了電視。

# 第二章

# 單親家庭

羅明義想起了朱銘琦的電話。

他必須先去一趟朱銘琦家。他對羅小義說:羅小義,你先和媽媽去外婆家。又對張小燕撒謊:張小燕,你和羅小義先去,我得去辦公室辦點事,晚點過去。再補充:我儘量趕過去吃飯。

張小燕說有什麼事不能明天再辦?羅明義:不成不成,必須今天處理完畢,領導交待的事,我是從不打折扣的。

張小燕沒法,只好和羅小義先走。張小燕一出門,羅明義立馬掏出手機,撥通了朱銘琦的電話。正說著,張小燕返了回來,羅明義見狀,只得草草掛了。

朱銘琦以為是斷線了,把電話打了過來,羅明義按了,朱銘琦又打過來,羅明義只好接了,含糊其辭地哦哦好一陣後,說了句一會再聯繫就掛了。

張小燕站在門口怪怪地看著羅明義,羅明義有點心虛,解釋說是一個朋友來的,飯局。張小燕說:你解釋什麼,我又沒問你。又說:你今天一定要回去,張小涵和張小北都回去,他們找你有事。羅明義說知道了,見張小燕關了門,又撥通了朱銘琦電話,只說了句一會兒就到,掛了電話。

張小燕說的張小涵和張小北分別是她的妹妹和哥哥,羅明義

最怕張小燕的這個妹妹，風風火火，潑潑辣辣，口無遮攔，還沒大沒小。最主要的是，有一次羅明義和一位女同事一塊吃飯，被張小涵看到，添油加醋告訴了張小燕，害得羅明義睡了一個月的沙發。

朱銘琦居住在開源區，幾轉幾串，羅明義來到一棟樓前，這裡原是市屬搪瓷廠的集體宿舍，搪瓷廠倒閉後，這些房子分到了個人。朱銘琦不是搪瓷廠的，這房子是她老公的，她老公原是搪瓷廠的職工，因偷盜被判了刑，出來後再犯又二進宮了。後來，因在獄中打架鬥毆致人死亡，被判了無期。朱銘琦厭倦了這種擔驚受怕的日子，在市婦聯的幫助下，離了婚。

羅明義站在樓下，他有點猶豫不決。三樓的一個窗戶裡面有微弱的燈光，燈光呈菊紅色，顯然是經過精心設計的。一看到這種燈光，羅明義就知道這是朱銘琦在等他，也是告訴他孩子不在家。

羅明義上了三樓，敲門，一會聽到拖鞋的聲音走近。

門開了，朱銘琦站在門後，羅明義迅速閃了進去。

羅明義聽到門輕輕地關上了，而且，他聽到門閂輕輕地反鎖了。從羅明義進屋到他在沙發上坐定，朱銘琦沒說一句話。朱銘琦在羅明義對面站著，她穿一身睡衣睡褲，腳穿一雙十分精緻的拖鞋，臉上沒有什麼表情。

銘琦。羅明義喊了一聲，也不去看她，目光卻在屋子裡逡巡。他把目光停在電視機上，電視機很舊了，十九寸的，是西南省產的，現在這種電視已經淘汰了，市場上再也沒有這個品牌的機子。羅明義曾說替她換一台，朱銘琦不同意，說能看就行。再說，朱明琦很多年沒有看電視的習慣了，不是她不想看，有時候一個人的日子還真有點寂寞，但為了小魯，她幾年沒有看過電視了。小魯是她的女兒，今年也是十二歲，和羅小義同歲。自從她老公進去之後，小魯就變了，變得她都不認識了。吸煙，酗酒，夜不歸宿，還有早戀現象。在學校，上課睡覺，講小話做小

動作,下課後和一些臭味相投的孩子混在一起,進網吧睡網吧,打架,撒謊,惡作劇,是一個問題孩子。朱銘琦拿她不知怎麼辦,曾有想殺她的念頭。有一次,小魯和班上的一個男孩,那男孩比小魯大三歲,是降級生,兩人居然去開房子,所幸那天賓館值班的女孩當過兵,從他們的校服上知道了他們的學校,就通知了校方,才把人領回去。朱銘琦去學校領人時,氣得嘴唇都烏了。回家後,朱銘琦要打小魯,小魯和她對打,一會說要放火燒了那賓館,一會說要殺了那B,一會又說要私奔。

銘琦,對不起。羅明義握住了朱銘琦的手,讓她坐在自己身邊。朱銘琦默默地依順著坐下。羅明義感覺到了朱銘琦全身在發抖,關切地問:是不是不舒服?

朱銘琦搖搖頭,歎息一聲,說:明義,我挺不住了。

羅明義還在握著朱明琦的手,黏乎乎的,還有點僵硬。羅明義心生惻隱,另一隻手也握上去,緊緊地握著。

朱銘琦被羅明義的溫暖所感動,她輕輕地將頭置於羅明義肩上,眼淚卻落了下來。

羅明義抽出一隻手去安撫朱銘琦,先從臉上輕輕劃過,繼而去摸她的頭髮,一會緊緊抱住了朱銘琦的頭。

朱銘琦屬那種很性感的女人,長相不是很漂亮,卻極有特點,輪廓分明,五官搭配很到位。嘴唇很厚,很柔韌,極有磁性,特別是唇口邊那顆小痣,性感極了。儘管都三十多歲的人了,還是那麼楚楚動人,一雙大腿是那樣的修長,臀部渾圓外翹,最引人的還是胸前那對豐乳,恰到好處地點綴著她窈窕的身材。雖然她們的孩子同年,但朱銘琦比羅明義小十歲。朱銘琦不是長樂市人,她的老家在外地,由於某種原因,朱銘琦初中沒有畢業就來長樂市打工,先是在美容院做學徒,後來輾轉到了搪瓷廠,二十歲不到,就和小魯的爸爸攪在一起,小魯爸爸大朱銘琦整整十八歲,當朱銘琦發現自己懷孕了後,只好和小魯爸爸結了婚。

　　小魯原本也是一個很乖巧的孩子，長得漂亮，也聰明伶俐，能說會唱，在幼稚園時，經常上臺表演節目，還參加過長樂市少年宮組織的文藝比賽，獲了獎，上了電視，成為了長樂市的小明星。朱銘琦格外疼愛小魯，總想小魯有點出息，見小魯喜歡音樂，就送小魯參加各種樂器的培訓，小魯在幼稚園時就學會了不少的樂器。上小學後，小魯也一直在堅持這種學習，到小學二年級時，她彈得一手好古箏，經常參加市少年宮的比賽，拿了不少證書，其中就有古箏等級證書。

　　小魯的父親沒有文化，頂班進搪瓷廠之前，整天就遊手好閒，偷雞摸狗，和朱銘琦結婚後，一度有所收斂，對朱銘琦也好。有了小魯後，日子雖然過得緊巴巴的，在朱銘琦的操持下，日子也算是和和美美。後來，搪瓷廠倒閉，小魯爸爸下崗，整天又開始遊手好閒起來，朱銘琦勸過，也替他找過一些單位，小魯爸爸的心散了，朱銘琦也開始嫌棄他了，就又犯過去的毛病。從小魯懂事開始，就見他們一天一小吵，三天一大吵，鬧翻了還當著孩子的面大打出手。日子就這樣一天一天過去，小魯也長大了，直到小魯父親被關了進去，小魯變成現在這個樣子。

　　羅明義換了一個姿勢，頭靠上去和朱銘琦的臉貼在一起。羅明義問：小魯呢？

　　朱銘琦說：去同學家了。

　　羅明義問：晚上回來嗎？

　　不回，明天直接去學校。朱銘琦回答。

　　羅明義說：她最近怎樣？

　　朱明琦說：還是那樣子。

　　這麼急找我，發生什麼事了？羅明義問。

　　小魯又和同學打架了，把年級的同學給打了，還縫了幾針，學校要開除她。朱銘琦無奈地說。

　　怎麼回事，說說看。羅明義坐了起來。

朱明琦也坐正了身子，悻悻說：也沒有別的事，就是鬥狠，小魯在學校名聲有點不好，有同學給小魯取了外號，叫大一姐。本來小魯也默認了大一姐的叫法，也知道同學們喊她大一姐並不是褒揚她，其實是在貶低她。那天，同年級的一個女孩不小心碰了小魯一下，小魯心情不好，罵了那同學幾句，那同學也是不好惹的主兒，結果發生爭執。有同學勸架，說小魯是大一姐，那孩子說大一姐又怎麼樣？大一姐就可以殺人？大一姐就可以欺侮人？我才不怕什麼大一姐。那同學還挑釁說：「我爸是街道書記，我怕你。」結果，小魯就把人家打了。

哦，這樣。羅明義也沒想到小魯變成這樣子。又問：學校怎麼說的？

人家有關係，還報了警，我沒辦法，出了一萬塊錢醫藥費營養費外加精神損失費。朱銘琦抓起一張紙巾擦嘴，擦完後又說：因小魯不夠年紀，派出所也不好拘留什麼的，只好由學校來處理。學校說是要開除小魯，所以，我才著急。

你準備怎麼辦？羅明義問。

我不知道。朱銘琦長長歎了口氣。

朱銘琦坐起來，對著羅明義，無助地望著他：明義，你說我該怎麼辦？

羅明義沉默了一會，說：難呀。

朱銘琦去廚房，從冰箱中取了一瓶冰鎮飲料給羅明義，羅明義說不要破費，喝白開水就行。朱銘琦說不是特意買的，是別人送的。羅明義說，給小魯喝吧，朱明琦說小魯不喝這種牌子的飲料。

屋裡有點熱，羅明義找紙巾，朱銘琦拿了紙巾遞給羅明義說：熱就開空調吧。羅明義制止了，說不熱，其實他是不想耗電。

朱銘琦還是打開了空調，空調是壁掛式的，1.5P，是羅明義替她買的，原準備裝在臥室的，小魯說要裝她的臥室，朱銘琦不同

意，說小魯不會招呼自己，擔心感冒了。羅明義還想去買一台，朱銘琦不同意，這樣就裝在了客廳。

朱銘琦要留羅明義吃飯，羅明義說今天不行。朱銘琦問是不是有飯局，羅明義說答應了張小燕去她娘家吃飯的。朱銘琦哦了一聲顯得有點失落。羅明義說下次吧，下次再陪你吃。朱銘琦輕輕點了點頭。

出門前，朱銘琦突然從後面緊緊抱住了羅明義，讓羅明義有點措手不及。羅明義喊銘琦銘琦，朱銘琦不肯鬆手。羅明義掰開朱銘琦的手，反過身來，朱銘琦重又抱住了羅明義。羅明義本來有點疲倦，這一下，被激發了，也緊緊抱住了朱銘琦，慢慢，兩張嘴就攪拌在一起了。

一陣狂吻過後，羅明義停下來。朱銘琦攏了攏頭髮，說：明義，你得幫我。

羅明義說：銘琦，你要我怎麼幫你？

朱銘琦說：明義，我沒有別的朋友，我一個女人家，能力有限，小魯這個樣子，我實在是沒有辦法也沒有能力再去管她，我想替她找個學校，讓她去寄宿，讓學校來管她。

羅明義說：寄宿是好，但學校不一定能管得住她。再說，需要一筆很大的開支，你考慮過？

朱銘琦說：我也知道，我是沒有辦法了。你不知道，她現在和我就是仇人，好像我是她的後娘。我知道我讓她去寄宿，說好聽了是讓學校去管她，其實我是在逃避，我是沒辦法了不是？哪個做母親的願意把孩子趕出去？我想，與其在家裡和我鬧心，還不如讓她換個環境，興許她心情好了，慢慢變了也不一定。至於費用，我和她爺爺也說過的，她爺爺願意負擔一點，我再去掙一點，問題不大。

羅明義問：小魯爺爺對小魯怎樣？

朱銘琦說：還好。只是對我有些成見。

也難怪,你要理解。羅明義寬慰著說。銘琦,你到底要我怎樣幫你?

朱銘琦粗重歎了口氣說:明義,你在政府工作,正好又在教育局,管著學校,你替我聯繫一下,看哪個學校校風好一點,管理嚴格一點。小魯成績這樣差,表現又是這個樣子,如果沒有關係,是不會有學校收她的。見羅明義在思考的樣子,又說:明義,我知道這些年給你添了不少的麻煩,也是你,別人,我死也不求。

羅明義拉過朱銘琦,一把攬在懷裡,真誠地說:傻丫頭,說什麼呢。想了想又說:要說學校,還只有一中,二中和五中。另外,師大附中也還行,只是,要想進這些學校讀寄宿,難度有蠻大,費用也承受不了。再說,小魯進了這樣的學校,只怕她也跟不上。

那你有什麼辦法?朱銘琦問。

我暫時也沒有什麼辦法,你讓我想想。羅明義說。

學校要是開除小魯怎麼辦?朱銘琦說。

羅明義說:小魯學校在開源區,我不方便出面,再說,我就是出面了,也不見得管用,校長賣不賣我帳還難說。要不這樣,開源區教育局怎麼說也是一個系統的,一兩個朋友還是有的,我找他們和學校說說再說吧。

朱銘琦說:也只能這樣。又說:明義難為你了。

別這樣說。我能做到的,要是做不到,你找我也沒用。羅明義寬慰著朱銘琦。

朱銘琦感動的就是羅明義的這種實在,這個男人讓朱銘琦感到踏實,也輕鬆,和他相處,朱銘琦有種到了家的感覺,安靜,安全,全身放鬆了。

說話間,羅明義手機響了。他對朱銘琦說是張小燕的電話,說完就按了接聽鍵。張小燕問羅明義在哪裡,還要多久,說大家都在等他。羅明義知道張小燕打他辦公室電話了,才打他手機的,就說:我正在回家的路上。張小燕說怎麼沒有聽到車輛的聲音,羅

明義說，還在院子裡，正準備去搭車。

朱銘琦做了個讓他走的手勢，輕輕地去開門。

從朱銘琦家出來，羅明義急急地跑到馬路邊，攔了一輛的士，順勢鑽了進去。坐定後，他突然想起什麼，在身上四處尋找。他是在找頭髮，他怕身上有朱銘琦的頭髮。有一次，羅明義從朱銘琦處回家，不小心把朱銘琦的頭髮留在了身上，被張小燕發現了。羅明義沒法說清楚，硬說那是張小燕的頭髮，張小燕說她的頭髮是染了色的，而這根頭髮是黑色的，為此兩人鬧了一場。

司機問羅明義去哪裡，羅明義說去景泰藍花園。羅明義問司機是否聞到他身上有異味，司機說沒有。羅明義說真的沒有？司機說真沒聞到。羅明義放心了，他擔心身上留有朱銘琦的香味。

朱銘琦不是那種給羅明義出難題的女人，相反，羅明義認為朱銘琦是一個十分聰明的女人，不僅聰明，而且本分善良。一般情況下，不是特別難以解決的事情，朱銘琦是絕對不會主動打羅明義電話的。有時找羅明義幫忙，也是為小魯的事。從認識到現在，有兩年多了，羅明義印象中，朱銘琦沒給他出過任何難題，請她吃飯，能推就推，實在推不了，就會問一句合適嗎？即便去了，也是小心翼翼的，生怕讓熟人發現，給羅明義添麻煩。有時，羅明義給她錢，打架一樣，朱銘琦就是不接，總說現在不缺錢，或者說萬一要用錢時再找他，以此推了羅明義的好意。去年，西南省熱得出奇，長樂市更是全國三大火爐之一，見朱明琦家裡沒有空調，在沒徵得朱銘琦允許的情況下，羅明義擅自買了送去，本想朱銘琦會高興的，不料她死活不肯收。後來在羅明義的說服下，才收了，但要給羅明義錢。羅明義說銘琦，你這不是打我耳光嗎？朱銘琦意識到了，收回了錢。幾天後，羅明義去朱銘琦家，走時，朱明銘讓他試衣服，而且是兩套，休閒和西服各一套，估計就是這空調的價格。羅明義為這樣的女人折服，他不是捨不得錢，他不喜歡和女人或者女人和他做交易，但這樣的女人，在她需要的時候，他願意花錢。

認識朱銘琦，純屬意外。一天，朱銘琦來到教育局，她也不知道要找誰，在走廊裡碰到羅明義，問他是不是教育局的。羅明義說是的，問朱銘琦找誰，朱銘琦說不知該找誰。原來，朱銘琦的女兒小魯在學校多次違反校規，嚴重的一次，偷了同學的一部手機，儘管學校一再明確學生不能使用手機，但還是有學生包裡藏了手機，學校也沒辦法。小魯看不慣，心生妒嫉，慫恿另外一個學生偷了手機扔廁所裡。丟手機的學生家長告到學校，查出了是小魯所為，並且是主犯，學校就以此要退了小魯。

朱銘琦也不去找別人，求羅明義替小魯換一個學校。羅明義先是沒有答應，他覺得這樣的孩子就是介紹到了別的學校，不保證她又玩出些什麼花樣來。他想自己畢竟是管理學校的，不能讓人說他如何如何。有些事情就是這麼巧，山水區的一所小學，為升重點學校，找到羅明義，事情辦妥後，那個小學派人去感謝羅明義，臨走還說羅領導有什麼指示需要在下辦的，只管吩咐。羅明義突然想起了朱銘琦，他順帶說了一句，沒想還真辦成了。朱銘琦為了感謝羅明義，又專程去了羅明義辦公室感謝，還非得請他吃飯。

羅明義去了，和朱銘琦在文明路金牛角中西餐廳的一個包廂中，吃了第一餐飯，羅明義買了單。朱銘琦過意不去，非要請羅明義去她家吃飯，羅明義也答應了。可是一個月過去了，朱銘琦再也沒有給羅明義打電話，羅明義就想朱銘琦也許只是客氣，再說事情也辦完了，沒有事再找他了，過河拆橋罷了。在羅明義快忘了朱銘琦時，朱銘琦又和他聯繫了，說是賞不賞臉去她家，吃她親手做的飯菜。羅明義當然十分爽快地答應了。

兩人就這樣開始了交往。

# 第三章

# 分數不能代表什麼

　　張小燕已將飯菜擺上了桌，張小燕的父母還在廚房張羅，為了這頓飯，老倆口從上午就開始準備。菜是張小燕炒的，她喜歡弄，每次回來，都是她弄菜。張小涵斜坐在沙發上，這是一位不好惹的主兒，和張小燕是完全不同的兩個人，張小燕有心計，有主見，認準的事非做成不可。張小涵則是隨心所欲，有點腦短路，用羅明義的話說，就是腦子進水了。做事從來都是憑興趣，興致來了，就會心血來潮，興趣沒了，勁兒也就沒了，從來就沒有正兒八經做過一件事。張小涵對張小燕嚷嚷挖苦幾聲羅明義後，和張小北說前些天發生的學生自殺事件。大概在三四天前，長樂市十二中學的四個學生，因為學習壓力和恐懼畢業後的就業壓力，聯名寫了遺書後集體自殺了，此事驚動了西南省的某位領導，責成西南省教委、公安廳聯合組成調查組，進駐該中學。張小北的兒子小棟就在這所中學就讀。小棟有大半年沒有回來看爺爺奶奶了，要不是這次學生自殺事件，他還不一定有時間回來。小棟今年高二，讀高一時，小棟完全寄宿，週六週日也不回家，張小北發現小棟成績總是上不去，而且營養也跟不上，就和老婆謝敏商量，不要小棟寄宿了，由她來陪讀。張小北和謝敏在小棟就讀的學校附近租了一間房子，陪小棟讀書。說是陪讀，實際就是做好小棟的後勤保障工作，做些好吃好喝營養補腦的飯菜，幫小棟洗洗刷刷，督促小棟的學習。這些不是主要的，主要的是，進入高二後，

小棟學校抓得緊，學習緊張，每天五點多鐘小棟就起來自習，六點半趕到學校早自習，中午也要安排一個半小時的自習，晚上參加學校組織的補課，一直到十點。回家後，小棟做完家庭作業後，母親謝敏還要小棟複習。平時，十二點前不能睡覺，週五週六就得複習到一二點鐘。羅明義曾對張小北說，還是要讓小棟多休息，張小北說：我也想呀，可是行嗎？他媽總說別的孩子都是這樣，不逼他，就會落後。有一段時間，抓得鬆了點，小棟在班上就退位到三十幾名，在年級退位到三百多名。羅明義知道說也沒用，如今的孩子，如今的父母，哪一個都不容易。為了小棟，謝敏辭了單位的工作，又每月花一千三百元租了這套房子。在長樂市，租一套三居室也不要這麼貴，但一間不足二十平米的房子，就要一千三百元，是他半個月的工資，為什麼？還不是為了小棟。在長樂市，凡是有學校，小學也好，中學也好，只要有學校，附近的房價就貴得嚇人。一些家裡有閒人的，就想法帶學生，少則三五個，房子寬敞的，帶七八個，每個學生一月交一千二百元，吃一餐中飯，外加輔導。家裡沒有閒人的，全家搬出去另租房子，騰出房子出租。有的是學校的老師，他們往往是近水樓臺先得月，他們有優勢，房子在校區內，自己的學生，一些家長和學生，覺得在老師家吃住，能得到老師各方面的關照，都選擇去老師家。所以，大部分老師，就在自己家裡帶學生，老師家裡有人的，自己帶，沒人的，就找親戚或從鄉下找人來幫忙。在長樂市，這種做法已經很多年了，而且愈演愈烈。

　　張小北原來也是想把小棟放老師家的，甚至每月願出一千五百元，但是沒有找好。小棟讀高中，高中的收費標準不一樣，比小學收費要高出好幾百元。還有的是「一對一」的方式，所謂「一對一」，就是一個老師專帶一個學生，收費每小時一百到三百不等，要看上的是什麼課，老師的資歷及學歷如何，最重要的是要看老師的經驗，是否帶過學生，是否把學生送進了大學的校門，送得越多，就越有人找，收費就越高，這就是圈內說的「名氣」。這種「一對一」的現象，一般情況下，名校居多，能讀名校

的，要不就是成績好，要不就是錢多，要不就是關係硬，這些學生的家長，最有條件給自己的孩子進行「一對一」式的輔導，像十二中這類學校的學生中極少。由於這種奇特現象的滋生，老師和學生的供求關係還十分懸殊，想要把孩子放在老師家裡，還得找關係。張小北也托人找過老師，老師也是看學生來的，資質差的，老師還不帶，謝敏也就放棄了。

張小涵喊肚子餓了，她在喊張小燕，她們家從來不稱呼哥哥姐姐妹妹什麼的，就是直呼名字。張小涵說：張小燕，羅明義怎麼回事？見大家沒吱聲，又和張小北說那幾個孩子的事。張小涵說：張小北，你說現在的孩子，怎麼動不動就想死？動不動就自殺？

張小北說：誰知道呀。

張小涵說：去年還是什麼時候，我在報紙上看到哪個省也有四個孩子集體自殺了，也是留下遺書，跳池塘了，你說，這都是哪兒跟哪兒呀？她放低了聲音，湊近張小北說：張小北，你說，是不是那些個孩子來尋找他們來了？

張小北說：我哪知道。

見張小北不愛搭理，張小涵覺得沒趣，不說了。一會，又找張小北說：我說張小北，你們家小棟，你發現了沒有？典型的，癡呆。讀書讀傻了。看到沒有，都來了一下午了，說了幾句話？抑鬱吧？孤獨吧？

張小北有點不悅，知道這個老妹的脾性，不想和她計較。只說：這話別讓你嫂子聽到。

張小涵做了一個鬼臉，說：張小北，我可是無心的，不是成心的呀。又說：不過，張小北，你是要小心點，別讓小棟也學他們呀。

張小北罵張小涵：你這張烏鴉嘴。呸，呸呸。

張小涵的女兒毛毛和羅小義在上網，這時，毛毛過來輕輕對張小涵說了句什麼，又走到小棟身邊問：小棟哥，你看什麼書？小棟望了毛毛一眼，沒有搭理。

張小涵見了，對張小北：張小北你看，還不是？典型的抑鬱症。

張小北說：你呀，狂想瘋癲症。

羅明義就在這時候回來了。

羅明義一進屋，張小涵就放炮：羅明義，省長也沒你這樣忙吧？

羅明義說：省長是玩，我是忙，能一樣嗎？

張小涵說：也是，省長有秘書，羅明義，你也該配個秘書了。

羅明義知道張小涵在揶揄自己，懶得搭理，和張小北打了招呼，到餐廳和岳父岳母打了招呼。

張小燕喊大家吃飯，羅小義在電腦上不肯下來，羅明義叫了一次，不動，外公和外婆各喊了一次，還是沒動。張小燕發脾氣了，小雜種，我來了沒你好果子吃。

羅明義從來就不喜歡張小燕罵兒子的這種口氣，要在平時，他早就干涉了，今天，羅明義沒做半句聲。羅明義知道張小燕有氣發在兒子身上，心裡畢竟有愧，要毛毛去拉羅小義來吃飯。

羅小義過來了，心裡老不痛快。張小燕說：還沒玩夠是吧？都什麼時候了，還有時間玩電遊？你看小棟哥哥，什麼時候不是手上一本書呀。

嫂子謝敏說：哥哥笨一些，不像小義，不學習也能考出好成績。

張小燕說：那是的，原來在班上還是前二十名，現在，你問他自己，三十幾名了。

羅小義的自尊受到打擊，脾氣上來了：不吃了。

張小燕說：羅小義，你還有理了？你走開試試？又說：你們看看，說不得了，都是羅明義慣壞的。

羅明義一旁說：怎麼又扯我身上了，我頭上未必長了癩瘡不成。轉身對羅小義：來，兒子，坐下。

其他人一齊勸羅小義吃飯，羅小義才坐下來，但不端碗。

羅明義端了羅小義的碗，夾了羅小義喜歡吃的菜，說：兒子，

你去客廳吃吧。

羅小義端了碗走了，張小燕不饒。張小燕說：羅明義，都是你慣肆的。哪個像你這樣做父親的，羅小義的事，你管過多少？你不管，也罷了，老和我唱反調，我要他做作業，你就讓他早點睡覺，我要他去補習，你就說補習沒有多少用處，我知道補習作用不大，總還是有用吧。不讓他去上課，就會一整天坐在電腦前玩那些遊戲，都上癮了。再說了，不這樣，行嗎？別人的孩子就不是孩子，你的孩子就那樣嬌貴？

我沒說不讓他補習呀。羅明義說。在羅小義的學習上，羅明義和張小燕存在著極大的分歧。羅明義是任其自然，他從來不以分數看一個人，也從來不關注羅小義每次考試的分數，他認為分數不能代表什麼。他注重的是參與，是過程，重點是培養孩子的個性，培養孩子良好的習慣，培養孩子扎扎實實的作風。他認為，一個人的精力是有限的，不可能全部都學會學精，不可能掌握所有的技能，特別是一個孩子，一個學生，不可能把全部的課程都百分之百地掌握、學會、運用、貫通。有一次，羅明義和張小燕討論這個問題時，說到一個簡單的比方，他說：一個社會，一個國家，抑或一個家庭，並不要求每個人都是全才，天才，社會就像一輛汽車，汽車是依靠每一個零部件組裝而成，每一個零部件都有它們各自的作用，一個或幾個或幾十個零部件不能讓一輛車跑起來，需要不同作用的零部件，共同配合作用，才能跑起來。人，就是那些零部件，每個人有每個的作用。張小燕說：你這是說教，大道理誰都懂。羅明義說：那就說說小道理，說到孩子讀書，十多門功課，都要打一百分，可能嗎？再說了，一百分能說明什麼問題？有些東西學了，日後在社會上，不一定用得上，有些沒學過的東西，日後在生活工作的過程中，不一定就學不到。所以，我對羅小義的要求只有三條，一是有一個強健的體魄，沒有健康的身體，什麼都白說；二是具有良好的快樂陽光的個性，胸懷坦蕩，意志堅定；三是只要踏踏實實地付出了，努力了，沒有好的結果，也無關緊要，我

認為腳踏實地的作風最重要。

羅明義看重的是過程，決不看結果。張小燕不這樣認為，張小燕覺得，別人都這樣，你不這樣，你就會落後，你就進不了好的學校，進不了好學校，你接觸的只能是那些被淘汰的人，而那些被淘汰的人，就沒有競爭力，就會生活在社會的底層。她認為，人是靠朋友靠同學靠一切社會關係的，一個人的能力有限，只有依靠一切力量，才能在社會立足。她經常給羅小義灌輸一種思想，她說，羅小義的同學，如果都是北大清華的，這些人畢業後，不是在政府機關，就在要害部門，總之是社會的精英，掌握著國家的一切資源，羅小義要是想辦一件什麼事，只要有這種社會資源，沒有辦不成的。相反，如果羅小義的同學，生活在社會的底層，說明羅小義也就一輩子只能在最底層這個圈子活動了。張小燕甚至說出了這樣一個觀點，她說，現在不是讀書，是投資，投資一種關係，走向上層的關係，索取更高回報的關係。還說讀書只有一個目的，就是找一個好單位，做一份體面的工作。她常拿一些認識的人教育羅小義，說某某的兒子考上了某某外國語學校，還沒畢業就被外交部要走了；某某的女兒在某名牌大學畢業，分到了北京某部，等等，等等。張小燕的這些想法，聽起來好笑，仔細想想，卻也有一定的道理。現在，是一個很浮躁的社會，各種努力都是和功名利祿有關，對於生活在底層的人，讀書是最大的博取功名、博取利祿的手段之一。可是孩子們不懂這些，孩子們只曉得玩耍，娛樂，這是他們的天性，然而，孩子不是在為自己而活，他們的路，是大人設計的，他們必須按照大人設計的道路走，他們活在大人的浮躁中，為滿足大人的虛榮，拚命地讀書。有時候，一個活潑可愛的孩子，真的就讀成了呆頭呆腦的一個人。羅明義有時候很贊同張小涵的觀點，張小涵就敢對張小北說小棟讀書讀傻了，抑鬱了，羅明義不敢這樣說。

羅明義不希望羅小義也是這樣。

張小燕的觀點，想法，不是她一個人的，羅明義明白，持這種

態度的人，在西南省，在全國，只怕是一個普遍現象。但他又不得不承認張小燕的做法是現實的，是沒有辦法改變的。他歷來反對這種媚俗浮躁短視功利的教學體制，這種體制的結果，是把一個聰明活潑的孩子，培養成一個沒有情感，沒有快樂，沒有思想，沒有人性的機器人罷了，有時候，他真想把羅小義放在家裡教育，他甚至想專門請一個家教回來，只授羅小義感興趣的幾門功課，一輩子就學好、精通這幾名功課。他知道這樣做是冒天下之大不韙，他也知道這樣做不利於羅小義全面發展，不利於羅小義性格的培養，孩子是需要夥伴的，需要同學的。因此，羅明義默認了張小燕的做法，他既然改變不了，那就只有學會適應。

張小燕也是在適應。

按說，羅明義是制訂教學改革制度的人，也就是遊戲規則的制定者，外人認為他們有很大的權力，他們的確也擁有部分權力，可是國家的教育體制不是一朝一夕形成的，有相當漫長的一個過程，沒有人敢去打破這種積習，也沒有人願意去破壞這種看似寧靜其實隱藏著斷送國家人才的教育方式。並不是說國外的教育方式就一定好，但國外在對孩子的義務教育期間，重點是培養孩子的興趣愛好，開發孩子的求知慾望，引導孩子良好的素質養成，要到了大學後，才去學習自己喜歡的專業，用心讀書。在中國不是這樣，中國是義務教育期間挖空心思沒日沒夜去學習各種技能，一旦進入大學，就萬事大吉了，再沒有人願意拿起書本讀書，而是六十分萬歲。羅明義十分擔憂這種現狀，他手中的一點權力改變不了時下越來越走遠的中國教育模式。羅明義明白自己手中的權力在宏觀上沒有一點制約力，但在微觀上，是可以發揮的。因此，回家吃這頓飯，就是這個家族想借用羅明義權力的一次聚餐。

首先是張小涵，張小涵的女兒毛毛初中就要畢業了，毛毛現在看起來成績還不錯，在班上前二十名，在年級內前二百名，這個成績相當不容易了，張小涵很滿意女兒現在的成績。毛毛讀書還算自覺，不怎麼要張小涵操心，張小涵也很少操過心。毛毛沒有像

羅小義那樣參加了全部的課外補習，她只是週一週三週五晚上才有課，週六週日上午和下午各一節，晚上就沒有課了。張小涵對毛毛的態度，是在她的愛人出車禍後才改變的，她的愛人藥傑原是長樂市長樂捲煙廠的一名技術工程師，毛毛讀小學三年級那年，長樂捲煙廠與外省一家煙草公司聯營，藥傑派駐那邊當技術總監，結果在那邊出了車禍，死了。張小涵沒有受過這種打擊，整個人就崩潰了，毛毛的學習問題從此沒有再過問。之前，毛毛也是和其他孩子一樣，從進幼稚園就開始接受各種教育，培訓。毛毛學習過書法，學習過畫畫，學習過舞蹈，學習過電子琴，鋼琴，古箏，甚至還學習過游泳。上小學後，毛毛一直沒有停止過這種培訓，直到爸爸死了後，毛毛才減少了這些補習。

張小涵說話從不繞彎子，特別是在羅明義面前，她從來就是開門見山。張小涵說：羅明義，毛毛就要升高中了，你怕得想點辦法呀。

羅明義裝：什麼辦法？

張小涵說：讀書的辦法唄。

羅明義還是裝：讀書的辦法，難道我幫她讀不成？

張小涵來火了，她氣不打一處來：羅明義，你裝什麼裝？

見張小涵火了，羅明義的目的達到了，他就是想激激這個從不把他看在眼裡的小姨子。這個張小涵雖然比張小燕小，但她比張小燕結婚早，張小燕和羅明義結婚時，是典型的晚婚晚育，而張小涵自己說是稀裡糊塗就結婚了。見張小涵這副模樣，羅明義笑開了，羅明義說：別發火，影響健康，傷身體，還容易衰老。有事好說，好說。

張小涵不依不饒：羅明義，別油腔滑調，你那點把戲，我告訴張小燕。

張小燕一旁聽到自己名字，在那邊搭腔：什麼事呀，又扯我。

張小涵要說話，羅明義立即接過來說：沒事，張小涵在表揚

你呢。又對張小涵：你說吧，什麼事？

張小涵得意：怎麼，知道怕了？

羅明義說：我怕什麼？

張小涵說：不怕是吧？那好，我就和張小燕說說。

羅明義知道這個張小涵是天不怕地不怕，天有多大，她就能捅一個多大的窟窿來。連忙作揖：好了，怕你了。

張小涵露出得意：真怕了？

羅明義說：真怕了。

張小涵說：真要是怕了，就給你個改過自新的機會。想嗎？

羅明義說：想。

張小涵說：毛毛要升高中了，我想讓她去一中，她自己想去五中，聽聽你羅大人的高見。

羅明義非常清楚，名義上是聽他的意見，實際是明修棧道，暗渡陳倉。無論羅明義贊同去一中或是五中，最後的目的都是要他出面去打招呼，落實到位。這是羅明義最頭痛的一件事，他們不明白，羅明義只是山水區教育局的一個小嘍囉，行政級別只是一個小股級，像一中，二中，五中這樣的學校，雖然地域在山水區，行政上屬市局直管，他們也只是管管業務的事。而這些學校的主要領導，副處級處級的都有，哪一個也比他羅明義級別高。關係好的，業務搭界的，賣點面子，毫無關係的，打打哈哈就過去了。羅明義最不喜歡去求人辦事，去年，張小北為小棟升高中的事來找羅明義，要他想法把小棟弄進二中。羅明義說：二中的教學是魔鬼式的，這在長樂市婦孺皆知，如果小棟的成績只是一般，怕跟不上，現在正是培養孩子健康、樂觀心態的時期，一旦進了二中，壓力太大，會給小棟帶來負面影響。俗話說，寧為雞頭，不為鳳尾，就是這個意思。寧願在一般的學校是拔尖生，也不要在好學校做一個落後生，對小棟的成長有好處。羅明義的觀點，張小北是贊同的，但具體到了自己頭上，就不識廬山真面目，只緣身在此山中了。張小北堅持，主要是老婆謝敏，她不管羅明義

的說法，相反認為是羅明義不肯幫忙才如此說教。還說到時候看他羅明義，一樣的要把羅小義送進一中二中或五中的。張小北說羅明義還不至於這樣，一家人，不會的。謝敏說，你認為和他是一家人，人家不賣你的帳。果然，這件事情羅明義沒有辦成，沒有辦成的原因正是趕上有市民集體上訪，政府出臺新政策，電腦派位。雖然出臺了新政策，事實上那都是哄老百姓的，最後還是關係，鈔票說話。謝敏曾給了羅明義五千元，要他去打點打點，羅明義心裡清楚，五千元買張進校的門票都不夠。張小北清楚這點錢是辦不成事的，謝敏認為羅明義身在教育系統，總該有點人際關係吧，不然找他做什麼。還說羅明義有一位戰友，在省廳當領導，慫恿張小北和羅明義說明這層關係，要羅明義去找他的這位戰友，謝敏堅持不再花錢。羅明義也有羅明義的想法，一是花了錢也不一定辦得成，他心裡沒底；二是他實在不願意去求人辦事；三是他還真不希望小棟去這樣的學校。他認為，只要孩子自覺，想讀書，在哪裡都是一樣的。師資固然重要，但學生自身因素也不可忽略。

見羅明義不語，張小涵說：進一中沒有過硬的關係，憑毛毛的成績肯定是不行的，五中鬆一點，只要肯花點錢，找點路子，應該沒問題。

羅明義說：進哪裡都有問題，現在不是花錢的問題，你想想，一個西南省有多少學生，全國有多少有錢有權的人想把自己的孩子送到這裡來，你想過沒有。你以為就你們家毛毛想進？

一句話讓張小涵的心涼了半截。張小涵張著大嘴，瞪著大眼，望著羅明義，好像不認識似的。半晌才說：羅明義，你是說你不想幫忙了？你是說你幫不了？

羅明義說：我也沒說不幫忙呀。我是說有困難。

張小涵起身走近羅明義：那不是廢話，還是辦不了。

羅明義勸張小涵：別急別急，張小涵，想不想……羅明義突然停住了。

張小涵問：想什麼？

　　羅明義本來是想把前年和張小北說的那套搬出來，他是想說想不想聽聽我羅明義的意見，一想和張小涵談這些，簡直是對牛彈琴，所以說了半句就打住了。張小涵不清楚，她一個勁地追著羅明義問，羅明義卻不知如何說。羅明義知道，張小涵在三姊妹中，是典型的爆發戶，她自己平時就承認有一百多萬，羅明義想，只怕還不止這個數。欒傑在捲煙廠時，拿的是年薪，他是技術工程師，年薪是二十萬，各種補貼加補助一年大概是二十萬，加起來四十萬，捲煙廠是一個富得流油的企業，剛計畫煙這一塊，拿出來一轉手，那鈔票就滾雪球一樣。欒傑在捲煙廠幹了十多年，積蓄下了一筆錢，出車禍後，也得到了一筆數額巨大的賠償。除了張小涵的公公婆婆和她打官司要走了三十多萬元贍養費外，其他的遺產全部歸毛毛和張小涵所有。他知道張小涵有錢，他也知道張小涵捨得花錢。羅明義更清楚，比她有錢的主兒，多呢。張小涵曾對羅明義說，要送毛毛去同升海國際實驗學校，羅明義說去同升海讀高中是國內讀二年，國外讀一年，要一大筆錢。張小涵問大概要多少，羅明義說，一年下來，五六十萬是要吧。國內一期學費二萬，其他費用一萬，夏、冬令營每次三萬，必須參加的，有時在加拿大，有時在澳大利亞，國外的費用就大了，一期學費十幾萬，最花錢的是吃住開銷辦證來回費用，七七八八羅羅總總要三四十萬。還有大學就在國外讀，一年的費用五十萬拿不下來，讀研倒是比國內要少二年，國內是要讀了三年才能考研，國外一年之後就可以考了。張小涵猶豫片刻，說錢並不算太多，不過她不想讓毛毛出國讀書。羅明義也說沒有必要。

　　張小涵說：羅明義，這事你幫也得幫，不幫也得幫，由不得你，不然我跟你沒完。

　　羅明義無奈，無語。他搖搖頭一臉苦笑。

# 第四章

# 最有心計的家教老師

　　羅小義晚上有家教課，羅明義和張小燕帶羅小義先走了，羅明義一走，其他人也陸續回家了。

　　張小北和謝敏帶小棟回到出租屋，剛進門，謝敏就對張小北牢騷滿腹，一會說張小北窩囊，一會怨羅明義耍滑頭，一會又說小棟要爭氣，凡事要靠自己。張小北不明白謝敏要表達什麼意思，就說謝敏你有事就講出來，別東一榔頭西一梆子的，念得煩躁。謝敏原本想說說也就算了，張小北這麼一說，無名火起來了。

　　謝敏要小棟去複習功課，這之前，謝敏已經為小棟做好了複習前的準備，桌子騰空了，燈也拉亮了，還泡了一杯人參麥冬茶。小棟疲倦地靠在沙發上，說想休息一會，謝敏一口回絕，拖了小棟到桌前。

　　安頓好小棟後，謝敏回過頭來再找張小北。謝敏說：張小北，到今天我才發現你原來是那樣的軟弱。

　　張小北摸不著頭，不知她是哪根神經錯亂，說謝敏你有什麼事說出來好不好。

　　謝敏把張小北脫在沙發上的衣服往他身上一扔，氣沟沟地說：我早兩天就和你講好了，要你和羅明義說說，給我們家小棟換一個學校。張小涵還知道和羅明義說毛毛的事，你為什麼就不

和他說？

張小北說：小棟在十二中讀得好好的，為什麼要換學校？

謝敏說：不是剛出了事嗎？小棟還能有心思在這樣的學校安心學習？你沒看現在整個學校裡是人心惶惶，誰還有心思學習？

那也不要換呀，你以為長樂市的學校是為小棟一個人辦的？你以為羅明義是市長？是教育局長？是山水區區長？張小北覺得謝敏真是有點神經質，他有時候想，這女人還真是頭髮長，見識短。

謝敏也知道自己的行為有點過了，卻不服輸，但語調明顯好轉了。謝敏說：我總覺得轉校對我們的兒子有好處，就算沒出那樣的事，轉到一中二中什麼的，對小棟好。

都什麼時候了，你還說這樣的話。明年小棟就要高考了，讓他安心學習，才是重要的。張小北說。

話雖然這樣說，張小北其實一直清楚謝敏腦子想的什麼，自前年張小北找羅明義為小棟進二中的事沒有辦成後，謝敏就沒有死過心，她曾偷偷地托人四處活動過。客觀地說，小棟就讀的十二中，在長樂市算得上是一個不錯的學校，地理位置好，交通方便，校舍區也改造得很漂亮，特別是這兩年，學校引進了不少高素質人才，師資力量明顯提升，學校也抓得比較嚴，只是因為大家對幾所主要中學的印象，而忽略了這些學校各方面正在好轉。

在很多觀點上，張小北和羅明義接近，張小北甚至還比較欣賞羅明義，認為羅明義本分、率真，小棟進名校的事沒成，張小北就不怨他，反認為羅明義是想過辦法的。

羅明義坐車回家時，路過羅小義過去上課的地方，在車上看到那棟樓，羅小義對羅明義說那裡還在辦校。羅明義看到，樓前有不少孩子和家長陸續走進了那棟樓。這裡原是西南省的一家經濟電視臺，電視臺搬走後，這裡辦起了各種培訓學校，舞蹈的，各種器樂的，書法的，畫畫的，圍棋的，乒乓球的，斯洛克的。最多的

還是各類文化補習班，從幼稚園到初中生，一到晚上或週六週日，這裡便聚集了上課的孩子和孩子們的家長。羅明義不知道現在的家長想把自己的孩子培養成什麼樣的人，也不明白現在這類學校和辦這類學校的人，到底要從孩子那裡賺多少的錢。羅小義從小學一年級開始，到五年級，每個週六週日就在這裡上課。

這棟樓的四五六層被一個叫楚材的學校包下來了，據說楚材的校長是現長樂市教育局局長夫人，這位局長大人原是長樂市一個中學的校長，後來到長樂市教育局做副局長局長。楚材學校辦得非常成功，一門課一個學期大概是十五節，一門課一個學期的收費是六百元。學生報白天的課或者報晚上的課，得提前一個學期報名，要不然就報不上名。學校還有鼓勵措施，誰報名早，誰就坐最好的位置。這樣的學校，在長樂市大大小小有近千所，每個區都有。羅小義只報了四門課，作文，奧數，英語，素描，因為太遠，晚上就沒有報這裡的課，只報了週六週日的。進入六年級，羅小義的班主任辦了班，羅小義就沒有再來這裡補習過。

車子開過了那棟樓，羅小義還在回頭觀望，張小燕說：羅小義，進初中後，只怕還是來這裡上課。

羅小義說：不，就請家教。在家裡上。

張小燕說：你知道請家教要多少錢嗎？

羅小義問：多少錢？

張小燕說：一堂課五十元。多的六十七十，一百元的還有。

羅小義說：這裡上課也差不多，還要自己跑。我的家庭作業多得都做不完。

張小燕說：你這是找理由，你平時抓緊了，安排妥當了，有的是時間。你跑一跑，就是節約了錢呀。

羅小義說：那這樣呀，不上課不就更加節約錢了嗎？

羅小義一說，計程車司機樂了。計程車司機說：這小夥子反

應蠻機靈的。又說：和我家那小子一樣，都不願意上課，只想玩電腦，打球。

就是，我們家的也一樣。張小燕說。

張小燕問計程車司機的小孩讀幾年級了，在哪個學校。司機告訴張小燕說：我的孩子在河西讀書，初一，我整天開著車在全城跑，管不了他，全部是孩子的娘在管。他娘不希望小孩子將來和我一樣，當個累死的車夫，希望孩子有點出息，就替孩子報了不少補習班，孩子又不聽她的，人是天天去了，沒有一點效果。我開車賺點辛苦錢給他補習還不夠，孩子哪裡知道做父母的用心，哪裡理解父母親的難處。

羅明義在一旁沒有吱聲，他想普天下的父母都一樣，真是可憐天下父母心。可是，又有多少父母知道孩子們在想些什麼？知道孩子們又有多少難處、苦楚？

到家後，家教已等在門外。家教是個很帥氣的小男孩，張小燕請的家教都是男孩，羅明義曾提出不妨找個女孩，也不知張小燕是怎麼想的。有一次，羅明義去王台書市，那裡到處是做家教的學生，一個戴眼鏡的女孩遞給羅明義一張名片，羅明義接過一看，還是研究生。女孩是北方人，一口流利的普通話，很有修養氣質的那種。名字也好聽，李桃。李桃是河西某高校數學專業在校研究生，還英語8級，羅明義記得好像這是英語的最高級別了。羅明義有心想請李桃給羅小義補習英語和數學，就拿了李桃的名片，說好到時和她聯繫。回家後和張小燕說，她怎麼也不同意，找的理由更是風馬牛不相及，說是羅小義懂事較早，男女在一起，他沒心思學習。這叫什麼邏輯，羅明義不明白，又沒有別的辦法，只好放棄了。之後，羅明義打電話和李桃解釋了一番，總覺得有點欠人家的。後來，羅明義自己掏錢，請李桃給小魯補習了一個學期。一個學期後，羅明義還想請李桃給小魯補習，朱銘琦有點不願意，說小魯並不配合，花了些冤枉錢。如果硬要補習，不能羅明義出錢，羅明義只好同意了。要不是羅明義這樣處理，朱銘琦是不會為小

魯請家教的，這樣一來，反而讓朱銘琦陷入困境，這不是羅明義的本意。好在上了幾堂課後，李桃學校有任務，小魯的補習才停止。

羅小義在書房上課，張小燕在看電視，一部國產電視劇，片名叫《爸媽不容易》。羅明義受張小燕影響斷斷續續看了一二集，劇情是說一群中學生如何不能理解做父母的難處，自私，任性，叛逆；而作為父母親，是如何地犧牲，付出，忍讓。這是一部情感，倫理，道德，親情糾葛的片子，羅明義承認劇中的父母是不容易，同時也認為忽略了一點：孩子，其實比誰都不容易。

羅明義覺得這些片子編的成分太多，與生活和現實脫節，不怎麼愛看。原想上網逛逛的，電腦在書房裡，羅小義在那邊補習，怕影響羅小義，只好坐在沙發上抽煙。

靜下來，羅明義又空蕩蕩的了。張小燕看電視很投入，看到共同點時就對羅明義說應該讓羅小義也看看的，羅明義知道張小燕口是心非，就喊羅小義你出來看看，張小燕吼羅明義發神經。

待著沒什麼意思，羅明義開了另外一部手機。羅明義有兩部手機，平時用的是大家都熟悉的手機號，如果他認為需要安靜不被人打擾時，就關了這部手機，開另外的一部，這部手機號碼只有和他最密切的人知道，就連他們局長也不知道的。

手機剛打開，就有資訊接連進來了。羅明義逐條看過，都是朋友們的騷擾資訊，不是說些不入流的諢話，就是一些流行的黃段子。羅明義不必理睬這些發資訊的朋友，沒有一點正事，他現在也不想和這些人聯繫，多一事不如少一事。但是有一條資訊，他是不得不回的。

「情不欠費，愛不停機，緣分常在服務區；思也盲音，想又占線，感情總要常充電；心若聯通，愛不移動，相思無妨漫遊中；短信雖短，情意綿長，關愛專一忌群發。」這條資訊是李桃發的，李桃在資訊中說打他電話關機，發資訊又不回，問羅明義是不是從人間蒸發了。羅明義將資訊反覆看了多遍，搞不懂李桃為啥轉發了

這樣一條資訊，才給李桃打電話。

「坐上那火車去拉薩，去看那神奇的珠穆朗瑪。」手機中的歌聲過了一遍，李桃沒接電話，又撥，還是唱歌：「去看那最美的雪蓮花，盛開在雪山下。」一首歌唱完了，還是沒接。

羅明義有點頹廢。李桃為什麼不接電話？

過了一會，羅明義再撥，這次，手機裡的歌聲不是珠穆朗瑪峰了，而是韓紅唱的《天路》。「這是一條神奇的天路哎，把我們的溫暖送給邊疆。從此山不再高路不再遙遠，幸福的歌聲傳遍四方。」這些歌都是羅明義最喜歡的，他沒想到這李桃那樣溫馨，善解人意。一次，李桃邀請了西南省教委的邵副廳長在紅蜻蜓卡拉OK，請羅明義作陪，羅明義就唱了這幾首歌，沒想到，李桃會把這些歌下載在她的手機裡。

說起李桃和邵副廳長認識，還是通過羅明義介紹的。邵副廳長就是謝敏說的羅明義戰友，是羅明義過去在部隊時的老政委，和羅明義關係較好，羅明義進山水區教育局時，就是這位副廳長辦成的。李桃就要畢業了，她想留在長樂市，找到羅明義，請求羅明義幫助。李桃之所以找到羅明義，是覺得羅明義是一個講信譽的人。那次，在王台書市認識羅明義後，李桃原以為羅明義只是看她人長得漂亮，和她調調口味罷了，壓根就沒把羅明義說的事放在心上。一般的人，家裡不同意，也就罷了，不會再和她聯繫，不料羅明義還真給她回了電話，而且還替她找了份家教工作，憑這一點，李桃認為羅明義值得信任。要羅明義幫忙，李桃也是費了一番心思的，她覺得和羅明義非親非故，儘管她認為和羅明義關係可以向前發展，儘管她和羅明義已經成為一種很默契的朋友關係，但畢竟沒有在一起面對面交流，甚至在一起吃餐飯的機會也不多，這麼重要的事，貿然找他幫助，羅明義是否會答應，是否辦得到，都是一個未知數。李桃在長樂市，沒有別的社會關係，她不會放過任何一個可以利用的人。她曾找過一些人，都是別人介紹的，有的人也答應替她幫忙，純屬是敷衍塞責，或者對她有所企圖。她

也明白，現在就是一個現實勢利的社會，你不付出，是沒有人會幫你的。她也認了，陪人吃過飯，陪人唱過歌，甚至還付出過更多，就是沒有回報。

在這種情況下，李桃打了羅明義的電話，約羅明義吃飯。羅明義開玩笑說李桃發財了？李桃找了一個很失敗的理由，說是感謝羅明義上次替她找的那份差事。其實，李桃之所以出來做家教，並不是她不做家教就沒有伙食費之類的問題，她只是想利用做家教的機會，尋找一些靠得住的社會資源，為自己所用。這一點，羅明義是永遠也不會明白的，李桃再信任羅明義，也不會對他說。羅明義還在開李桃的玩笑，說李桃呀，你早就該請我的客呀，怎麼才想起來呀。李桃說現在想起也不遲呀。羅明義說那是那是，想起總比不想起好。李桃說想羅科長的人太多，俺一個窮學生，哪敢呀。羅明義就說正好呀，一個窮學生，一個窮科員，都是貧下中農，根紅苗正，同類啊。

兩人找了一家吃自助餐的地方。這是一家部隊辦的賓館，自助餐在四樓，他們找了一個僻靜的位置坐了，聊了一會，各自去要吃的。李桃要了紅酒，紅酒是不要消費的，包括在餐費內。李桃頻頻敬羅明義的酒，兩人喝多了，都保持一種矜持，誰也沒有說過分的話，沒有過分的舉動。

羅明義很清楚，自己從來就沒有這麼好的定力，他在和別的女人一起吃飯時，總喜歡說幾句曖昧的話，或者把他天生就對女人多情的毛病，演繹得淋漓盡致，羅明義對女人的那種關心、體貼，天衣縫成，讓人感覺不到他是有意的。

李桃說了她的想法，她說想留在本市找一份事做，問羅明義是否幫得上忙。羅明義說他並沒有過得硬的關係，唯一關係好一點的，是省教委的邵副廳長。李桃一聽，兩眼立即顯出神采，酒也醒了一半。李桃問：你有這麼硬紮的關係？

羅明義說：是戰友。不過他一直是我的領導。

李桃說：聯繫多嗎？

羅明義說：不多，人家是領導，我不好太去打擾，也就是逢年過節去看望一下。

李桃問：和你的關係怎麼樣？

羅明義說：我進教育局時，是他幫的忙。

李桃問：進教育系統有可能嗎？

羅明義搖搖頭：難說。

李桃沉思了一會，突然喊了一聲「羅哥」。發覺有點唐突，改口說：羅科長，你能幫我嗎？

羅明義說：怎麼個幫法？

李桃做了一個皺眉的神態說：介紹我和你老領導認識。

在羅明義的安排下，李桃和邵副廳長一起吃了一餐飯，雙方留下了電話。不久，李桃請邵副廳長唱歌，喊羅明義作陪，邵副廳長很高興，點名要羅明義唱幾首，羅明義就唱了那兩首歌，李桃就把這兩首歌作為她手機的鈴聲，讓羅明義覺得這是李桃在用這種方式感激自己。三個月後，李桃分到了長樂市某軍校的子弟學校實習，做了一名老師，先是教英語和數學，後來，學校初二年級的一個班主任生小孩請產假，李桃代替做了班主任。

羅明義再次撥通了李桃的電話，又是「坐上那火車去拉薩」的歌聲，李桃還是沒接。羅明義沒有再打，他想李桃肯定是不方便。

# 第五章

# 家長座談會

　　山水區教育局的辦公大樓在長樂市是最好的，山水區政府辦公地點遷新址後，政府各部門都跟著遷了過去，羅明義發現，現在政府機關的辦公樓是一棟比一棟講究，豪華，氣派。

　　羅明義一個人使用一個辦公室，教育局這樣的單位，說有事，盡是事，只要你想事。說沒事，天天沒事。過去是一杯茶，一台電腦就是一天。現在不同了，現在是一杯咖啡，一部手機一天就沒了。羅明義也和政府其他局室的人一樣，不是在手機上，就是電話聊天。有一次，閑得無聊，羅明義突然想找人說話，喊他科室裡的人進來，沒有一個是年輕人的。他就納悶兒，他們科室有二十一個人，還有六個編外人員，怎麼就沒有一個年輕人呢。等到他發現這個現象後，他就去分析別的科室，別的處室，也是一樣的結果。於是，羅明義做了一個調查，發現現在的政府機關，五十歲以上的占總人數的百分之六十，四十歲到四十九歲的占總人數的百分之三十，三十歲到三十九歲以上的占總人數的百分之八左右，三十歲以下的占總人數的百分之二左右。他覺得這個現象很特別，就開始研究，這一研究，還真發現了問題。羅明義發現，政府機關要進來一個人，是多麼的難，真是比火箭升天還難。不久前，山水區政府機關的一個局室，要招二名公務員，招聘的條件十分苛刻，首先一條就是：必須是全國重點大學畢業

44

二年以上。羅明義瞭解到，原來的招聘條件，是要求全國著名重點大學畢業才能報名，後來考慮到有歧視之嫌，才去掉了「著名」二字。儘管有這一條，還是有二千多人報名，為了爭取到這二個崗位，二千多人競爭，當然，二千多人中並非全是重點大學畢業，也有些是一本畢業的，最後錄了一個上海交大畢業的，橋樑專業；一個北京大學畢業的，國學專業，他們的專業都是學非所用。雖然是通過招聘這一方式，最後還是走了水路，上面有人打招呼。通過這次招聘，羅明義又發現了其它的問題，原來政府機關真是一個香餑餑，老的不願走，沒有能力也要幹到退休，新人進不來，想進來也沒位置，所以，羅明義找不到年輕人聊天。

有次，羅明義和張小燕說起這個現象，羅明義本是無意識說的，張小燕卻有意了。張小燕說：你才知道呀。羅明義問：什麼才知道？張小燕說：政府機關裡為什麼看不到年輕人啊。羅明義說：是呀，沒想到會是這樣。張小燕說：很簡單呀，誰不想進機關？誰願意離開機關？你看看，有哪一級政府的機關，不是人滿為患？羅明義沒吭聲，他那小小的一個科室，就有近三十人，他曾看到過國外一家報紙說中國現在是六個人養一個國家公務員，還不信。見羅明義不做聲，張小燕說：所以說羅小義讀書的事，不能放鬆，一定要他進重點學校，進名校。我沒有太高的要求，只要羅小義當公務員，哪怕是在街道當一名辦事員，也行。

羅明義無語，他想，張小燕太現實了，人，特別是羅小義，未必就只有一條路可以走？就不能有別的大路走？

這天，羅明義在網上看新聞，辦公室座機電話響了，是張小燕打進來的。

張小燕說她聽到消息，一中，二中，五中和師大附中今年還是實行電腦派位，她問羅明義這消息是不是真的。羅明義說，真的也好，假的也好，有什麼關係？張小燕說，怎麼沒有關係？羅小義這個成績，要是不派位，進一中就沒有一點希望。我們住的地方，相對來講，和一中最近，也許還有機會。羅明義說：張小燕，你別

有幻想，電腦不也是人操作的？張小燕說：羅明義，你別站在乾岸上，兒子的事，你一點也不操心，你還是不是人。子不教，父之過，子之事，父不為，你枉為人父。羅明義說：哎呀，這麼多年來就沒看出你肚子裡還有點貨呀，我原來以為盡是脂肪酸呢。張小燕說：羅明義，你少給我打哈哈，羅小義的事，你必須得給我辦好，進不了重點（中學），我跟你沒完。說完掛了電話。

羅明義搖搖頭，自言自語了一句。這時，張小燕的電話又打來了，這才是她打電話要講的，她要羅明義晚上去參加羅小義的家長座談會，羅明義要張小燕去，說他晚上有事，羅明義晚上的確有事，他約了二中的招生辦主任楊本齋吃飯。張小燕說她晚上單位加班，請不了假，羅明義只好打電話取消飯局，並另約時間。

羅小義的學校離家不遠，走路半小時就到了。羅明義以前來學校檢查過工作，又來開過多次家長座談會，對學校的情況非常熟悉。小學的環境不是太好，場地有些局促，一個水泥球場，開裂了，下雨天到處蓄水；還有一個小小的運動場，上面鋪滿煤碴。教室有四層，一二年級在一樓，三四年級在二樓，五年級和老師的辦公室在三樓，六年級和試驗室在四樓。試驗室羅明義是去過的，說是試驗室，其實就是一間教室，擺了幾樣簡單的試驗用的器具，還有幾台電腦，跟一般學校的試驗室比，就是一個堆放物品的倉庫。

不過羅明義清楚，東林小學校區改造的報告早已批了，省、市、區三級政府的撥款也已到了位。校區改造包括建兩棟教學樓，在原來基礎上擴大三倍，建一個電教中心，建設一個標準的運動場地，另外還建一個學生禮堂。羅明義心裡想，建好後，羅小義也離開了學校。

羅明義來到四樓，有學生家長比他先到了，一些家長正討論孩子們的去向問題。有人說花錢也得送一個好學校；有人說還是要送一個校風好的學校；有人說要是進不了重點學校，進一般的學校，也必須進實驗班；有人不知怎麼辦，一片惘然；還有人發牢騷，罵

娘。羅小義就讀的東林小學，雖然教學環境不是太好，但學校早幾年就申請到了「實驗小學」這塊牌子，還是在羅明義手上辦的。說是實驗小學，其實只是多了一塊牌子，其他並沒有變化，但對東林小學來說，情況就不一樣了，家長們聽說是實驗小學，都把孩子往東林小學送，生源就多了，當初羅明義非要把羅小義送東林小學讀書，一是考慮離家近，最主要的還是「實驗小學」這塊牌子的作用。而根據東林小學目前的狀況，擴充招生條件有限，這樣，需求關係發生了變化，學校就開始收取擇校費。擇校費分為三等，和學校有關係的友鄰單位，說白了就是給予過東林小學支援和幫助的單位，他們的職工小孩上學，擇校費三千元，東林小學學校所在地這一片的孩子，擇校費六千元，外片的外區的外省市的，擇校費一萬元，這個標準是經市教育局和市物價局批准的，合理合法，學校出具的收據也是贊助費，有學生家長提出異議，學校說就是這樣，你交不交沒關係。言下之意是你小孩來不來我校讀書沒關係。

　　教育部門就曾為加強對實驗學校的管理，制定過一些管理辦法，按說這些管理辦法是有一定可取之處的，如果只要按照檔中的內容去實施，我們的中小學生不會是現在的這個樣子，他們不會有這麼辛苦，也不會有這樣大的壓力。現在的問題是，我們有些事情就是這樣，制度定得很好，執行或操作起來，就走調了。

　　東林小學也是一樣。

　　東林小學的牌子是通過羅明義拿到手的，為了拿到這塊牌子，羅明義花了一些工夫，當然經濟方面也下了功夫。說得好聽一點，是羅明義通過邵副廳長的關係，弄到手的，說得不好聽一點，是東林小學用錢買回來的。這塊牌子不是說誰想要就能要得到的，有些學校，你再花錢，也是要不到的，東林小學之所以要到了，這純屬羅明義的功績。對於羅明義來說，無論從哪方面講，他都得盡點力量。從公來說，羅明義是主管單位；從私來講，羅小義在東林小學讀書；從關係來說，羅明義有邵副廳長。

　　牌子是掛起來了，但東林小學並沒有對照這些標準去做。硬

體方面，只是在每個教室裡擺放了一台電視機，實驗室裡擺了幾台電腦；軟體方面，也出臺了相關的措施，對老師進行了洗腦，選送了一些有培養前途的老師進行了培訓；實施方面，還是按照過去的方法在做，還是應試教育。以分數評定一個學生，以聽話與否衡量一個學生。

這樣說東林小學，有點苛刻，管理辦法是西南省教委和長樂市教育局制訂的，但上面只是制訂了實施辦法，至於落實到具體的工作，那是下面的事了。說到檢查，也就成了一句口號，有很多事情總是說一套，做一套。

羅明義以前和東林小學個別領導悄悄提出過，認為這樣下去那塊牌匾會保不住，然而，東林小學硬是把這塊牌子保留下來了。不過，羅明義知道，他的話還是起到了某種震懾的作用，如果不是羅明義那悄悄一提，東林小學也不會那麼快打報告要求對學校進行改造了，即便有那麼快打了報告，資金落實上不一定那麼快到位。那麼大的一筆資金落實到位了，可見，東林小學是做了硬紮的工作的。

那時，羅小義到東林小學讀書，張小燕是堅決反對的，張小燕認為東林小學是長樂市二三流的學校。剛開始，張小燕要送羅小義去德才學校或者是德英學校，還有就是河西眺月湖國際實驗學校，還有達同小學。這幾所學校，是長樂市最好的小學，可以寄宿，也可以走讀。寄宿，張小燕不同意，擔心羅小義太小，不會照理自己。每天接送，張小燕和羅明義都不順路，又不方便，思來想去張小燕難以決斷。羅明義此時提出了自己的想法，他認為東林小學雖然不是重點小學，但離家裡近，不需要有人接呀送的。最主要的是，羅小義上學放學不要過馬路，遠離汽車，安全。還有，那條道路上每天人來人往，熱鬧，不怕有壞人盯梢，也安全。再說了，東林小學他還是知道的，學校領導班子還是有些想法的，一直在努力改造東林小學的狀況，也一直想把東林小學辦好，辦出特色。在東林小學沒有申請實驗學校之前，小學辦了幾個實驗班，羅

明義對張小燕說，就是一個小學，哪裡讀都是一樣，但讀初中，就不一樣了，選一個好學校我並不反對。再說，只要羅小義進了實驗班，在東林小學讀書，是最理想的。張小燕提不出更好的解決辦法，出於無奈，這件事由羅明義作主了。

　　羅明義找到羅小義的座位坐了下來。課桌上，擺放著羅小義的作業本，還有一張小紙條。作業本是老師挑選出來的，能表示羅小義最好的一面，其實，這些作業羅明義是看過了的，有些還有羅明義在上面的簽字，羅小義的作業有點馬虎，這是羅明義的印象。小紙條是羅小義不久前的測試，就是那天張小燕要羅小義自己說成績的那次考試，當時羅明義並沒有問。羅明義看了成績：語文七十八分，數學九十七分，英語八十六分。這是三門主課，羅明義認為還是可以的，但張小燕覺得不行。她要求羅小義三門主課必須在九十八分以上。小紙條上還有其他幾門課的成績，比如思想品德與社會九十一分，美術七十七分，音樂六十九分，科學合格，體育不合格，電腦合格。這些成績，羅明義不很感興趣，他感興趣的是思想品德與社會，他重視這一門功課。九十一分，他是滿意的。

　　羅小義體育不合格，這是羅明義沒有想到的。平時，羅明義發現羅小義不怎麼愛活動，因為較胖，羅小義跳遠、一百米五百米跑步、跳繩一直是弱項。羅明義曾有意帶他去打籃球，為此專門買了籃球回來，又買了羽毛球拍，還買了乒乓球拍，後來又買了健身器材放在家裡，每天要求羅小義鍛煉一小時。羅小義剛開始還配合，後來就沒有興趣了，加上作業多，上課也沒有時間，最主要的還是張小燕又一再反對，只要羅明義帶羅小義去活動，張小燕就嘀咕，就說羅明義占了羅小義的學習時間。聽多了，羅明義心裡好煩，漸漸，羅明義沒有耐心了。

　　和羅明義坐一起的學生家長，是一位奶奶，奶奶帶著老花鏡要來看羅小義的成績單，羅明義主動把單子給了她。奶奶看過後說：你家孩子考得不錯呀。羅明義說：馬馬虎虎，過得去。奶奶說：

不重要，健康才是重要的。羅明義沒想到這位奶奶有這樣的觀點，這觀點和他是一致的。羅明義問：小孩的父母為什麼沒有來？奶奶說：不願意來。羅明義問：為什麼？奶奶說：和孩子的關係太緊張，孩子不要他們來。羅明義驚訝了，問：怎麼回事？奶奶說：說起來醜呀，我那崽和媳婦平時不管孩子，只顧自己打牌貪玩，只要聽說孩子考試不好，就是一頓罵，嘮叨個沒完，甚至還動手，孩子受不了，離家出逃了。好不容易找了回來，孩子不願意和他們住一起，說是只要住一起，他還是要逃的。沒辦法，孩子現在和我還有他爺爺住一起，開座談會也不要他們來，非得要我來。

羅明義突然想看那孩子的成績單了，他說：奶奶，讓我看看你孫子的成績單。奶奶把單子給了羅明義，說：不是因為孩子考得不好，就袒護，我是真的認為分數不重要呀。不瞞你說，我讀書時，分數也不是很好，但我退休前，一直做工程師呢。羅明義說：奶奶您是工程師？奶奶說：是呀，我原是長樂電機廠的一名技工，靠自己摸索，後來成了廠裡的總工，我們設計生產的產品遠銷世界各地，那都是我為主設計的。羅明義說：看不出奶奶還是高工，這些孩子們中，說不定也會出不少的高工呢。奶奶說：希望如此。不過，現在的孩子，他們想的和我們可不一樣了。不能怪孩子，是環境造成的，都想不勞而獲，都想一步登天，都浮躁呀。羅明義說：是呀，浮躁。孩子也逃避不了。奶奶說：孩子是無辜的。羅明義說：是的，孩子是無辜的。奶奶說：身不由己啊。羅明義說：身不由己。

家長座談會開了兩個小時，羅小義班主任、數學老師、英語老師分別介紹了學生的表現及各科成績情況，表揚了一些學生，其中就有羅小義的名字，羅明義很坦然，他知道這是在給自己面子，幾次來開家長會，老師都表揚了羅小義，不是羅小義多麼出色，羅小義表現只是一般，中等偏上而已，但老師就是每次都表揚到了羅小義，張小燕來開會也是一樣。

座談會最後的重點是如何選擇學校的問題，說是選擇學校，還

不如說是學校如何選擇學生的問題。老師們分別介紹了一中，二中，五中還有三中，四中，師大附中招生的情況及特點，這些羅明義比老師們更清楚，一中，二中，五中和師大附中四所名校，會從明年開始取消直升生，原來這些學校，可以把本校學生中成績最好的學生，給一些特殊政策，直接升入高中部，由於本校占的名額太多，其他學校的優秀生沒有機會進入這些學校，有不公允的嫌疑。還有，取消四大名校自主招生，以往，四大名校可以自己命題，自主招生，每年的暑假期間，四大名校就會公開對本市和外省市招聘生源，學生想進這些學校，可以參加由他們組織的考試，這一點，西南省和長樂市雖然沒有明文支持，但也沒有明文反對，是長樂市試行了多年的潛規則。從明年開始，長樂市教育局將會出臺新的政策，限制這些學校壟斷生源的做法，給全市學生一個公平競爭的機會，學生可以統一參加全市中考，然後擇優錄取。這種改革，也存在問題，雖然對四大名校是有所控制，但這四大名校的師資是全市第一，因此所有的學生和學生家長還是削尖了腦殼，要進這四所名校。

新的改革辦法並沒有公開，整個長樂市早已知道了，羅明義不知道他們是從哪裡得到的消息。也難怪，現在什麼事都沒有秘密可言了，網路時代，人都能進入外星空了，有什麼事值得保密的呢。

既然是從明年開始，就是說今年這四所名校還可以自主招生。老師分別說了這四所學校招生的時間，提醒學生家長一定要記好補課及考試的時間，分別是：一中七月二十二到二十八日，二中八月一日到七日，五中和師大附中八月八日至十五日。有願意進這四所學校的學生，在暑期內報名參加由他們學校組織的第二課堂複習，並在他們規定的時間內參加考試，可以是其中的一所，也可以報考四所。考試地點在各自學校內。

隨後，老師又分別介紹了眺月湖國際實驗學校，同升海國際實驗學校的情況，這些學校是私立學校，長樂市的人說是貴族學校，沒有強大的經濟作後盾，一般的人是不敢問津造次的。

# 第六章

# 羅明義設定的不等式

　　因為晚上有飯局，羅明義在單位借了一台車。飯局安排在湖江上的一條駁船上，羅明義經常去那裡的，以吃口味蛇和口味蝦水煮活魚為主，生意火得不得了。

　　羅明義上午就訂好了位子，去那裡吃飯，不提前預訂，是很難找到座位的。羅明義給二中的招生辦主任楊本齋打了電話，告訴他訂好了位子，楊本齋答應了，說下午再聯繫。羅明義想給朱銘琦打電話，擔心朱銘琦不會答應，猶豫一會，放棄了。他又想起了李桃，應該給李桃打一個電話，那天，李桃沒有接羅明義電話，第二天，李桃打電話過來，解釋說沒有帶手機，羅明義明白李桃在說謊，但他能理解，每個人有每個人的隱私。

　　羅明義撥通了李桃的電話。還是那首歌，羅明義以前聽到很著迷，現在，他有點緊張。歌唱了幾聲後，李桃的聲音在那邊出現了：羅科長，我在上課。

　　羅明義說了一聲再聯繫就立即掛了電話。一上午過去了，李桃沒有來電話。羅明義並不完全想李桃參加，所以他沒有再打電話給李桃。但李桃沒有打電話過來，羅明義隱隱有些失落，失落之後又隱隱有些失意。

　　下午四點鐘了，李桃也沒有來電話，羅明義徹底死了心。他給楊本齋打了電話，告訴他自己先過去了，問楊本齋什麼時候能

過去。楊本齋說，就走，不過還有兩位朋友……羅明義搶過話來：一塊來，一塊來。又故作神秘地問：男的還是女的？楊本齋說：女的。羅明義說：腿腳？楊本齋說：有家裡的腿腳就難以對付了，還要那麼多腿腳做什麼。

羅明義從單位出來，抄近路，三拐幾轉就到了七一路上，他非常熟悉長樂市的交通狀況，哪裡塞車哪裡不塞車，他清清楚楚。去駁船上吃飯，要經過七一路橋東，橋東原是做水產品批發市場的，後來改造，批發市場搬走了，沿街又多了一些裝修精緻的鋪面。羅明義的車在這裡堵住了，前面發生交通事故，交警劃出了警戒線。

羅明義打開收音機，調到交通頻道，恰巧交通頻道正在報導這裡塞車，提醒車輛繞行。羅明義點了一支煙，又給楊本齋打了電話，告訴他這裡堵塞了。這個過程中，羅明義一直在觀察路邊的店鋪，有一家店面，做小百貨，店鋪前有一個六七歲的孩子，在練習毛筆字，羅明義估計他寫了有一陣子了，地上寫的字紙堆了一層。從別的鋪面過來幾個孩子，寫字的小孩和他們一起玩了起來。這時，從店子裡走出一個打赤膊的男子，大概是小男孩的父親，手裡拿了一根塑膠管，對準小孩的屁股就是幾下。小男孩嚇得一彈，雙手按住屁股，跑過來繼續寫字。赤膊男子似乎還不過癮，走近男孩，又舉起了塑膠管，小男孩雙手護住頭部，赤膊男子罵：我操你的娘，你個小畜生，我讓你偷懶。話音和塑膠管同時落在了小男孩頭上。小男孩一聲也沒吭。

羅明義對那赤膊男子已經有些恨了，他覺得那男子哪裡是在教育孩子，簡直是在虐待糟蹋孩子，他真替那小男孩不平。

當羅明義車開到湖江風光帶時，有戴袖章的男子過來指揮，羅明義停好了車，按了鎖，正準備下堤壩，突然看到一輛車牌為西A0266的奧迪車停在一輛軍牌車的邊上。羅明義認識這輛車，是邵副廳長的坐騎，羅明義還坐過的。

羅明義有點警覺起來，是不是邵副廳長也在駁船上吃飯？有可能，羅明義帶他來吃過，邵也喊羅明義來吃過，但凡長樂市會享受的人，都知道湖江上是最浪漫最理想的吃飯地方。一到夜晚，湖光山色便在夜的襯托下，格外地美，特別是兩岸邊的湖江風光帶，在燈光的照映下，格外地迷人，成千上萬的市民，一到夜晚，便在風光旖旎的湖岸休閒。在駁船上吃飯，有幾個好處，駁船是開動的，你可以一邊吃飯，一邊領略這夜的美色，和美色以外的心境；你還可以在上面玩牌，駁船上有棋牌室，茶藝室；你還可以約了朋友通宵達旦神聊海侃，然後睡在甲板上，感受湖風的慰撫。

　　羅明義一邊上駁船，一邊給楊本齋打電話，問他是否到了，楊本齋說還在路上。楊本齋有自己的車子，他多年前就有了。過去，老師不怎麼吃香，如今的老師，就是一個香餑餑，應該說是一個金悖悖，難怪李桃要來做一名老師。楊本齋原來也是一名語文老師，因為喜歡寫點新聞報導，學校格外器重。有一次，《西南日報》的一名編輯，小孩想進二中，那時學校還沒有現在這樣競爭激烈，楊本齋托人弄成了，後來這位編輯做了副總編，為了感謝楊本齋，和楊本齋策劃寫了一篇學校班子成員大刀闊斧改革教育事業的長篇通訊，發在了《西南日報》上，這一下不得了，楊本齋從一名普通老師，一下子擢升到了招生辦的主任，而且一幹就五六年了。

　　上了駁船，有迎賓小姐上來接待，問羅明義多少人，是否有座位了，羅明義告訴了迎賓小姐。

　　羅明義隨服務生到了頂層甲板，上面已經坐了不少人，沒發現有邵廳長在。羅明義想，要不在包廂內，要不在別處吃。想自己和邵廳長是老關係了，碰上就碰上了，正好還可以敬他的酒，也就泰然自若了。

　　六點多鐘，楊本齋來了，後面跟了兩位漂亮的女士，羅明義站起來，把幾位迎入座位。楊本齋給兩位美女介紹：這位就是大名鼎鼎的羅明義羅科長，我們市局的領導，我的頂頭上司。羅明義

說：區，區局的。本齋你瞎扯。楊本齋說：都一樣，都一樣。在我心中你就是市局的領導。又給羅明義介紹坐他身邊的兩位美女，兩位說羅科長好，認識羅科長十分榮幸。

羅明義說大家隨便，寒暄幾句後，要兩位美女點菜，兩位說羅科長點，推了一會，羅明義要楊本齋點，楊本齋要羅明義點。楊本齋和羅明義認識多年，關係並沒有好到那種無話不說的地步。羅明義要過菜單，一邊點，一邊徵求意見。

菜點好後，服務生問要不要就上，羅明義說上。

羅明義請客，就是東家，羅明義先敬了酒。東家的禮節到了，楊本齋當然是要回敬的，兩位美女好像分工了似的，各自把楊本齋和羅明義的杯子倒滿了酒，羅明義覺得有意思，好像潛意識中他們就是兩對，羅明義也就順杆往上爬，默認自己和身邊的那位是一對。

楊本齋端起了杯子，見羅明義和美女在說話，他玩弄著杯子，啤酒溢了出來。羅明義明白楊本齋要敬酒了，故意不去看他，繼續悄聲地說話，楊本齋只好放下酒杯。一旁的美女去敬楊本齋的酒，楊本齋只好碰杯後乾了。

羅明義喊大家吃菜，又問還要不要加菜，大家都說夠了。羅明義也覺得菜夠多的了，只顧喝酒，菜沒怎麼動。楊本齋再次端起酒杯說：羅科長，我敬你。羅明義說：本齋，別這樣叫，就喊我明義吧，親切，你我是什麼關係。楊本齋說：對對，叫明義好。那我就敬明義兄一杯。兩人乾了。

楊本齋慫恿兩位美女，說羅科長海量，那是千杯不醉。兩位心神領會，端杯要敬。楊本齋說：不行，一個一個敬。

羅明義說：本齋，你不懷好意，想趁火打劫，還打兩位美女的旗號。楊本齋說：人家要敬酒，那是天要下雨，我能有什麼辦法？羅明義說：要喝可以，本齋一塊來。

於是四人一同乾了一杯。

這樣，你一杯我一杯，一箱啤酒差不多喝完了。羅明義沒想到那兩位女將那麼能喝酒，而且還不要去洗手間，可見她們的酒量。羅明義的酒量並不大，白酒喝半斤還沒問題，啤酒就不行了，脹肚子。楊本齋不同，他是在酒缸裡泡出來的，一個這麼大的中學的招生辦主任，只要想喝酒，可以不著家，餐餐有人請。以前，羅明義和楊本齋也經常在一起喝酒，都是別人請客，喝得痛快淋漓。今天是羅明義請客，楊本齋也知道不會是羅明義自己出血，但就是放不開，說明兩人的關係並不融洽。

酒興上頭了，話也就多了，話題包羅萬象。從醫療改革到住房改革再到教育改革，從國內大事到國際大事，從布希到薩達姆，從農民工到農村問題，從社會問題到腐敗問題，文化人在一起，特別是還有兩位美女在一起，楊本齋和羅明義都不會談那些低級趣味的東西。

羅明義要服務生再拿酒來，楊本齋說算了，下次他請客。羅明義不再堅持，打聲招呼去了洗手間。當他從洗手間出來時，突然看到前面的女孩極像李桃，羅明義以為自己看錯了，定定神再看，李桃閃進了一間包廂。

羅明義回到桌子，兩位美女起身去洗手間。楊本齋丟了一支煙給羅明義，兩人吸著煙，閒聊著，說些不痛不癢的話。楊本齋問羅明義：明義兄，你認識一個叫李桃的人嗎？羅明義一驚：李桃？你是說軍大附中的李桃？楊本齋點點頭。羅明義說：認識。又問：你認識？楊本齋說：不認識。羅明義說：不認識你怎麼問起她來？楊本齋說：一起吃過一餐飯而已。羅明義哦了一聲，問：有事？楊本齋說：沒事。隨便一問。

羅明義有點走神，剛才那女孩，是不是李桃？羅明義覺得應該是她。突然想起了西A0266的奧迪車，難道李桃和邵廳長真在船上？

飯局散了。

　　羅明義原本想邀請楊本齋等人夜遊湖江的，楊本齋說還有事，說好改日再聚，船回到碼頭時，各自下了船。

　　羅明義本想再提提毛毛和羅小義升學的問題，一想再提就俗氣了。之前，羅明義在電話中說了此事，楊本齋沒說答應，也沒說不答應，只說想一想。羅明義不明白他說的想一想是什麼意思，可以是想想如何操作，也可以是一個託辭，還可以是別的意思。

　　羅明義明白，楊本齋有這個空間，這些年，他不知替多少人辦成了事，當然，好處費也是少不了的，現在講究的就是利益，學雷鋒的事，他楊本齋想做，別人也不會要他去做。楊本齋這小子有一點好，不是那麼貪，自己該得的一分不少，該送出去的，一分不留，不然他就不是楊本齋了，不然他在這個位置就坐不住了。

　　和楊本齋分開後，羅明義把車開到了朱銘琦樓下。羅明義沒有下車，伸出頭來看了看三樓，三樓的燈明亮，說明小魯在家。羅明義在車裡坐了一會，突然心血來潮，他給李桃發了一條短信，問她在幹什麼。不一會，李桃回資訊，說她在學校批閱學生的作業，問羅明義有什麼事沒有。羅明義知道李桃又在說謊，回資訊說沒事，好好批閱作業吧。

　　啤酒喝多了，有點急，羅明義忍耐著。打了朱銘琦電話，朱銘琦接了。羅明義說：我在你家樓下。朱銘琦說：小魯在家。羅明義說：我知道。朱明琦開門出來了，望了一圈，沒見羅明義，又回到屋裡打電話：你在哪裡？羅明義說：在車上。朱銘琦掛了電話，一會，朱明琦出來，下樓。

　　朱銘琦坐進車裡，聞到酒氣，問：你喝酒了？羅明義說：喝了點。朱銘琦說：酒傷身體，少喝點。羅明義心裡暖暖的，抓了朱銘琦的手。羅明義問小魯在做什麼，朱銘琦說：說是在做作業，關在屋裡幾個小時了，也不知是不是在做作業，進去問她，不聲不吭，在玩筆。羅明義說：還聽話？朱銘琦說：哪有那麼省心，昨天還和我大吵了一架。羅明義問：因為什麼？昨晚不是市民廣場放煙

火，她和同學非要去看，我攔不住，就找理由說正好要去那一片有
事，和她一塊去，她就火了，說我是監視她，是對她的極端侮辱。
就這麼一件事，和我鬧。羅明義說：她都這麼大了，就讓她一個人
去吧。朱銘琦說：你知道她是和誰去嗎？羅明義問：和誰？朱銘琦
說：和那個開房的男孩。羅明義說：他們還是沒分開？朱銘琦說：
我原來也以為分開了，後來讓我看到他們還在一起。明義，你說，
一個十二歲的孩子，怎麼就這樣子的？是不是激素吃多了？羅明
義覺得好笑，他說：傻丫頭，現在不像過去，孩子發育早，成熟得
也早，正常啊，只是要好好引導。朱銘琦說：不管用，打也打了，罵
也罵了，還去找了男孩的父母，都不管用。羅明義說：也許他們在
一起，只是惺惺相惜，找一個傾訴的對象罷了，沒有我們想像的那
麼壞。現在的孩子，太缺乏父母、社會和親人的關愛與理解了，他
們孤獨，他們有自己的生活方式，但他們不知如何處理，這就需要
家長們多去和孩子溝通，多去關愛。我不是說現在沒有關愛，是現
在的關愛變味了，大人太溺愛孩子了，不知道如何讓孩子們自己去
處理他們自己的事情，一味地按照大人自己的思維方式去解決，
讓他們感覺到生活在高壓倉中，長久下去，會憋出毛病來的，這
樣，問題就大了。朱銘琦說：我不知道，也許是這樣吧。

　　羅明義繼續說：你說孩子有錯嗎？沒有。你說孩子天生就是
這樣子的嗎？不是。他們都是些好孩子，是現在的社會充滿了太
多的誘惑，這些誘惑別說是一個未成年的孩子，就是我們大人，
誰又抵擋得住？有些事情，也不能怪孩子。

　　羅明義說：要學會理解孩子，還要學會寬容孩子。我說的
寬容，不是一個父母對孩子的那種寬容，而是一個成年人對未
成年人的那種寬容。羅明義擔心朱銘琦聽不明白，換了一個角
度說：想想，一個孩子有多苦，從二三歲就離開父母，到幼稚園
學習，早上五六點鐘就要和父母一塊起床，晚上還要孩子做這
樣那樣的功課。上小學了，學習和課外補習佔據了他們的全部
生活，到初中再到高中，他們就沒有自由支配的時間和空間，銘

琦，你說他們苦不？

朱銘琦說，是這個理。話又說回來，做家長的難道就不苦嗎？

羅明義說：做家長也苦，誰不希望自己的孩子出人頭地？不說出人頭地，就是學到一門本事，也好在社會上立足，這就是做家長的願望。

朱銘琦說：你越怕孩子出事，她還越出事。我想盡了辦法，不知要怎樣去教育孩子才好，擔心她學習，擔心她安全，擔心她的一切。最主要的是擔心怕她學壞，有時候我就想，只要不學壞，學習差一點，也就算了。可是，人畢竟是吃五穀雜糧的，我也脫不了俗，總想孩子有點出息，日後我要是不在了，她好有個活下去的本事。

羅明義說：你考慮的也不是沒有道理，但我們總不能一輩子都讓孩子生活在父母的庇護下，要學會給孩子們空間，學習的，心理的，情感的。現在的孩子，接觸西方的東西多，叛逆的思想有，但自己的主張也是有的。

朱銘琦說：明義，我沒有讀那麼多的書，道理我懂，但就是走不出來。

羅明義說：這就需要我們做家長的多學習，我們也要與時俱進，多瞭解一些國外的教育方式。比方說美國的，歐洲的，就是新加坡的教育方式也值得我們借鑒。

談到國外的教育方式，朱銘琦的確知之甚少，因為不瞭解，她只有沉默。倒是羅明義借著酒興，說了一些。羅明義說：美國的教育，培養動手和動腦。我們國家上課，中規中矩，老師在課堂上講很深奧的東西，學生在下面死記。美國人不是這樣。他們會佈置一些諸如造紙房子，觀察螞蟻這樣的課時，讓學生們去思考，去動手。從小學開始，美國老師就讓孩子動手、動腦。進了中學，美國老師甚至讓學生去參與研究城市燈光佈局的市政項目。美國學

校培養學生的著眼點不是前人已經找到的答案,而是孩子們進行全新創造的能力。

朱銘琦說:中國也讓孩子們去動腦動手啊,只不過是書本上的東西多一點。

羅明義說:是,的確是這樣。其實,中國的孩子是最聰明的,最肯吃苦耐勞的,只是,他們的聰明讓學校、老師和家長扼殺了許多。過去,我們提倡「腳踏實地」「只事耕耘」這些古訓,注重的是培養孩子德才俱備,現在,我們的教育有點浮躁,孩子們越來越有點好高騖遠,眼高手低,終無大用的傾向。

朱銘琦說:其實,我倒是覺得讓孩子們吃點苦也是好事,只是不要太過了。

羅明義說:我也是你這樣認為,什麼事情要有度,這個度很難掌握。我們不僅要教會孩子們怎樣說,更要教會孩子們怎樣做!而不是自己先做好模子,再去塑造鋼坯,我們需要孩子按照他們自己的想法去設計這個模子。

怕朱銘琦聽不懂,羅明義打比方說:中國老師和美國老師佈置作業,中國老師一定會這樣佈置:做試題五十題,背課文五遍,抄寫課文二遍,寫作文兩篇。而美國老師佈置作業會是這樣的:用紙製作一個你喜愛的房子;寫一篇螞蟻怎樣生活的觀察報告;寫一篇人類怎樣發明了汽車的文章。

其結果也一定是這樣:中國的孩子關在屋子裡不停地抄寫,做試題;美國的孩子就忙活開了,做計畫,找資料,畫筆剪刀膠水擺滿桌子,又是畫又是折又是剪又是黏,最後鼓搗出一個不倫不類的龐然大物:五十年後的房子模型;或者連續幾天,放學後和同學到公園去,晚上回到家像個泥猴似的,問他幹什麼去了,那張小髒臉興奮得發紅:「觀察螞蟻去了!」然後得意洋洋拿出寫的對螞蟻行為觀察的報告;要麼就是去圖書館,背回來一堆書和錄影帶,寫汽車發明史的「論文」。

做一個紙房子還不算完，老師還要讓孩子同時提交記錄製作過程的文字，特別是製作想法的文字說明。光寫一個螞蟻生活習性的「調研報告」也不行，老師還要讓孩子提供「最能反映螞蟻習性」的三張照片。交上汽車發明史的論文，老師會要求孩子同時提交在圖書館查閱圖書資料的借閱目錄存根。

中國的不是這樣，孩子每天熬到深夜，作業總算完成了，人卻精疲力竭。家長按要求在課本上簽上自己的名字，第二天交到學校，老師也不看，由學生代表一閱了事。

羅明義說：我不是說美國的教學方法就沒有一點問題，我只是想說，我很為美國老師想出的這種作業方式而感慨！我想，孩子對學習的興趣，他們學習的主動性，他們的想像力和創造力，可能就是在這樣的作業中一次一次一點一滴被開掘出來的。相反，我們中國孩子們面對的作業，更多的可能是課本後面的練習題。我小時候的作業，基本就是默寫生字和做那些枯燥的習題。據說現在的孩子簡直就是陷在題山題海中了，在這種枯燥的習題中，孩子們更多的時間與精力是在模仿前人，複製前人，或者說敬畏前人，而不是俯視前人，思考前人，質疑前人，因此也就難以積蓄起超越前人的力量。

朱銘琦說：這些問題，我也沒想那麼多，也想不明白。停頓一會，朱銘琦傷感地說：明義，如果哪天我要是不在了，你說小魯怎麼辦呀？

羅明義攬過朱銘琦：不要說傻話，不要想傻事，不要做傻丫頭。一切都會好起來的，小魯也就是勞神費勁一點，並不是一個壞孩子，她的本質是善良的，只要我們好好引導，只要我們和她好好溝通，只要我們好好理解、寬容關愛孩子，她會知道的。

朱銘琦說：道理我都明白，就是有時候急，孩子是我身上掉下來的肉，我不關心，誰還會關心？明義，不瞞你說，為了小魯，我晚上還在兼職，給人搞家庭衛生，每晚二個小時，二十塊錢，我

得十六元,家政公司得四元。有時候還兼做些別的事情,賺一點是一點。

羅明義說:也不要太辛苦,別把自己身體拖垮了。錢不夠用的話,你說一聲,就算我借你的。羅明義話是樣說,心思卻在別處,他在想,生產力不同,報酬就是不一樣,所以說知識還是重要的。一個老師,同樣是二個小時,收費六十元,一百元,二百元,不等。羅明義覺得這個比方不成立,那些手中握有重權的人,隨便幾百萬,上千萬,那些唱歌的人,出場費五十萬,甚至更高。那些演員,一個鏡頭,幾秒鐘就是幾百萬上千萬,怎麼能和二小時十六塊錢相提並論呢?知識就是生產力,看來這是顛撲不破的真理,難怪現在的人,都想培養孩子走捷徑,不惜投入血本,不惜拿孩子的健康、自由、童心作賭注,不就是想改變孩子的將來?這樣說,做父母的又有什麼錯?

朱銘琦卻在想,這樣的男人,真是好男人,不管他的話是真心還是虛偽,有這樣的話,聽著就滿足了,就舒心了。不要他為自己做任何事情,只要能和他在一起待上一會,就心滿意足了。朱銘琦說:謝謝明義,但我不能這樣做。我現在還年輕,我能養活小魯。朱銘琦又說:明義,我憋得慌,想出去透透氣。

羅明義開車門,讓朱明琦下車。朱銘琦說:明義,我是說開車到湖江邊去透透氣,有大半年沒去了。

羅明義說:小魯怎麼辦?沒事吧?

朱銘琦說:走時和她說了,會晚一點回去,要她做完作業早點休息。又說:自從你幫忙出面為她在學校說了情後,學校並沒有開除她,只是象徵性地處罰她在家休學一個月,我現在每天讓她在家複習,哪兒也不准去。

羅明義說:要不要找個家教把她落下的新課補上?

朱明琦說:我也想過,但是……

羅明義說:別這呀那的,這事我來安排。

　　朱明琦還要說什麼，羅明義發動了馬達，車嗖的一聲開出了好遠。

　　夜晚的車輛明顯少了，羅明義開著車在市區內繞了幾圈，一會就出城了。他們來到一個叫猴子跳的地方，羅明義問朱銘琦是過江去還是就在猴子跳走走，朱銘琦說，就在猴子跳走走吧。

　　羅明義多次帶朱明琦來這裡游泳過，這裡是一個天然的游泳場，夏天這裡非常熱鬧，來這裡游泳的市民特別多。現在，還沒有到游泳的時候，相對的安靜。

　　兩人沿江邊走著，這裡離他們的家很遠，不擔心會碰到熟人。羅明義一直在說著話，朱銘琦卻小鳥依人地靠著羅明義的肩膀，一句話不說，就聽羅明義講。說到興奮處，兩人會停下來，笑過之後，會相互親吻一會，然後繼續走。羅明義發覺，女人要經常處在戀愛中，因為他發現處在戀愛中的女人真是既漂亮又溫柔，特別結了婚的女人，如果戀愛了，那種感覺，羅明義沒法用語言來表述，只覺得美，一種想吃了對方的美，一種想摟入懷中的美。

　　沒有再往遠處走，兩人在江灘頭的一處草叢中停了下來。夜，很靜了，遠處城市的燈光閃爍，天空中有星星點點，江水平靜，江風習習，朱銘琦只覺得自己置身在一個無垠的史前世界，她的心徹底平靜下來。

　　地上有些濕氣，羅明義把襯衣脫了鋪在地上，朱銘琦先是不同意，說衣服上會留下許多的印子，洗不乾淨。羅明義說洗不乾淨就不要了，經不住羅明義的堅持，朱銘琦只好坐下了。

　　朱銘琦坐在羅明義身邊，羅明義卻要她坐在胸前，羅明義的雙腿叉開，朱銘琦背貼著羅明義坐著，羅明義從朱銘琦背後伸出雙手，緊緊抱住了她，朱銘琦全身一緊，癱在了羅明義懷中。

　　誰也不說話了，只聽到兩人喉結處有吞痰的聲音。羅明義慢慢地把朱銘琦的頭朝後放在臂彎裡，右手輕輕在朱銘琦臉上摩挲著，朱銘琦發出醉了般的呻吟聲。

羅明義開始親吻朱銘琦，先是輕輕的，一下一下的，慢慢兩點式的，從耳朵根子到最敏感部位，羅明義蜻蜓點水式的親了一遍，既而是暴風驟雨般的，朱銘琦被羅明義挑逗得全身顫抖，轉過身來緊緊抱住了羅明義，兩人熱吻起來。這種事情，羅明義真的是高手，他很會調情，朱銘琦也配合到位，兩人進入了無人之境。

朱銘琦很會叫床，一聲高一聲低一聲粗一聲緩，是那樣恰到好處，這種叫喚不是裝出來的，是朱銘琦發自肺腑的，讓羅明義不能自持。囈語中朱銘琦突然提出回家，羅明義只好悻悻地跟著回走。來到汽車旁，羅明義打開了副駕駛門，朱銘琦自己開了後座門上去了，羅明義一下明白了，隨即從另一邊進入了後座。

羅明義將車窗玻璃關嚴，然後慢慢地脫朱銘琦的衣服，一邊脫一邊用手指尖在朱銘琦背上、胸前輕輕地劃著。隨後解開了朱銘琦褲子，讓朱銘琦平躺在座椅上，朱銘琦軀體的線條更顯得婀娜多姿，由於腰部正好在兩個座位的中間，更加凸出，讓羅明義覺得平添了幾分性感。羅明義靜靜地觀賞著，他不得不承認，朱銘琦的身段保持得很好，胸前那對乳白色的雙乳，似一團發酵的麵團，柔韌，細膩，手指頭觸及，又像是帶電的白饅，讓羅明義全身酥軟。那雙胳膊，細膩而勻稱，有人認為女人的臂好就用蓮藕來形容，羅明義認為這樣一點也不形象，根本體現不出那種美感來。他認為女人的胳膊肘兒，應該像一條塗抹釉彩的大蟒，極富彈性和曲線美，朱銘琦就有這樣的一雙胳膊。再往下看，朱銘琦的小腹平坦，光澤，潤滑，看不出是一個十二歲孩子的母親。兩腿雖然微彎置於座位之下，讓人一眼看出那是一雙修長的秀腿。羅明義有點不能控制自己，他看到那兩個白色的饅正在慢慢變成兩團火，兩團熊熊大火，燒得羅明義口乾心燥，他慢慢地俯下身去，嘴唇從朱銘琦額頭，嘴，胸前，小腹，一路下滑，直到腳尖。

# 第七章

# 狀元劫

　　一中，二中，三中，四中，五中，還有師大附中等學校，歷年都是高考考場，往年，全國由於高考期間出問題最多，影響最大，被撤銷領導職務被判刑的人員比比皆是，特別是去年出的一個案例讓全世界震驚了。西南省某地某市長家的千金，由於成績一般，自知考不上大學，找到同班另一個家在農村學習成績非常好的同學，因為這個同學平時透露出沒有錢讀大學而想放棄高考的想法，千金回去和市長父親說了此事。此時的市長動起了腦筋，找到那同學的家長，雙方簽訂了一個協議，要女孩參加高考，如果考上了一本或者更好的學校，由市長的千金頂替去讀書，市長給女孩家補助金十二萬元，如果只是一般的大學，但不能低於二本，一本學校偏遠或差點沒有問題，補八萬元。結果，女孩考出了六百六十分高分，被某重點大學錄取。市長按協議給了女孩家八萬元，餘下的四萬元說好上學後再給。市長動用手中的權力，由市公安局局長親自出面，將市長千金的名字身份證戶口名簿考生號等等一切，變更成了那女孩的，頂替上了大學。由於市長太貪，剩下的錢不想兌現，女孩家裡多次找他無法解決，就威脅說要將事情捅出去，市長利用自己管轄的工具對女孩家施加壓力，有好事的人知道了，將協定放在了網路上，事情被公開，引起一片譁然。結果市長公安局長和相關人員一鍋端，此事在西南省至今還是議論紛紛。

高考是年年考，年年出問題，但還沒有出過如此的怪事。西南省的高考按說是全國抓得最好的省份，但也免不了發生這樣那樣的作弊事件，有個人行為的，也有集體行為的，還有有預謀組織的。上至中央，下到各省市，歷年來都十分謹慎，都不想在這個敏感的事件上發生什麼問題，各地政府和相關部門是越來越小心細緻，生怕出點什麼，烏紗不保。高考也被炒得像是全國政治事件一樣的一件大事，全國人民都關心。六月一日這一天，山水區教育局就協同省市領導對區內的每一個高考考點進行認真細緻的檢查，佈置考試期間的工作。離今年的高考還有幾天，全國媒體早已行動，央視新聞一再告示各地考生和各級政府官員，特別是黨政一把手，要切實做好高考前的準備，嚴禁舞弊，對違規人員一查到底，決不姑息，等等。各省市傳媒更是推波助瀾，愛心活動，溫暖行動，圍繞高考做了一系列的宣傳。

　　六月一日上午，羅明義隨省市教育系統領導一行，先後對一中、二中進行了檢查。下午，對厚德、周西及五中進行了檢查，晚上在山水區教育局禮堂開會，相關單位和相關人員對今年高考的組織、實施等工作作了彙報，省市領導分別作了重要講話。

　　檢查前，山水區教育局就通知了各個學校，禁止在校門外發放傳單，學習資料，招生簡章。每年都這樣，高考中考前後的一二個月內，各學校門前便聚集大量的人，他們都是市內各中學和一些私辦大學或生員嚴重緊缺的學校組織招攬生源的，五花八門。在檢查中，羅明義發現還是有些人在發放傳單，學校的保安趕開了，一會又聚集攏來，有些就躲得遠遠的，對進出學校的學生和路人散發。而且，有一部分學習資料，他們在收費。羅明義覺得奇怪，怎麼會有人在學校門前推銷學習資料？檢查時，羅明義跑出來了一趟，要了那些收費的學習資料，發現其中居然有他們編制的。還有一些，估計是各學校自己編印的。

　　大概在半年前，羅明義的一科二科三科按照山水區教育局的指示，組織一些教職人員趕編了一批複習資料，資料已經印刷並

裝訂成冊。之前，區教育局已和轄區內各學校打了招呼，資料也早已發到各學校，要求學校在高考前兩三個月內按資料上統一的價格，發到每一個學生手中。羅明義他的小金庫，這種學習資料就是其中的一項重要收入之一。

除他們印刷一些資料外，各大出版社也出了不少高考書籍及複習資料，各學校自己也組織一些，都清楚，現在的學生家長，在這方面捨得花錢，張小燕就喜歡跑書店，每次去總要買回來一大堆學習資料，但羅小義看了的不多。

六月七、八兩天，是全國統一高考的時間，按照西南省的做法，接下來是高二學生的期末考試，說是期末考試，不如說是學位考試，多年來，已經形成了一個不成文的做法，高二期間就已經搶時間，把高三的全部課程學完了，因此高二畢業後的期末考試，就預示著高中已經畢業，剩下的一年時間以複習為主，迎接高考。最近，有傳說說以後高二學生期末考試成績要列入高考考試成績，因此，家長們從高二就開始對學生進行強化培訓。高二學生考試後，是中考考試，這三大考試，檢驗著每一位學生和學生家長，一些出版社和出版商又編印了歷年來全國各省市高考和中考試卷卷面題，不同版本，不同地區，不同價格，林林總總，五花八門，多達幾百種。

也有一些不法商販，兜售一些所謂的應屆高考和中考試題，網上也在大肆兜售，一份語文試卷要價二千元，一份英語試卷要價二千五元，一份數學試卷要價三千元，其他依次不等。有些為了騙取學生和學生家長們的信任，甚至於申明，考上後再給錢。也有一些不知是些什麼人，也在兜售一些中考試卷，價格相對低一些。對於這種違法行為，政府曾出面打擊，收效不大。

這天上午，楊本齋參加了單位一個會議，會議的議題是關於高考、中考招生和中考組織工作。高考在即，有一批老師會被抽調到別的考點監考和閱卷，還有一批老師要組織暑假期間小升初、初升高的補習班的授課。只要高考一結束，立即組織學生上課，

一天也不要耽誤。同時要求辦公室做好協調工作，要求教務處協同課研組儘快確定考試試題並印刷成品，一些學校內部為了招到優秀生源，每年都是他們自己確定試題，和其他幾所名校做法一樣，題目難度相對較大，試題複雜。校領導一再強調，學生必須用學校準備的複習資料，其他的一概不用，更不允許學生自帶學習資料，這是一條原則。

第二條原則。根據全省教學改革，今年中考的招生不採用以往的學分制，而是實行A、B、C、D等級制。根據新的等級制度，學校曾多次召開校務會，確定了今年高中生錄取的成績為6A。這是一條死原則，而且已經上報長樂市教育局備案。具體是這樣的：語文，數學，英語，文綜（政治、歷史），理綜（物理、化學）提前科目（政治、地理、生物、體育），綜合素質為4A。108分-120分之間，為A，98分-107分之間，為B。85分-97之間，為C，75分-84分之間，為D。提前科目相對低一點，平均總分只有100分。

小學升初中，和高中一樣難，因為還沒有取消直升生，各學校從初中開始，就想法尋找優秀生源，這種做法存在很多年了。在長樂市，有一種說法很流行，考初中和高中比考大學還難。為什麼這樣說？根據這些學校的做法，只要是他們選的生源，或者說只要是進了他們的學校，上大學是罐子裡捉烏龜，十拿九穩。但是，要想考進這幾所名校，難度相當大。

小學升初中，主課只考語文，數學和英語，副課要測試體育等，也招特長生。主課每門課120分，總共360分，每門低於110分，基本上不會錄取。無論是中考，或是小學升初中，原則上可以對西南全省開綠燈，外地的生源，只要達到各學校的要求，其中包括贊助費，擇校費，即可錄取。

羅明義接到楊本齋的電話時，他正在看一份內參，內參是省教委印發的，每個月都有這樣的一份內參，反映全省教育方面的資訊、動態，披露和通報各地發生和存在的問題。按說，羅明義這樣一級的人員，是看不到內參的，這份內參，是他在山水區教育局

局長辦公室拿來的，其中有一篇文章讓羅明義特別注意。文章的作者是一個偏遠山區中學的老師，主要是講在他們那裡，由於經濟比較落後，思想觀念比較僵化，老師的待遇不好，很多老師不安心本職工作，其中有一部分老師在外面兼職，有些老師甚至於曠課，放學生的假。大部分學生也不想上學，絕大部分家庭，都不要孩子們去讀書，早早的讓他們外出打工。這位老師要求提高他們的工作待遇，提高他們的生活和物質待遇，也希望城市的老師去他們那裡施教，讓山區的孩子們得到公平的學習機會。

　　這篇文章本來也沒有什麼值得關注的，羅明義之所以關注這篇文章，是他認識那位作者。羅明義轉業的那一年，他在那個山區搞了一年的社教工作，正好就住在那個學校裡，就在那一年中，羅明義看到一些稍有點門路的老師，都紛紛調離了學校，剩下來的就是那些沒有經過正規院校學習的民辦老師，儘管後來這些老師也轉成了公辦教師，但畢竟各方面缺乏資質，因此，山區的孩子要想真正學到一點東西，就必須得到城裡去讀書，這又給每個家庭帶來了一定的經濟負擔。

　　楊本齋的電話響了一會，羅明義才接了。也沒什麼事，楊本齋約羅明義吃飯，飯後又一塊去唱歌。

　　服務生領他們進了一間叫麓麓水的包房，坐定後，楊本齋要了一箱啤酒，還點了些小吃，又要服務員喊兩個美女來陪唱。羅明義制止，楊本齋對服務員說不聽他的。羅明義無奈，隨他去。

　　羅明義和楊本齋兩人坐在一起，一時無語，羅明義掏出香煙，給了楊本齋一支，自己也點了一支。

　　楊本齋點燃煙後，深深吸了一口，朝羅明義靠近坐下。羅明義知道楊本齋有事說，也就近了近身子，兩人好像是那種親密無間的樣子，其實羅明義心裡非常彆扭。

　　果然，楊本齋說：學校的方案基本出臺了，好像已經報了一份給市局和山水區教育局，不知明義兄是否看到？

羅明義沒有看到方案，事實上，這種方案不到最後，他這一級別的，是看不到的。為了不在楊本齋面前失去尊嚴，也為了震震這個楊本齋，羅明義不得不說假話，但羅明義又不想說假話，這就有點為難。不過，羅明義畢竟是羅明義，短短的幾秒鐘他就說：我只看到了其他學校的方案到了，你們的我還沒看到。

這句話的水準，一般的人真是想不到這一層。他既說了假話，又沒有說假話，因為他的確沒有看到二中的；他說了真話，又沒有完全說真話，因為其他學校的也沒看到，他只不過是想告訴楊本齋，他有機會看到這些方案。

楊本齋哦了一聲說：是這樣。我們的方案，和其他學校的方案，沒有太大的差別，基本差不多。

羅明義說：是吧，我聽說今年市局有具體要求，山水區也有明確規定，不過，我還是那句話，上面有政策，本齋兄就有對策。是這樣的吧？

楊本齋笑了，笑得放肆：明義笑話了，我哪有那麼大的膽量，敢不執行你的政策？不過話又說回來，政府定的那些東西，都是紙上談兵，明義兄呀，別怪我嘴損，那些東西，不實用。

羅明義說：政府的那些東西，有些是脫離實際，本齋兄，你們的那些對策，也偏離了現實，也不能全用。

楊本齋說：具體說說，指什麼？

羅明義說：比方說，幾個A，就能培養一個人才？再比方說，分數就可決定一個孩子的前途？我看不一定吧？還比方，一次沒考好，就再也沒有機會了，對孩子公平？

羅明義不知自己怎麼就說了這樣一番話，他原本不想說這些的，這不是給楊本齋口實嗎？果然，楊本齋說：明義兄，你剛才說的這些，都是你們政府定的，我們只是執行者，怎麼說我們偏離了現實？你是制定政策的，我是執行政策的。政策是你們制定的，我就必須執行你們制定的政策。你說我們能怎麼辦？我也知

道現在的教育有些問題，但總要有一種方法來讓每個學生達到你所指的「公平」吧？既然如此，那就只有通過考試。這就叫是驢子是馬，溜溜便知。再說了，考試就是給國家選拔人才，都不考，以什麼作為標準啊？

羅明義說：本齋啊，這個問題還真是幾句話說不清啊，哪天真想和你理論理論。我也是杞人憂天，你說，我就一個孩子，培養好了不就得了，操那份閒心。

楊本齋說：明義兄啊，我能理解你。不瞞你說，我也對現階段的教育模式有些看法，但我等之輩又能做什麼？要說實質，你比我清楚，就是一個短視，一個功利，才讓教育走進了死胡同。

羅明義說：沒想到本齋有這樣深刻的理解，我還以為本齋兄看不清楚這些，沒想到本齋有如此透徹的見解。

楊本齋說：明義兄，我這人從來不說誑語，一就是一，二就是二。我是個實用主義者，我注重的是實惠。就像我們說的考試，我認為考試就是實惠的體現。怎樣衡量一個學生成績的高低？那就是考試。考試又是為了什麼？那就是為了更高的回報。就這樣簡單。其它的，一個道理。比方金錢，我楊本齋並不缺，錢對我的誘惑很大，它能代表我的價值。考試也是一樣。

羅明義對楊本齋的這一番話有點不著邊際，不過，他不想和楊本齋爭。對於教育，羅明義一直保持著清醒的頭腦，他從不人云亦云。再說，這些事和楊本齋爭也沒多大意思，他想改變一下話題，不料楊本齋卻說：明義啊，說到這個問題，我還真想和你瞎扯扯。有人說，中國教育重視基礎知識的鞏固，美國教育重視創造力的培養。你認為如何？

羅明義說：的確是這樣，中國教育注重知識的灌輸和知識的熟練掌握，重視「精」和「深」，而國外教育特別是美國教育，注重對知識的靈活應用，重視「廣」和「博」。以數學為例，中國教育使用題海戰術，教師讓學生重複練習，直至到了爐火純青的地步。

美國學校的數學教育則基本上是點到為止，教師一般不要求學生做完教科書上的習題，常常只要求做單數題或雙數題。

　　楊本齋說：這只是方法上的問題，還不是模式的問題。

　　羅明義說：正是因為這些方法上的問題，才看清楚了我們模式上存在的問題。中國基礎教育是訓練學生熟練掌握技巧，美國教育只是讓人明白是怎麼回事，至於學生今後是否要以數學工程作為事業，則由學生今後自己去選擇，學校的教育沒有必要強迫學生把那些技術練得爐火純青。

　　楊本齋說：所以說，中國教育是「精英」教育，把那些不能把知識學得精深的人淘汰出去。

　　羅明義說：國外或美國教育是普及與精英相結合的教育，可以讓學生自己選擇是當平民還是做「精英」。自己選擇走精英道路的，需要艱苦奮鬥。選擇走平民道路的，接受普及教育，平平淡淡與世無爭地接受社會生存所必需的基本知識的教育。這就是為什麼很多知識的教學只是點到為止而已。這樣的教育是大眾化的平民化的教育。雖然每個美國人在十六歲以前必須接受強制性的教育，但是這種大眾化的教育卻比較普及，也就是標準比較低，它適合於絕大多數學生的接受水準。在國內，由於教育資源的匱乏，就業市場的限制以及人文環境諸因素影響，我們的教育只能這樣「公平」地讓每個人參加考試。中國學生在這種社會形態下沒有選擇的餘地，美國學生則不同，選擇走「精英」道路的少數人，只要艱苦努力、認真學習，力求精和深，同樣也能實現自己的精英教育。因為這是自己的選擇，沒有來自社會、家庭強制的壓力，所以有一種愉快的發自內心的動力。

　　羅明義繼續說：兩種教育除了自我的定位問題之外，在學業課程的選擇上還有很大的區別。中國教育要求數理化各科面面俱到，哪一學科學得不好都有可能對人生前途造成致命的影響。美國的基礎教育在達到最基本的要求的基礎上，允許學生有較大選擇的自由。比如，一位學生對物理、化學或生物不感興趣，感覺有

很大的困難,可以只選修比較基礎的課程,而選修較多的自己擅長的感興趣的課程,只選修理、化、生其中的一門,同樣可以達到高中畢業要求,也能進入頂尖大學,同樣有機會成為精英。

一排美女被領班帶來了,楊本齋要羅明義點人,羅明義有點為難,楊本齋指了兩個,其他人走了,留下的兩個主動坐到了羅明義和楊本齋身邊。楊本齋和那位很親熱,羅明義這邊的那位有點不自在,問羅明義想唱什麼歌,羅明義說隨便。那位就起身去點歌。

羅明義和楊本齋繼續說著話。楊本齋說:二中初升高6A,還有其他的4A,總共10A,小升初是從高錄到低,不設最低分。

羅明義說:前兩天《長樂晚報》上有個預測,預測得比較準。

楊本齋說:這個預測,是我們幾所名校花錢聯合搞的,目的就是吹風,讓家長和考生有一個底數。

羅明義說:這個我已經猜到了,我知道是你們搞的,以前,也搞過類似的預測。

楊本齋說:你讓你小姨子的孩子,還有你小孩,參加二中組織的培訓班,其他的,以後再說。

羅明義說:知道了。謝謝本齋兄,還得請你多費心。

楊本齋說:這樣說就見外了,明義,我們之間還用得著客氣?

羅明義說:那是,那是。本齋兄的情,我心裡有數。

楊本齋說:我見多了,每年的這個時候,熱鬧了,校長副校長躲起來,我這個招生辦的小蘿蔔條就得頂著。有時候,我就想,這就和古代的考狀元一樣,走獨木橋。有時候我也不明白,難道就沒有別的橋可走?

羅明義說了一句:狀元劫。楊本齋問羅明義說什麼,羅明義含糊其辭說:和古代考狀元差不多啊,十年寒窗,只要考上了,中得了狀元,那就不得了。可如今,北大畢業生還有在家賣豬肉的。

楊本齋說:那只是個例。

楊本齋點的歌出來了,楊本齋說唱歌,丟下羅明義,和小姐合唱去了。

# 第八章

# 獨木橋，奈何橋

　　高考的兩天，羅明義忙得不亦樂乎。先是帶著他們的組在各個考點仔細查看了考場的每一個角落，那仔細的程度不亞於是在例行一次安檢，大到桌椅板凳的擺放，小到一張紙屑也不放過，特別是對安裝在各個部位的監控系統，進行了嚴格的檢查。又從電腦中調出他們組管轄的監考人員，對他們的資料、介紹以及歷年監考的情況逐一過細看了一遍，發現沒有問題後，才加密關了電腦。三天裡，羅明義吃住在單位，手機也關機，不許和家人聯繫，兩點一線：單位，考場。考場，單位。他不需要監考，但他必須時刻保持高度的戒備狀態，以保證有一定的時間和精力處理一些意料不到的突發事件。

　　羅明義是軍人出身，他很清楚高考的二天一直是處在一級戰備狀態，保安，交警，民警，巡警，甚至有些地方還出動了武警。保安一直在考場內外進行秩序維護，交警對一些道路實行了管制，民警對考生提供必要的幫助，巡警五人一組沿街不間斷地巡邏，武警絕對待命，隨時隨地處理突發性事件，以確保萬無一失。考場內，考生們看似安靜地思考著卷面上的題目，實則處在高度的緊張狀態中，校門外，擠滿了考生家長，密密麻麻到處是人，那情景，像是小時候踩到了一窩螞蟻，羅明義只覺得黑壓壓的到處是螞蟻。

　　高考第一天就出現了狀況，一個考生被保安攔住不讓進校

門，學生的家長在和保安交涉，保安怎麼也不同意。學生家長有點急躁，對保安說話也越來越不耐煩，保安只是一句話：我也沒辦法，這是上面規定的，沒有准考證，就不能進去。眼看時間在流失，學生家長越發急躁了，他開始罵學生了。

學生是位靦腆的男孩，沉默著一言不語，滿臉的汗水，好像也有了眼淚。他怯怯地站在那裡，兩眼盯著地面不敢望別處。那位家長是他的父親，他的母親卻在學生的身上搜來搜去，翻遍了所有的口袋，又去翻他父親的，他父親一手擋開她，說我身上什麼也沒有。那父親問是放在了家裡沒拿還是丟在車上了，學生說我好像是拿了的。父親就去翻那些資料，資料袋中有考場用的學習用具，還有一些相關證明，都是考試必須準備的，就是沒有准考證。

一定是丟在了車上。那位父親肯定地自言自語。好，好，好。他又一連幾個好字，聽得出他是咬緊牙關說出了這幾個好字。他的氣憋在肚子裡，學生的母親知道他想爆發了，就在一邊安慰。她說：別急，急也沒用。再去求保安，保安還是公事公辦的態度，不管怎麼求保安，保安就是不允許。學生的父親這下火冒三丈，劈頭蓋臉對學生罵起來：你還是人嗎，一點小事也辦不好，走時一再叮囑別落下什麼，這下好了，考不了。考不了就不考了，反正你也考不出好成績來，平時就一副瘟神相，關鍵時刻還是一副瘟神樣，你看你。不考了。他說的是氣話，他當然不會放棄，他還想去求保安。周圍的人勸他，說都這樣了，就別怪孩子了，孩子也是緊張，孩子也怪遭孽的，你這一罵，孩子還能有好心情？苦了三年，不就是為了這兩天？就有很多家長替他出主意，說趕緊的打車回去看看，是不是落家裡了。要不找找學校領導，說說，再不然報警，請警察出面協調一下。那位父親也覺得自己過了，就問學生：你仔細想想，拿了沒有，按說不會丟的，其它資料好好的，偏偏就丟了這東西？學生在哭，只掉眼淚，不出聲。見狀，那位父親又要發火，見那麼多人望著他，忍了。拉過學生，手在他頭上拍了拍，算是一種安撫。學

生很溫順，眼淚像斷線的珠子。

羅明義正好路過這裡，他在人堆中發現了這裡的異常，就過去了。瞭解到情況後，他也覺得問題有蠻嚴重，但他不能給學生和學生家長加壓了，就對保安說：我是山水區教育局的，這次的高考監管小組成員，你看就要開考了，晚了就來不及了，是不是先讓他進去考，我來協調其他方面的工作？保安說：不是我不通情，沒有准考證，誰也不能進去，這是上面規定了的，我也沒辦法。羅明義說：我知道，但現在情況不是特殊麼，我也知道這是違反規定的，總不能眼睜睜看著他進不了考場吧？保安說：我也沒辦法。羅明義說：我們不是在想辦法嗎，只要你放他進去，我立即給市局和省考試院相關領導請示，有什麼問題我負全部責任。保安說：我也不知道你真是教育局的還是……羅明義馬上掏出工作證：這是我的工作證，我先壓在你這裡，我把事情辦好了再來拿證件，你看行不行？這時，其他家長都在求保安，大家七嘴八舌在說著好話，保安有點為難了。

羅明義撥通了一個電話，他說：吳局長，我是山水區教育局二科的羅明義，有一件很緊急的事需要向你彙報，有一個考生，因為准考證丟失，進不了考場，家長和考生都急壞了，考試馬上就開始了，請示局長是不是……羅明義沒說完，吳局長在那邊說話，羅明義嗯嗯是是在應著，又說以前也出現過類似問題，是這樣處理的，好好好，那就這樣，謝謝吳局長關心，我一定轉達，就掛了電話。

羅明義轉身問學生：你還記得准考證上的號嗎？學生囁囁嚅嚅，半天講不清楚，急壞了了一旁的父親，突然對他就是一巴掌：你的書都讀到卵裡了。

羅明義被這突如其來的一巴掌弄懵了，待明白過來後，他對那位父親說：這能全怪孩子嗎，你們幹什麼去了？孩子沒有經驗，又面臨高考前的心理壓力，你們當父母的為什麼不能替孩子檢查檢查，都這樣了，還怪孩子，怪了也就怪了，還動起手來，也不看時候和場合，有你們這樣做父母的嗎？我看是你們大人沒有一點責

任感。羅明義也不知道自己為什麼說了如此一番話，他只是覺得這父親實在可惡。

羅明義的話一完，圍觀的家長就你一言他一語地譴責那位父親，有人說趕快想辦法，有人在給孩子支招，有人還說這是誰家的政策，丟了准考證就不能參加考試，說什麼的都有，一時間，失去了控制，好像大家都一肚子的苦水和怨言。

就在這時，孩子突然撥開人群跑了，誰也沒想到孩子會跑開。孩子的父母立即追趕過去，所有的人不知所措，連羅明義也不知該如何是好。

羅明義等了一會，也不見孩子被他父母追回來，一看時間，只好悻悻進了校門。

以前，羅明義每年都參加高考的組織工作，也碰到過一些特殊情況的發生，統稱為高考綜合症，譬如考生考試過程中暈倒，神經高度緊張做不出題，突發性精神分裂，焦慮煩躁情緒反覆無常，厭食失眠精神崩潰，頭暈頭痛胸悶，這些現象經常有發生，大家也就見怪不怪。也有出現准考證丟失或忘記攜帶的現象，還有其他一些情況，最終問題都能得到解決，像今天這樣的情況，羅明義還是頭一次碰到，這件事對羅明義的刺激頗為強烈，那位父親的樣子就這樣刻在了他的腦海中，他突然有一種如臨深淵的感覺。考生們正在接受進入考場的檢查，羅明義看到檢查人員一個一個地對考生做全面的檢查，使用了比安檢還要嚴格的檢查設備，檢查的仔細程度決不亞於安檢。以前，他並不覺得什麼，現在，他有一種無奈，一種迷惑，還有悲哀、麻木的成分。

這兩天中，羅明義一直在想那孩子，他托人打聽過，沒有那孩子的消息，也不知那孩子現在怎麼樣。羅明義突然想，那孩子不會就這樣出走了吧。

羅明義有點擔心起來，與其說是在擔心那孩子，不如說是羅明義對羅小義的將來有些擔憂，誰又保證這種情況不會發生在羅小義身上。

高考結束後，張小燕找羅明義吵了一架，原因是高考的幾天裡，中、小學生都放假了，張小燕原本給羅小義安排了幾天的課程，羅小義沒有按照張小燕的安排去學校上課，而是參加了一個籃球沙龍活動，活動的地點在鄰市，由西南省的一家經濟電視臺組織的，由北京某著名籃球主持人現場指導，一共三天，收費每人五百元。羅小義班上有同學參加，羅小義經不起同學們遊說，就想參加。按說，這種活動張小燕原來也是支持的，羅小義讀小學以來，體育一直不達標，張小燕還急，也想過一些辦法培養羅小義一些體育方面的興趣。這次參加活動，張小燕雖然不贊成，但經不起羅小義爛纏，也就同意了。雖然同意了，但張小燕一百個不舒服，她認為現在到了關鍵時候，學習是第一位的，而且馬上就要考試了，這些活動能不參加就儘量不要參加。本來也沒有什麼，問題是張小燕在和羅明義說到這件事情時，羅明義不但不贊同她的觀點，反而說既然讓他參加了，事情也結束了，就不要再囉嗦了。羅明義的意思是要麼不讓去，去了就去了。張小燕一直不喜歡羅明義的這種口氣，原本想在他這裡得到理解，不料羅明義是這樣一種態度，儘管她早就知道羅明義會是這樣，但還是憋得難受，吵架也不斷升級。張小燕說：都是你慣的，和你娘一樣，沒有一個好家教方式，都是慣，看你自己，就不要看羅小義了，以後就一樣。羅明義說：是我慣的，又怎麼樣？我沒出息，那你呢，你家沒慣你，你的出息有多大？張小燕說：我是沒出息，但也沒吃你的。正因為我沒出息，我才希望羅小義不要像我。羅明義說：羅小義的出息，不是你說了算，也不是我說了算，要靠他自己。張小燕說：就你這樣教育縱容慣肆孩子，能培養出好人來？趁早，趕緊調離教育系統，別貽誤別人家的孩子。羅明義說：別人的孩子怎麼樣，我是管不了的，也沒有這個權力，羅小義我就是這樣管的，我要給他空間，我小時候也沒讀多少書，不也要生存，總有我一席之地。張小燕說：你是沾了國家的光，現在都什麼年月了，還抱著過去的觀念，也不看看現在競爭有多激烈，沒有高學歷，就沒法競爭，就會淘汰，沒法立足。我算是

瞎了眼，找了你，一輩子沒望頭了，我不能讓羅小義害別的女人，我就是要羅小義有出息，我要他當省長，當部長，當總理，至少，我也要他會賺錢。羅明義說：不可理喻，你就知道他不能當省長部長？再說了，省長部長一屆不也就幾十個。張小燕說：哪個省長部長不是清華北大出來的？我就要羅小義成為幾十個中的一個，不行？羅明義說：懶得和你說，瘋子。

羅明義沒再理睬張小燕，接近晚上，羅小義回來了，進屋後書包往沙發上一扔，就逕直進了羅明義書房，打開電腦電源，又進了廁所。

羅明義坐在沙發上看電視，他一直在觀察羅小義，羅小義進屋並沒有和他打招呼，羅明義的目光一直跟著羅小義，羅小義從廁所出來，羅明義和他打聲招呼，羅小義應了一聲，也不喊爸爸，逕直進了書房，坐在電腦前開始玩遊戲。羅明義笑笑，幾天沒見，這小子好像無事一般，羅明義想自己在兒子心裡沒一點地位。張小燕從廚房出來，喊了一聲羅小義，羅小義沒有答應，張小燕又喊了一聲，聲音也提高了：又在玩電腦是吧？氣衝衝進了書房，要去關電腦，羅小義不讓，說：幹什麼。張小燕說：你說我幹什麼。羅小義不吭聲，繼續玩他的遊戲，張小燕又要搶他的滑鼠，羅小義不讓，大聲對張小燕說：幹什麼啊。張小燕說：關機，做作業。羅小義說：老師沒佈置。張小燕說：不可能。羅小義說：隨你信不信。張小燕說：羅小義，我警告你，別給我來這一套，下不下來。羅小義停止手中的遊戲，煩躁又無奈地望著張小燕說：隨你。張小燕說：羅小義，要得，你這樣望著我，還想吃了我？羅小義別過臉去，嘟噥一句：就是沒有佈置作業嘛。很委屈的樣子。張小燕問：為什麼？平時不是都佈置作業嗎，為什麼今天沒有？羅小義說：我怎麼知道，你問我老師去。又說：老師說以後有作業發到你手機上。張小燕說：什麼意思？發到我手機上？羅小義說：發到你手機上，家長就知道學生要做些什麼作業。張小燕問：為什麼這樣？羅小義說：有一些學生不按時完成作業，但家長還在上面簽了字，老

師說學生欺騙家長,所以就要發到大人的手機上,你們就知道我們在家要做些什麼作業了。就這樣。張小燕說:哦,這是好事,說明你們老師蠻負責任的,早這樣就好了。羅小義說:負屁責任。張小燕說:為什麼這樣說?羅小義說:我們老師喜歡打麻將,放學了就去打麻將,把作業發給你們,是要你們管唄。張小燕問:你沒騙我?羅小義說:我又沒騙你,同學們都是這樣說的。張小燕說:不可能,你們老師不會這樣子的。羅小義說:信不信由你。張小燕要打老師電話,羅小義說:我可沒跟你說什麼,是同學們講的。羅明義也在一旁說:要打電話也不是現在啊,讓老師知道是羅小義說的啊?豬腦子。張小燕凶:你是科長,那我跟你反映情況,你來解決啊。羅明義,我告訴你,他們老師真要是這樣子,崽不去《長樂晚報》反映情況。羅明義說:好好好,你去反映情況,記得說是羅明義縱容的哦?張小燕氣得將炒菜的勺子往廚房一丟:羅明義,你是想跟我過不去是吧?沒有你這樣做父親的。轉身又對羅小義說:你們的老師還是蠻好的,不管現在是個什麼樣子,崽哎,你要好好學,要爭取在班裡是一二名,在年級前十名。羅小義哼了一聲,自個在嘀咕:好個屁,老師自己又不改作業,都是班上的同學在批改,沒有完成的,那些人就告狀。討厭死了。張小燕說:老師為什麼不親自批改作業?羅小義說:我怎麼知道。

　　張小燕要羅小義下來,羅小義說玩了這一注,張小燕不幹,就強行關了電源,羅小義一甩滑鼠,嗖就站了起來。張小燕說:羅小義你什麼態度。羅小義說:就這態度。張小燕說:我還錯了?你衝什麼衝。做作業去。羅小義說:你聽不懂中國話呀,告訴你沒有佈置。張小燕說:沒有佈置,你就不能複習複習?羅小義說:我才放學,總要我玩一會吧?張小燕說:你還有時間玩?就要考試了,你要是考不好,我是沒有冤枉錢出。擇校費,二三萬呢,送禮的錢還要好幾萬呢。再說,要玩就好好玩,也不要玩電腦吧?羅小義說:哥哥說的,玩電腦就是休息,放鬆腦子。張小燕說:歪理。哥哥你也學呀?玩上癮了,哪有心思學習?羅小義不屑:切。我告訴舅媽,

你要我不學哥哥。張小燕哭笑不得。

羅明義起身，拿出了圍棋。以前，羅明義總找些時間和羅小義下圍棋，起先，羅小義不會下，但有興趣，羅明義就教他。下了一段時間後，羅明義下不贏羅小義了。羅小義的佈局很大氣，還能看到三四步棋子以外的走向。看到羅小義還在生氣，羅明義故意逗：來，兒子，和老爸下一盤。羅小義懶散答一句：來錢不？羅明義正想說怎麼個來法，張小燕從廚房出來說：不在電腦上就玩這些玩意，還要來錢，誰告訴你的？羅小義說：爸爸啊，他上次還輸了錢給我呢。張小燕氣不打一處來：羅明義，這就是你教崽的方法？羅明義解釋：不就是下盤棋嘛，至於大驚小怪嗎？張小燕說：我說的是下棋嗎？我說的是賭錢。羅小義說：姓張的，你打麻將還打錢呢？張小燕吼：羅明義，你聽聽，你兒子喊我姓張的。羅明義說：兒子，這樣子不對，怎麼能喊姓張的呢？要喊姆媽。羅小義小聲說：本來就是姓張嘛。

張小燕回到廚房，她弄了一會又出來了，她一直在生氣，生羅明義的氣。她對羅明義說：你看看，你兒子都這樣了，你在一邊一句話也沒有，你還是人嗎？羅明義說：你要我說什麼，玩遊戲我是反對的，但放鬆一下，我認為是對的。你總不能讓他一刻也不停吧，機器工作久了還要休息吧。張小燕說：我就知道，你會慣著他。都什麼時候了，你還這樣，羅小義的事，我不管，反正錢我是不會出的，考得好考不好，我不管了。你做父親的，沒有一點責任感，子不教，父之過。羅明義最不喜歡聽張小燕這句話，說：你不管就別管。張小燕說：你說的呀，我要是再管羅小義的學習，我是畜牲。說完又進了廚房。

羅小義有點煩，起身進了書房，羅明義也跟進了書房。羅小義坐在電腦前，一臉的不高興，見羅明義進來，也不理睬。羅明義用手摸了摸羅小義的頭，羅小義閃開了。羅明義說：爸爸和你談談。羅小義懶懶應一聲：談什麼呀。羅明義說：談談你的學習。剛才我和你媽媽的談話，你都聽到了，我反對，並不是說你是對的，玩遊

戲我是反對的，看看你感興趣的東西，爸爸不反對，老是沉迷於遊戲，會分心的，對你的學習沒有幫助。我以前曾讓你看了一個新聞，一個學生，整天沉迷於遊戲之中，他分不清楚現實與虛擬世界了，一次他來到一棟大樓樓頂，他以為自己還在遊戲中，就跳了下去，他以為和遊戲中一樣，只要出點血，又能活過來，結果死了。還有幾個一樣的案例，一些學生拿刀子砍人，自戕，結果也差點弄出了人命，那都是分不清楚虛擬和真實了。你看，多麼可怕。羅小義說：弱智。又說：我像他們一樣？我只是隨便玩玩。羅明義說：是呀，那些人剛開始也和你的想法一樣，結果，上癮了，就像吸毒品一樣，可怕。羅小義說：我們學校也有幾個人，中午偷偷外出玩遊戲，被學校開除了，結果離家出走，天天在網吧裡，家裡人找不到，也就不找了。羅明義問：你怎麼知道？羅小義說：我怎麼不知道？在QQ上看到了。羅明義警覺起來：你也在外面上網了？羅小義不回答，羅明義又說：告訴我，是不是？羅小義說：就一次，我只是進去了，沒玩，我是看其他同學在玩，就看到了。羅明義說：羅小義，你在家適當玩玩，爸爸並不反對，你要是去網吧玩，那爸爸就會不客氣的。羅小義說：你可以去問我同學，那地方，打死我也不去的。羅明義說：這樣好，這樣好。就要這樣，爸爸相信你。

羅小義突然喊了一聲爸爸說：那讓我玩一盤？羅明義說：不行。羅小義說：你剛才說了的，在家裡適當玩玩可以的，怎麼說話不算數了？羅明義說：我是說適當，又不是說現在。羅小義說：現在不是適當，那什麼時候才是適當？羅明義說：比方你放假了，比方你作業做完了，比方……羅小義說：我現在不是沒有作業嗎。放假了作業還多些，根本就沒有時間玩。羅明義說：現在沒有作業也不行，就要吃飯了，吃完飯就趕緊把作業做了，還要複習一會。哪天考試老師講了沒有？羅小義說：沒有，不過快了，我們的課老早就講完了，現在一直是複習，在學校都複習無數遍了。羅明義說：總之要認真，不能應付，應付是欺騙自己，爭取考一個好的學校。如果這次考得不好，暑假你再去參加四大

名校的複習，再拼一拼。

羅小義不做聲，好一會說；一複習我就煩躁，沒勁。羅明義說：那就是你基礎打得不好，所以沒有興趣。羅小義說：切。羅明義問：你切什麼，我說得不對？羅小義不做聲，又想去開電腦電源，被羅明義按住說：罵不怕是吧，你媽媽才生氣不理我們了，你這樣，我真的會有意見的。實在憋不住，看會電視也行呀。羅小義說：我看不進。煩。羅明義問：你煩什麼？羅小義回答：都煩。羅明義問：你剛才「切」什麼？羅小義反問：切什麼呀。羅明義說：我說你是不是基礎沒打好，你說切。我問你切什麼。羅小義說：怪我？羅明義問：什麼意思？羅小義說：老師講課速度太快，也不管我們聽懂沒有。羅明義問：為什麼快？羅小義說：我曉得？羅明義問：你在第二課堂時，又說那些老師講課進度好快，你們學校講的課程慢了，跟不上，這是怎麼回事？羅小義說：我是說方法，不對，是老師講課的啊呀不知道怎麼說。比方一道數學題，要幾個步驟，第二課堂省略了步驟，我們學校雖然講全了步驟，但是太快，我們哪裡記得住？羅明義問：那老師為什麼要講這麼快？羅小義說：聽不懂中國話呀，我說了，我不知道。

張小燕也來到書房，見羅小義還坐著，要羅小義看會書，去找了英語課本讓羅小義讀。羅小義不接，也不望她，張小燕揪住他耳朵把頭扭過來。羅小義兩眼一瞪：你幹什麼呀。張小燕凶：你什麼態度。又對羅明義說：你看看，都是你慣肆的，對我這麼凶，你無事一般。子不教，父之過。想起廚房灶爐上燒著東西，就過去了。邊走邊對羅小義說：你給老子讀十分鐘英語，之後再吃飯。羅小義回答：不吃。羅明義說：羅小義，你不能和媽媽這樣說話。羅小義說：我就這樣。羅明義說：你這個態度讓爸爸很傷心。羅小義說：傷心總是難免的。歌詞裡這樣唱。羅明義忍不住笑了，卻說：看一會書，一會喊你吃飯。也出去了。

這邊張小燕嘔了一肚子氣，那邊張小北也很鬱悶。張小北給張小燕打電話，說是過來吃飯，張小燕說你來呀。

張小燕臨時加了菜，喊羅明義下樓去買啤酒，說是張小北過來吃飯。羅明義下樓去了，張小燕又趁機對羅小義說：待會舅舅來吃飯，你加緊看會書，吃飯後把作業做了，再複習一個小時，讓舅舅看看你的表現。

　　張小北一會就到了，張小燕說這麼快就來了，張小北說就在附近辦事。和羅小義打了招呼，羅小義喊了聲舅舅。張小北開了電視，一邊調台一邊問羅明義沒回來。張小燕說他下樓買酒去了。

　　一會，羅明義進屋，張小燕要羅明義張羅先吃，她還弄兩菜。張小北說隨便吃，席間，張小燕問：謝敏知不知道你不回家吃飯？張小北說：知道。張小燕說：是不是有事？張小北說：沒事。羅明義說：北哥來吃餐飯，你問那麼多幹什麼？張小燕說：張小北什麼時候主動打電話過來吃飯的。又對張小北：肯定有事，和謝敏吵嘴了？張小北說：是，吵了一架。張小燕問：為什麼？張小北說：還不是為小棟的事。羅明義問：小棟怎麼啦？張小燕也問：小棟沒事吧？張小北說：先吃飯。羅明義知道張小北有些事不想當羅小義面說，也就不再問，和張小北碰杯喝酒。張小燕還要問，羅明義說：什麼事也要先吃飯不是？雷公還不打吃飯人。

　　羅小義一放碗，張小燕就讓他進屋做作業，羅小義磨磨蹭蹭，一會喝水，一會調台，一會又坐到桌前夾菜。張小燕說：羅小義，你是不是要我發寶氣才動？我要是發了寶氣，就有你好果子吃。羅小義說：怪我？老師還沒有發資訊來，我不知道做什麼。張小燕說：那你就先看會別的書，去去去，看看英語。羅小義說：總是看英語，我英語最好。張小燕說：好還打九十五分，一百一十分以上，你再和我說好。羅小義說：我們班上還有打四十分的。張小燕說：出息，為什麼不和第一名第二名比呀，別人打四十分，我管不著，你要是這個分數，看我怎麼收拾你。羅小義說：切。

　　羅明義問羅小義怎麼回事，羅小義反問什麼怎麼回事。羅明義說老師沒有發資訊是怎麼回事。張小燕替羅小義說了是怎麼回事。羅明義就要張小燕和老師聯繫。張小燕打老師電話，老師說

早發張小燕手機上了。張小燕說沒收到，想起自己是一卡雙號，問老師發的哪個卡號，老師說發哪個卡號，張小燕說要發哪個卡號才能收到，要老師再發一遍。一會，信息進來了。

羅小義進屋做作業，羅明義和張小北啤酒喝得也差不多了，就問了小棟的事，張小北這才說了原因。

因為高考，小棟也放了二天假，小棟高二馬上就要畢業了，按慣例，高考結束後他們就要學位考試了，他們已經把高三的課程全部學習完了，下個學期開始，就進入全面的複習和一頭紮入題海中，準備高考衝刺。小棟學校這二天不想放假，但放假是西南省教委定的，歷年都是這樣操作的。學校就想既不放假，也不違背上級精神，想了一個辦法，由一部分老師擔任補課代表，臨時租一個地方對全校高中生補課，只是必須由學生自己提出來，學校並不想給人強求的印象，同時收取一部分費用。費用的標準每天一百元，外加場地租賃費五十元，一共三百元。

既然是學校提出來的，學生們自然得參加，這裡有一部分學生和家長是自願的，也有一部分學生和家長是不太願意的，只是不好意思不參加，當然也有個別的同學和家長不會參加。小棟那天正趕上感冒，沒有把這個消息告訴家裡，第二天感冒加重，母親謝敏帶他去社區衛生院打點滴，打到一半時，小棟和謝敏說了補課的事。謝敏一聽，臉色大變，說小棟太不懂事，這麼大的事不和家裡說，掏出手機和老師聯繫。打完電話後，劈頭蓋臉一頓臭罵。先是罵小棟，說他是偷懶，逃課，沒有上進。又說老師不負責任，這麼大的事情不和家長溝通，繼而埋怨學校，說這樣的學校怎麼能培養出好學生，又怪羅明義沒有幫忙，要是能進一中或二中這類學校，也不要她這麼操心了。最後，她把火氣全部撒在了張小北身上，說張小北只顧在外玩，不關心小棟，崽不是她一個人的。發完無名火後，謝敏撥通了張小北的手機。

謝敏在電話中說：張小北，你在哪裡？

張小北說：你什麼事？

謝敏問：你在哪裡吧。

張小北說：我在單位。在開會。

謝敏情緒明顯失控：你只曉得開你的卵會，小棟的事你就一點也不放心上。這伢崽，氣死我了。

張小北說：小棟怎麼啦？感冒好些了沒有？

謝敏說：你還知道他感冒了啊，我以為只有我知道呢。

張小北說：有什麼事，快點說，我還在開會。

謝敏說：開什麼會，你快點來，我這裡有事，限你二十分鐘。

二十分鐘後，張小北並沒有到，謝敏又撥通了張小北電話，這次，張小北並沒有接，只是按了。謝敏再撥，鈴聲響幾下後，張小北關了手機。這下，謝敏火山爆發了，她把手機往床上一扔，對小棟說：你爸不管你，我也懶得管。小棟一臉虛汗，怯懦地看著母親，想說什麼欲言又止。

謝敏拿了手機出去打電話，小棟把臉別向內側，一滴晶瑩剔透的淚珠從他眼角流出。

一會，謝敏進來，風風火火說：打完針你就去上課，我和你們老師聯繫好了，好像是在糧油大廈的九樓，就在你們學校隔壁，近。

小棟面對內牆，沒有回答，此時，從他眼角流出的不是一滴晶瑩剔透的淚水，而是一串，只是謝敏沒有察覺。見小棟沒有吭聲，謝敏又說：小棟，你聽到沒有，吭一聲啊。

小棟還是沒吭聲，謝敏就來氣了：你這伢子，就這點出息，你應一聲啊，聾了？還是啞了？我算是看出來了，我呀，勞碌的命，操閒心的命，我是不指望你什麼了。說完大聲吆喝護士過來。護士過來後，謝敏說能不能快點？護士說只能這樣，快了他受不了。謝敏只好算了。

謝敏用手去探小棟的體溫，小棟不配合，不小心謝敏的手觸

摸到了小棟眼角的淚水，這一下，謝敏又起高腔了：你還委屈？你就這點出息？還大男人，哭能出成績，那我陪你一塊哭。我，唉，就這個命。勞碌的命。

醫院裡還有幾個看病打針的，一位上了年紀的老人對謝敏說：你崽吧？謝敏說：哪是崽，是爺，活爺。老人轉向小棟，問：小夥子，哪裡不舒服啊？小棟沒有回答，也沒轉過身子來，一旁的謝敏說：爺爺問你呢。一點禮貌也沒有。老人說：算了算了，孩子不舒服，沒心思說話。轉向謝敏說：我剛才聽你一直在說，孩子上課，這幾天，全市不都放假了嗎？謝敏說：他們學校不放假，哦，不是，他們學校也放假，孩子高二要畢業了，學校抓得緊，額外補課。老人問：孩子是哪個學校的？謝敏回答：十二中。老人說：十二中老師不錯啊，還能替孩子們想。當然，衡量一個學校怎麼樣，衡量一個老師怎麼樣，就看孩子們高考成績如何，考了什麼樣的學校。我也是老師出身，從鄉下教起，一直教到城裡，直到退休。如今，老啦。

說到這裡，老人一臉紅光，那份自豪感不亞於當年。老人繼續沉浸在他的往事中。老人說：那時，我們也給孩子們開小灶，就是現在講的補課，不過不是全面的補，只從一些尖子生中挑選一部分。那時，並不提倡補課，不過，我們當老師的，希望自己的學生考上大學，考一個好大學，那是我們老師的心願。現在想想，老師也偏心呀。說完豪爽地笑了。

謝敏疑惑，問：老人家，為什麼說偏心啊？

老人說：那時不是不提倡補課嗎，我們老師又想送幾個孩子出去，因為精力有限，我們也不收取任何報酬，所以就私下裡給一些苗子補補課，開開小灶，就是這樣。這對其他孩子不公平，所以說偏心啊。

謝敏哦了一聲，若有所思地說：老師也偏心的。

老人問：孩子們補課，學校收費嗎？

　　謝敏回答：收。又說：這也是應該的，現在是一個經濟社會，誰還會學雷鋒，付出了，就要收穫。這和嗲嗲你們過去一樣。

　　老人說：怎麼能一樣？我們過去是不收一分錢，別說不收一分錢，就是孩子們的家裡送個雞蛋什麼的，我們都退回去的。要是有孩子住校沒有生活費什麼的，我們老師還拿出自己的錢。現在，都變了，變了，變了。副業。

　　謝敏說：有什麼辦法，都這樣。我們也不想，一點錢，都投他身上了，還不知道珍惜，說不去就不去，太不心疼父母親了。突然又說：老人家，我是說過去你們補課，雖然不收一分錢，但你們也有回報，孩子們考上了，你們的功勞。要感謝你們。

　　老人笑了，說：是這個理，這話說到我心裡了。不瞞你說，我送出去的那些個孩子，現在還和我保持聯繫，他們出息了，我高興，他們是我的作品，作品，懂嗎？

　　謝敏詫異：作品？

　　老人揮揮手：你不明白，不明白。說完又哈哈笑了。

　　謝敏問：老人家，你說，是過去好還是現在好啊？

　　老人說：你指的什麼啊？

　　謝敏說：我也說不清楚，我總感覺小孩子的學習讓我感到透不過氣來，我要是老師，我只怕要瘋。

　　老人說：不儘然，老師只是一種職業，不是具體的，它是一個抽象的稱謂。老師要服務的對象是學生，而你，服務的對象是你的兒子。在情感上是不一樣的。在寄予上也是不一樣的。在回報上更不一樣。因此，你會感到前所未有的壓力。

　　謝敏說：老人家，你說我該怎麼做才對？

　　老人說：沒有什麼對與錯。做你認為值得做的事。這個值得做就是：你做了後，你的兒子高不高興，有沒有價值，值不值得。如果你付出了，得不到理解，得不到支持，甚至還傷害到你身邊的

人，那你就要好好想想了。

謝敏說：你說得太對了，你看啊，我為了這個崽，自己辭了工作，整天圍著他轉，當祖宗一樣侍候著。這些還不說，我在他身上花了多少錢，這個培訓費，那個補課費，一個月要花一二千塊。可是呢，他怎麼樣？不但不領情，學習還這樣上不去。學校要補習，他都不跟我們說一聲。你說我氣不氣啊？我憑什麼熱臉對冷屁股啊。有時候，我真是想不通，真想離家出走，真想死了算了。

老人說：這是你的不是了，為什麼這樣說，你聽我解釋。別不高興啊。第一，你辭職陪讀，我是歷來不主張，也不贊成。為什麼要去陪讀呢？第二，你說花了些學習上的冤枉錢，你為什麼要去花呢？首先是你自己沒有思想，你願意花這個錢，以為花了錢就能萬事大吉，不是這樣的，錢要花到刃上。我們很多家庭，在小孩子讀書方面，太捨得花錢了，總想這錢反正是給孩子的，留著還不如現在投資教育，總想著現在投資了，一定會有回報的。殊不知，有些投資是不能講回報的，也不一定有好回報的。第三，你在孩子面前說要離家出走，想死，這是負責任的話嘛，這是一個母親在兒子面前說的話嗎？不是給孩子添堵麼？有些事情，很多時候是自己給自己添加壓力。對孩子的教育也是一樣。

謝敏臉上有點掛不住，但還是裝作笑臉說：老人家教訓得是。心裡卻在說：老頑固，說話不留一點情面。

張小北這時來了，謝敏的臉色落了下來。張小北看了看小棟，問怎麼樣了，小棟懶懶地應了一聲，說好些了，只是沒勁，想嘔，頭有點暈。張小北摸了摸小棟的額頭說：不怎麼燒了，再打兩天針會好的。要快點好，別影響了學習。

謝敏一旁說：現在就影響了，他們學校上二天課，不過是複習，做試題。

張小北說：不是放假了嗎？

謝敏說：你問他吧。

張小北問小棟，小棟不想說，謝敏就把過程說了一遍，然後說：你家的好兒子，這麼重要的事也不告訴我們，學會騙人了。

張小北制止了謝敏：你講話注意點，也不看場合，給孩子留點自尊。

謝敏刺激小棟：他還知道自尊？

這時，意想不到的事發生了，只見小棟一屁股坐起來，自己拔了針管，跳下床就往外走，不管張小北怎麼勸拉就是不回頭。謝敏沒反應過來，一時懵了，張小北說：你還愣什麼，快拿東西走呀。

張小北和小棟在前面走，謝敏在後面追，一邊追一邊喊：針還沒打完呢。張小北攔住小棟，對他說：小棟，你這是幹什麼，啊，幹什麼？就算你娘說錯了，她也是為你好不是？一個男子漢，動不動生氣，衝動，算什麼出息？走，跟我回去把針打完，不然感冒怎麼會好。再說了，男人嘛，沉得住氣，受得了氣，捨得花力氣，那才是正道。記住了，從現在起，就當什麼事也沒有發生過。

小棟沒有停下來，他繼續朝住的地方相反的方向走，張小北緊走幾步，一把揪住小棟：不想打針，就跟我回去。

小棟掙脫張小北：不要你管。

張小北說：我不管，誰管？我是你父親。

小棟反抗：哪個讓你管的，不管才好，死了才好，我還想死呢。顯然是對謝敏的話的回擊。

張小北一時無名火起，失控說：要死是吧？張小北鬆開小棟：你去呀，不知好歹的東西，我把你從一根絲瓜長帶到這麼大，給你吃，給你穿，送你讀書，你卻要死，你個沒有用的東西，我養你還有什麼用。說著就是一巴掌。這一巴掌正好打在小棟臉上，張小北打完就後悔了，心想也不該這時候打人啊，就是打，下手也不能這麼重。但此時的張小北哪顧得了許多，只顧自己出氣，也不顧小棟是否能承受。然而，張小北沒有想到，小棟居然停下了，不僅停下了，而且哭了。

張小北拍了拍小棟的背，平心靜氣說：知道哭就好，說明你還

有救。來兒子，跟爸爸回去。

小棟卻不依不饒：我做什麼了，你們要這樣對我。我做什麼壞事了？怎麼就沒救了？

張小北才發覺自己的話刺傷小棟了，才感到自己的話的確說錯了。什麼叫「說明你還有救？」小棟什麼地方沒救了？張小北連忙向小棟道歉。

到家後，張小北沒有再說什麼，只問小棟想吃什麼。小棟說什麼也不吃，只想睡上一覺。小棟說：一覺下去，不醒來就好。張小北聽了，心裡沉沉的。他覺得小棟的問題有點嚴重，也是自己這些年疏於對小棟的關心，以致於父子倆之間有了鴻溝，缺乏信任，缺少交流，因此，在情感上有了隔閡。張小北覺得以後應該多和小棟待在一起。

謝敏大包小包提了小棟喜歡吃的菜回來，進屋就對張小北說：來幫忙，快點讓小棟吃了飯就上課去。張小北說：今天算了，讓他休息一天，明天再說。謝敏說：不行，說不定高考試題中就有今天複習的內容。你就是慣肆孩子，一點小感冒，又不會死人，這點苦都吃不了。謝敏大聲喊小棟，張小北說你吵什麼，讓他睡一會。

張小北想和謝敏談談小棟的問題，無奈房子太小，小棟就睡在一角，他不想當小棟的面談他的問題。小棟看起來像睡著了，張小北不能肯定，說不定小棟就在聽他們說話。當初租這間房子時，謝敏就反對，說一沒廁所，二沒廚房，幹什麼都不方便。張小北說，學校附近能租到這樣的房子已經很不容易了，別人的房子十來平方，要一千多，這間有二十平方，一月才一千三百元房租，還算是便宜的。至於廚房廁所，張小北和房東商量，經房主同意後隔了一小間做了廁所，說好不租的時候再恢復原樣，然而房主說不要恢復了，反正以後別人租了也要用的。做飯炒菜都在廁所裡，條件是差了點，但也沒有辦法。張小北想反正也就兩三年，讓他娘倆苦一點吧，苦盡甘來。

一會，飯菜上桌了，張小北看時間才十一點，對謝敏說：還

等等，再等等。謝敏說：讓小棟早點去，和老師說說，讓小棟早點複習，下午還要回來打針呢。張小北說：能不能讓他休息一天，是人重要，還是別的重要。謝敏說：都重要，他不是我的崽？我是後娘？我們家小棟本來就比別人差，別人都在趕，你不趕，就落後，何況小棟已經缺了一上午，就落下一大節了。張小北還想說服謝敏：小棟都這樣了，不說讓他徹底好了，哪怕是穩定一點也好啊，要是休息不好，反而加重了病情，那得不償失。謝敏說：呸呸呸，烏鴉嘴，你咒小棟呀，都落在你自己身上。張小北：好好好，我烏鴉嘴，有什麼事我擔了，我擔了。

謝敏還是叫醒了小棟，小棟有點遲鈍，謝敏用手探了探小棟額頭，有點誇張地喳呼：怎麼這麼燙手？張小北，你來探探？張小北過去探了探，又探了探自己額頭：是有點燒。問謝敏：開了退燒的藥沒有？謝敏說：沒有。你趕緊的，去買點退燒藥回來。張小北說：還是遵醫囑吧。謝敏凶：你不知道問呀，藥店都有醫生的。

張小北走後，謝敏開始嘮叨：也不看看時候，早不得病，遲不得病，偏偏這節骨眼上病了。明白自己說話錯了，改說：從來就沒有省心的時候，你們爺倆是要活活氣死我，我死了，看你們有好日子過。我呀，生就一副勞碌的命。又和小棟說：小棟，別怨我對你狠，吃得苦中苦，方為人上人，我也是為你好。做娘的，哪個不心疼自己的孩子？要怪只怪你投錯了胎，沒有生到富貴人家裡。還要怪你生不逢時，是這樣一個社會，很現實，你不努力，就會淘汰。你看看，現在那麼多大學生，滿街用掃把掃，畢業後找不到單位，沒聽人說，大學生畢業那天，就是失業之時。這話我不贊成，那是什麼大學生？二三流的，你考上北大試試？你考上清華試試？看有沒有人要？如果你也是二三流大學生，真就應了那句話，我不希望我們家小棟以後是這樣，要是，那我這幾年的心血是白費了，那我們對你的投資，是徹底失敗了。如果你比別人差，我不怨，如果你心裡比別人空，我也不怨，但如果你不努力，根本沒有那方面的心思，我就怨。小棟，我和你講的，你聽了沒有？

小棟懶懶地靠在床上，顯然沒有精神。謝敏望他時，不知他什麼時候手上拿了一本書，但沒力氣翻，謝敏眼裡一熱，進了廁所。出來後，謝敏語氣緩和了許多，她說：伢子，沒辦法，下午你還得去，和老師說一聲，早點回來打針。

謝敏扶小棟下床，替他穿了鞋子，又端了一杯涼開水讓他喝，小棟不想喝，謝敏說非要喝，發燒多喝開水。小棟喝了，一會又嘔了出來。

小棟坐在飯桌前，坐了一會，說：媽，我不想吃。謝敏說：伢子，不想吃也吃點，當藥吃。小棟還是說：吃不下，望著就想嘔。謝敏說：那我給你熬點稀飯，放點糖，試試？小棟沒做聲，謝敏去熬稀飯。

張小北回來了，他給小棟吃了退燒的藥，扶小棟上床休息。剛上床，小棟又嘔了。謝敏過來，站在床前歎氣。

這一天，小棟沒有去上課，這個結果是張小北砸了一隻碗換來的。原來，謝敏還是堅持要小棟去上課，張小北來氣了，兩人爭執起來，爭到高潮時，張小北順手抓起桌上的飯碗砸了，謝敏從來沒見張小北發這麼大的脾氣，一時被他嚇住了。張小北說：今天我就說了，小棟除了下午去打針外，哪兒也不去，有事明天再說。

張小北這一鬧，謝敏雖然沒有再堅持，但她出走了，走時丟給張小北一句話：小棟的事，你管到底，我，解放了。

第二天一早，謝敏回家，帶小棟去打針，並對張小北下了逐客令：兒子的事，我不能讓你這樣自由放任，我不是後娘，我知道怎麼管自己的崽。以後，這裡，你少來點。別煩我，也別影響小棟，就當沒有你這個爹。

# 第九章

## 張小北和謝敏的戰爭

　　張小北很無奈，一方面，他不贊成謝敏的做法，人是根本，生病了就要休息，不能這麼透支生命，病好了再好好學習。另一方面，他覺得謝敏莫名其妙，有點神經質了，自己不就砸了一個碗嘛，事後也向她賠禮道歉了，打了幾天冷戰，氣也該消了，可就是不容他。小棟的病還沒好，要是按他的打兩天針，休息兩天，一個感冒，應該差不多了，遭罪的是孩子，小棟還算是聽話的。張小北想起了小棟的話，永遠睡下去。這話讓張小北擔憂，他沒有和張小燕及羅明義說這句話，這時，他想起了張小涵上次和他說的話，抑鬱症。其實，張小涵就是不說，他心裡早就有這方面的擔憂了，小棟不像其他孩子，他觀察很久了，小棟和他們在一起時，從來不主動說一句話，就是找他說話，他也是有一句沒一句，很不想和他們說話。不知小棟和同學們有沒有話講。小棟原先不是這樣的，性格開朗，活潑好動。張小北原來對小棟充滿了希望，也寄予了相當多的期望。記得上小學時，小棟一直是班上的衛生委員，讀初中後，小棟當過課代表，那時他的數學成績在班上是數一數二的，小棟還特別喜歡搗鼓模型，代表過學校參加長樂市的模型比賽。可是，不知從什麼時候開始，連張小北也記不清楚是從什麼時候開始，小棟的成績開始下滑，直到現在這個樣子。

　　潛意識中，張小北的注意力一直沒有離開過小棟。有一次，

張小北發現小棟在寫日記，見了他，小棟做了什麼壞事一樣，立即藏了日記本，張小北一直想看看小棟的日記，又怕小棟接受不了。只是抑鬱還好，就怕小棟做傻事。謝敏不關心這些，她一心只想小棟能考上一所好大學，什麼事也不要小棟做，就連內褲還是謝敏幫著洗，她只要小棟學習，一坐就是幾個小時，甚至十幾個小時，可是到底有多少功效，她不管，她只要小棟在學習就行。有時候，張小北看到小棟在發呆，就想和他說說話，謝敏就囉嗦，說影響了他的學習。後來，謝敏乾脆要張小北把房子隔成兩半，給小棟專門隔出一間來，說是讓小棟安心安意學習，到底是不是在裡面學習，誰也不清楚。

張小北想找個機會和謝敏說說，倒不是怕沒地方吃飯，一個男人，哪裡都能應付，一碗米粉，一份蛋炒飯，一個盒飯，就是一瓶啤酒，都能對付了。也不是怕沒地方睡，張小北一直睡家裡，他只是吃飯時看看小棟，才和他們在一起，張小北找謝敏，是他越來越覺得小棟有問題了，如果不解決，不定出什麼事，他不想這樣耗下去，耗下去的結果，自己是出氣了，會害了小棟，不能拿小棟的前途來賭氣。

第二天，張小北先到辦公室，把工作交待一番後，去了小棟住的地方。小棟上學去了，謝敏在收拾屋子，謝敏一向愛乾淨，做事也潑辣，屋子裡窗明几淨，井井有條。見張小北來了，也不理睬，繼續忙她的。

張小北問小棟感冒是否好些了，謝敏不答理。張小北也不生氣，放下包，自己倒了一杯水，喝了。之後，張小北去幫忙，替她把清理的垃圾掃了倒垃圾桶裡。謝敏也不阻止，繼續找事做，就是不讓自己停下來，張小北找不到機會和她說話，他跟到哪裡，謝敏就走開，這樣往返幾回合後，張小北忍不住了。張小北說：謝敏，我想和你好好談談。

謝敏說：我現在沒時間。

張小北說：沒時間我就等，等到你有時間我們再談。

謝敏說：我沒心情和你談。

張小北說；不行，關係到小棟，小棟的問題你難道沒發現？

謝敏停住：小棟有什麼問題？

張小北說：謝敏，你坐下，我們好好聊聊，小棟的事，說小也小，說大也大，我們的目的一樣，只是方法方式不一樣。

謝敏說：小棟有什麼事？什麼目的，什麼方法方式，我就這個方法方式。倒是你，我看你是想放縱，不想負責任。我只知道一點，下功夫是硬道理，進名校是硬道理，其他的，我不去想。

只要謝敏肯說話，不管她說些什麼，張小北都忍了。張小北說：我總發現小棟和別的孩子不一樣。

謝敏說：能有什麼不一樣，是少胳膊還是少腿了？是不如人家還是怎樣了？

張小北說：我也說不清楚，總感到他很苦。

謝敏說：不苦能有甜？

張小北說：我是說他心裡苦。

謝敏說：他心裡苦，我心裡就不苦？你關心過我心裡的苦沒有？我幾十歲的人了，都能承受，他一個年輕人，就不能？你別大驚小怪的，嚇人。

張小北說：前幾天，他和我說，要是睡下去不醒來就好。

謝敏說：哪個讀書的孩子不是這樣想的？讀書累，比我們上班還要累，他想好好睡一覺，就這麼一直睡下去，我也想呀。

張小北說：你也知道讀書累呀？

謝敏說：我什麼時候說過讀書不累？但是累也得讀，要是累就不讀了，那什麼事也不要幹了。再說了，現在不累，將來就累，現在累點，將來就輕鬆好過點，這點道理你都不懂？你是小棟還是三歲小孩？

張小北說：可是小棟說想死。

謝敏生氣：想死？那他去死呀，這伢子，簡直要氣死我。

張小北說：你說的什麼話？

謝敏說：我就這樣，養他這麼大，不知道報答，想死，是少了

他吃還是少了他穿？是我虧欠了他還是哪點對不起他了？我這樣為他付出，他還說出這樣的話來傷我的心。說著就流出淚來，獨自傷心一會，問張小北：他什麼時候說的？

張小北說：那天打針，他衝出醫院，我去追他，他要我不管，說讓他去死。

謝敏聽後，半天沒做聲，過了一會，說：我去找他，我倒要問問他為什麼要去死。

張小北說：謝敏你別這樣，孩子小，哪有我們的承受能力？不要怪他，我們也要檢討一下自己，我們是不是有些地方過分了一點？

謝敏擦一把淚，說：我們做錯了？我沒有做錯什麼，別拿死來威脅我，張小北，我告訴你，小棟要是考不了一個好大學，我死也不瞑目。

張小北說：你看你，又來了不是？名校就那麼重要？

謝敏：是。讀初中和高中沒有進名校，已經讓我腸子都後悔青了，我還不吃一塹長一智？張小北，我告訴你，我會不惜一切代價，也要讓小棟考一個好學校。

張小北說：要是考不了呢，你這不是給孩子壓力嗎，也給自己壓力，你看你，活得多苦。

謝敏：我找了一個窩囊男人，是我命不好，我認了。嚴父慈母，可是在我家，倒了個個兒。張小北，我告訴你，我不想以後我媳婦嫌小棟也是個窩囊廢。

張小北說：我窩囊，我窩囊有你全職來陪小棟的？你以為所有的人都有條件陪讀？也不想想。

謝敏發出一陣冷笑。笑過後說：張小北，才知道你是鼠目寸光。你以為有條件供我陪讀，你就是成功人士了？睜開你的狗眼看看吧，外面的世界是個什麼樣子。和人家比，你充其量只是一個貧困線下掙扎的角色，別把自己當回事。

張小北說：我們說小棟的事，扯那麼遠幹什麼？不滿意，不滿意走開啊。

張小北這樣一說，謝敏二話不說就要往外走。張小北知道自己說話過份了，連忙道歉：謝敏，對不起，我說錯話了。我也不是這個意思，我知道你辛苦，我也知道你心裡苦，可是，小棟現在這個樣子，我心裡也急。我也不是小棟的後爹，我只是想就小棟的問題和你好好交流，我是特意請假過來的。

　　謝敏站住，自個在哭。張小北遞給她紙巾，謝敏不接，張小北替謝敏擦拭，謝敏閃開了。

　　張小北趁機說：謝敏，我們的方法是不是有問題？你看小棟，以前多可愛，你再看現在，他什麼時候主動和我們說話？

　　謝敏說：你是豬還是牛？一點常識都沒有，那是小棟長大了，有思想了，成熟穩重了。你以為他還是小毛孩，整天跟你屁股後面跑。

　　張小北說：要是這樣就好了，問題是小棟不屬於這種情況。我說多了你不願意聽，我也不是三歲小孩，你對小棟的態度，我也不怪你，多數家庭和你一樣，以為抓住了一切時間，就會取得好的學習效果，其實，這種做法是不對的。適得其反。

　　謝敏說：你行，那你拿出好的方法來啊？

　　張小北說：我也不是說你的全部不對，我只是要你好好想想，我們到底那些地方做錯了。

　　謝敏說：我沒錯。

　　張小北說：對與錯我不去說，我說些別人的教育方式聽聽。

　　謝敏說：你說啊，我倒是要聽聽看。

　　張小北說：一般而言，我們都要以民主平等的教育方式為主，父母尊重孩子的人格和人權，把孩子當作是一個獨立的和平等的家庭成員相待，與孩子建立民主平等的關係。我們呢，是怎樣做的？

　　謝敏說：怎麼做的？未必我們虐待孩子了？少他吃了？沒給房子讓他住？平等，都要平等，那不翻了天了？

張小北說：你看看，我一說，你就唱反調，好像我是在說你。你讓我說完嘛。

謝敏說：好，有屁你快點放，放完你就走人，我還有事。

張小北搖搖頭，繼續說：我以美國家庭民主的教育方式為例，看人家是怎樣做的，首先，孩子在家裡有發言權，參與權，美國父母鼓勵孩子保留意見，允許固執或不聽話，當然，我所指的「不聽話」主要是指思維上的不聽話，有一個美國心理學家托倫斯研究發現，創造力高的孩子特點之一就是淘氣、處世固執。

謝敏說：你這是替小棟開脫。

張小北說：不是，小棟還算聽話的，你是沒有見過不聽話的人。你聽我說，美國孩子有選擇權，美國父母在孩子的認知能力有了初步發展時，就很重視讓孩子自己去進行選擇，作出決定，他們可以選擇遊戲，圖書，長大了自己選擇朋友，自己選擇職業，自己選擇婚姻物件，結婚時間。美國父母不會代替孩子選擇，他們主要是引導孩子怎樣進行選擇，或者站在孩子的身後，給孩子信心，鼓勵孩子用眼睛去觀察。我們做得到嗎？

謝敏說：我做不到。這裡是中國，不是美國。

張小北說：美國的父母和孩子是朋友關係，他們可以平等交流，關係比較密切。美國父母尊重孩子的隱私，主張開放式教育，重視實際鍛煉，強調在實踐中培養孩子，而不是說教。凡是孩子的事情都讓孩子自己去完成，在完成任務過程中提高認識，積累經驗，掌握技術，增強能力，培養興趣特長，增強自信心和責任心。打個比方說，美國的父母是「給孩子開門的鑰匙」而不是「替孩子開門」，也就是我們國家說的「魚」和「漁」的關係。

謝敏說：你要是國家主席就好，把美國的那一套搬來，但你不是。沒幾個人聽你的。

張小北說：我只要你聽就行。我只要小棟受到這種平等的教育就行。我根本沒想要去管別人。我們要給小棟空間，讓他進行各項興趣活動，體育活動的時間比較充裕，讓他在玩的過程中開發

智慧如感知、想像、判斷、推理、人的交際和情緒的調節等。

謝敏說：你是外星人呀，你看哪個高二的孩子有時間去玩？簡直是不食人間煙火。

張小北無語。

謝敏停止了收拾，她洗了手，往手上抹油，又在臉上拍了拍，然後去簡易衣櫃找衣服。一邊翻一邊對張小北說：我要去買菜了。張小北說：還早呢，有些問題我還是沒和你談透徹。謝敏說：我不想和你談，談了也沒用，誰也別想改變我。張小北說：沒有人想改變你，我只是把道理和你講清楚，還是談談好，談清楚了，心裡也就空了，不會背這麼重的包袱。謝敏說：這包袱，我願意背。張小北無奈，搖搖頭。

謝敏出門，張小北跟在後面。走了一段，謝敏說：想談可以，跟我一塊去買菜，嘗嘗老媽子的滋味。

快十一點了，上午也做不成事了，張小北跟謝敏去了菜場。謝敏買了魚頭，她隔山差五的就會買魚頭蒸給小棟吃，吃得小棟都反胃了，但謝敏說，魚頭補腦子。又買了魷魚，小棟喜歡吃魷魚炒韭黃，還買了鴨子，謝敏說夏天到了，鴨子燉湯，清潤，去火，滋補。謝敏還想買鱔魚，張小北說弄這麼多菜吃不完，謝敏說鱔魚補血的，又買了。張小北也懶得管了，反正謝敏平時就是這樣安排伙食的，小棟想吃點口味菜，謝敏堅持以營養為主，張小北也想吃點口味菜，有時借小棟的名義提出，謝敏就講張小北總是喜歡聽孩子的，不能事事都聽孩子的，又延伸到學習上，張小北乾脆就不提了。

回來的路上，張小北說：謝敏，你要學會現實一點。

謝敏說：我這個人歷來現實，我不像你，虛偽，我怎麼想的，就怎麼做。倒是你，口是心非。

張小北說：謝敏，你誤解了我的意思，我是說小棟是這個樣，要接受現實。

謝敏說：毛主席說了，人是能夠改變的。毛主席還說：外因是

作用，內因是關鍵。因此，最關鍵的是小棟。

張小北說：毛主席哪裡講過這樣的話？

謝敏說：不管毛主席講沒講過，反正我覺得小棟是根本，只要小棟想通了，想透了，他會有希望的。

張小北說：唯物辯證法認為外因是變化的條件，內因是變化的根據，外因通過內因而起作用。這才是毛主席說的。還有：武器是戰爭的重要的因素，但不是決定的因素，決定的因素是人不是物。這也是毛主席說的。這裡的武器是你說的名校，就是說，名校不是重要的因素，重要的因素是小棟，而不是名校。

謝敏說：是的啊，我也是這個意思，小棟才是重要的，因此說，我不接受這個現實。

張小北說：你最好接受現實，謝敏，小棟不是那塊料。

謝敏驚愕：張小北，你說什麼？你再說一遍？

張小北心虛了，他不敢面對謝敏，含糊其辭：我說小棟呀，就那樣，任其自然吧。

謝敏說：張小北，原來你是這樣看待咱小棟的，難怪你事事不關心他。我就不明白了，小棟不是你的崽？小棟哪點讓你心煩？張小北，我告訴你，不管小棟是什麼料，我不會放棄。你給我記住了，張小北，你好好給我記住了。

張小北還要說什麼，謝敏搶過來說：張小北，你要是有種的話，這話你當小棟的面說呀，你要是敢當小棟的面說，那我就不管了，省得落個裡外不是人！

張小北說：謝敏你這不是抬槓嗎。

謝敏說：我抬什麼槓了，我實話實說。

張小北說：那好，我就和你實話實說吧。你看到小棟近來的情緒沒有，以前還和我說句話，現在呢，我主動找他說，他也不愛搭理。人要是不說話，你知道他想些什麼？人要是不說話，你知不知道憋久了會瘋的。這些，你想過嗎？

謝敏說：他學習那麼緊張，哪有時間及心思和你說話？再說了，他不愛說話，說明小棟老練，成熟。神經過敏。

張小北說：他未必是成熟老練？謝敏，睜開你的眼睛好好瞅瞅吧，他那是自閉，抑鬱。我要帶他去看醫生。

謝敏說：張小北，你別發神經，都什麼時候了，你瞎折騰，你要是讓小棟知道你有這種想法，別怪老子發寶氣。

和謝敏的談話沒法再進行下去，張小北原本只是和謝敏談小棟的學習問題，他只是想改變一下謝敏的習慣，不要用那樣不計後果的摧殘式的方式來對待小棟，他並不反對謝敏抓小棟的學習，他也不反對謝敏有那一堆的想法、計畫或幻想，他也希望小棟能考一個好學校，這些他都能接受，但他接受不了謝敏的那些做法，謝敏習慣一切以她為中心，事事處處都得聽她的，特別是在小棟的學習上，她想這樣，小棟就不能那樣，小棟必須按她設計的路線前進，如果小棟走另外一條道路，而這條路要少走許多彎路同樣能到達目的地，也是不允許的。張小北反對的就是這一點，他喜歡培養小棟獨立思考，有自己的主見，有自己的生活方式，學習方式，而不是要小棟按謝敏設計好的路走。張小北擔心長期這樣發展下去，小棟會越來越弱，越來越沒有了一點男人的特性，他不想讓小棟在競爭越來越激烈的社會中迷失自己，因此，張小北注重培養小棟敢想敢為的男子漢作風。而謝敏抓小棟的學習，也是想讓小棟在今後的社會中有自己的一席之地，混個人模狗樣，張小北覺得自己的想法和謝敏的想法雖有天壤之別，卻有異曲同工之處。想通了，也就不那麼責怪謝敏，相反，他覺得謝敏的一些做法雖然偏執，卻是普遍存在，許多家長都和謝敏一樣，他們也沒有錯。

想來想去，張小北覺得自己擔心的不是別的，而是張小涵的話，那句話一直在他的潛意識中存在並發酵，原來，他是在擔心小棟的人格培養及心理培養，他認為，沒有一個健康的心態，沒有健康的人格，沒有健康的心理素質，就是考入北大清

華，就是再有本事，那也是失敗的，張小北找到了和謝敏之間看待問題的差距，這個差距就是綜合素質，張小北發誓得立即培補小棟的綜合素質。

張小北發誓也沒用，謝敏還是我行我素。張小北實在沒有辦法在謝敏身上找到突破口，就只好在小棟身上想辦法，他想把自己的想法灌輸給小棟，並且一點一滴滲透到小棟的心裡，骨髓中，退一萬步講，就是解決不了問題，只要小棟接受他的觀點，就是現在不能改變，以後走入社會，也是受用的。基於這種想法，張小北在謝敏不在時，單獨找小棟聊了一會。但是讓張小北沒有想到的是，這次聊天並不理想，張小北發現，和小棟溝通已經很困難了，和他說什麼，他總是心煩意亂，心不在焉，小棟仿佛走火入魔，也許是早已麻木。比如張小北說：小棟，你覺得爸爸怎麼樣？小棟就會莫明其妙地望著他，一副疑惑的樣子。再比如張小北問：小棟，你對於爸爸媽媽有什麼要說的嗎？小棟居然只是搖頭，一句話也不說。張小北又問：小棟，這裡只有你和爸爸，有什麼話你儘管說，爸爸是你值得信賴的朋友，你說的話，爸爸替你保密。張小北想小棟應該說點什麼了，不料小棟反問他，而且極不耐煩，小棟說：說什麼啊，不知道要說什麼。張小北有些著急，小棟怎麼會這樣呢？張小北說：小棟，難道你就沒有話和爸爸說？小棟胡亂地翻著書：我作業都做不完呢。意思是我沒有時間和你瞎掰，張小北只好結束了談話，他默默不語地坐在那裡，望著不停地翻書的小棟，突然不認得這個思似的，心裡湧動一種很複雜的感覺。

事後，謝敏不知從哪裡知道了這次談話，張小北問謝敏是怎麼知道的，謝敏不告訴他，只是問和小棟說了些什麼。張小北也不告訴謝敏說了些什麼，他只想知道謝敏是怎麼知道的，因為聊天時只有張小北和小棟在，沒有別的人，張小北自己肯定沒有對別人說，就是張小燕也沒有告訴，要是這樣，就是小棟告訴她的，張小北想要確認的正是這一點，如果是小棟親口說的，張小北覺得還有一線希望，至少，小棟不像他想像的那樣自閉。

# 第十章

## 羅小義肯定有第三條路走

　　羅明義這幾天比較忙，高考一結束，各大高校的錄取工作就在緊鑼密鼓地進行，和高考一樣，又像在打仗。張小燕打過他多次電話，催問羅小義的事怎麼樣了，羅明義總是以沒有時間為藉口搪塞。

　　事實上，羅明義不是沒有一點時間，近來，他只是會議多了一些，並沒有太具體的工作，考分已經在網上公佈，考生們在查各自的分數，各大高校的領導和招生辦負責人已經住到了省教委辦的山水賓館，山水賓館一樓大廳張貼滿了各大學的招生簡章和特色宣傳，羅明義有幾次經過時，曾停住流覽過。

　　山水賓館在這一個月中，成了這個城市最為敏感也最為熱鬧的地方，除考試院的人外，一般的人進不了這個賓館，羅明義有好幾次都被攔在了門外。有不少的考生和家長徘徊在賓館外，一部分人是想瞭解一點資訊，還有一部分人是想直接找到招生學校的人，但要想和招生院校的人見面，可以說難於登天。

　　早在一個月前，全國各地的一些名校為了招攬到自己想要的生源，已經在西南省進行了一次考試，這種考試以往每年都有，這些學校自己命題，學生根據自身的特點，喜好，參加他們的考試。考試結束後，各院校根據他們在西南省招生的名額，將分數最高的名單帶回學校，只等高考一結束，他們就破格錄取，但前

提是這些考生第一志願必須填報他們的學校，而且本次高考也必須上線，否則，成績再好，也只能遺憾了。

因此說，填報志願考驗著每一個考生和他們的家長。當地早就流傳這樣一句話：高考前考的是考生，高考後考的是家長。

在高考招生工作進入白熱化的時候，長樂市的各大中小學校也已經開始了激烈的生源爭奪。

根據楊本齋的建議，羅小義除了報名參加二中的內部考試外，張小燕還悄悄替他報了一中、五中和師大附中幾個學校的考試。除報名費二百元外，每一門課的資料費、課時費、考試費加七七八八費用六百元，羅小義是小學升初中，只考語數外三門主課，外加一門綜合素質考試，總共是四門課，二千四百元，連報名費一共是二千六百元。

羅明義並不清楚張小燕在其他幾所學校也報了名，之前，張小燕幾次催羅明義替羅小義想辦法，羅明義說沒有時間，這只是他找的錯口。羅明義的真實想法是，羅小義還沒有考試，他想等羅小義考試後再說，要是羅小義考試成績好，上了這幾所學校的錄取分數線，他就不要去求別人幫忙了，羅明義從內心講是不想去求人的，特別是楊本齋，他說不出是一個什麼心態，總感覺到楊本齋不是一個很忠厚的人，和他的性格相差甚遠，羅明義並不喜歡和楊本齋打交道。然而張小燕並不明白羅明義的心思，她要的是結果，過程對於張小燕來說，並不重要，就像對待羅小義，張小燕也只要結果。

羅小義班上進行了一次模擬考試，上午考了語文和英語，下午考了數學，張小燕問羅小義考試得怎麼樣，羅小義回答得很乾脆：感覺還好，都做完了，考完後對了對題，也沒發現差錯。總之一句話，好。張小燕很高興，說：羅小義，你要是這次考出了好成績，長樂市的賓館隨你挑。這是他們母子倆之前就定好的，張小燕早就答應只要羅小義考好了，上了幾所名校的分數線，去國天、

通通這些五星級賓館開房，喊羅小義的同學一塊娛樂兩天。羅小義說：到時別耍賴。張小燕說：我要什麼賴，羅小義，你知道不，你要是憑本事考上了一中，我要節省多少錢？剛擇校費就要好幾萬，還有別的費用，加起來四五萬，知道不？伢崽哎。羅小義說：五萬塊錢，未必蠻多？這樣囉，多出來的錢給我來用，誰賴誰是小狗。張小燕說：五萬還不多？我和你爸爸都是拿工資的，到哪裡去弄這五萬塊錢。又說：羅小義，錢的事不和你說，讀不讀得書，是你的事，拿不拿得出錢，是我們大人的事，你只管讀書，只要你能讀書，我們就是變賣家底也要送你。姆媽在你身上賭一把，視如是在投資，是要有回報的。羅小義問：要什麼回報？張小燕說：不要你錢，只要你好好讀書，你學習好了，考上了好學校，這就是回報。別我們想辦法花錢，你自己亂彈琴，那我就不甘心。羅小義哎，你也老大不小了，你懂點事看，你讀不了書，就上不了好學校，上不了好學校，你就沒有多大出息，沒有出息，你就只能生活在社會的底層，生活在社會的底層，你就什麼都不是了，你願意過這樣的日子？你願意像你爸爸那樣平平淡淡？你爸還算是好的，怎麼也混了一個公務員，他是當兵才有的機會，你呢，就不一樣了，競爭那麼激烈，現在當個兵，你知道要多少錢嗎？羅小義問：多少錢？張小燕說：在城市，男兵十萬到十五萬，女兵要二十萬以上，在農村，也要十多萬。要是讀軍校，沒有三五十萬，門都沒有。羅小義說：那幹嘛非要當兵，留著那錢多好。張小燕說：你懂個屁，現在只有兩條路，一條是讀大學，讀北大清華；另一條就是當兵考軍校，當兵考上軍校，畢業就是幹部，軍隊幹部工資高，待遇高，提得快，要是哪天不想幹了，轉業後一般都進政府機關，而且進好單位。如果不要地方安置，國家給一筆安置費，還有高額住房公積金，七七八八加起來一百多萬。即使考不上軍校，當兵復員回鄉，也能安排到正式的單位，工作有著落了。所以，很多人讀不了書就找後門去當兵。羅小義說：我不要當兵，多沒勁。張小燕說：你要當得上才行，以為誰想去就能去。羅小義說：我想當老闆。張小燕說：就你這個樣，當腳

板吧。羅小義問：還有沒有路呢？張小燕說：只有這兩條路。要麼讀書，考上北大清華。要麼當兵，考軍校。羅小義說：考不上。也不想當兵。張小燕說：沒有一點出息，自己把自己打敗了。羅小義問：還有其他路沒有？張小燕說：沒有。除此外沒有第三條路。羅小義說：我不信，肯定有第三條路。我們課本上的下面有一句魯迅說的話：走的人多了，不就有路了嗎？張小燕說：那也是一條茅草路，決不是黃金大道。羅小義說：切。又說：全國那麼人，都在這兩條路上，多擁擠啊。我不想去擠。

羅小義的分數出來了，張小燕問他，他含糊其辭。張小燕說：肯定考得一團糟，是吧？羅小義說：不知道。張小燕說：怎麼會不知道呢？羅小義說：還沒公佈。張小燕說：是不敢說吧？羅小義說：信不信由你。

張小燕給羅小義班主任老師打電話，詢問羅小義的考試成績。班主任老師告訴張小燕，說成績單已發給了學生，羅小義成績還算好。掛了電話，張小燕來到書房，羅小義在上網，張小燕火了，上前在桌子上就是一巴掌，嚇了羅小義一跳。羅小義驚恐地瞪著眼睛，抬頭望著張小燕說：幹嘛？毛病啊。張小燕凶：你說幹嘛？考得這樣差，還有心思玩電腦？給老子下來。羅小義沒有下線，繼續玩他的魔獸，張小燕更加來氣：羅小義，是不是皮膚發癢了，不打你就不舒服了？羅小義說：切。張小燕說：你切什麼，不敢打你是吧？下來，把成績單給我。羅小義說：在書包裡，自己找。張小燕說：我要你給我。羅小義很不情願地去拿書包，找出成績單塞給張小燕說：你自己看。

語文七十八分，數學一百一十六分，英語一百〇三分。這是羅小義三門主課的成績，張小燕不高興，問羅小義：語文考得這樣差，扣的分是那部分的。羅小義說：基礎部分，還有填空也扣了分，作文扣得最多。張小燕說：是不會做還是馬虎了？羅小義說：不會做，也有是大意了，沒有檢查。我曉得做的。作文我覺得好，但老師認為不好，那我有什麼辦法。張小燕說：你的作文臭烘烘

的，我給你請個家教回來，補補，好不好？羅小義說：隨便你。張小燕又問數學的情況，她說：這次數學還是可以的，扣的四分是怎麼扣的，知道了嗎？羅小義說：知道，是算錯了。張小燕說：不是不會做的？羅小義說：信不信由你。張小燕這回高興了，說：下次考試一定要認真檢查，記住了？羅小義說：知道。張小燕又問：英語怎麼扣了這麼多分啊，你不是英語成績最好嗎？羅小義說：我怎麼知道。張小燕說：你怎麼能不知道？羅小義說：我都做了，老師只給我這麼點分，我有什麼辦法？張小燕說：羅小義，你這是混帳話，錯了就是錯了，要總結，要知道錯在什麼地方，只有這時候你學到的東西，一輩子都不會忘掉。羅小義說：我檢查了，我覺得沒有錯啊。張小燕問：你看到試卷了沒有？羅小義說：試卷沒發下來，所以我不知道錯在哪裡。不過，老師會講的。

張小燕強行關了電腦，要羅小義先複習，自己去做飯。晚上，羅明義回家，一上桌張小燕說：問問你兒子的成績。羅明義說什麼成績，張小燕說：羅小義學校搞了一次模擬考試，我估計是那些名校來招生源，摸底的。羅明義說：不會吧，名校招生，他們會統一組織考試，考前還要求學生參加他們的培訓，你不是都交了錢嗎？張小燕說：我是擔心這些學校糊弄人，那只是裝模作樣。羅明義說：這麼大的事，學校不敢。再說，招生這麼重要的事，誰敢胡來。就算他們胡來，招不到好生源，不是自己糊弄自己，你少操這個心。羅小義插嘴：就是，姆媽疑神疑鬼，變態。張小燕說：沒有你說話的分，這次期末考試，你要是給老子考砸了，看我怎麼收拾你。羅小義說：切。

羅明義問羅小義：兒子，給老爸說說你的成績看看。羅小義說：姆媽說。張小燕說：要你自己告訴爸爸。羅小義快速說了自己的成績，羅明義說：還不錯嘛，只是語文要抓緊，語文落分了，這個成績恐怕進不了一中或二中。羅小義說：幹嘛非要進一中和二中？羅明義說：這些學校的校風和教學品質相對還是好些，有能力還是要進這些學校的。張小燕說：什麼有能力，是一定要進。羅明義

說：對對對，羅小義，姆媽說了的呀，是一定要進。

　　張小燕趁機說：羅明義，我想這段時間給羅小義還開點小灶，給他的作文補一補。羅明義說：馬上就要考試了，來得及嗎？張小燕說：又沒有壞處，再說他現在還只是初中，還有中考高考幾關呢，怎麼就晚了？就這樣定了，我明天就聯繫老師。羅明義說：你都決定了，還和我說什麼。羅小義說：就是，馬後炮。張小燕說：我現在馬後炮還算好，別到時考試完後你再馬後炮，哭都來不及了。羅小義說：切。

　　羅小義一邊吃著飯，一邊在想心事。張小燕說：羅小義，磨蹭什麼，趕快吃了做作業去。羅小義不搭理，一會，羅小義說：爸爸，你說世界上有多少條道路？羅明義沒有明白，回答說：那就多了，數不清，無法統計。羅小義說：不是指那種路，是人走的路。羅明義說：是啊，我也說的是人走的路。就說長樂市，多了呢。羅小義說：不是那樣的，是說我有幾條路走。羅明義疑惑：你有幾條路走？你有很多的路走啊？羅小義不耐煩了，他說：啊呀，和你說不清楚。張小燕說：我不是告訴你了嗎，兩條路。羅明義說：你們搞什麼啊。張小燕說：我告訴羅小義，擺在他面前的只有兩條路，一條是考大學，一條是當兵。當然，還有一條路，去撿破爛，收垃圾。羅明義說：你說些什麼啊，怎麼能這樣和羅小義說？轉身對羅小義說：羅小義，我告訴你，人生的道路多著呢，只要你自己熱愛生活，只要你自己有上進心，哪條道路都能走通，都能成功，關鍵是看你自己有沒有理想，有沒有目標。張小燕說：他的理想就是不想讀書，他的目標就是玩電遊。羅小義不高興了，說：我就是不想讀書，又怎麼樣？沒讀書就活不了？羅明義說：書還是要讀的，但讀書不只是為了功利目的，讀書是為了明白道理，學到有用的知識。張小燕說：羅明義，你給羅小義灌輸一些什麼東西？

　　羅小義也沒心情吃飯，碗一放，進了書房，張小燕大聲喊：不要上網啊，做作業，做完作業後複習，一會我要檢查的。

　　羅小義一走，張小燕說：羅明義，你找的人怎麼樣了？看看

你，在教育局混了一輩子，兒子這麼一點事都辦不到位，我都替你慚愧。羅明義說：我就這麼點本事，你不是不知道，你讓我去求人，還不如讓我去跳樓。張小燕說：我就知道你會這樣說，我們的兒子千萬不要像你。羅明義說：像我怎麼啦，我是沒有單位還是沒有出息？張小燕說：你說呢？羅明義說：我說有我這樣，就行了。張小燕說：你以為自己很有出息是吧？羅明義，不是我說你，你要是生活在現在，你連蹲的地方都沒有。羅明義反問：我不是生活在現在？張小燕說：我是說，要是讓你去競爭，只怕連羅小義都不如。你是沾了毛嗦嗦的光，當了兵，提了幹，不然，嘿。羅明義說：張小燕，你是狗眼看人低，我不也是幹出來的？我一個農村娃，沒讀多少書，不照樣混出來了？張小燕挖苦：你那麼自滿，你那麼自負，你那麼知足，怪不得對羅小義要求這麼低，羅小義就學了你這一點。羅明義說：自滿自負知足有什麼不好？只有具備這種心態，才能有一個好的心情，做事才有闖勁，這就和擇校一個道理，羅小義要是進了一中或二中，別人學習那麼冒尖，羅小義心裡就會有壓力，有壓力就沒有自信，沒有自信就會厭學，厭學就會產生逃課，甚至逃避一切，你說這樣好嗎？張小燕說：我就知道這是你一貫的處世哲學，你就沒想過讓孩子迎頭趕上去，趕上去了，不就沒有這種情況發生了。羅明義說：也不一定，我還是那句話，要讀活書，不能讀死書，分數代表不了什麼，你知道嗎，從一九七七年恢復高考以來，全國各地歷屆文科、理科狀元，沒有一個在各行各業有較好發揮的，有專家和學者統計了，從恢復高考到現在的三十多年裡，全國有近三千文理科狀元，目前為止，還沒有發現哪一個狀元在不同戰線做出了傑出貢獻的，倒是那一批工農兵大學生，還有就是上山下鄉的知識青年，出了不少人才，有些還很有名，政界也好，商界也好，文藝界也好，出了不少傑出人物。就拿西南省來說，商業系統就有不少著名企業家，他們下過鄉，在農村鍛煉過，培養了堅強的意志。所以說，分數代表不了什麼。張小燕說：可是現在就是一個看分數的時代，有了好的分數，你就能進北大清華，就能有較高的起步，

就能有一批資源，這就是現實。張小燕又說：要想有好的分數，就要從每一天抓起，從每一時抓起，從每一刻抓起。羅明義，我告訴你，從羅小義進入初中開始，我就會狠抓他的成績，你要配合我。羅明義說：好好好，配合你，一定配合你。不過，你要有度，不能抹殺了孩子的天性。張小燕說：廢話，只顧他的天性，就不要搞學習了，不能什麼都聽他的，不能這樣慣他。

果然，張小燕開始實施她的計畫，上班時間她溜出辦公室，去了一趟王台書市，買回了一批複習資料，有作文輔導，作文範文選編集，英語九百句，快速英語速成教材，語文同步教材，奧數同步教材，還有大量的試題。同時，她還帶回一張名片給羅明義看，說是替羅小義請的作文輔導老師。

羅明義很不以為然，他說：你買這麼多書和資料，讓你看，幾年也看不完，讓羅小義怎麼辦。張小燕說：什麼怎麼辦，每天看一點，積少成多。羅明義說：你要讓他有時間看啊。張小燕說：怎麼沒有時間，每天擠一個小時，沒有問題。羅明義說：他還是一個孩子，總要讓他有點時間自己支配吧？張小燕說：怎麼沒有時間？上網就有時間。羅明義說：早上六點十分起床，七點十分到校早自習，要是趕上升旗還要早，八點十分準時上課，一直到中午十二點，中午吃飯三十分鐘，飯後還要複習或做作業，下午一點四十分到校，一直到五點才能放學，放學後一進屋就要做作業，不然晚上家教來後，作業沒有時間做，家教搞完後，你還要他複習，你說，他還有什麼時間再去看這些東西？張小燕說：怎麼就沒有時間，晚上家教後，還能看一會，再說，星期天的晚上不是沒有安排任何的課嗎，可以學習啊。羅明義說：他還是一個孩子，正是長身體的時候，就不能讓他有點自娛自樂的時間？張小燕說：幼稚園的孩子都這樣，羅小義十二歲了，還小嗎？再說了，細伢子沒有累的時候，精力充沛著呢。

羅明義沒法和張小燕溝通，心裡憋著一股氣，又不好在羅小義面前發洩，只好望著書房出神，默默替羅小義不平。羅小義和

家教老師在書房裡上課，關著門，張小燕在外面廳裡看電視，聲音開得很小，樣子十分投入。羅明義突然想起了朱銘琦，朱銘琦為了小魯，有好多年不看電視了，當然，羅明義心裡明白，朱銘琦不看電視還有其他方面的原因，比如擔心耗電，比如要交有線電視費，比如晚上還要外出兼職。張小燕不一樣，有主見，天塌下來也不會著急。她不像朱銘琦，朱銘琦一個單身女人，又沒有固定工作，生活來源比較拮据，小魯又不聽話，她是一個苦女人。羅明義怎麼說也是一名公務員，工資不高也不低，還有一些灰色收入，張小燕自己的收入也還不錯，因此她有心情看電視，偶爾也還美美容，買些高檔化妝品，進進高檔消費場所，外出旅遊。不過，張小燕再怎麼花錢，她有底線，羅小義學習的費用，準備得充分，也不憐惜，家裡並沒有多少積蓄，一點閒錢幾乎全花在了羅小義的家教、培訓和輔導上，用張小燕的話說，是投資。

想到朱銘琦，羅明義還真有點想見她，有一段時間沒有和她聯繫了，也不知她現在怎樣，還有小魯，羅明義也有點關心，小魯這孩子，不像羅小義，似乎比羅小義懂事要早，羅明義說的懂事，是貶義的，無非是早熟呀戀愛呀承受過多的生活壓力讓她強烈感受人間的冷暖呀什麼的，決不是因為家庭背景問題讓她懂得堅強或關愛生活孝順父母好學上進。關於小魯，羅明義還真是替朱銘琦捏著一把汗，有心想幫助她，又瞻前顧後，總不如法。上次小魯打人被學校處理，羅明義雖然找了學校領導打了招呼，學校只是象徵性地罰休學一個月，但畢竟對小魯來說，處理還是較重的，像小魯這種有叛逆心理的孩子，特別還是一個爭強好勝的女孩，人性中本來就有一種因為被歧視而產生的報復心理。羅明義擔心小魯會破罐子破摔。

羅明義決定抽空去看看朱銘琦。

# 第十一章

# 劣等生

　　第二天，羅明義找了個藉口沒有回家吃晚飯，下班後，他在單位的食堂草草吃了點東西，又回到辦公室。一天中，他一直在給朱銘琦家裡打電話，就是沒人接。朱銘琦沒有手機，之前，羅明義送給她一部手機，朱銘琦勉強收下了，用了一段時間，有天朱銘琦給羅明義打電話，說是手機坐車時被偷了，她打電話是告訴羅明義一聲，以後找她就打家裡電話。羅明義說丟了就丟了，一部手機也值不了幾個錢，還說再送一部給她。朱銘琦堅持不要，羅明義堅持要送，兩人在電話裡誰也說服不了誰。最後，朱銘琦說：明義，你要是這樣，以後我就不理你了。羅明義無奈，只好算了，但一直沒有死心。過了幾個月，有人送了一部手機給羅明義，羅明義就想轉送給朱銘琦，約她出來，朱銘琦就是不肯和她見面，羅明義又只好放棄了。

　　有一天，羅明義在市區辦事，偶然碰到朱銘琦，當時羅明義坐在車上，發現朱銘琦在一個公用電話亭打電話，他本想下車的，但車上坐著單位的同事，不好下去和朱銘琦說話。之後，一個念頭突然從他腦際冒出：朱銘琦的那部手機真的是丟了，還是她賣了呢？手機是個消費品，少說每月也要幾十上百元話費，像朱銘琦的狀況，配部手機的確有點浪費，這樣一想，羅明義越來越覺得手機是被朱銘琦處理了。如果是這樣，朱銘琦說要和他斷

交，也是情裡之中的事了。從此後，羅明義再沒有提過手機的事。

電話還是沒人接，羅明義不知朱銘琦在哪裡，他只好在辦公室等，他想等到晚上八點鐘左右，再試試。他打開電腦，在網上流覽，發現了一些文章，讓他揪心。其中有一篇文章，說的是北方的一個省的一個地級城市裡的三個女孩，都是今年應屆畢業生，今年高考前夕，三個人離家出走了，走時留下紙條，說她們去了遠方，要父母不要急，也不要找她們，就當沒有生她們，至於她們為什麼出走，說是因為太累，學習壓力太大，還說就算是考上了，畢業後也找不到單位，不如現在就去闖蕩，就這樣三人結伴出走。她們的家人分成三組，四處尋找，其中的一組來到了長樂市，通過媒體呼籲好心的市民如果見到了她們，請收留她們並轉告，一定重謝。文章說，三個女孩身上的錢加起來還不到三百元，根據出走的天數，所剩無幾了。文章最後說，孩子，你們當中的任何一個人見了這篇文章，請儘快回家，你們的父母非常著急，在四處尋找你們，只要你們回家，你們的父母說了，不再逼你們。文章還配了圖片，三個女孩的，還有她們的父母。

羅明義點開谷歌，輸入「高考前離家的孩子」，電腦中立即搜索出了一百多萬條資訊，《北京晚報》報導：「女生高考前負氣輟學離家出走 父親拖著病腿尋找」，浙江一女生高考前神奇失蹤：「高三女生歐陽婷婷已經被高考壓得處在崩潰的邊緣，每天面對父母和老師的各種道理說教，她已經到了忍無可忍的地步，她決定離家出走，用自己的消失來轉移家長的注意力，從而降低他們對自己的考學要求。」重慶「一高三男生恐懼高考離家出走」。林林總總，各地都有。羅明義沒有繼續看下去，這些孩子出走的方式不一樣，但為什麼出走，卻是一樣的：高考。

羅明義沒有心情再看了，學生自殺的，離家出走的，精神分裂的，網路，電視，報紙雜誌，經常有這樣的消息，已經引不起人們的關注了，麻木了。為什麼會這樣，羅明義心裡很清楚，但他改變了不什麼，就是羅小義小棟，他也改變不了，還有張小燕謝敏這些

人，他更是改變不了。改變不了，他也只能是去適應。身不由己啊！

　　快八點了，羅明義撥了朱銘琦家的電話，還是沒人接。羅明義有點心神不寧了，朱銘琦去了哪裡？不會有別的事吧，還有小魯為什麼也不在？按說，小魯還沒有恢復上課，一個月的休學還沒有到，小魯會去哪裡？

　　羅明義決定再等等，無所事事時，他給楊本齋打了電話，楊本齋在外面吃飯，見是羅明義的電話，大大咧咧在那邊調侃，羅明義見楊本齋有應酬，本來就沒什麼心情聊天，寒暄幾句掛了電話。

　　他又撥了李桃的電話，電話裡李桃的音樂改了，是時下一首最流行的曲子，羅明義也會哼幾句的，但唱不全。手機唱了一會歌，李桃接了，簡單聊了幾句後，李桃說她在輔導學生，十一點後她再打過來，就掛了電話。羅明義玩弄著手機，心裡很不是滋味。

　　羅明義再撥朱銘琦家的號碼，還是沒人接，有點埋怨，還有點洩氣。就想還是要給朱銘琦配部手機，乾脆一次性給她預交一千元話費，以後，她的手機話費由他來繳納，每月按時去繳。

　　這也只是想法，羅明義擔心真要是這樣做了，朱銘琦會接受不了。

　　反正不想回家，羅明義還想再等等。

　　朱銘琦的確有事，她在學校領人，就是小魯。

　　原來，小魯又在學校和同學打架了。事情是這樣的，小魯在家休學的這段時間，天天和朱銘琦鬧，朱銘琦要她複習或做作業，小魯偏不聽，不是一個人關在小房子裡，就是跑到商場電視櫃前看西南衛視的超男快女，要不就去網吧替這些人投票，或打同學電話要她們支援誰誰誰，朱銘琦拿她一點辦法也沒有，又不能天天守著她。有天，朱銘琦下班回來，發現小魯在家看電視，那些超男超女像瘋子一樣在螢幕上耍酷，朱銘琦皺起了眉頭，又不敢發作。小魯看得非常投入，沒有發現朱銘琦回來了，手舞足蹈的跟著瘋狂。朱銘琦覺得奇怪，她家的電視因為沒有繳納有線費早已停

115

機了，怎麼就開得通了？一再問小魯，才知道是小魯找爺爺要了錢交了費用才開通的。為此，朱銘琦說了小魯，母女倆鬧了多少回，小魯還是我行我素。朱銘琦火了，把電視搬進了自己的臥室，上了鎖。當時小魯並沒有反抗，只是輕蔑地望著朱銘琦冷笑幾聲。對於小魯的冷笑，朱銘琦沒當回事，照常去上班。待她下班回來，發現臥室的門被踢開了，電視機好像也動過，朱銘琦問小魯是怎麼回事，小魯一臉不屑說：我怎麼知道是怎麼回事。朱銘琦氣得哭了起來，小魯卻沒事一樣。朱銘琦說小魯，小魯根本不聽，晚上不睡，白天睡到上午十一二點鐘，起來吃了東西，又關在自己屋子不知做些什麼，朱銘琦想進去看看，門是反鎖的，偶然偷偷進去了，又發現不了什麼，朱銘琦拿她一點辦法也沒有，只差給小魯下跪了。煩躁的時候，朱銘琦免不了罵小魯幾句，趕她出門，小魯還真就跑出去了，玩累了才回來。有次，朱銘琦和小魯發生爭執，朱銘琦話說重了，小魯就摔東西，罵朱銘琦是不要臉的婊子，朱銘琦順手打了她一巴掌。從內心說，朱銘琦是做樣子的，但小魯不這樣認為，她認為朱銘琦就沒對她好過，挨了打的小魯越想越嘔氣，趁朱銘琦外出做事，找了一把剪子，把朱銘琦平時喜歡穿的幾件衣服剪成幾節，丟了一地。朱銘琦回家後，看到自己的衣服被剪成這樣，去找小魯，然而小魯不在房間裡，她剪了衣服後就外出了，由於身上沒錢，她走路去了公園，在公園裡瞎溜一陣後，想回家，又害怕了，畢竟還是個孩子。她又餓又渴，最後來到湖邊，找了一個沒人的地方，捧了幾小手的水喝了，才感覺舒服一點，然後坐在一個蔭涼處睡著了。

朱銘琦找到小魯時，已經是晚上了，小魯坐在樓下的一家藥鋪門前的凳子上發愣。朱銘琦沒有罵她，太晚了，朱銘琦身心有點疲憊，不想做飯，破例帶小魯進了一家小飯館，點了幾樣小魯愛吃的菜，吃飯時，不管朱銘琦如何替小魯夾菜，或是朱銘琦如何找小魯說話，小魯就是不吭一聲。母女倆吃完飯後回了家，到家後，朱銘琦還是沒有罵小魯，甚至說話也格外小心，也不提衣服的

事。坐了一會，朱銘琦想和小魯談談心，朱銘琦說了一陣，小魯還是不答腔，朱銘琦只好要小魯進屋去學習，自己則一個人坐在沙發上暗自傷心。

不能讓小魯這樣下去，再這樣下去小魯這孩子就會廢了，小魯必須進學校讀書，這是朱銘琦的一個念頭。這個念頭一旦形成，朱銘琦就再也坐不住了。她找出銀行卡，卡上還有二千元錢，是準備給小魯進初中用的學費和校服費。朱銘琦站在小魯房間門口對小魯說，要小魯複習完後就睡覺，自己出去一趟，很快會回來的。朱銘琦來到銀行，取了五百元出來，買了兩條盛世牌香煙，正好是五百元。朱銘琦來到了小魯學校，校長的宿舍就在學校的隔壁，她敲開了校長家的門。校長正好在家，見朱銘琦上門，知道她是為了什麼事，也不囉嗦，直奔主題，問朱銘琦：小魯的休學處理還有幾天？朱銘琦說：還有六天，校長 。校長說：處理並不是目的，重要的是教育，吸取教訓，既然只有六天了，也不一定就非要到期，只要目的達到了，時間就不重要了。明天我給教務科說一聲，讓小魯儘快恢復上課吧，馬上要小升初考試了，不能耽誤了。朱銘琦眼淚都要流出來：謝謝校長，謝謝校長。出了校長家的門。

小魯複課才三天，就為了西南台的兩個超女投票的事和同學打了起來。小魯要同學們把票投給三號超女，有另外的同學非要投給一號超女，意見不統一，發生爭吵，小魯把人家打了。老師要處理小魯，打電話把朱銘琦喊到學校，朱銘琦向那位同學和她的家長賠了不是，也讓小魯認了錯，和老師也說一籮筐好話，才算過關，沒有處理小魯。

羅明義打朱銘琦電話時，朱銘琦正帶小魯在一家小米粉店裡吃粉，朱銘琦身上還穿著工作服，下午她在一家超市打零工，這家超市的一個市場部經理是朱銘琦做事單位同事的愛人，因為下午她輪休，就介紹她去做點雜事，主要是清理衛生或整理貨架商品之類的活，每小時十五元，因為是熟人，這個工資標準算是比較高的。朱明琦從超市剛回家，就接到小魯學校電話，因此就匆匆趕

去了學校。

朱銘琦不知道羅明義多次給她打電話，小魯和她鬧的這些天，她也有想給羅明義打電話的，但羅明義正組織高考的事，朱銘琦也不想分他的心，而且，這是自己家裡的私事，怎麼好老是去麻煩人家，朱銘琦就沒有告訴羅明義。

朱銘琦很想找個人訴說，她有一肚子的苦水要向人傾訴，苦於找不到人，除了羅明義，她的私生活是從來不對第二個人敞開的。

帶著小魯回到家，朱銘琦癱坐在沙發上，一會竟然睡著了。

電話鈴聲把朱銘琦吵醒了，朱銘琦接了電話，一聽是羅明義的聲音，還沒說話，眼淚就流出來了。

羅明義說：銘琦，怎麼才接電話，到哪裡去了？

朱銘琦說：才到家。

羅明義說：沒事吧？

朱銘琦說：沒什麼事。在沙發上睡著了。

羅明義說：我打那麼多電話也沒吵醒你？

朱銘琦說：不是，是剛回來，電話一響，我就接了。

羅明義說：小魯呢，小魯還好嗎？

朱銘琦說：還好。她在自己屋裡。又問：你在哪裡？

羅明義說：我在南岸賓館，離你家很近的，走路十分鐘就到了。

朱銘琦說：你在開會？

羅明義說：是的，剛結束。你，方便嗎？

朱銘琦沉默一會，說：你是想讓我過去？

羅明義說：方便的話，就過來。我在一六八八房間。

本來，羅明義是準備回家的。可都晚上八點多了找不到人，羅明義替朱銘琦擔心。他乾脆到了南岸賓館開了房子，他想朱銘琦總是要回家的，就讓朱銘琦來賓館，兩人也很久沒在一起了。剛開

好房間，他就撥了電話，朱銘琦接了。剛才朱銘琦問他是不是在開會，他說剛結束，他是不想讓朱銘琦知道是特意開了房在等她。

羅明義進了房間，他拉嚴實了窗簾，打開電視，將聲音調到最低，又燒了開水，進衛生間洗了澡，然後等朱銘琦到來。

按說，和朱銘琦玩了幾年後，也就平淡如水了，但羅明義不是這樣，在等朱銘琦的過程中，他還有些心跳加劇的感覺，不知所措的感覺，這種感覺讓羅明義感到還是那麼新鮮，刺激，嚮往。他也總結過，到底是什麼讓自己對朱銘琦這樣著迷，不離不棄？通過一些細節，他感覺到，朱銘琦是一個不尋常的女人，她的不尋常在於她能很好地把握每一次機會，她不是那種感情氾濫的女人，在羅明義身上也是這樣，什麼時候該給他，什麼時候不該給他，朱銘琦捏拿得恰到好處。比方說，每當羅明義疲憊不堪或者心情不好時，朱銘琦就只給他溫存，給他愛撫，給他呢喃囈語，決不餵他。每每這時候，朱銘琦就說：明義，別傷了身體，以後有的是時間。羅明義再想堅持，朱銘琦就假裝生氣：你要這樣，我就不理你了。羅明義沒法，只好乖乖在她懷裡睡大覺。

沒多久，門鈴響了，羅明義從床上跳下來，光著身子去開了門，朱銘琦站在門口，羅明義一把把她攬了進來。關了門，插好了內栓，擁著朱銘琦往床鋪邊走。

朱銘琦在床鋪上坐下，她換了衣服，白色短裙只過膝蓋，一雙絲襪呈肉色，緊緊的到大腿處，健康秀美，讓人浮想聯翩。上身穿了一件T恤，不是很貴，卻大方得體，把胸前一對奶子襯托得鮮活。羅明義全身酥酥的，但他克制著。

羅明義泡了茶端過去，之後坐在朱銘琦身邊，又站起來，繞到朱銘琦身後，從後面抱住了朱銘琦。朱銘琦全身顫動一下，並沒有反應。羅明義把頭貼在朱銘琦背上，問：怎麼啦？

朱銘琦說：沒什麼，就是有點累。

羅明義說：那我給你按按。說著給朱銘琦按摩。

朱銘琦沒有阻止，由著羅明義替她按摩，漸漸，朱銘琦閉上了雙眼。

按著按著，朱銘琦身子軟軟的，就倒了下去，羅明義開始親吻著朱銘琦，不一會，兩人狂吻起來。

吻過之後，朱銘琦說要去洗澡，羅明義進了衛生間，他正在清洗浴缸，朱銘琦一絲不掛進來了，她說浴缸不衛生，洗淋浴，羅明義停住，抱著朱銘琦在淋浴中親吻著。

折騰一陣後，兩人回到床上，鑽進被窩，朱銘琦的叫床聲此起彼伏。

靜下來後，朱銘琦躺在羅明義懷裡，微微閉著眼睛，羅明義問：舒服嗎？

朱銘琦不說話，只是點點頭，在他的胸肌處掐了一把。

羅明義故作驚訝：想謀殺親夫啊。

朱銘琦又在他手臂上咬了一口：不要臉。

羅明義說：誰不要臉，我又沒喊你來。

朱銘琦說：你壞透了。我走。就要起來。

羅明義知道她是好玩，也不去攔，朱銘琦就勢一翻，爬在了羅明義身上：你再說一遍。

羅明義說：我說你是騷XX。說完就用嘴把朱銘琦的嘴蓋了起來。朱銘琦要打羅明義，哪裡脫得了身，兩人又親吻起來。

瘋過後，羅明義靠著床鋪坐起來，朱銘琦也坐起靠在羅明義臂膀上，兩人都已經夠了，就看起電視。電視的聲音很小，他們也不知電視裡說了什麼，這不要緊，他們並不要知道說些什麼。他們在感受兩人在一起的那份愉悅，這份愉悅羅明義在張小燕處體會不到了，朱銘琦也不會在別人那裡體會到了，這是他們兩人帶來的，朱銘琦不需要別的，她要的就是這份愉悅，這份刻骨銘心的愉悅。

羅明義知道，此時應該問問小魯的情況，之前他不問，是不想

破壞了這種氣氛，他知道，一提到小魯，朱銘琦不會有好心情。羅明義關心小魯，此時不問，朱銘琦就要回家了。

羅明義腦子過了一下，很巧妙地說：我想去和小魯學校說一說，讓小魯趕緊去上課，就要小學畢業考試了，讓她參加學校組織的系統複習。

朱銘琦說：謝謝你關心小魯的事。小魯的事給你添了不少麻煩，小魯前幾天已經去上課了。

羅明義說：一個月就到了？

朱銘琦說：還差幾天，但學校前幾天來電話，通知讓小魯去上課。

羅明義說：學校還算是負責任的，可能是考慮到要畢業考試了，也怕耽誤了小魯的考試。

朱銘琦說：可能是吧。她沒有說自己去找校長的事，她知道羅明義是他們的上級，怕說了不好。她也沒說小魯這次打架的事，她怕說了又讓羅明義操心。

羅明義不清楚這些，只是說：那就好，那就好，讓小魯好好參加考試，至少要能夠畢業，其他的，我會想辦法。羅明義說的其他的，是指小魯如果考不好，進初中去哪個學校讀書，他去想辦法。

朱銘琦說：明義，讓你費心了。

羅明義說：囉嗦。說著親了朱銘琦一口。

良久，朱銘琦說：明義，你不會看不起小魯吧？

羅明義驚訝：銘琦，你怎麼這樣說？我有做錯了的地方？

朱銘琦說：沒有。我是覺得給你添了不少麻煩，有點過意不去。

羅明義說：哎，我還以為我做錯了事呢。

朱銘琦說：小魯其實並不是壞孩子。她就是太爭強好勝了，她的心其實很善良，她每次出事，其實都是為了別人。

羅明義說：沒有好孩子與壞孩子之分，沒有哪個孩子天生就

是壞人。人之初，性本善嘛，像小魯，無非就是個性張揚一點，敢於對她認為不對或不好的事情說不，她不會循規蹈矩，也不想循規蹈矩，這本來是件好事，無可非議。只是度要掌握好，孩子小，不好掌握這個度，這就需要學校、老師、家長和全社會來好好引導。

朱銘琦說：什麼事情到你這裡，都能說出一個理字出來，謝謝你能夠理解小魯。說實在的，再怎麼樣，她也是我的孩子，我身上掉下來的肉。我不說自己的孩子就一定是好的，我是覺得小魯先前也是很可愛的，你不知道，那時候，真的是小魯在支撐著我，要是沒有小魯，說不定我早不在這個世界上了。

朱銘琦說：小時候，小魯真是可愛，院子裡的鄰居，沒有一個不喜歡小魯的。小時候，她挺懂禮貌的，見人就喊，嘴巴熱鬧極了。有次，她那父親喝了酒打我，小魯擋在她爸面前說：不許打媽媽。誰打媽媽誰是壞蛋。那時小魯才六歲，剛上學。說著，朱銘琦傷感起來。

羅明義的手一直在朱銘琦頭髮裡，他用力揪了揪說：從小就知道打抱不平，是一個正直的孩子，好好引導。

朱銘琦說：還有一次，我帶她去公園玩，在公車上，上來一位老人，小魯剛開始是坐著的，看見了，喊爺爺爺爺到這裡來坐，說完歡蹦亂跳下了座位，全車的人都被小魯感動，都說小魯懂事，還有些人也紛紛起來讓座。

羅明義說：真是個可愛的孩子。

朱銘琦說：之前，每次她父親和我吵架，她總是站在我這邊，說爸爸不好。後來，她爸和我吵架越來越多，小魯越來越不適應了。我也不知從什麼時候開始，小魯的脾氣變得暴躁了，這是我的責任，是這個家害了小魯。儘管如此，愛打抱不平，主持公道，善良，正直，這些優點她一直沒有改變。只是形式過於魯莽，有暴力傾向。我一直也想好好引導她，可是，明義你是知道的，大環境是這樣，對她的影響很大。我擔心長期這樣下去，會毀了她。

　　羅明義說：不會的，我們一起來好好關心小魯，引導小魯，引導好了，說不定還真是一個女中豪傑。說完哈哈大笑。朱銘琦嗔怪他：都這樣子了，你還有心思開玩笑。羅明義說：我說的是真的。

　　看看不早了，朱銘琦準備回家，羅明義說送她回去。朱銘琦不要他送，羅明義堅持要送。其實，羅明義自己也該回家了，只是不便說明。把朱銘琦送回家後，羅明義也回了家，賓館那裡明天上午十二點前去結帳就行。

# 第十二章

# 一考定終身

　　羅明義因為先去賓館結帳，到辦公室時已是上午九點多鐘。剛進辦公室，同事小周說：羅科，剛才局長打電話，要你去開會。羅明義問：什麼時候的事？小周說：就剛才。羅明義說：怎麼不打我手機？小周說：打你手機關機。羅明義才想起昨晚和朱銘琦在一起時，擔心張小燕打電話，關了手機。羅明義一刻也不停，去了會議室。

　　剛一進會議室，會就散了。局長問他去了哪裡，羅明義找了一個理由，局長說：有一個調查組到了XX中學，一個學生自殺了，省市的調查組正在調查，你也一塊去瞭解一下情況。

　　來到XX中學，學校很平靜，不像發生了學生自殺事件。各班級照常上課，體育場還有班級在上體育課，一些男孩子在打籃球。走廊裡，有老師進進出出，很正常的樣子。羅明義一行進了學校會議室，調查組的人還沒有到，只有學校的領導和幾個老師在座。

　　見羅明義一行進來，學校領導都站起來，相互打了招呼。有人送茶水，送瓜果，送煙，個個表情嚴肅，局長沒落座，大家都站著。

　　局長說：大家都坐吧。

　　局長先坐下了，大家也就坐下了。局長說：是誰先接到家長

電話的？校長說：是學生的班主任老師先接到的電話。

學生的班主任老師說：我的手機一般都是自動開關機，今天接到的電話的？校長說：是學生的班主任老師先接到的電話。

學生的班主任老師說：我的手機一般都是自動開關機，今天早上，我的手機一開，就有資訊進來，我一看，有一個陌生號碼發了一條資訊說這個學生自殺了。開始我以為是惡作劇，因為這個學生平時很發奮，成績也不錯，我想怎麼會呢？並沒有在意。可是我心裡突然就慌得狠，就打了電話過去，證實的確是自殺了，家裡亂成一團糟，哭哭啼啼，我就給校長彙報了，校長就給區局和市局彙報了。

校長說：不管怎麼說，孩子還沒有畢業，我這個校長有責任。

局長說：現在不是追究責任的時候，要弄清楚孩子為什麼自殺，一會上面的調查組來了後，要如實反映情況，也不能把責任攬在自己身上。畢竟，她是在家裡自殺的，且還不知道她為什麼要自殺。

校長說：是是，局長說的對。一定配合上級調查組，弄清楚事情真相。

局長說：學校派人去了學生家裡嗎？

校長說：去了一個副校長和教務科長。另外，學校還送去了一萬元的慰問費。

局長說：很好，安撫工作一定要做在前頭。說完又對一位主管學校工作的副局長說：老陳，局裡也表示一下，送一萬元過去，表達我們的慰問吧。

等了一會，調查組的人還沒有到，大家就此事議論開了。有人說：這事也平常，不要大驚小怪，去年，我們鄰省的一個市，不也有四個女生在高考前，集體留下遺書，跳河自殺了？這事還被中央台報導過。又有人說：今年西北的一個省，有三起學生高考前自殺的事件，長樂市前年不是也發生過一起學生集體自殺事件嗎？當時香港的鳳凰衛視還報導了，引起過好大的反響，怎麼今年又發生

了呢？有人說：這回該熱鬧了，有戲看了，還不知會不會追究上頭責任。有人說，這跟上頭有什麼關係，學生要自殺，學校，局裡又不能控制。有人說：不能控制，但可以預防啊。哎，我就不明白了，怎麼就有這麼多人想不通，非要自殺不可？有人說：現在的孩子，沒有經歷過風雨，嬌生慣養，過慣了衣來伸手飯來張口的皇帝生活，哪經得起這種打擊？還有的說：這已經是一個社會問題了，既然是社會問題，我們當老師的也沒辦法。有人附和：現在的學生越來越難教了，動不動採取這種極端方式，這還好，是在家裡自殺的，真要是死在了學校，那真是有戲看了。局長聽了大家討論，心緒有一點浮動，他制止說：不要說這種消極的話，對孩子，我們還是要負責任的，畢竟我們都是育人子弟的靈魂工程師。校長說：對對對，同志們不要亂說，局長說得對，我們是老師，是老師就得對學生負責任。

羅明義自始至終沒有參加大家的討論，他在思考一個問題：為什麼在考試前後自殺的學生越來越多？

這當兒，那個去學生家裡瞭解情況的副校長回來了，進會議室後，他簡單彙報了情況。原來，這個孩子是高1011班的學生，叫董茜，特長生，報考的是藝術類，被北京的幾所藝術院校錄取了，只等這次高考成績出來，如果文化成績合格，她就可以選擇去這些學校裡的任何一所。董茜從幼稚園就開始學習各種專業，據家長說，董茜的各種證件多達五十多個，有書法的，畫畫的，奧數的，作文的，舞蹈的，音樂的，鋼琴的，古箏的，文藝的，英語等級的，等等。今年三月到四月的一個月裡，董茜馬不停蹄參加了全國二十一所藝術類學校的考試，專業考試結束後，在家休息了兩天，回到學校後馬上投入到文化學習。有老師曾問董茜感覺如何，董茜回答了一個字：累。不久，董茜陸續收到十多所院校的錄取通知書，董茜和家長選擇了北京的兩家作為重點對象。董茜是個上進心很強的女生，自尊性也極強，平時在班上和同學們交往不多，有點孤芳自賞，但很刻苦，學習成績一直不錯，自己對待這次文化考

試也抱有信心，曾多次多場合誇口說沒有問題。不料這次考試筮
瓢，只考了三百分，文化成績沒有上線，沒有上線就意味著以前的
努力和付出付之東流了，上不了大學。本來，家裡一直做孩子的思
想工作，說今年不行，明年再來。可是董茜知道這其中的辛苦，她
付出的太多了，想起又要重來，就害怕了，她對明年是不是能考上
既沒有信心，也沒有思想準備，她的心裡防線垮了，她想不通了，
吃老鼠藥自殺，由於藥量過大，發現又晚，送到醫院時，已經死
了。大概情況就是這樣。

　　班主任老師在一旁落淚，說：可惜了，是一棵好苗子。校長
說：就是這樣就自殺了？副校長說：就是這樣。局長說：一會調查
組來後，你們如實說。

　　調查組還沒有到，大家都在耐心地等。氣氛一時有點冷場，
也有些尷尬。有人為了活躍氣氛，就說：一個月裡考了二十多個地
方，北京，天津，上海，瀋陽，哈爾濱，武漢，廣州，差不多跑了一個
中國，這孩子挺能吃苦的。

　　立即有人附和：可不是，學習的包袱這麼重，還拿到了五十多
個謀生的證件，到底是學生能吃苦呢還是我們應該好好思考一下
了，為什麼會有這種拚命讀書的情況出現？我們要不要提倡這種
拚命的讀書法？這些證件又有多少個日後能用得上？為什麼會報
考二十多所學校？據說有些考生為了報考一些喜歡的學校，像趕
場子一樣，一天要跑幾個地方。我在報紙上也看到過，哈爾濱一
個學生，也是帶了三十多個證件去參加藝考，一個月裡考了三十
多個學校。這種情況，只怕各省市都有。

　　有人說：政府應該明文規定，禁止學生這樣拚命，藝考生頂
多報考五至六所院校。

　　有人反對：政府怎麼好作出硬性規定，教育是自願的，政府
頂多是不提倡。

　　也有人說：想想這個董茜也是夠不容易的，要是我們大人碰到

這種事，又有幾個能挺住的？沒有一定的定力，沒有經歷風雨，誰都保持不了。我真擔心自己的孩子，怕哪一天熬不住了，也做傻事。想想高考前的孩子們，真是吃飯不香，睡覺不好，趙鬼門關似的。

有一位老師說：我從教三十年了，一路走來，都不知自己這輩子到底做了些什麼，教了多少學生。過去，我們除了教學生文化，傳播知識外，還教學生勞動，實踐，探索人生的未知。也不知從什麼時候開始，學生也好，老師也好，注重的只有一點了：分數。除了分數，還是分數。其它的，都無關緊要。

有人說：過去讀書，都說為了報效國家。現在，大家都知道，讀書是為了考試，考試是為了分數，分數是為了進重點大學，進重點大學是為了面子。當然，也有一部分學生，是為了交差，給父母，學校，老師交差。

正說著，調查組來了。說是調查組，其實就是省教委和市教育局各派了幾個人湊在一起，也沒有下正式的文件，大家都覺得這件事有必要重視一下，畢竟還是學生，畢竟發生了這樣的事教育部門得有個說法，畢竟還有媒體要交待清楚。

帶隊的是位中年女性，羅明義見過的，具體叫不出名字，只知道大家都喊她劉處長。

劉處長表情凝重，她身在西南省教育的最高部門，經常會聽到有學生自殺的現象，按說，對於她，這種現象已經司空見慣了。但看得出來，她有著滿腔的悲憫之情。

有關人員向劉處長和其他領導彙報了情況的細節，劉處長也瞭解了董茜的一些情況，她說：學生自殺，我們一定要引起高度重視，我們都是從事教育工作的，我們的職責是教書育人。我們都是父母，都只有一個孩子，誰不疼愛？孩子自殺，誰不痛心？高考前，省教委收到下面地市教育部門幾起關於學生自殺的情況彙報，前幾天還收到兩起，這兩起是因為當地教育系統從下至上一直隱瞞不報，有人在網上披露出來了，才不得不報上來的。比如一個星

期前，我們收到兩份材料，是我省西部的一個地區教育局報上來的，他們是瞞不住了才報上來的，當地的報紙都報導了，他們呢，還瞞著。材料中說，一個十六歲的女孩和一個十七歲的女孩，董茜也是女孩，怎麼都是女孩？在班上一直是尖子生，每次段考，總是前五名，可是，臨近高考前，她們在段考中考得不太理想，其中有一個還降到班上二十名後，年級二百名後，其中有一個女孩的父母，甚至在各種場合說如果她們考不上理想的大學，就不要回家之類的話。結果，兩人相約自殺了。

有人小聲議論：這些孩子的家長也是，退一萬步說，也不至於不讓回家。有人說：也難怪，做家長的也不容易。又有人說：看來這是個社會問題了，我們有理由強調學校，開一堂減壓課程，也呼籲家長們，給孩子一點空間。還有人說：增設抗壓課，不一定管用，學校只重視升學率，班主任老師只看分數，家長只看結果，要是只考個二本或三本，有些考個普通一本，家長也是不樂意的。最後給學生帶來的各種壓力，不會因為增加了抗壓課就萬事大吉。多人附和：也是，也是。

劉處長說：我們也不能責怪家長，學校，或老師，我們自己也是做家長的，哪個不希望自己的孩子考上一所理想的學校。從學校方來說，他們是從責任第一的態度出發，出發點是好的，教書育人，把孩子們送到一個環境、師資、信譽度都一流的學校去讀書，這是辦好一個學校的根本，哪個學校不想經營好自己？因此說，學校也沒有錯。從老師的角度來說，一個高中的班主任，辛辛苦苦三年，不就是想把孩子送出去？至於送出去多少學生，送到些什麼樣的學校，這些都是考核一個老師素質的必備指標，評職稱，分住房，提升，還有一些既得利益，都和學生能不能考上大學，特別是考上名牌大學，有著直接的關聯。

劉處長說：我們的教育是有弊端，但不能因為有一二個學生自殺，就全面否定，這是不對的，教育改革三十多年了，為國家培養了多少人才？我們國家之所以繁榮昌盛，不就是因為教育的改

革給國家培養了一代代人嗎？人才推動科技的發展，科技解放生產力，生產力轉化成科技成果，科技成果又衍生更多的成果，比如人的素質的提升，生活品質的提升，社會文明程度的提升，競爭力的提升，綜合國力的提升，國民經濟的提升，國人精神面貌的提升，等等。這些都與教育有著直接的聯繫。因此說：不能因為時代前進了，教育方面的某些方式跟不上時代的發展，就全盤否定三十多年的教育，這是不對的，至少，我是不贊成的。這一點，誰也否定不了。

劉處長說：至於董茜同學的不幸遭遇，我個人深表遺憾，對她的家屬表示慰問。你們學校方一定要做好慰撫工作，要妥善處理好後事。聽說你們和山水區教育局都送去了撫恤金，這個很好。雖然事故沒有發生在學校，但我們是人，是人就有感情，就有同情心。我們學校今後一定要加強孩子們的心理素質教育，不要給孩子們太大的壓力，這個工作，我們全社會都要來做。看起來，是到了全面重視生命教育的時候了。要讓學生們懂的生命只有一次，學會珍惜生命、敬畏生命，全市中小學都要開設這方面的課程。

第二天，調查組聯合下文，要求各學校一定要做好學生的安全教育工作，特別是要做好應屆畢業生的思想工作，壓力大，沒有經驗，恐懼心理和崩潰心理，這些因素一直跟隨著這些孩子，同時，要求家長配合學校，不要再給孩子施壓，各學校不得持續加課加點，要讓孩子們休息好，孩子是祖國的花朵，未來的棟樑，花朵凋零了，棟樑也就垮掉了。如果發現有學校不從愛護孩子們出發，一味只抓成績，不抓孩子們健康培養，只顧長時間補課，決不姑息。云云。

隨後，羅明義和局裡的其他同志，到各學校檢查，通過檢查，一些學校請了心理諮詢服務機構的人來學校講課，但這些老師的費用由學生承擔的，市局和區局對這些學校的做法，給予了糾正。關於補課，也有所收斂，但現象還是存在，特別是一些課外輔導，和過去一樣。

　　會後，羅明義一直在思考這個問題：董茜的死，是不是與一考定終身有著間接的聯繫？他一直覺得，目前，我們的高考多少有「一考定終身」之嫌。要想打破這種「一考定終身」的體制，就必須建立以高水準大學自主招生為主體的自由申請入學制度，以及各類教育可以「流通」的學分互認，自由轉學制度，那麼，教育的活力將得以釋放，學生也可不再受選擇權有限之苦，整個社會的教育焦慮、考試焦慮才會有望減弱。特別是，教育有望從圍繞考試轉變為以人為本。

　　可是，羅明義看到過一位學者的文章，這位學者主要從高考的制度安排，論證高考並非一考定終身，比如現行制度已取消報考年齡限制，允許多次複讀、多次高考，而考上高職高專的學生有機會讀本科繼續深造。現在，還出現了四十歲五十歲甚至退休後也參加高考的現象。學生進了一所不理想的學校，三年之後可以「專升本」，四年之後可以考研，這也不是一考定終身。這樣說來，一考定終身似乎是說不過去。

　　那究竟問題出在哪裡？

# 第十三章

# 羅小義絕食

　　羅明義一直不想把董茜自殺這件事告訴羅小義，但還是憋不住。這天吃晚飯時，羅明義對羅小義說了此事，張小燕聽後，問羅明義是什麼意思。羅明義說沒什麼意思，就是想告訴他。張小燕說：告訴他有什麼用，是羅小義能解決問題還是羅小義能分辨是非？羅明義說：與其是說給羅小義聽，不如說是想讓你張小燕知道。張小燕說：我知道又有什麼用？羅明義說：一是要你吸取教訓，二是告訴你，董茜就是某名校畢業，但她並沒有考好，說明名校也有例外情況。張小燕說：你別來這一套，你一抬尾巴，我就知道你要屙什麼屎。羅小義非進名校不可。

　　羅明義不想和張小燕糾纏，撥通了張小北的電話，把董茜的事和他說了，同時也提醒張小北，一定要關注小棟的情況，不可大意，不可馬虎，不要施壓，不要打罵，要多關心。張小北在電話中謝過羅明義，就掛了。

　　張小燕在一旁聽到，說：羅明義，你這是什麼意思。羅明義說：我這只是防患於未然，我也是出於好心。張小燕說：你說話少根筋，有你這麼說話的嗎？你幸好是和張小北說的，你和謝敏說說看，不咒你一身甲。羅明義說：我是神經病才和謝敏說。

　　兩人正說著，張小涵打電話來。張小涵是打座機電話，她先找張小燕，和張小燕說了一會，要張小燕把電話給羅明義。張小

燕喏了一聲，對羅明義說張小涵電話。

羅明義使勁搖手，張小燕喊了一聲：快點來接。羅明義只好硬著頭皮接了。

羅明義剛接過電話，張小涵在電話裡大聲嚷嚷：羅明義，你敢不接我的電話？

羅明義說：我哪敢呀。

張小涵說：我量你也不敢。

羅明義玩笑說：大小姐，你說話文明一點，要是把我嚇著了，我還真的不敢接你電話。

張小涵說：要溫柔是吧，要溫柔，你找別個去，我就是這樣，愛聽不聽。

羅明義說：姨妹子的話我怎麼能不聽呢，我是說，我有心臟病，經不起你嚇。

張小涵在電話中放聲浪笑，笑過後說：廢話少說，羅明義，我問你，我家毛毛的事落實得怎樣了？

羅明義裝：毛毛的事？毛毛的什麼事？

張小涵凶：羅明義，你裝是吧，小心我閹了你。快說，我上次托你的事怎麼樣了，

羅明義說：張小涵，你別火急燎急，還早呢，不是還沒中考嗎，你讓毛毛考完後再說啊。

張小涵說：等毛毛考完後再說，黃花菜都涼了。你現在還不給我找人落實，到時你就是有錢也找不到送的人了。羅明義，你怎麼這麼憨啊。

羅明義說：總有書讀不就行了，哪個學校不是讀書。

張小涵說：讀你娘的個屁，要讀書，我還來找你，我有錢還怕沒地方讀書，不是想進一所好學校嗎。

羅明義說：那你還來找我。

張小涵說：我找你，不是覺得你還能辦點人事嗎。你還真以為少了你羅明義我就辦不成事？你還真把自己當個角色？呸，羅明義，我告訴你，毛毛的事，你要是不給我辦好，我絕不放過你，我說到做到，羅明義，你看著辦。你把電話給張小燕。

羅明義把電話給了張小燕，對張小燕直搖頭。張小燕輕輕說：活該。

羅明義回到餐桌，張小燕掛了電話過來說：毛毛的事你到底行不行，辦不辦得到。辦不到就明裡告訴張小涵。

羅明義說：我又不是市長局長，你又不是不明白，都往這些學校擠，我能耐再大，也不是件容易的事。

張小燕說：我看也是，你連羅小義的事都懸著，張小涵還指望著你。

羅明義說：別談羅小義。我就是要送羅小義去一般的學校，我就不信羅小義去了一般的學校，就考不了一所好大學。說完轉身對羅小義：羅小義，你說想進哪所學校。

羅小義說：我不知道。

羅明義說：兒子哎，你也替老爸爭點氣怎麼樣？你就去厚德中學這樣的學校，你努力，給爸爸考出好成績，也讓爸揚眉吐氣一番。

羅小義說：那我有什麼好處？

羅明義說：你要什麼好處？

羅小義說：我要獎勵。

羅明義說：那沒有。

羅小義說：那我也沒有。

羅明義說：你沒有什麼啊？

羅小義說：我沒有把握啊！

羅明義做樣子說：哎，我的崽喲，爸爸死定了。

張小燕說：你少灌輸這些東西。對羅小義：羅小義，你給我聽

好了，不要聽他的，死了別的心，就進一中二中或五中，其它哪裡都不去。

羅明義說：羅小義，那你就要做好思想準備，一中和二中那不是讀書，那是拚命。特別是二中，都知道叫魔鬼中學，安排的作業沒有氣歇，只有兩個字。

羅小義說：我知道哪兩個字，爽呆。

羅明義說：拚命。

張小燕說：做什麼事不拚命，做得好嗎。

羅明義說：他一個孩子，讀點書，要他拚命幹嗎，健康，健康才是第一位。又對羅小義說：羅小義，爸爸還是那句話：第一，有一副強健的體魄，有一個健康開朗的心態，這是第一；第二，要有一個良好的習慣和性格；第三，要有腳踏實地的好作風，做事一定要認真，執著，不要浮，不要急躁，要踏踏實實做好每一件事。只要你是按照這個要求在做，考得好與不好，爸爸絕對不怪你。

羅小義剛放下碗，聽到羅明義這樣說，高興得舉起雙手：耶，老爸萬歲。

羅明義說：羅小義，別高興，要做好我說的三點，也不是一件容易的事，特別是第三點，你要做到了，就沒有你做不到做不成的事。

羅小義說：切。

張小燕說：羅小義，進屋做作業去。一會家教老師就來了。又問：哪天考試？

羅小義說：下週三。考完後放假了。喔耶，考完就放假了耶。過來對張小燕說：姆媽，我同學要到海南去玩一個星期，我也要去。

張小燕說：不行，你要複習。羅小義，我跟你說，你要去參加一中，二中，五中和師大附中的考試，指望你爸是指望不上了，你要爭口氣啦伢崽。

羅小義斬釘截鐵說：想都別想。

張小燕說：你試試。我錢都交了，考試完了就去上課。

羅小義說：切。聽你的！一副蔑視的模樣。

張小燕說：不聽我的，未必聽你的？羅明義，你看看，都給慣得什麼樣了，去，做作業去。

轉眼，羅小義學校要期末考試了。長樂市的小學考試，比中考要提前幾天，初中畢業的考試，安排在小學畢業以後。羅小義只是小學畢業，家長還不是那麼著急，那些家裡有初中畢業考試的學生家長，早已開始活動了。

羅小義考試的前一週，張小燕增加了他的補課時間，原是每天晚上兩個小時，那幾天，張小燕讓家教增加到四個小時，所以羅小義每天都在十二點以後才睡。到了考試的前一天晚上，羅明義說取消家教，讓羅小義早點休息，張小燕不同意，還是堅持上了三個小時。考試的那天，張小燕請了假，羅明義說：你請什麼假，不就是一個小學考試嗎，又不是高考，搞得這麼複雜。張小燕說：我要給羅小義弄點好吃的，最主要的是，中午我要守著他複習，不然他是亂彈琴。羅明義說：有必要嗎？要靠平時抓緊，這一二個小時就能補起來？張小燕說：我平時要求他，你唱反調，現在知道要靠平時抓緊啊。羅明義說：你這不是抬杠嘛，我什麼時候說過不要抓緊了？我是要你有分寸，凡事要有個度。張小燕說：有沒有度，我心裡清楚，我不是後媽。

中午，羅小義回來，書包沒放下，張小燕就迎了上去，接過書包問：考得怎麼樣啊兒子？羅小義說：不怎麼樣。張小燕一臉驚訝：為什麼？是題目複雜還是你粗心大意了？羅小義說：不難也不容易。反正我說不清。張小燕說：怎麼說不清呢，是曉得做還是不曉得做，羅小義不耐煩說：其他題都做完了，就是最後兩道應用題有點複雜，我做是做了，不知對不對。張小燕說：這兩道題占多少分？每題十分，占二十分。張小燕說：你還記得題目嗎？羅小義說：

幹什麼啊。張小燕說：你記得的話，現在去查書，再做一遍，看是不是和你的做法一樣，結果對不對。羅小義說：不完全記得了。張小燕說：去啊。羅小義說：去哪裡。張小燕說：去把這兩道題做一遍。羅小義說：急什麼，歇一會。說著開了電視，看他喜歡的少兒節目。張小燕上去關了電視：去，現在就去，做完後吃飯。羅小義很不情願地進了書房，進去後偷偷打開了電腦，被張小燕發現，衝進去關了電源。羅小義說：電腦會被你這樣搞爛的。張小燕說：你不聽話，搞爛了算了。羅小義說；切，我著急。關我什麼事。張小燕說：你是不著急，有題目做不出來都不著急，我替你乾急。羅小義說：我又沒讓你急。張小燕確實是急：磨蹭什麼，還不快點做。羅小義說：我不記得那題目了。張小燕說：那你接近的題目做一遍。羅小義說：我找不到接近的題目，你要我怎麼做。

　　張小燕也沒有辦法，只好喊羅小義吃飯。飯後，張小燕要羅小義複習語文，羅小義說下午考英語，張小燕就說那複習英語。羅小義拿了本英語，回到客廳沙發上，躺在沙發上漫不經心地翻著，張小燕從廚房出來，要他去書房。羅小義不幹，張小燕就去拖他，羅小義將書一甩：幹什麼啊。張小燕說：凶囉，小心老子打死你。羅小義說：稀奇，打死了拉倒。犟著不去書房。這時，電話響了，是羅明義打回來的，張小燕接了，沒有好氣說：不知道。問你兒子自己，考得差死了。說著喊羅小義接電話，羅小義不接，張小燕對電話喊了一嗓子：羅小義不接。就掛了。

　　兩人還在強著，一個要他進書房，一個躺在沙發上不動。張小燕憋得火冒三丈，她幾次都想打羅小義了，想到下午還要考試，沒能下手，只好陪著坐在一邊嘮叨，嘮叨多了，羅小義不愛聽，嗖地起身進了書房。羅小義進書房不是去複習，書房裡有一張床，是羅小義平時睡覺的，羅小義進去後，把門反鎖了。張小燕輕輕地走到陽臺，偷偷地去窺探屋裡的羅小義，發現他在床上仰頭大睡，立馬火竄出來：羅小義，你還反了。你個小雜種，給老子起來。說話間她已到了門口，開始擂門。

任憑張小燕如何喊如何擂門，羅小義就是不開，門的鑰匙早就丟失，張小燕急得暴跳如雷，她開始踢門。踢了幾腳後，羅小義開了，等張小燕進去時，羅小義已經坐到了桌前，張小燕想打他，又下不了手。

羅明義打羅小義的手機，羅小義不情願接了。羅明義問他考得好不好，羅小義說：不曉得。羅明義說：考得不好沒關係，下一門考好一點。又問接下來考什麼，羅小義說英語。羅明義說：英語是你的強項，要考好。羅小義說：你說考好就考好，我又不是神仙。噎得羅明義半天沒做聲。半天，羅明義說：休息一會，下午才有精力考試。羅小義說：你找姓張的，她不讓我休息。

羅明義打張小燕電話，張小燕不接。

張小燕就在羅小義床上躺著，羅小義坐在桌前翻看著書本，但他什麼也看不進去。

羅小義去學校時，張小燕睡著了，等她醒來時，發現羅小義不在，一看時間，兩點十分了。張小燕乾脆去了學校。

張小燕來到東林小學，東林小學大門已經關閉，學生都進了課堂，有老師在走廊上巡查。天氣太熱，街面行人寥寥，樹上的知了在不知疲倦地叫著。張小燕站了一會，在附近找了一家美容院做美容，她在等羅小義。

張小燕在做美容時睡著了，這一覺醒來，已是下午四點多鐘。張小燕誇張地問美容院老闆什麼時候了，那位美女老闆告訴了張小燕時間，張小燕急急忙忙付了錢就往外走。

來到東林小學，果然考試結束了，學生們三三兩兩進進出出，張小燕掏出手機，打了羅小義電話，羅小義沒有接。張小燕來到羅小義的班級，在四樓，有同學在擺桌椅，搞衛生，張小燕問同學：看到羅小義了沒有？一個小女孩回答：羅小義早走了，他是第一個交卷的。張小燕謝了學生，她來到三樓，找了一圈，又來到二樓，也沒看到羅小義。又打電話，羅小義還是沒接，張小燕又返回

四樓，來到老師的辦公室，有老師在，沒見到羅小義班主任。

　　下樓時，碰到羅小義的同學，張小燕認識的，問他考得怎麼樣。同學說：還可以。張小燕說：難不難？題目難不難？同學說：有點。張小燕問：你都做完了？同學說：都做出來了。張小燕說：你知道羅小義都做出來沒有？同學說：那我不知道。又說：羅小義的英語棒棒的，是我們班裡的這個。說著伸出大拇指。張小燕很高興，問：你看到羅小義沒有？同學說：沒有，他第一個走的。

　　張小燕在校區內找了一圈，又去籃球場找了一圈，沒發現羅小義。有同學說，羅小義和班上的同學去了綠之園。綠之園是一個文明社區，那裡的娛樂設施比較齊全，以前羅小義經常去的，多是和同學去上網。張小燕一聽火冒三丈，急急來到綠之園。

　　找了幾個網吧，沒有發現羅小義，又來到一家自助燒烤店，羅小義和一群同學在買燒烤吃，張小燕也不給羅小義面子，拖了他就往外拽。羅小義不配合，站在原地不動，一臉不屑望著張小燕說：幹什麼啊。張小燕說：幹什麼？你還問我幹什麼？我要問你幹什麼。羅小義頭一偏：切。張小燕說：跟我回去。又對其他同學說：你們也回去，回去好好複習，明天還要考試。其他同學陸續往外走，也不和羅小義打招呼，羅小義表情十分難堪。

　　回家的路上，張小燕問羅小義考得怎麼樣，羅小義撬口不開。張小燕也不氣，自顧說：我問了你的同學，他們說很容易啊。羅小義還是不屑：切。張小燕說：你同學說這次的題目太容易了。羅小義說：誰說的？張小燕說：我不認識，好像坐在你的前面左側。羅小義說了一句：牛皮公司。張小燕說：那你是說你考得不好羅？羅小義說：不曉得。知道也不告訴你。張小燕說：羅小義，我冒得罪你啊，你別以為我不清楚，他們說你是第一個交卷的。你為什麼不多檢查檢查啊。羅小義說：有什麼好檢查的。張小燕說：這就是你做事不踏實，這個作風真的要不得，以後你會吃大虧的。羅小義說：切。張小燕說：羅小義，別不愛聽，我這是為你好，做

什麼事都要認真，做的過程中要仔細思考，做完後要細緻檢查。以後你真是參加高考，或是走入社會，你都要記住我今天說的話。羅小義還是說：切。

張小燕順便來到菜店，問羅小義晚上想吃什麼，羅小義說隨便。張小燕說沒有隨便，羅小義就說：那就不隨便。張小燕買了鱔魚，烤鴨和滷豬蹄，羅小義說還買點鴨架子，張小燕就買了。

在樓下時，羅小義買了可樂，張小燕要他少喝可樂，羅小義說：管得著。

上了樓，張小燕要羅小義去複習，羅小義開了空調，打開電腦。張小燕從廁所出來，關了電腦，羅小義又打開電視，張小燕又關了電視。羅小義大吼：幹，什，麼，啊！張小燕說：我要你複習去。羅小義說：切。就睡在沙發上。

張小燕去拽羅小義，羅小義蹭就坐起：我休息一下不行啊。兩眼仇恨似地望著張小燕。張小燕也不示弱，說：還想吃了我不成？羅小義說：切，吃你，噁心。

到羅明義回來時，羅小義一直坐在書桌前不動，他在和張小燕嘔氣，他嘔氣不是因為張小燕要他複習，而是張小燕在他同學面前沒有給他留面子。冇素質。這是羅小義說張小燕最多的一句話。在等羅明義回來時，母子倆就一直在爭這個問題，羅小義說：你管別人幹什麼。你不知道人家心裡有多恨你。冇素質。張小燕說：我是為他們好，誰恨我。羅小義說：切。自作聰明。我同學哪次來家裡玩，你不是問這個學習成績怎樣，那個考得怎麼樣，這個作業做完了沒有，那個又是不是班幹部，你以為我同學不清楚？他們都不好再來家裡了。那個王海，明知他學習不好，每次來你都問同樣的問題，你以為他不清楚你嫌他？冇素質。張小燕說：不來就不來，我就是要讓他們知道，成績好的，聽話的，我歡迎他們來玩，不怎麼地的，我是不歡迎。羅小義說；切，人家稀罕來。又說：我的同學都讓你得罪完了。你說你今天是不是討人嫌，你又不是老

師，別個又不是你的崽，人家愛怎麼玩，該你什麼屁事。冇素質。

　　張小燕又氣又好笑，氣的是羅小義不聽她安排，張小燕把語文複習資料都送到他手上了，羅小義坐在桌前，也翻著，其實根本就沒看。好笑的是羅小義那語氣，特別是他每說一句必帶「冇素質」幾個字，說明他既懂事又不懂事，懵懵懂懂。其實，羅小義生性比較厚道，隨意，也還大氣，最大的優點就是懂禮貌，見人就喊，開口便帶笑容，院子裡的人都喜歡他。但是，羅小義也有不好的一面，在家裡很霸道，這一點，張小燕一直埋怨羅明義，說是羅明義慣的。羅明義有時是有點慣他，更多的是，羅明義把羅小義當成朋友一樣對待，張小燕很反對這一點，說孩子小，不明是非，有些事情就是要和他講清楚。有一次，張小燕問羅小義是喜歡爸爸一些，還是喜歡媽媽一些，羅小義回答得很藝術：有時候喜歡爸爸，有時候喜歡你。但喜歡爸爸的時候多一些。張小燕問為什麼，羅小義說：跟爸爸在一起，很輕鬆，沒有壓力。我什麼話都可以和他說。張小燕說：那和我呢？不好說，總之怕你。更多是煩你。張小燕問：那你喜歡我什麼？羅小義說：喜歡你總是替我買衣服，買鞋子，做好吃的。張小燕問：那你煩我什麼啊。羅小義說：囉嗦，嘴巴沒蓋。張小燕說：你要是聽話，姆媽囉嗦做什麼，我也不想啊，你以為我吃飽了沒事做，不費精神還費口水呢，因為你，我都要少活幾年。羅小義說：那你還不多活幾年，不管我。張小燕說：只要你聽話，我就不管你。憑你現在的表現，我不管，你會上了天。我把書都送你手裡了，你認真看沒有？不管你行嗎？羅小義說：切。

　　羅明義進屋後，喊羅小義吃飯。羅小義回答：沒心情吃。羅明義問：怎麼啦？張小燕一邊說：沒考好唄。羅小義把書往桌上重重一甩：切。然後發出歇斯底里的叫喚：啊。我要發瘋啦。我要殺人啦。羅明義說：好了好了，來吃飯。羅小義重重倒在床上，埋住臉一字一腔說：我，絕，食。

# 第十四章

# 名校的大門

　　羅明義躲在陽臺上給朱銘琦打電話，他問小魯考試的情況。朱銘琦在電話中說：不清楚，問她也不說。朱銘琦肯定地說：不要問，不會考得好。又問羅明義：小義考得怎麼樣？羅明義說：也是一般般，這不，他娘說了幾句，和我們鬧絕食。朱銘琦感歎：現在的孩子，真是不知要怎樣才好。

　　在羅明義和朱銘琦打電話的時候，有人按門鈴，張小燕開了門。來的人是院子裡的鄰居，老王和老李倆口子，張小燕認識的，而且關係也不錯。 老王帶了煙和酒，看起來還算高檔，張小燕說：你們這是幹什麼，來了就來了，還提東西。老李搶過話說：早就想來坐坐了，又怕打擾小義的學習。張姐，你們家小義真聽話，又有禮貌又會讀書。小義呢？張小燕說：說得好。小義在書房。老李說：在學習啊？張小燕說：一個人關在房裡，不知做什麼。張小燕不想把羅小義絕食的事說給他們聽。老王說：羅科長不在家？張小燕才想起什麼對陽臺喊：羅明義，老王他們來了。說完去泡茶。

　　羅明義過來，熱情招呼，又遞了煙給老王。一陣寒暄後，老王把話引入主題：羅科長，你看小孩的事，還要請你費心。

　　羅明義笑笑，這種笑既是一種無奈，也是一種暗示，暗示這件事不那麼容易。

　　老王心領神會說：費用方面，你儘管開口，我們知道，如今要想辦成個事，就要花費。你放心，為了孩子，我們不會吝嗇錢，這是孩子一輩子的大事，一輩子也許只有那麼幾次。當然，也不要羅科長白費心，我們心裡有數。

　　羅明義說：老王說什麼啊，這不是錢的問題。我實話說了吧，有錢的主多了，現在的問題是，有錢只怕也找不到門。你知道，我只是一個小小的科長，接觸的人也不多，那些學校的校長，我是認識，但交往一般，沒有一個過得硬的，只怕幫不了你們。

　　老王說：你是他們的領導，他們都要聽你的，你的話不說就是聖旨，那也是懿旨，誰敢不賣羅科長的帳？

　　羅明義說：老王啊，你不明白，如今的學校，可不是過去，用行政手段就能辦成一切事情，這些校長呢，也不是像過去那樣用行政手段要他當就當，他們都是競選上去的，他們有他們的規則。他們能要到最好的生源，他們的升學率上去了，他們的經濟上去了，他們的名聲也出去了，他們教職員工的福利待遇也上去了，老師和職工就選他做校長，硬得狠，就是我個人辦點事，也得走後門啊。

　　老王說；我知道前門是很難進的，所以請羅科長替我也走走後門。

　　羅明義說：老王啊，我們是鄰居，我也不說假話，恐怕這後門都擠不進啊。沉頓一會，羅明義說：老王，幹嘛非要進一中這些名校？據我知道的，這些學校的教育方法，孩子們只怕吃不消啊。

　　老王說：這個你還不清楚？長樂市最好的老師都集中在這些學校，哪個做家長的不想讓自己的孩子得到最好的教育，哪個家長又不想自己的孩子考一個好大學。我知道孩子進去是苦了點，可是不苦一點，就沒有今後的甜。我們也是沒法子啊。我要是有個幾千萬，我還讓孩子去讀書幹嘛，讀書多苦。

　　羅明義一愣，這是他第一次聽到這樣的話，有錢就可以不要讀書。但他沒法反駁，也反駁不了。

羅明義本來還想和老王就要不要進名校的問題探討一番，這個問題他和張小燕討論過，和楊本齋討論過，和不同的人討論過。羅明義認為，進不進名校代表不了什麼，名校有名校的優勢，也有其劣勢，羅明義覺得，重要的是學生本人，而不是學校。儘管有一點他清楚，師資對學生的學習成績起著關鍵的作用，然而反過來一想，那些縣級市的中學，不一樣考出名牌大學的尖子生？張小燕不這樣認為，楊本齋也不這樣認為，他交談過的人中，幾乎都不這樣認為，連老王也不這樣認為。羅明義不想和老王再糾纏這個問題，這個問題留到以後再去弄明白，羅明義很想找一個明白的人說說，好好地說說。

之後，老王和他說了許多，羅明義也是應付。至於老王小孩子擇校的事，老王那樣執著，羅明義也不好再堅持，對老王說不要抱太大希望，但他試試。老王倆口子走時一口一個謝謝，好像事情已經辦成了，讓羅明義覺得挺為難。

老王他們走後，羅明義對張小燕說要把東西找機會退回去，張小燕說：那是你的事。羅明義說：剛才退他們，打架一樣，這老王也是的，來了就來了，提什麼東西，辦吧，做不到，不辦吧，人家東西都提來了。你也是，不會說我不在家嗎。張小燕說：叫花子還不攆送禮的人，我有什麼辦法。羅明義，別人的事我不管，反正羅小義的事，你心裡要有數。還有，張小涵也打了我電話，口氣硬得很。羅明義說：她硬，她以為我是總理。張小燕說：你要是總理，我們家羅小義還要讀書？這樣辛苦。羅明義又是一愣，這是他第二次聽到總理的崽可以不要讀書。

每年的這個時候，總有些這樣的人來求羅明義，一些沒有交情的，羅明義能推就推，不能推的就硬著頭皮想辦法去辦，也辦成了幾個。羅明義是個不善於交際的人，辦這種事他的做法一是一，二就是二，該花的錢堅決花，自己從不從中撈點好處，自己輕鬆，別人也滿意，不欠一分人情。可是，找他的人多了，他也有煩惱，有時候只能躲避。

　　當羅明義正為老王的禮品發愁時，又有人按門鈴。張小燕說又是哪個，羅明義說不會又是找他辦事的人吧。要張小燕去開門。

　　果然又是求羅明義辦事的。

　　來人是住他們同棟一單元的小郭倆口子，小郭是一個體小老闆，經營一家商鋪，做化工產品的代理，因為做得早，發跡了。小郭為人低調，前幾年開一輛貨車，今年買了一輛別克。有次，羅明義外出辦事，在等車，正好小郭開車出門，看到了他，硬是要送他，羅明義對小郭印象比較好。

　　小郭進屋來也不客氣，不像老王那樣拘謹，先喊了一聲羅哥張姐，接著就遞煙。小郭的愛人手裡提著禮品，張小燕說來了就來了，提東西幹嘛，連忙泡茶，招呼座位。小郭坐下時，發現了沙發旁邊的煙和酒，羅明義也發現了，望了張小燕一眼，他在埋怨張小燕沒有收拾。小郭倒是大方，說：羅哥吸煙的，也喝點小酒，我正好招待客人時備多了，自己也不抽煙喝酒，就帶來了，羅哥別嫌棄。羅明義說：郭總，我們是什麼關係，不要搞這一套，來了就來了。小郭說：正是考慮到和羅哥的關係，才沒有專門去置辦，羅哥不要怪我不成敬意。羅明義說：哪裡，郭總客氣了。

　　一般來找羅明義的人都是為了小孩子上學的事，羅明義不明白小郭為什麼事來找他，因為小郭的小孩才上三年級，小郭不說，羅明義也不好問。說了一會閒話，小郭才進入主題：羅哥，我來，是有事請你幫忙，我姐的小孩，在長樂縣一中讀書，今年中考，想轉到市里來讀，我姐找到我，你知道的，我們做生意的，在教育系統沒有熟人，我只認識羅哥你，就來麻煩你了。羅明義說：麻煩談不上，不過，我也不說假話，這事，只怕挺難辦。你姐是想讓孩子進哪所學校？小郭說：當然想進四大名校。羅明義說：要是只想轉入市區來讀書，這事還不算複雜，要是想進四所名校，難度就大了。你也清楚，一些學生家長都想讓自己的孩子進入這四所學校讀書，所以競爭很激烈。除了靠分數說話外，是還有一些關係指標，但都控制在每個學校，就連市局的領導打招呼，也不一定兌

現。小郭說：這個我清楚，但每年還是有一些關係戶進去了，這個是事實吧。羅明義說：是事實。心裡卻說：那也不是我們這一層的關係，那是省裡打的招呼，市里打的招呼。小郭說：既然有，我就相信羅哥有這個能力。小郭實際是想說：既然有，只要你羅哥牽線，我有錢，還怕辦不成？

羅明義當然明白小郭的意思，如果連這層意思他都聽不出來，那他羅明義還想在這個圈子混？但他也要告訴小郭，不是有錢就能使鬼推磨，有時候，有了錢，鬼不一定就會推磨。他說：郭總，我只是區裡的一名辦事員，在這個問題上，我就是局長，抑或是市長，也要看學校是不是把我當局長市長看啊。小郭說：不會吧，局長市長不一定有羅哥的關係硬紮，他們靠的是行政手段，羅哥靠的是人際關係，那是感情，手段和感情，那可不一樣。羅明義明白，小郭畢竟是生意人，他的哲學就是金錢建立起來的一種人際關係，也可以理解為感情投資，但此一時，彼一時。羅明義說：郭總，做生意講究的是互惠互利，但這件事情不一樣，學校招生的名額有限，不可能有無盡的空間，僧多粥少，學校再想發財，也不能打破遊戲規則，否則，就玩不下去了。小郭說：這個我知道，我想說的是我相信羅哥有這個空間，至於其他的，我不會讓羅哥為難，我知道怎樣做。

羅明義想這小郭也和老王差不多，都認為有錢就能解決一切。不想再就這些問題糾纏，羅明義轉換話題：郭總，你的孩子讀幾年級了？小郭說：小學三年級。到時還要請羅哥幫忙啊。羅明義說：不一定，到時候可能教育改革了，不會出現現在這種狀況了。小郭說：其實，我也認為現在的教育有問題，我的孩子，我只要他讀好三門功課。羅明義問：哪三門？一門是語文，語文課是門面，到哪裡都需要；一門是專業課，學好他喜歡的專業，譬如：管理，畫畫，寫作，科研，等等；一門是英語，再選修一門日語或別的語言。我不會讓孩子把時間和精力浪費在一些日後用不著的科目上。羅明義說：這個我贊成，不過，你說的搞科研，那就複雜了，靠

這幾門課拿不下來。小郭說：我只是說譬如。

　　說起這事，羅明義說：我知道長樂市有一個大老闆，他是海歸人員，好像是從美國回來。十年前，此君在長樂市創辦了第一家國際英語培訓學校，後來發展成連鎖學校，在長樂市就有十一所分校，北京、上海等大城市也有他的分校，在西南省，他的分校遍佈各地市。此君有兩個孩子，一男一女，沒有進入學校，他請了私人家教，就關在家裡讀書，他沒有按照國家的教育課程安排教學，而是因材施教，因人施教，只教他們學習道德、倫理以及喜歡的專業。不久前，此君還帶著一兒一女參加了西南衛視組織的一檔節目，叫《我是冠軍》。這檔節目主要是讓孩子們參加野外生存，將孩子放到一個杳無人煙的「荒島上」，島上有人為設置的障礙。

　　因為工作性質的關係，羅明義和此君有過幾次接觸，但此君的一些極端的做法讓羅明義感慨。此君有一句名言：我是孩子的贊助商。言下之意是他的贊助是要有回報的。

　　他的女兒今年十九歲，讀了兩年幼稚園，其他時間都在家裡自學。羅明義曾問為什麼又讓女兒上幼稚園這個問題，此君的答覆是：上幼稚園的目的是培養孩子性格，不能孤僻，怎樣與人接觸，團隊精神等等。他把這種學習方法稱之為「童子功」「軟著陸」。他告訴羅明義，女兒十六歲外出闖蕩世界，自謀生路，女兒出門前，此君給了五千元的費用。其它的，自己解決。有一天，女兒打回來電話，電話那頭的女兒哭哭啼啼，此君一問，才知道是身上沒有錢了，女兒要此君打錢過去。此君沒有理睬，女兒又打電話過來，這次哭得更凶，此君不為所動，只是說替她出個主意：因為是你自己的原因，所以我幫不了你。但你可以把花三百多元做的頭髮剪下來，賣三十塊錢，幾天的生活費有著落了；你還有可把幾百元錢一身的衣服賣了幾件，你一個月的生活費足夠了；你還可以幫別人去打點雜，去飯店洗洗碗，也能掙到錢。如果這些你都不能做，那你就掛一塊牌子，寫上「長樂英語國際學校校長的女兒沒錢了，請求幫助！」有人特同情你這樣的女孩。

小郭說：這君還有個性。

羅明義說：有個性的還不止這些。

有人對此君的做法提出質疑，說你不養孩子，就不怕孩子日後也不給你養老送終？此君回答：養兒不為防老，應該為她的成長好。老子有一千萬，兒女沒有用，留錢做什麼，別說一千萬，再多也被他們花了；老子有一千萬，兒女們有用，留錢又做什麼，他們有本事，不需要你的錢。一個人，只要從小對自己負責，不可能沒有責任感，對父母同樣如此。而過分溺愛的孩子，將來對父母是有仇恨感的，應儘快用社會的要求來要求孩子。

此君的兒子，今年十一歲，和姐姐一樣，只上過兩年幼稚園，其它時間在家裡學習。對於兒子的教育，此君更為嚴格。兒子迷戀閱讀、畫畫、鋼琴、數學、英語，此君就只教他這幾門課程。而且規定，每天都由他自己支配時間，自己安排去買學習道具，自己去找最好的培訓老師。

小郭說：我還是欣賞此君的，不過，真要做起來，還是有悖常理。

羅明義說：總是有那麼些人不按套路出牌。

又聊了一會，小郭倆口子告辭。羅明義送到門口，說：郭總，我會盡力去辦，但不要抱太大希望，你也找找看有沒有別的路子，沒有辦成，別怨我。小郭愛人忙說：拜託羅哥了，我們知道比較難，不成，也要謝謝羅哥。

送走小郭，羅明義坐在沙發上，張小燕在收拾送來的東西。一會，張小燕手裡拿著一個紙包出來讓羅明義看。羅明義問是什麼，張小燕說不知道。拆開一看，是兩紮鈔票，估計是二萬元。羅明義問是誰送的，張小燕說是小郭的包裡翻出來的，還有兩條煙，兩瓶酒。羅明義說你看看老王的，自己起身也過去了。張小燕在翻老王的包，也翻出一個信封，一看是五千元。張小燕有點喜形於色，對羅明義說：你說怎麼辦。羅明義說：還能怎麼辦，退了。張小

燕說：你辦不辦得成吧？要是辦得成，正好羅小義的事你就拿了這錢送別人。羅明義說：辦不辦得成都要退了，你以為這點錢就能辦成？張小燕說：未必二萬塊錢還不夠？羅明義說：兩年以前就是四五萬了，你未必不清楚？張小燕說：我哪裡曉得，也太黑了。羅明義說：市場經濟，有需就有求。你別以為這五萬塊錢就不得了，有人出十萬元，還沒辦成事。張小燕張大了嘴：有這種事？羅明義說：靠不住的，誰敢伸手？再說了，那麼多有錢的人，那麼多優秀生源，學校還怕沒有市場？這區區十萬元，對他們來說，牛毛一根，他們不會因為這點小利翻船。否則，不早出事了。

羅明義又說：這小郭和老王是把寶壓在我身上了。張小燕不解，問：為什麼？羅明義說：你看啊，小郭一出手就是二萬，小郭不差這點錢，但小郭不清楚這裡面的行情，二萬元他認為出得了手。老王呢，是一個工薪層，拿出五千元來，只怕是他送過的禮物中最貴重的，他認為五千元，我就會替他辦事了，他也不清楚行情，但他是拚了老底。張小燕說：也是，可是，你說怎麼辦？羅明義說：我還是得退回去。羅明義以前也收到過錢，只是張小燕平時不愛去管送給羅明義的那些東西，羅明義自己處理了，大部分他退給了人家，辦成了的，他還是收下了，只是沒有讓張小燕知道。這次，他說退回去也是不想讓張小燕知道，不然，張小燕會追問以前那些錢到哪裡去了。

張小燕不明白羅明義的心思，也不堅持。她說：錢退不退你自己拿主意，但是，人家看得起你，你還是想想辦法，辦不辦得成是一回事，你不去辦，是你的不是，做人，講究的是實在。我想，只要你盡心盡力了，沒有辦成，人家是不會怪你的。那時，再把錢退回去也就是。

羅明義非常清楚張小燕的心思，她說的那些話也是張小燕平時的為人所決定，她認為能幫上忙就儘量幫，這是她做人的原則，還有一點，張小燕也是圖點虛榮的，她覺得自己的老公能替別人辦點事，受到尊重，自己臉上也有光。羅明義清楚主要的還是那些

錢,張小燕有點惦記,只是不好直說罷了。但羅明義有羅明義做人做事的準則,不貪,不誇,不浮,實實在在,要不然,他早就利用手中的一些權力,做些違規操作的事,早就發了。但他沒有。

羅小義的考試成績出來了,成績是在張小燕參加完羅小義學校的家長座談會後告訴羅明義的。語文八十二分,數學一百零一分,英語一百一十分。其他幾門課是良好和合格,體育是不達標。按說這個成績是不算很差的,但張小燕不高興。她說:考得這樣差,憑分數是進不了四所名校。羅明義問:其他幾門課具體是怎樣?張小燕拿出了學生手冊說:你自己看。羅明義接過一看:思想品德:優。電腦:合格。說了一句:平時最喜歡電腦,還只是合格啊。張小燕說:平時只玩點遊戲,關鍵時候就拉稀。羅明義繼續看:美術:良。音樂:合格。科學(自然):良。實踐:良。羅明義說:主課,還過得去,其他功課,欠一點。張小燕說:不是一點,是差遠了。羅明義說:小學嘛,不錯了,這個分數不錯了。張小燕說:正是因為小學,這個分數不行,肯定進不了四所名校。羅明義問:班上分數最高的是多少?張小燕說:第一名,語文一百零八分,數學一百二十分,英語一百一十九分。羅明義說:這個學生可以進四所名校,不會有壓力。張小燕說:老師說這個學生由學校推薦,二中已經錄取。老師說,羅小義班上有七個學生被一中、五中和二中要走了。我聽他們說,這些學生的家長給老師送禮了。羅明義說:送不送禮不是主要的,主要的是這些學生達到了這些學校錄取的標準。張小燕說:也不全是,畢業班裡有幾個成績也只是一般般,學校也作為重點對象推薦了,要不是送禮了,他們會推薦?羅明義說:這也正常。但推薦是一回事,這四所名校錄不錄取,還不一定。張小燕說:聽說都錄取了。羅明義說:不可能。學校也不是那樣隨便的。張小燕說:你去和學校領導打聲招呼,你替他們辦了事,學校這點面子總要給吧。羅明義說:有必要嗎?張小燕火了:怎麼沒有必要?你沒去開會,你要是去了,一準坐不下去。羅明義說:為什麼?張小燕說:你不知道老師講得有多難聽,說努力的家

長配合有天賦的學生，總是會冒出來的，還為學校有這樣的學生有這樣的家長感到高興，要感謝這些家長什麼的。意思是說，我們家羅小義就不是天賦好的我們做家長的就沒有配合學校，你聽了高興？羅小義說：這也值得生氣？老師只是表述有問題，但他們不一定是你想的意思。張小燕說：我不管，總之是這些學生進了名校，而羅小義是個未知數。我就不服氣，我們羅小義哪點不如人家，我張小燕哪裡沒有配合學校？

　　羅明義要張小燕不要激動，說羅小義還在裡面補課，不要影響到他。張小燕說：你要是不配合我，補課有什麼用，我辛辛苦苦，還花了這麼多錢，沒有效果，還不如放棄。羅明義說：誰說沒有效果，不是考得不差嘛。張小燕惱怒：羅明義，你別想蒙混過關，你以為我真的想放棄？我是對你不滿，羅小義考得這樣，都是你慣的。羅明義說：怎麼又怪我了？張小燕說：要是你配合我，至於嗎？都這時候了，你還不著急，像做父親的嗎？你要是負責任，你就去找找他們的校長去，家裡不是有煙有酒嗎，正好，你明天就去，晚了，黃花菜都涼了。羅明義說：找他們校長管個屁用。張小燕說：別人不是找老師都管用，找校長就不管用了？羅明義說：四所名校看的是成績，就算是你說的，有人給老師送禮了，那也要成績達到人家的要求，一舉兩得的事，又不是一廂情願的事。再說了，這些內幕我是清楚的，考試前，四所名校是去瞭解了學生的情況，學校呢，是給四所名校推薦了那些學習成績優秀、穩定的學生，但最終還是要看考試後的結果。他們搶的是尖子生，而不是關係生。

　　羅明義有點無奈。他不想和張小燕就這些傷透腦筋的事糾纏，又不得不考慮羅小義的去向，他明白，要是不想點辦法，張小燕是不會放過他的。但他又想，楊本齋不是說要羅小義參加他們學校組織的培訓麼，這裡也許還有些契機。這些年，擇校熱愈演愈烈，就連北京、上海、天津這樣的大城市，也一樣。特別是西南省，教育是全國的一面旗幟，在這方面更是如火如荼，達到空前絕後。幾年前，羅明義曾參加過省教委召開的一個會議，就是傳

達貫徹國家推進義務教育均衡化發展的改革方案。北京上海等地制訂了「小升初」的改革措施，據內部透露，這個方案包括劃片分配、就地入學、電腦派位、就讀寄宿學校等十一種方式。比較重要的概念包括：進一步強調「免試就近入學」，任何學校都不能通過文化課考試錄取新生，初中學校不能以各種考級證和學科競賽成績、特別是奧數成績錄取學生，特長生招生的比例要控制在百分之一左右，在藝術、體育、科技專業的傳統學校，禁止學校劃分所謂的實驗班、尖子班等。至於那些獲得什麼大獎的，加分或推薦上重點大學，相對其他孩子，是不公平的。

自2005年國家教委下發《關於進一步推進義務教育均衡發展若干意見》後，西南省也採取了一些有效措施，比方電腦派位，比方就近錄取等形式，也提倡幾年了，但操作起來，還是一張白紙。也不知是從什麼時候開始的，羅明義自己也記不清了，擇校競爭從高中下放到初中，從初中又下放到小學。孩子一上學，家長的焦慮就開始了，為在擇校競爭中增加籌碼，孩子們從幼稚園起就開始被迫參加各種實習，羅明義他們曾搞過一次調查，對長樂市某附小五年級的四百零八名學生調查，被測學生共參加二千個課外班，人均四點一七個，每週平均八點三四小時。一個極端的例子，南京一個小學五年級的女生，竟然懷揣四十四份各種證書，這種現象嚴重損害了少年兒童的身心健康，惡化了基礎教育的氣氛。

作為一個孩子的家長，羅明義非常清楚，這是高度機會主義的結果。一方面，他們痛斥這種現狀，另一方面，他們又在為這種痛斥的現狀衝鋒陷陣，惟恐自己的孩子輸在同一起跑線上。他們也懷疑這種現狀是不是應該，是不是可以改變，但他們往往是帶著這種懷疑去讓自己深陷其中。

還有一個問題更為重要。即便改革現有升學辦法，怎樣改？就小升初的制度改革而言，大致在1998年前後出現的免試就近入學、電腦派位制定，其價值是要肯定的，目的是為了避免或矯治初露鋒芒的擇校現象。然而，這一政策的真正實行，有一個必要的

前提，即學區內學校的水準和品質是大致平衡，在完全不具備這一條件的情況下推行免試入學，其後果可想而知。

　　更可怕的是，就在實行這一改革前後，兩項重要的教育政策出臺，發揮了截然相反的作用。一是高中示範學校政策，它引導各地政府掀起了又一輪打造重點學校、擴大學校差距的競爭；另一個是「轉制學校」政策，一大批品質較好的初中校，搖身一變成為「民辦機制」運行的「國有民辦」「公辦民助」的轉制學校，可以名正言順地高價招收擇校生。

　　羅明義在他的博客中發表文章，呼籲改變這種現狀。既然知道問題出在哪，而且國家也一直在改變這種現狀，為什麼不僅沒有收斂，反而愈演愈烈。其實，大家心裡都明明白白，改只是一種假像，在利益的驅動下，在家長們的衝鋒陷陣中，擇校熱迅速升溫，以致一發不可收拾。這一次的改革，從正面來說，是值得推廣的，原本為減輕學生負擔過重，取消了入學考試，只考語文、數學，最多加一門英語，其難度是學校可以控制的，現在反而要操練十八般武藝，學習被稱為「數學雜技」的「奧數」，甚至於參加成人的英語等級考試，各種技能的考試，使一個原本活潑可愛的孩子，變得像一台機械，任人操縱，喪失孩子的本性。

　　羅明義和張小燕開了一句玩笑，羅明義說：張小燕，你是在打越南，知道嗎。張小燕警覺地問：羅明義，你是什麼意思？羅明義解釋：1979年，我參加對越自衛還擊戰時，為了打敗敵人，我衝鋒陷陣，你是為了羅小義讀書的事在衝鋒陷陣。知道為什麼現在擇校熱愈來愈烈嗎？就是有你這樣衝鋒陷陣的家長，當然，還有敵人。張小燕問：什麼是敵人？羅明義說：升學率，利益，虛榮心，孝文化，面子文化，民族的劣性，還有就是社會生病了，長瘤了。

　　張小燕說：不懂。羅明義說：成績固然重要，但發揮、創造才是最重要的。對一個孩子尤其如此。張小燕說：你過去是用搶殺人，現在是用嘴殺人。我不理你這一套，也別想改變我。

# 第十五章

## 拜考神，信夏哥

朱銘琦打羅明義電話，說小魯考試完了，學校也放假了，小魯去了她爺爺家裡，她問羅明義晚上有沒有時間過去吃飯。羅明義正在省教委參加一個緊急會議，想也沒想就答應了。

這個會議本來不是羅明義這一級別參加的，但因為局長書記和幾個副局長都下去檢查工作了，這也是市里佈置的硬性工作，一把手實行責任制，他們去的又是遠郊的鄉村，一時趕不回來，而會議又是突發性的，經請示就讓羅明義代表了。

一個月前，鄰近的藍洲市發生了一起重大交通事故，高考前，該市某中學為了減輕學生臨考前的壓力，組織全校六百一十二名應屆畢業生去南山旅遊，返回時意外發生重大交通事故，造成八死二十一傷。這件事媒體作了報導，該校也向省教委彙報了，只當一般事故處理了，給了校長一個黨內嚴重警告處分，分管副校長被撤職，組織者也分別受到處分。這種事本也沒什麼，長樂市也有過類似活動，就是四大名校也有學校去過南山大廟，只是沒有組織學生參加，而是老師們組織部分人員去了，買了一些學習用品讓菩薩「開光」，回來後賣給學生，羅明義知道這事，也沒人查問。然而，不知什麼時候，西南省政府網上一個署名「教義」的人發了一篇貼子，標題長得有點嚇唬人：〈藍洲市組織考生高考前拜菩薩，一車人大半進了醫院，小半進了墳墓〉。

羅明義覺得文章有點招搖，也不切實際，什麼大半小半，用詞不當。文章說，高考前，藍洲市某中學組織全校六百一十二名應屆畢業生，去西南省名勝防暑地南山大廟參觀，名義上是給學生放假減壓，實則是去拜菩薩。該學校還購買了一批學習用品，比如考試用的筆，圓規，尺子等，帶去後讓菩薩「開光」，然後賣給學生，說只要菩薩開了光，就會顯靈，就會保佑大家考上理想的學校。結果，在回來的路上，發生了車禍，造成八死二十一傷。

這篇貼子一發出，點擊率一夜間突破十萬，跟貼者無數，各種譴責聲讓省教委的頭頭腦腦有點招架不住。西南省分管教育的一位副省長知道此事後批示，徹查此事，還社會和民眾一個真相。就有了這個緊急會議。

會議還提到了社會上的一些不良傾向，比如流行廣泛的拜考神。關於拜考神一事，羅明義知道一些，在網上流行已久。廣泛流行的有「拜夏哥」。拜考神是拜夏哥的升級版，不僅只在中小學校存在，就連一些大學也極為流行。有大學生甚至製作了「考試必過關」神位，做得相當漂亮。自從西南台超級女聲總冠軍季桃夏成名以後，紅得發紫，有人不明白這個不男不女的季桃夏靠什麼這麼火爆，於是，有網友惡搞，「信夏哥」一時在網上流行。四川某高校的一位男生為了迎接學院的「寢室文化週」活動，靈光一閃，在寢室客廳貼上一張季桃夏的巨幅照片，兩側的紅對聯上赫然寫著「信夏哥，不掛科」。此事被傳上網路後迅速竄紅，很多大學生網友跟貼貼上「信夏哥，不掛科」，希望自己在考試中順利過關。

由於網路是個神奇的東西，也被一些中小學生接受，並成為另類時尚，一些中小學生，在自己的QQ空間做了專門的「拜夏哥」神位，還有一些老師也樂在其中，有一次，羅明義給李桃打電話，李桃說她在拜「信夏哥」，當時，羅明義還不明白是什麼意思，李桃給他解釋，說她是好玩，當然，內心上還是希望她的學生個個都能考試過關，這樣，她就可以騰出更多的時間，做她自己的事。

羅小義也有這樣的一個空間，只是張小燕不知道，只要是考

試前，不管是週考、月考、段考，還是期中考試或期末考試，羅小義都要進去拜這個「信夏哥」，張小燕不明白，不讓羅小義玩電腦，羅小義就急得跳，母子倆經常發生戰爭。有一次，羅明義問他：為什麼要拜「信夏哥」？羅小義說：拜夏哥，考本科。羅明義說：這都是哪裡跟哪裡。羅小義卻來了精神，滔滔說：是真的，同學們都這樣，那些高年級的學生，還組織集體活動。每次，在上電腦課時，只要老師不在，他們就跪在地上拜，一邊拜，一邊念：信夏哥，不掛科，拜夏哥，考本科。羅明義說：有這樣的事？羅小義說：騙你是小狗。羅明義說：你信不信？羅小義說：都信。我也信。羅明義說：玩玩可以，但不要信以為真，學習不能講虛的，要扎扎實實，要靠自己的實力。說歸說，羅明義並沒有反對。這次，藍洲市「拜菩薩」事件曝光後，把這件事提升到一個政治高度來講，看來，對網路上的「拜夏哥」也該整頓了，羅明義想，那校長的政治生涯只怕是到頭了。

羅明義向局長彙報了會議情況，也把省教委為杜絕此類事件再次發生對各局和各學校提出的具體要求詳細彙報了。區局又召開了緊急會議，會議結束後，羅明義向張小燕請了假，說是還有個會，晚點才能回家，然後去朱銘琦家。

朱銘琦的飯菜早已端上了桌，用一個罩子蓋著。羅明義進屋後，先是洗一把臉，又和朱銘琦相擁了一會，才開始吃飯。

朱銘琦準備了紅酒，她很多時候都勸羅明義不要喝白酒，即使要喝，也儘量少喝。朱銘琦給羅明義斟上酒，羅明義要朱銘琦也喝一杯，朱銘琦去取了杯子，倒上酒，兩人乾了一杯。

羅明義來朱銘琦家裡吃飯的次數不多，羅明義印象中，這好像是第三次。第一次，就是那次讓羅明義刻骨銘心的吃飯，羅明義深陷其中不能自拔。那是一個有月亮的晚上，小魯被朱銘琦支出去了，羅明義是第一次到一個陌生的女人家裡吃飯，心裡多少有點唐突。朱銘琦弄了幾個菜，不多，卻十分精緻講究，讓羅明義感到這是一個很能幹的女人。屋裡擺設不多，卻井井有條，恰到

好處，讓羅明義感到這是一個細緻的女人。吃飯過程中，朱銘琦小心翼翼地替羅明義夾菜，自己則細細地吃著，不多說話，溫情地望著羅明義吃，讓羅明義感到這是一個溫情脈脈的女人。飯後，朱銘琦倒了漱口水、洗臉水，還備了新牙刷，擠上牙膏，讓羅明義感到這是一個體貼入微的女人。之後兩人在沙發上擁抱，親吻，讓羅明義感到這是一個柔情似水的女人。上床前，朱銘琦放好洗澡水，羅明義讓朱銘琦一塊洗，羅明義有點操之過急，朱銘琦卻有意克制，百般調情，在羅明義按捺不住時，又瘋狂之極地配合，讓羅明義的感覺達到極致，羅明義感到這是一個熱情似火的女人。靜下來後，羅明義懶懶地躺在床上，仔細打量屋子，才發現，橘紅的燈光是那樣的柔和宜人，暖色的窗簾是那樣溫馨舒坦，新換的床單是那樣別緻溫暖，而朱銘琦的胴體是那樣均勻質感，羅明義感到這是一個有品味的女人。

　　整個下來，羅明一點也不尷尬，相反，讓他感到在自己家裡一樣，自然，自在，舒服，隨心所欲。

　　這次也是一樣。

　　羅明義睡在朱銘琦懷裡，朱銘琦摟著羅明義，像帶小孩一樣，手卻搓揉著羅明義的頭髮，誰也不說話。已經十一點多了，羅明義不想回家，朱銘琦卻催他快點回去。

　　朱銘琦送羅明義下樓，兩人背著馬路走。長樂市的夜生活才剛剛開始，沿街到處是人，坐在小吃攤鋪邊吃夜宵，羅明義要朱銘琦回去，朱銘琦說再走走。

　　來到一處綠化地，羅明義找了一處隱蔽處坐下，朱銘琦也坐下了。

　　羅明義又要親吻朱銘琦，朱銘琦沒有反對。

　　停下後，羅明義說：小魯考試怎麼樣。

　　朱銘琦說：差死了，我一急，和小魯吵嘴了，小魯才去了她爺爺家。

羅明義問：具體分數是個什麼樣子？

朱銘琦說：語文五十一分，數學四十四分，英語三十七分，其他的，一塌糊塗。

羅明義問：沒有了？

朱銘琦也問：什麼沒有了？

羅明義說：就沒有一門成績好的？

朱銘琦說：有兩門，音樂九十八分，美術九十一分。可這有什麼用？

羅明義卻笑了：怎麼沒用？這小魯，還蠻有性格。

朱銘琦說：你還笑得出來。

羅明義說：不笑還哭啊。

朱銘琦說：你站在乾岸上，當然笑得出。我都愁死了，這小魯，遲早會要了我的命。

羅明義說：呸呸呸，你可不能死，你死了，我怎麼辦？

朱銘琦說：你還怕沒有人？比我年輕的，漂亮的，有文化的，排著隊呢。

羅明義說：此話不假，如今這世界啊，什麼都缺，就不缺女人。

朱銘琦不做聲。羅明義說：你吃醋了？

朱銘琦說：我吃什麼醋，你要是有了，我隨時讓開。

羅明義說：那可不行，我還沒吃夠呢。說著就去咬朱銘琦耳朵，朱銘琦躲過，說：別瘋了，有人。

朱銘琦歎口氣，說：我去參加了小魯的家長會，我都不好意思去，只好坐在最後一排的角落裡。學校要小魯補考，要是補考也及不了格，你說我該怎麼辦？

羅明義說：先補考吧，以後的事，再說。總之是九年制義務教育，學校也不能讓一個孩子早早輟學吧，總會有辦法的。

朱銘琦說：也只能這樣。

羅明義說：放心，有我呢。

和朱銘琦分開後，羅明義溜達了一會，他擔心身上留有朱銘琦的餘香。正準備上樓，手機響了，電話是朱銘琦打來的。

朱銘琦在電話中哭哭啼啼，羅明義問出什麼事了，朱銘琦說：明義，出大事了。

羅明義要朱銘琦別哭，說一會就趕到。羅明義上了樓，和張小燕打了招呼，說是接到單位電話，有緊急會議，不知什麼時候才能回來。張小燕在看電視，沒有搭理羅明義，羅小義在書房學習，羅明義輕輕進去，見羅小義一邊聽音樂，一邊在作業本上寫著什麼。羅明義在羅小義頭上摸了摸，說：兒子，休息算了，老爸還要出去一趟，拜。就下了樓。

羅明義急匆匆打的趕到朱銘琦家，朱銘琦已經在樓下等待。羅明義問發生了什麼事，朱銘琦說車上再說。

的士正在掉頭，羅明義喊住了，兩人上了車。朱銘琦說去市一醫院，的士往一醫院方向開去。

朱銘琦在小聲抽泣，羅明義用勁抓住她的手，朱銘琦慢慢恢復了平靜。她說：小魯被人打了，進了救治室。

羅明義有點驚訝：小魯不是在她爺爺家裡嗎？怎麼會被打了呢？

朱銘琦說：具體情況我也不太清楚，我們剛出門不久，她爺爺打電話來，沒人接。當然沒人接，那時我和你還在那裡坐著。我進屋後，就接到她爺爺電話，劈頭就問我去了哪裡，說小魯被人打了，住進了市一院救治室。

七找八找來到救治室，見小魯躺在病床上，她爺爺坐在床前。朱銘琦要羅明義回避一下，自己進去了。

小魯的頭上綁滿紗布，紗布是紅的，臉上還殘留著血痕。朱

銘琦喊了一聲小魯，小魯並沒有睜眼。

爺爺說：小魯鬧著喊疼，醫生給她打了一針安定劑，現在睡著了。

爺爺說了事情經過。原來，小魯去爺爺家後，沒待上多久，說是邀了同學玩，剛開始，爺爺並不同意，經不住小魯爛纏，就同意了，還給了小魯一百元錢。爺爺要小魯回家吃中飯，小魯也答應了。到吃中飯時，爺爺左等右等不見小魯回，打了朱銘琦的電話，朱銘琦不在家。快吃晚飯時，小魯回來了，我一看，全身邋遢，像是和別人打過架。我問小魯，她不說，只說快點吃飯，一會她還要出去。我有點擔心，要給你打電話，她按住不讓我打，說要是我給你打了電話，就一輩子不認爺爺，我還就她了。小魯走時，又問我要錢，我說上午給的一百元呢，她說沒了。我問她都幹什麼用了，她極為不耐煩，要我別問。我說不告訴我做什麼用，不會給她錢，她說不給就不給，衝氣出了門。我追到門外，一再叮囑她早點回來，她理也沒理。大約十一點鐘時，一個鄰居來告訴我，說看到小魯和人在八字門打架，我急匆匆趕了過去，還是去晚了。小魯被人打了，打她的人走了。

朱銘琦問：知道打她的是些什麼人嗎？

爺爺說：不清楚。小魯的一個同學陪在身邊，這孩子嚇壞了，見了我直哭，我問她，她也說不清楚。

朱銘琦問：知道這個孩子叫什麼嗎？

爺爺說：我擔心小魯，我忘了問。

朱銘琦問：那孩子呢？

爺爺說：我讓她回去了。

朱銘琦又問：小魯傷得怎麼樣？

爺爺說：頭上被打開一道口子，縫了十一針。

朱銘琦擔憂：不會留下疤痕吧。

爺爺說：誰知道呢。接著一聲長歎：這孩子，遭孽啊。

朱銘琦聽得出，小魯爺爺對她有怨言，但又不好發作。朱銘琦也不計較，要怪只怪小魯命不好，攤上了這樣一個爸爸。朱銘琦已經沒有怨恨了，唯一有的是對小魯恨鐵不成鋼的無奈。

朱銘琦讓爺爺先回去，自己留在這裡。爺爺一走，她找到羅明義，簡單說了情況。羅明義要報警，被朱銘琦制止。羅明義問為什麼，朱銘琦說：我清楚我的女兒，這事沒有那麼簡單。羅明義覺得應該報警，不管誰的對錯，對雙方都有交待。即使是小魯的問題，也讓小魯從中受到教訓。朱銘琦不想興師動眾，更不想讓警員介入，警員一介入，事情可能更加複雜。即使要報警，她也要徵得小魯同意，不然，不知小魯會做出什麼樣的反應。那時候，她真的和小魯水火不容了。

羅明義尊重朱銘琦，他知道朱銘琦一定有她的理由。羅明義問：你準備怎麼辦？

朱銘琦回答：不知道。

羅明義說：先要瞭解清楚事情的經過，對方是些什麼人，為什麼事打架，為什麼事打得這樣狠。如果對方有年滿十六週歲以上的孩子，是可以刑拘的。

朱銘琦無語。

羅明義陪朱銘琦找到醫生，醫生回答了朱銘琦的問題，一再表示不會留下後遺症，不會留下明顯的傷疤，女孩子頭髮長，有一點傷疤也蓋住了。只是流的血較多，短期內會出現頭暈目眩現象，這也正常。醫生還告訴朱銘琦，沒有大礙，觀察幾個小時，就可以回家。

朱銘琦要羅明義回去，羅明義有點不放心，正好，他也想留下來和小魯好好談談，就說再待一會。朱銘琦喊了聲小魯，小魯沒有答應，朱銘琦說：明義，我們去走廊坐坐。兩人在走廊盡頭的凳子上坐下。

坐下後，朱銘琦輕輕說了一句對不起。羅明義什麼也沒說，去抓朱銘琦的手，朱銘琦早將手伸了過來。羅明義感到，朱銘琦的手滾燙的。

都沒說話，羅明義清楚，此刻朱銘琦的心要靜，她承受的東西太多了，在這樣一個時刻，她不需要同情，她需要靜。她還需要一個肩膀，一個讓人小憩的臂膀。羅明義願意做這個臂膀。

他把肩靠了過去，朱銘琦已經將頭靠了過來。走廊裡很安靜，羅明義為儘量讓朱銘琦靠得舒坦一些，他幾次調整姿勢。

不知不覺中，朱銘琦睡著了。

淩晨四點鐘，朱銘琦醒了，她看一眼身邊的羅明義，眼裡盈滿愛意。

來到病房，小魯還沒醒來。朱銘琦喊小魯，喊了幾聲後，小魯才睜開眼睛。

看到小魯醒了，朱銘琦一聲「伢崽」眼淚就流出來了。羅明義也喊了一聲小魯，小魯不認識羅明義，朱銘琦說：這是羅叔叔，你的事，每次都是麻煩的羅叔叔。

朱銘琦要小魯喊羅叔叔，小魯不喊，朱銘琦有點生氣，羅明義制止了朱銘琦，朱銘琦又問小魯是怎麼回事，小魯也不說，無論她怎麼問，小魯撬口不開。

羅明義問小魯想吃點什麼，傷口還痛不痛，小魯也不說話。朱銘琦很生氣，又不能拿小魯怎麼辦。她要羅明義先回去，自己等天亮後如果醫生說沒事就帶小魯回家。羅明義同意了。

羅明義走出醫院大門，發現街邊的店鋪還有人，想起小魯一定餓，就買了一些吃的東西，折回去送到小魯床前。

羅明義沒有回家，他逕直去了辦公室，在沙發上睡了一會，待同事們上班時，他已經清洗了他的疲倦。上班後不久，羅明義想起小魯，想打電話，可是朱銘琦沒有電話。乾脆一不做，二不休，羅明義和辦公室打聲招呼，去了手機市場。

羅明義買了一台摩托羅拉手機，又去電信局辦了手機卡，他辦的是套餐，預存六百元話費，年包打一千二百元，接電話不要錢。辦好後回了辦公室，找機會再把手機給朱銘琦送去。他擔心朱銘琦不會要，煞費苦心找了不少理由。

三天過去了，羅明義也沒敢提手機的事。昨天晚上，他給朱銘琦打電話，話到嘴邊了，也沒說出來。結果，他只是問了一下小魯的傷情，順便想瞭解到底是怎麼發生的，朱銘琦說小魯死活不說，她也不清楚。

還有一件事讓朱銘琦頭痛，昨天是小魯補考的時間，小魯沒有說，朱銘琦也不知道。學校見小魯沒參加補考，打電話來詢問，朱銘琦這才知道。朱銘琦和老師說好話，要老師允許小魯參加後面的考試，前面的抽時間再補考。好說歹說，老師只同意參加後面的考試，前面的卷子已經公開了，不可能再為小魯一個人單獨出試題，至於怎麼辦，老師說必須請示校長才行。

朱銘琦沒法，只好要小魯去學校。誰知小魯並不配合。小魯說：我不去，要去你去。

朱銘琦說：為什麼不去，不去怎麼能畢業？

小魯不講道理，她拿被子蒙住頭，幾乎是在咆哮：聽不懂中國話，我說了，我不去，要去你去。

朱銘琦幾乎是在哀求：小魯，聽媽的話，有什麼事，你先去考試了再說好不好？

小魯甩開被子，尖聲叫喚：我不去。打死我也不去。

朱銘琦說：不去怎麼畢業？又怎麼升學？

小魯喊：升不了學，我就不讀了，正好。

朱銘琦說：不讀書，你想幹什麼啊？

小魯說：我打流。總之，不要你管。

朱銘琦哭了，她說：小魯啊，你總要說個理由吧，是生媽媽的

氣，還是別的什麼事讓你不高興了，也要讓媽媽知道啊。

小魯說：不要煩我，我頭痛。

朱銘琦說：頭痛還這樣發氣，好，媽先不逼你，你好好想想，想好了，再告訴媽媽。

朱銘琦出了小魯的房子，她來到客廳，坐在沙發上，傷心地哭泣。

羅明義知道這個情況後，他怨朱銘琦為何不早跟他說，沒有參加補考，視若放棄，學校也不好做。由羅明義出面說情，再給小魯一個補考的機會，事情應該做得到，但小魯又能不配合？補考了能不能通過？如果不讓小魯補考，只有兩條路，要不降級，要不轉校，別無他路。

為了小魯，朱銘琦已經有幾天沒有上班，估計這份工作是丟了。丟了就丟了，工作可以再找，小魯不能再出事了。還有，朱銘琦兼了職，就是朋友介紹在商場做雜工，估計也丟了。她雖然給商場打了電話，也說明了情況，但人家不能因為你有事就不營業了。朱銘琦只好聽天由命。

# 第十六章

# 大悲咒

西南省的文理科狀元早出來了，羅明義那時並沒有太在意，只是最近幾天，西南的報紙、電視臺和互聯網上極盡渲染，不在意也不行了，全長樂市已是家喻戶曉。

文理狀元均不是出自長樂市的四大名校，而是出在下面地市，文科狀元是一位女生，今年十九歲，西南省婁星市人，畢業於婁星市三中，她以六百九十六分的高分，奪得西南省文科第一名，被北京大學錄取；理科狀元是一名男生，也是十九歲，西南省邵武市人，畢業於邵武市第一中學，他以六百九十一分奪得西南省理科第一名，被清華大學錄取。

西南省都市頻道做了一期節目，把文理科狀元請到演播室，主持人要文科狀元談談經驗，女狀元說：我的獨門絕招是「三不原則」：不做難題，不做怪題，不做偏題。

女狀元長相文靜，性格卻外向，也善談。她說她完全是一匹黑馬，連自己也沒想到會考上北大。她說，平時對自己要求不是太嚴，高二結束時，一直忙於各種競賽，也一直忙於考試，從高三開始，幾乎是每月考，每週考，每天考，但成績平平，最好的一次在班上第四名，在年級一百一十名，老師表揚她有進步，她高興了好幾天，到下次考試時，又回到原樣，家裡、親戚、朋友都替她擔心，她自己也擔心。

許多同學抱著「考高分，進名校」的目標，一直縈在各種複習中，她卻很淡定，在臨近高考前的一個月裡，她的複習率很低，根本看不進書，而且有點煩躁，但她立馬讓自己恢復平靜，一個人散步或坐在校園的某個角落回憶高中生活，儘量讓自己的心態平靜下來。她說之所以推崇「三不」，是因為這些題都不是高考的重點，其實，整套高考試卷，百分之八十以上都是基礎題，能把基礎題全部掌握並做出來了，就能拿到六百分左右。她學的是文科，數學並不出色，她總結的原因是自己基礎不牢，於是，她認真把基本概念及要點都弄清楚，做筆記時，不單單只抄老師的黑板，還會用紅筆把自己的體會和想法總結出來，漸漸地，她的興趣也高了，考分也不斷提高。

　　她說：「偏題、怪題和難題」，是為了拿高分，我只要把基礎部分全做對就行了，然後有時間再去攻克這些怪題難題，結果，我成功了。我高考的分數分別是：語文一百三十七分，數學一百三十二分，英語一百三十九分，綜合二百八十八分。

　　最後，她說：我給今後參加考試的同學們談點考試的體會，不知對不對，在這裡和大家探討：一是數學的解析幾何有時候思路不難，但是計算非常複雜，建議大家在時間很緊的時候，把一些重要的公式和計算步驟寫下來，這樣，可以拿到一半以上的分數；再就是我雖然是學文科的，但我聽理科的同學們講，化學的大題和數學很類似，而物理的大題，如果一時間找不到思路，但是肯定能知道該題屬於哪一類型的題目，可把相關的重要公式、原理寫上去，老師在評卷時也肯定能給出一定分數。

　　羅明義看這期節目時，把羅小義也喊了出來，當時，羅小義正在書房和家教老師上課，張小燕不讓羅小義來看，羅明義說這是最好的經驗，為什麼不讓他來看看？哪怕沒有多少用途，聽聽也好，才讓他過來了。羅明義還告訴了張小北，要張小北讓小棟看看，他給張小涵也打了電話，張小涵說毛毛才中考，言下之意是離高考還遠著。羅明義有點沒趣。

　　羅明義問羅小義有何感想，羅小義說：不知道，聽不懂。這才想起羅小義才小學畢業，他是聽不懂意思，張小燕也說他頭腦發熱，張小燕這麼一說，羅明義覺得張小涵的話他也能理解了。

　　這次高考成績出來後，長樂市四大名校熱鬧起來，喜訊海報貼滿校園。據西南省和長樂市的報紙報導，市一中參加高考的十五個班，百分之六十八的學生達到重點本科投檔分數線，百分之三十的學生達到本科一批投檔分數線，兩個實驗班中，其中有一個實驗班被清華大學錄取的學生高達三十八個，被北大錄取的學生二十四個，另外一個實驗班中的百分之八十的學生，被清華、北大、上海交大、復旦大學錄取，二中，五中的成績和一中不相上下，師大附中稍差一點。由於四大名校所占這些名牌大學在西南省招生名額的比例相當高，以至於這些名牌大學不得不追加招生計畫。市民看到新聞後，無不為之驚歎，認為高考制度確實為國家網羅了許多人才！

　　其實，早在今年的一月份，北大和清華就組團來西南省搶尖子生。從今年開始，國家放開政策，允許國內各大名校有限地實行自主招生，北大團PK清華軍，成了長樂市市民茶餘飯後的話題。

　　關於那次考試，羅明義記憶猶新。

　　當時，西南省的很多高三應屆畢業生，被北大和清華搞了一個措手不及，一手是「北大三校聯考」的通知，一手是「清華五校聯考」的通知，而且是同時同地同一套試卷，是選清華還是選擇北大，讓學生們實難抉擇。

　　清華五校是：清華大學，中國科技大學，西安大學，南京大學，上海交通大學。五校聯考在全國設置二十九個考點，西南省的考點設在五中。五校聯考分為統一的「通用基礎測試」和除上海交大外的四校「特色測試」。

　　通用基礎測試包括語文、數學、英語、自然科學（理科）或人文與社會（文科）四個科目，五校聯考從早上八點一直考到晚上八

點，快節奏，高密度，讓學生們一時難以適應。

而北大三校是：北京大學，香港大學，北京航空航天大學，在全國設置的點不多，西南省考點設在師大附中。北大團只要求考生考三科，語文、數學、英語，規定在三個半小時內考完。

同時，同地，同一試卷，考同一批人。羅明義認為，這一模式有幾大優點，一是有利於高校更大程度上選撥優秀學生，按照「成績互認」原則，幾大高校可將第一志願未被錄取的優秀學生在第一時間內攬入自己人才庫中，二是學生的錄取幾率增加，在五校聯考中，考生可報兩個志願，相當於高校的平行志願概念，三是節約各高校的人力物力財力，減少學生舟車勞頓之苦，並節約來回奔波的時間，對中學的正常教學秩序的擾亂也大大減少。

羅明義還認為，既然為了招到好的生源，就不要在同一天PK，這讓許多家長和學生犯難，特別是那些清華北大兩校的初審都通過了的學生左右為難。

在這次考試中，有一部分考生沒有把握好機遇，不過，無論是考生或是考生家長，都把這次考試作為大練兵，幾天後，陸續還有復旦，浙大，哈工大，武大，西南大學也將來西南省自主招生。浙江師範大學更是別出心裁，高考成績居浙江省文、理科前一百名報考他們學校師範專業的考生，獎勵二十萬，居文科前一百五十名的，獎勵一十五萬，依次遞減，最低的獎勵五萬，另外，外省市的考生，文科前一千名、理科前二千名的，免大學本科期間的學費。在此之前，香港的一些大學，諸如香港大學，香港理工大學，香港城市大學，香港浸會大學，均設有面向內地的高額入學獎學金，最高的達到四十萬元，相當於學費、生活費、食宿費全免。

除這些名大學以及設巨獎招生的競爭非常吸引考生外，藝術類和國防生的競爭也十分激烈，生源品質高持續了好幾年。西南大學美術專業投檔至該校文科最高分為七百七十八分，理科最高分為七百分，音樂類專業文科最高分為八百二十六分，國防生投

檔分數為六百零五分。今年國防生在西南省計畫招生三百一十八名，提前批招生首日招滿，羅明義聽說，一個國防生指標地下炒作到五十萬。這也正常，現在，一個當兵的指標都炒到了三十萬，何況是一個國防生。

從七月十二日開始，西南省普通高校招生本科第一批錄取工作開始投檔，十八日結束，第二批從二十日開始。

這期間，小棟和毛毛的考試也結束了。

小棟的成績並不理想，謝敏手中拿著一份成績單，是小棟全班同學高二第二學期月考、期中考試和這次學位考試成績對比，小棟的班名是四十一名，年級名次六百六十四名，這個成績讓謝敏很著急。

從小棟單科成績來看，有點偏科，但並不嚴重，因為小棟的各科成績相差不是明顯，語文三十六分，英語五十二分，數學六十七分，物理四十五分，化學七十分，政治八十六分，歷史八十九分，地理三十九分，生物五十一分。

考前，小棟情緒不太穩定，張小北曾找小棟談，要小棟不要背包袱，放鬆了，考什麼樣就什麼樣。剛開始，小棟不願意說話，張小北不逼他，主動替他按按肩膀，又按頭部，這是張小北第一次替小棟按摩，弄得小棟很不適應。按了幾分鐘後，張小北說：小棟，心裡有什麼話，和爸爸說說，說出來，心裡就空了，會好受些。小棟說：我怕考不好媽媽發我脾氣。張小北說：不會。媽媽有時是有點囉嗦，但她也是為你好，只是急切了點，媽媽並不是你的敵人，你的敵人是你自己。小棟細細說：我知道，可是我控制不了自己的情緒。張小北說：這個問題爸爸幫不了你，媽媽也幫不了你，完全要靠你自己。小棟說：我也想讓心情平靜下來，可是，只要見到書本，只要到了學校，有時只要回到家裡，我就恐懼，我就害怕，也不知道恐懼什麼，怕什麼。張小北說：這就是你自己沒有信心，要對自己有信心，才能克服這些心理障礙。小棟說：大部分時候，我

心裡慌，有點煩躁，思想總是不能集中。張小北說：這個能理解，這叫考試綜合症，大部分同學都有這樣的情緒，緊張，亢奮，情緒不穩，伴有失眠、煩躁、害怕。張小北還教給小棟一個解決的辦法，有些話不能和別人說的，他要小棟寫寫日記，寫日記就是和自己說，這也是一種表達方式。要是煩躁時，就聽聽音樂，張小北還給小棟專門買了一盒《大悲咒》的帶子，這盒帶子裡的歌全是佛曲，聽著讓人寧靜。也不知張小北是怎麼想的，要給小棟買回這麼一盒帶子，這合帶子中的大悲咒出自《千手千眼觀世音菩薩廣大圓滿無礙大悲心陀羅尼經》，是觀世音菩薩的大慈悲心，無上菩提心，以及濟世渡人，修道成佛的重要口訣。其中一字一句都包含著正等正覺的真實功夫，沒有一絲一毫的虛偽。

張小北給小棟放這盒帶子時，小棟並不適應，謝敏也一直反對，嘮叨個沒完沒了。張小北堅持，每次讓小棟聽一會兒，雖然聽不懂唱了些什麼，但那樂曲讓人安寧、肅靜。聽了幾次後，小棟有點適應了，小棟說：這曲子真好聽。這意境很讓人嚮往。真想活在這種虛無飄渺的幻覺中。張小北發現有點不對，解釋說：小棟，讓你聽，只是想讓你的心能夠平靜下來，對你恢復自信用心學習有點好處，但你不能迷戀它。小棟沒有回答。

至於要小棟寫日記，張小北有兩層意思，一層意思就是他上面說的，另一層意思，張小北是想試探小棟，有一次，張小北進小棟房間，他發現小棟在一個筆記本上寫著什麼，見張小北進去，小棟慌亂鎖進了抽屜。張小北一直想知道小棟寫些什麼，張小北並沒有窺視癖，他是對小棟擔憂，他想知道小棟想些什麼，然後好對症引導。之前，他試探性地和小棟說過，小棟不吭聲，他也有意去開過小棟的屜子，但小棟一直是鎖著的。

謝敏拿著小棟的成績單，對張小北嚷：這就是你屋裡崽考的好成績。張小北有點不高興，說：你說過N遍了，換句新鮮的話說好不好。謝敏說：嫌不好聽啊，那你要你崽考好一點啊，我心情好，自然就有好聽的。張小北說：都這樣了，你還能怎樣？現在要

做的，是要小棟好好補考，爭取都能及格。謝敏說：補考頂個屁用，聽說這個成績以後要列入高考考試成績的，如果這樣，那有好戲看。張小北說：這只是一種說法，會不會這樣操作，還不知道。我想，最終還是要看高考成績。謝敏說：就這個成績，也沒有什麼指望了，我付出的努力，算是白費了。張小北說：也不一定，不是還有一年嗎，這一年中，讓小棟好好趕一趕。謝敏說：你說的啊，我明天就去替他找家教老師。

第二天，謝敏去了王台書市，中午時才回來。她帶回了一大紮家教老師的名片，讓張小北看。張小北說讓小棟自己回來定，謝敏非要張小北先挑選一遍。

張小北一張一張看了，很仔細，發現有好多是大一的學生，大二的也有一些，大三的就少了，研究生更是寥寥無幾。張小北說：這些家教只怕有點問題。謝敏不高興，說：有什麼問題？張小北說：沒有幾個高學歷的，不知你注意沒有，最好的是西南師大的，西南大學的都不多，其他的是一些什麼長樂理工大學，東南大學的二級學校財經大學，怎麼能輔導小棟呢？謝敏說：名片上他們不都寫了，英語六級啊，數學考試第一啊，我看那些介紹都不錯啊。張小北說：他們出來找份家教，不說得好一點，哪個會找他們？謝敏說：哪你說怎麼辦？張小北說：先徵求一下小棟的意見，看他自己的意思。如果不行，就讓他參加培訓班，這裡面上課的，畢竟是做了多年老師的，有一定的經驗。謝敏說：補習班也要參加，不過，補習班人多，老師講得太快，我怕小棟跟不上。張小北說：請幾個家教給小棟補基礎，補習班主要是做題，做得多，總有好處，說不定高考題就在這些題目中。謝敏說：那你就在裡面找幾個好點的，先給小棟上節課試試。張小北說：等小棟回來再定吧。又說：要不讓羅明義推薦幾個老師？謝敏說：不要，小棟的事，我不想去麻煩人家。張小北知道，謝敏還記恨著羅明義。

今天是星期日，是全家人回娘家吃飯的日子，張小燕約好幾姊妹晚上回家吃晚飯。下午，張小燕給羅明義打電話，要羅明義回

家吃飯，羅明義答應了。待羅明義趕到家時，張小涵毛毛張小燕羅小義早到了，惟獨張小北一家還沒到。

張小涵要張小燕打張小北電話，張小燕打了，張小北說小棟在學校補課，不知要什麼時候才能補完，要他們吃，不要等。張小燕知道是謝敏不想來，要張小北找的藉口。張小涵不願意，說：謝敏是什麼意思，不來早點說啊。搞這麼多菜，讓爺娘吃剩菜啊。張小燕也說：謝敏就是這德性，一定是小棟考得不怎麼好，心裡有氣。張小涵說：考得不好飯要吃吧，張小燕，你不知道，那天我給張小北打電話，就是想問小棟考試怎麼樣，我打電話過去，我聽到謝敏在大發雷霆，好像是在罵小棟。還要張小北不要說小棟的成績，什麼說不出口。

羅明義一旁和毛毛羅小義說話，他裝做沒聽她們說話，其實，他每一句都聽在心裡，一般情況下，張小涵和張小燕說話，他都不摻和，她們也不把羅明義當一回事。這次，張小涵：羅明義，裝什麼清高。羅明義裝做沒聽見，張小涵大聲說：羅明義，說你呢。羅明義才佯裝聽到，說：大小姐，什麼事啊？張小涵說：當初啊，你要是把小棟弄進一中，或二中五中，小棟至於這樣嗎？羅明義說：我說弄就弄啊，你太抬舉我了。張小涵說：羅明義，別陰陽怪氣，知道嗎，我最不喜歡的就是你這態度。你啊，別不識抬舉，要你辦，是看得起你。羅明義說：那我還要感謝大小姐囉。張小涵說：我要是謝敏，一輩子和你沒完。張小燕說：張小涵，謝敏一直不感冒羅明義，就是小棟的事，你啊，哪壺不開提哪壺。張小涵說：活該，要是我啊，別進這門。羅明義說：張小涵，毛毛的事我要是辦不了，以後這門只怕沒機會進了？張小涵說：是，是這樣，羅大科長。羅明義說：那我不成了找不到組織的地下黨了？不行，要殺要剮沒問題，就是不能沒有組織。我得好好考慮。張小涵說：知道就好。說著，拿出一疊宣傳資料，說：羅明義，這是我去毛毛學校開家長座談會時，一些學校在校門外招攬生源，發的，我都要了。有厚德中學的，有周西中學的，有楓樹中學的，有毛家炳實際中學的，很多。又

對張小燕說：張小燕，你還別說，這些學校的錄取等級還不低呢，基本上是3A3B，達不到這個水準，還不錄取。

張小燕問：毛毛是幾A啊？

張小涵說：1A，3B。1C1D。

張小燕問：1A是哪門課啊？張小涵說：數學。張小燕說：有一門主課，還不錯。

張小涵說：不錯什麼啊，我不像謝敏，不行就是不行，有什麼不能說的啊，死要面子活受罪，只是受罪的是小棟。轉而對羅明義說：羅明義，成績就這樣，下一步看你的了。

羅明義說：你看《長樂晚報》了嗎？昨天的。

張小涵說：我看《長樂晚報》幹嘛，我不看報紙。也不看雜誌。

羅明義說：《長樂晚報》昨天登了四大名校第一批錄取線，單科實驗區：學業成績一中是6A，綜合素質評定4A，學業成績二中是6A，綜合素質評定4A，學業成績五中是6A，綜合素質評定4A，學業成績師大附中是5A1B，綜合素質評定4A。學業成績二中雙語學校6A，綜合素質評定4A。綜合實驗區：學業成績一中5A1B，綜合素質可以不考慮，學業成績二中6A，綜合素質評定4A，五中，學業成績6A，綜合素質4A。

羅明義還說：這次公佈的是第一批的招生錄取線，主要是招本校應屆初中畢業生，這就是市民所說的直升生。這批招生過後，招擇校生，那就各顯神通了。不過，這些學校中的民辦學校，就是二級校，他們就有市場了，政府目前沒有取消他們招生，只是限制他們的招生人數，等級，錢數，簡稱「三限」。擇校計畫也在去年基礎上不得突破招收計畫的百分之四十。其實遠不止這個數字。羅明義說：這是一個非常巨大的數字。據羅明義掌握的資料，二中本部今年計畫招收一十五個班，而二中雙語學校今年計畫招收二十個班，一中今年計畫招收一十六個班，一中的二級學校青

竹湖學校，今年的計畫也是二十個班，五中今年計畫招收一十五個班，而五中和美國聯合辦的新校今年計畫招生三十個班。

從國家允許並鼓勵民辦學校、私立學校辦學以來，長樂市的四大名校就都辦起了二級學校，剛開始是一班人馬兩塊牌子，隨著後來教育的投資熱，特別有了千千萬萬衝鋒陷陣的學生家長後，老師越來越緊俏，私辦學校也越來越多，檔次越來越高。據羅明義掌握的資訊，長樂市有私辦學校一百多所。

張小涵說：管他，只要他們招生，越多越好。毛毛不就有希望了？

羅明義說：算過帳沒有，每個班的編制前年是六十人，去年就七十人了。按這個數字，二十個班就是一千四百多學生，擇校費每人三萬，這是長樂市物價局認定審核的，一千四乘三萬，四千多萬。剔出一批直升生，也就是公費生，也有三千多萬。這還只是高中班，還有初中班呢，四大名校最少也是十個班以上。想想，學校怎麼不想招擇校生。

張小燕說：這只是交學校的，還有呢，達不到他們分數線的，就要送禮，沒有一二萬，做不到，肥了一批人。

羅明義說：這還不算，搞活了第三產業。這些學校附近，房子俏得很，學校伙食不好，一些家長又想孩子吃好一點，有人看到了這些商機，就在附近租了房子帶學生，給學生做飯，一天二餐，一個學生一月一千多元，有些帶幾個學生補習，有些是一對一的補課，一個小時收費一百元，也有收費二百元的，不等，一年也是十幾二十萬。

張小涵說：我家毛毛要是進了這些學校，我也在附近租一間房子，也帶幾個學生，毛毛的吃住解決了，還能賺一筆錢。真好。

張小燕說：你會吃得這個苦，鬼才信你。

羅明義說：張小涵說不定就吃得了這個苦。

張小涵說：羅明義，別挖苦我，我哪天就做給你看。

羅明義說：好啊，到時羅小義就有吃飯的地方了。

張小涵說：想得美。你不把毛毛的事搞好，和你沒完。

張小燕去廚房幫忙，張小涵和羅明義繼續鬥嘴。鬥了一會，羅明義說：張小涵，和你正經八百說，你好好考慮一下，毛毛為什麼非要進四大名校讀書？其他學校為什麼不能讀？

張小涵說：廢話，羅明義，你別做我工作，也別給我打馬虎，沒有什麼為什麼。

羅明義說：你想啊，毛毛是1A3B1C1D，是吧？

張小涵說：是啊，怎麼啦。

羅明義說：四大名校的錄取線是多少，你清楚吧？

張小涵說：原來不清楚，你剛才說了，清楚了。

羅明義說：不說毛毛達不到他們的錄取線，就是我想辦法讓毛毛進去了，你想，毛毛這個成績，她跟得上嗎？

張小涵說：那不要你管。跟不跟得上，我自然會考慮。再說了，毛毛進去後，只要她稍為發狠點，你就知道她跟不上？跟不上，我不知道請家教？那是我的事，我給她惡補。再說了，她那3個B，離A差多少誰知道，只差一分呢，不冤她？我們又不清楚分數，學校又不說，我說啊，什麼AB不科學。毛毛那C不定就是B，那D不定就是C，誰知道啊。

羅明義笑笑，說：就算你說的都對，那毛毛進去後也只能是普通班，進不了實驗班。

張小涵說：普通班就普通班，只要是進了，我沒有別的要求。

羅明義說：你這又何必呢，在一般的學校，想辦法進個實驗班，不比進名校強？毛毛在名校肯定不算是拔尖的，與其總是排名在最末，不如在其他校排名在前，這對毛毛的心理培養有好處，對自尊和自信的培養也有好處。否則⋯⋯

張小涵打斷：否則怎麼啦？

羅明義說：否則毛毛會出現厭學厭世厭倦，到時對大家都不好。

張小涵連續幾個呸呸呸：羅明義，你狗嘴巴吐不出象牙。你是成心氣我是吧？你是不想幫忙是吧？那好，毛毛的事，我再不和你說。

張小涵起身去了飯廳，一頭霧水的羅明義也起身來到飯廳。飯菜已上了桌，張小燕喊毛毛和羅小義吃飯。張小涵對張小燕說：張小燕，這是你炒的菜啊，沒胃口。不吃了。羅明義知道張小涵在故意氣他，也附和：是不怎麼樣，我也沒胃口。張小燕一頭霧水：你們唱的哪出啊。張小燕父母不知道情由，也說：和以前的菜一樣，都是你們喜歡吃的啊。張小涵說：飽了。張小涵母親說：沒吃就飽了，在外面吃了東西啊。張小涵沒好氣：看到有些人就飽了。羅明義說：那我還有點貢獻，要是在三年自然災害時期，我不定能救好多人呢。張小涵說：怪不得你屋裡一屋的胖子，原來是你的緣故。羅明義說：你知道了吧？想胖，和我住上一段時間。張小涵說：想得美，門都沒有。

吃完飯後各自回家，羅小義有課，今晚的課上他們老師辦的班，現在是夏季，每天晚上上四個小時，從六點半到十點半結束。羅明義要張小燕回家，他自己陪羅小義去上課。

以前上課，每次不是張小燕陪同，就是羅明義陪，自從四年級開始，羅小義就不要他們陪了，羅小義找的理由是不需要陪了，實際張小燕和羅明義都明白，是羅小義嫌他們在身邊礙事，羅小義下課後喜歡和同學們逛逛，吃些零食，打打鬧鬧，而有張小燕或羅明義在時，下課後直接奔家走，回家後又是作業又是複習，羅小義不願意。

這次羅明義說去陪，主要是順路，羅小義並沒有反對。羅明義並不是想陪羅小義，他只是找個理由外出。

羅明義在教室坐了一個多小時，看看時間差不多了，悄悄對前

坐的羅小義說去辦點事，一會回來，要羅小義等他一塊走。

羅明義喊了計程車，一會到了朱銘琦樓下。

羅明義本想打電話要朱銘琦下樓，可是，他仿佛聽到朱銘琦在和小魯吵嚷，樣子還蠻激烈。羅明義猶豫一會，上去了。

羅明義敲門，門開了，朱銘琦站在門口，見羅明義來了，有點詫異。羅明義解釋：路過，來看看小魯。

羅明義來從沒有在小魯在家時來過家裡的，朱銘琦不知該不該讓他進屋。羅明義再解釋：我來看看小魯恢復得怎樣。才發現自己沒帶一點東西。

朱銘琦讓羅明義進了屋，小魯斜睡在沙發上，木然地望著羅明義。羅明義喊了一聲小魯，小魯並沒答理。

朱銘琦說：喊羅叔叔。

小魯還是沒有答理。

小魯頭上的紗布拆了，已經看不出什麼痕跡，自從那次打架後，一直被朱銘琦關在家裡，補習也沒有參加，這樣的話，只能留級，問題是，留級也沒有學校接收。

對羅明義的到來，小魯並沒有敵意，捕捉到這一點，羅明義開始和小魯溝通。羅明義說：小魯，我是羅叔叔，在山水區教育局工作，叔叔來，一是看看你的傷好了沒有，另外一點，是想和你說說話。羅明義沒說談，只說是說說話，為的是不讓小魯反感。羅明義繼續說：叔叔是管學校的，也包括你們的學校，有責任對你們負責。羅明義之所以這樣說，是想說明他來，和你媽沒關係，和你才有關係。

羅明義自己都覺得好笑，這個圈子繞得太大，和一個孩子說話，繞那麼遠，說明自己心理有不健康的地方，羅明義臉有點紅，在一個十二歲的小女孩面前紅臉，羅明義還是第一次。一會，羅明義恢復正常，他問小魯：小魯，下學期有什麼打算？

小魯不說話，朱銘琦一旁急：小魯，羅叔叔和你說話呢。

小魯望了一眼朱銘琦，突然說：你說你管學校的，你能管我們班上的同學不？

羅明義說：能管啊，不過，要看是什麼事。

小魯說：你跟我們校長說，要他開除班上的陳麗姣，李純梅，王杏花。

羅明義說：為什麼啊。

小魯說：你做不做得到。

羅明義說：小魯啊，叔叔要知道是為什麼啊？

小魯說：我討厭她們。

羅明義說：為什麼討厭她們啊？

小魯說：反正討厭她們，就是討厭她們。

羅明義說：那你說說看。

小魯不說話了。

羅明義望了一眼朱銘琦，意思是要朱銘琦和小魯溝通，弄清楚原因。朱銘琦正要說話，小魯說：還有我們班主任，我也討厭她，最好也開除她。

羅明義問：怎麼還要開除班主任老師？

小魯說：她好討厭，她維護她們，她對我們就厲害。

羅明義問：我們是指哪些人啊？

小魯說：我們有好多，劉揚啊，王一萍啊，李非啊，傅豔啊，張北啊，羅曼啊。還有一些。

羅明義說：你們都不喜歡老師？

小魯說：劉揚說要喊人打老師，還事我不同意才沒喊人。

羅明義一聽，心裡倒吸一口涼氣，這麼小的孩子，要喊人打老師，這怎麼行啊。突然想到，那次小魯被人砍傷，是不是和這些同

學有關？一番思索後，羅明義說：小魯啊，這可不行，老師辛辛苦苦教你們讀書，怎麼能打老師呢？

小魯說：她討打。

羅明義問：說給叔叔聽聽，她哪些地方討打？

小魯說：她勢利眼。這些同學家裡都有錢，家長送禮給她，她就對這些同學好。

羅明義問：還有呢？

小魯說：總是找我們的茬，看我們不順眼，總批評我們。她們做錯了事，不但不批評，還護著。有一次，傅豔和李純梅打架，是李純梅先動手，老師要傅豔賠禮道歉，還在全班檢討，我不服，下課後找她們評理，她們也打我，老師也只批評我，還要我檢討。

羅明義說：打架是不對，是要批評啊？

小魯說：又不是我們先動手，是她們先打人的。

羅明義問：你上次被打，是不是她們打的啊？

小魯說：就是那個李純梅，她仗勢欺人，以為有老師護著，就不把別人放在眼裡。她和傅豔為木霄雲得亞軍的事，打了起來，我去勸，還打我。

木霄雲就是西南衛視搞的什麼超級女聲裡的獲得亞軍的一名歌手，一度風靡一時的超級女聲，是這些孩子每天追捧的，羅小義那時就天天要看，好在張小燕管得嚴，才沒有這麼入迷，不過，只要張小燕不在時，羅小義就會去看。羅明義不想譴責這些孩子，但他很反感西南衛視這種不負責任的做法，只顧台裡的效益，收視率，提倡機會主義，冒險主義，拜金主義，浮躁主義，拿來主義，不勞而獲主義，一夜成名主義。

羅明義不想分心，繼續問：小魯，這點小事，她們不會把你打得這麼狠。

朱銘琦也說：是啊，這點事她們就這麼打你，也太狠了點。

小魯說：信不信隨你。

羅明義說：我信，我相信小魯。不過，你說說經過看？

小魯原本不想說，見羅明義這樣說，有點不好意思起來。就說：那天是傅豔喊的人，也喊了我，我們有五個人，她們有八個人，主要是我們沒有準備，她們準備了。

羅明義問：什麼準備了？

小魯說：準備傢伙啊。

小魯埋怨了一句：這個傅豔，怕死鬼，關鍵時候她躲了。

朱銘琦問：她躲了，怎麼打的是你啊？

小魯說：傅豔躲了後，她們要我為頭，不就打了我。

到此，朱銘琦才弄清楚了事情的來龍去脈。原來，前一次小魯打人，導火線是這個叫什麼木霄雲的，打架是為了同學傅豔，朱銘琦心裡非常清楚，小魯每次打人，都是為了她的那些同學，她是在替同學背冤枉。小魯就是這樣強，寧願自己委屈，也不肯出賣同學。

雖然是為了同學，羅明義還是覺得小魯做過頭了，有些事是可以有多種解決方式的，不一定要採取武力的辦法。羅明義覺得小魯的心情可以理解，但做法不可取。如果不嚴加管教，還不定會做出什麼事來。現在，也不是追究她的時候，但說幾句是有必要的。羅明義說：小魯，事情的經過，羅叔叔大概知道個八九不離十了，現在，叔叔不管你們誰對誰錯，我都要批評你。首先，叔叔認真對你說：你的事，叔叔一定管。其次，叔叔認為，同學之間，就要好好相處，你們的任務就是學習，父母親辛辛苦苦掙錢供你讀書，就是希望你能學到知識，成為一個有用的人，而不是整天為了那些所謂的超女，打打鬧鬧，那些東西，和你們沒有關係，你們不要理會這些東西，要聽你媽的話，你媽不容易，為了你，她到處找事做，也沒有再找個叔叔一起過，你媽不是找不到，她是怕找了叔叔對你不好，你媽是愛你的。你要替媽媽想想，你也快十三歲了，

再過幾年，就是一個大姑娘了，你媽對你沒有別的要求，就是希望你好好學習，將來考一個好大學，你媽也就放心。還有，老師對自己的學生，不會偏心的，只是有些學生成績好，老師會偏愛一點，這也正常。也要聽老師的話，和同學們好好相處。叔叔不想多說，叔叔答應你的事，一定兌現。

羅明義看看時間，不早了，他還要去接羅小義，對小魯說：小魯，你到你房裡去一下，我和你媽媽說點事。

小魯懶散地進了她的屋子，關了門。小魯一進屋，羅明義問：剛才我在樓下聽到你和小魯在爭吵，因為什麼啊？

朱銘琦說：為了她考試的事。她沒有參加補考，學校說沒有參加補考就不能畢業，就要降級。

羅明義說：沒有畢業，其他學校也不會收。這是個問題。

朱銘琦說：我就是擔心這個，讓她重讀，繼續在原來的學校讀，我不放心，我想讓她換個學校，不然，不知道她會出什麼事。不讓她重讀，小學沒畢業，升不了初中。急死了，她沒事一樣。

羅明義說：是傷腦筋。這事，我再想想辦法。上次小魯住院的病歷在還嗎？

朱銘琦問：要病歷幹嘛？

羅明義說：雖然事情是小魯引起的，雖然小魯也有不對的地方，但畢竟小魯被人砍了，這事，總該有一個說法。

朱銘琦說：這事，都過去了，就算了吧？

羅明義說：我答應了小魯。你別管，我有分寸，知道怎麼辦。對小魯有個交待，對那些同學也要有個說法，也是為了那些孩子好。小義在上課，我要走了。

朱銘琦說：坐了這麼久，連杯水也沒喝，你看我。

羅明義說：不渴。說著從包裡拿出一樣東西，用紙包著。羅明義說：給你。先不要看。

朱銘琦說：什麼東西這樣神秘，別嚇我啊。

羅明義說：嚇不著你。就去和小魯告別，然後出門。朱銘琦要送，羅明義不讓。

羅明義喊了車，剛一上去，就迫不及待撥通一個號，直到鈴聲快要結束時對方才接了，羅明義沒有開口，一個溫柔的聲音傳了過來：明義，你這是幹啥？羅明義說：號碼是12345678900，好記。記住，有事打我電話。

朱銘琦那邊沒有聲音。

羅明義接了羅小義，打車回到家，張小燕還在看電視，見羅小義回來，張小燕起身，喊羅小義進書房複習。羅小義要去調台看超級女聲，張小燕說結束了。羅小義說還有快樂男生，張小燕不讓羅小義看，說：快點去做作業，明天還要上課。又問：羅小義，明天你是不是還有學校的課？羅小義回答：都放假了，還上什麼課。張小燕說：平時放假，學校不都是上新課嗎？羅明義說：羅小義現在都不知道去哪個學校，上什麼新課。羅小義幽默：切，她以為我還沒畢業呢。

以往羅小義一放假，學校都要組織他們上新課，課本由自己去高一年級的學生那裡借，長樂市這種做法流行很多年了，只要一放假，學生就四處借書，開始上新課，寒暑假每次上一個月的新課，交費每人八百元，羅小義從小學三年級就開始了。那些進入初中的學生，寒暑假時間基本被學校安排滿了，學費相對高一些。有些家長有意見，認為新課應該要到新學年才上的，但老師有老師的理由，早點上完新課，有更多的時間讓他們複習。不管願意還是反對，反正全市學校都這樣，也不好多說什麼。

# 第十七章

# 面子教育

羅小義去了一中參加他們組織的補習。

在羅小義參加補習期間，張小燕邀張小涵去各學校瞭解情況，他們先是去了一中招生辦，要了不少簡章，又去了二中，然後去了五中。五中有張小燕的一個娘家表妹，表妹是外地人，表妹的愛人原在一個軍工企業的子弟中學教英語，軍工企業垮掉後，表妹夫失業了，通過羅明義牽線，表妹夫前年應聘在五中教書，一年後，把關係也轉進了五中，還分到了房子，表妹就跟著把家搬到了五中。表妹原來也是老師，剛開始時在五中代課，後來，她乾脆自己開了一個補習班，帶了十幾個學生，後來，學生越帶越多，表妹夫也參與進來，他們在學校附近租了房子，開了三個班，專門補習英語、數學和物理。每個班帶了六十個左右學生，星期一至星期五每晚英語數學物理各一節課，每課二小時，每人每課收費五十元，星期六和星期天上午下午各兩節，晚上各一節。也是每課二小時，收費不變。表妹的父母做學生的飯菜，中餐晚餐各收五元。從表妹夫調入五中，不到兩年，表妹買了兩套房子，買了汽車，還把自己的孩子送到美國讀書。

張小燕和張小涵在表妹家裡和學生一起吃中飯，飯後，她們去了表妹上課的教室，表妹現在自己不上課了，請了一批老師，都是五中的。原來，張小燕也想把羅小義送到表妹這裡來補課的，

因為太遠，才放棄了。這次羅小義升初中，張小燕也有心讓羅小義來五中讀書，她想羅小義要是進了五中，有表妹和表妹夫，不要擔心羅小義的學習了，所以，張小燕找過表妹夫，要他幫忙，由於太困難，沒有辦成，但一直沒死心。

張小涵對五中新校的環境很喜歡，學校在城南，占地面積很大，裡面綠化很好，清靜，適宜讀書，還可以寄宿，張小涵說了一句就這裡了。張小燕說進這裡有困難。張小涵說有錢就不困難。張小涵不像張小燕，張小燕平時會攏人，張小涵不一樣，平時從不和這個表姐和表姐夫聯繫的，現在，張小涵有點動心了。她說：表姐，你們和學校有熟人，介紹一下，讓毛毛到這裡來讀書。張小涵比他們小，所以喊表姐。

張小涵的這個表姐姓彭，彭表姐說：學校要求很嚴的，毛毛的成績怎麼樣？

張小涵說：成績好還來求你。

張小涵不會說話，張小燕說：妹子，張小燕平時喊表妹叫妹子。妹子，毛毛的成績一般般，不過，毛毛很聰明。

表妹說：前天有人來找志前，志前就是表妹夫。要志前幫忙，那個學生好像是4A2B，都沒說進去。

張小涵很不高興，她是一個喜形於色的人，不會掩飾，一臉的不高興寫在了臉上。張小燕急忙說：妹子，你和志前說說，看有沒有人能幫上忙，錢不是問題，花點錢也正常。

表妹說：姐夫不是在教育局嗎？他最清楚。

張小燕明白表妹是在推辭，她打出羅明義的牌子，是說為何不找羅明義。張小燕沒有說破，只是說：羅明義你還不清白？草包一個。

表妹說：這不能怪姐夫，是難。指標都掌握在學校，而學校又在校長一個人手中，副校長要個指標，還要跟校長要。

學生們已經上課了，表妹夫學校沒有課，他在教補習班的英

語，張小燕她們走過，表妹夫和她們打了招呼。

　　從表妹那裡出來，張小涵開始嚷嚷了：張小燕，你說她什麼態度，好像求她什麼似的。張小燕說：你本來就是求她啊。張小涵說：是啊，就算我求她，也不至於這樣吧。張小燕說：這就是你的不對，她又不是校長，她當然做不到啦。張小涵說：我又不是要她去辦，我只是看她有熟人沒有，有就介紹一下，蠻出奇啊？張小燕說：她也沒說不介紹啊，可能他們真的沒有太硬的關係，你想啊，他們才來了多久？張小涵突然想起什麼，問：張小燕，她老公進五中，不是羅明義牽的線嗎？張小燕說：是啊，也就是牽個線，其他的，都是他們自己搞定的。張小涵說：還不是有人，這樣的事，沒有校長點頭，他們調得進來？羅明義當時找的誰牽的線？張小燕說：這個我也不清楚。張小涵說：你給羅明義打電話，現在就打。張小燕說：急什麼，回家再問也不遲。張小涵說：打吧，現在就打。張小燕說：要打你自己打。張小涵說：我才不給他打呢，我說了不再找他。

　　兩人正說著，一個女孩來到她們身邊。女孩說：大姐，你們的孩子想讀五中是吧？張小涵說：你怎麼知道？女孩說：我剛才聽大姐在說。大姐，我們學校辦了初三升高一預科班，辦了很多年了，經我們班培訓的學生，都考上了重點高中，五中就有很多。考上了重點中學的，經我們的培訓班一培訓，成績滋滋上竄，在班裡前十名內。張小涵說：有這樣神？女孩說：不信大姐可以試試啊，先讓你孩子來學校聽一兩節課，不收費，可以，就來，不可以，也沒關係。張小涵問：你們叫什麼學校？女孩說：宏達培訓學校。張小涵說：宏達培訓學校是一個什麼樣的學校？女孩說：名校名師小課堂，課外培訓真專家。權威教材+名師授課+獨特的管理模式。女孩說著，拿出一份招生簡章，張小涵接過，幾行醒目的大字映入眼簾：你想進入四大名校嗎？你想高中階段保持領先優勢嗎？你想為高中學習打下一個良好的基礎嗎？你想順利挑戰高考進入理想學府嗎？請來宏達培訓學校！我們為您和您

的孩子提供經驗豐富的優秀教師，系統權威的培訓計畫，高品質的培訓效果，讓你的孩子一步領先，步步領先。

女孩也給了張小燕一份招生簡章，張小燕和張小涵仔細看著，正面印有招生對象：初中畢業；開設科目：語文、數學、英語、物理、化學。課程安排：第一期，七月十二至八月二十五日，第二期，七月二十九日開學；收費標準：二十八課時/十四次/科，七百元/科；教學內容，一、鞏固基礎知識，提高綜合能力，為高一入學編班作準備；二、加強「初三升高一」的銜接教育，提前預習高一知識；三、傳授高中學習方法，幫助學生順利度過心理難關。還有特別申明：一、高薪聘請四大名校老師現場上課，傳授先進的教學理念和靈活的學習方法，並給學生帶來系統權威的資料，調動學生的積極性；二、所有學生分層次編班授課，每班配有專職班主任，隨堂聽課，負責管理教學，與家長定期保持聯繫，及時回饋學生在校時的表現，確保在短時期內提高學生的學習成績；三、注重學習興趣的激發，注重學習觀念的培養，注重學習能力的培養及學習心理調適。簡章的背面是特大喜訊，印有參加他們學校培訓的學生的名字，被什麼大學錄取，被保送到國外就讀，等等。

女孩剛離開，又有兩個女孩過來。倆女孩打扮像學生，其中一個說她是某某中學的學生，給了張小燕和張小涵一人一張招生簡章。原來是某某中學國際部招生，和加拿大合作。某某中學過去是一所很有名的學校，成立於一九零三年，是西南省的重點中學，也是首批省級示範性高中。

某某中學新校區也在城南，是近兩年長樂市發展較快的一所中學，與加拿大溫尼伯大學附屬中學合作，提供優質中西結合教育。主要特點是：糅合北美開放式的教學和中國嚴格型管理，培養英語熟練、瞭解中西方文化禮儀、學風嚴謹務實、初具國際視野的初中和高中畢業生，溫尼伯大學選派優秀的教師來中學任教，營造純正北美語言文化和教學氛圍。學習形式：高一高二在國內學習，獲得國內高中文憑，同時提高英語運作能力。高三去加拿大

學習，畢業修滿學分獲得加拿大高中文憑，憑某某高中期間成績和加拿大高中文憑，免高考，免雅思，免託福，免預科，可以直接申請加拿大、美國及其英聯邦國家的大學。如果不去加拿大，學生也可以參加某某的高考班學習。

張小涵對這個學校更加感興趣。以前，她並不贊成毛毛去國外學習，看了這個宣傳簡章後，她動心了。最主要的一點是，免高考免託福就能直接進入大學，這個可以讓她少想很多事，少操很多心。只在國外學習一年，一年很快就過去了。這是她對張小燕說的。張小燕知道她三心二意，也不附和，只是潑冷水：到時你會捨得。這種方式是好，特別是到國外去開闊眼界，對毛毛今後的發展有幫助。只是和國內的情況脫節，不現實，如果想在國內發展，就得讀國內的高中，否則，有點行不通。張小涵也說：我也有這個顧慮，但是想讀這所學校，還要3A3B，毛毛還達不到要求。張小燕說：某某中學既然這樣招生，就不會在乎成績，差一點也是會錄取的，這只是他們的宣傳。

張小燕說：你沒見他們說，英語聽、說、讀、寫能力好，毛毛英語成績怎樣？家庭經濟基礎好，這一點你沒問題。

張小涵說：主要是到時我還可以去加拿大玩。

張小燕說：那你還猶豫做什麼，報名啊。

張小涵說：還是要考慮一下。

某某中學本部也在招生，錄取線有所鬆動，還招特長生，主要招美術音樂體育基礎較好的特長生，另外，擇校生放開標準，地域不限，成績4A2B，但必須第一志願是某某中學。

張小燕和張小涵在等車的工夫，又有六七個學校的工作人員送來招生簡章。

羅明義從辦公室出來，天下起了雨。他剛開完會，會議是由長樂市教育局和《長樂晚報》聯席召開的，會議內容是由兩家單位在芙蓉人才市場舉辦一個「小升初」諮詢會，《長樂晚報》和長樂電

視臺就這次諮詢會發了消息，預計有六十多所初中和培訓機構現場答疑。

羅明義本想打電話告訴張小燕的，一想離會期還有兩天，回家說也不遲。現在，羅明義要去小魯的學校。

羅明義之前來過小魯的學校，一些老師也熟悉，校長和他還一起吃過飯，有一點交情。只是學校放假了。

羅明義和汪校長通過電話，汪校長是唯一的副校長，女的，相對年輕。在長樂市的小學裡，一般是不設副校長的，這個學校的校長快到退休年齡，又經常有病，為了照顧這個校長，就設了一個副校長協助他。

羅明義和汪校長比較熟悉，年齡又接近，說話也就隨便。羅明義到學校時，汪校長已經在門口了。本來，羅明義完全可以在電話裡說清楚的，但這樣處理於公於私都欠妥，於公來說，成了私事，於私來說，太不尊重人了，只有親自到了，道理上才能講得過去。

羅明義和汪校長簡單寒暄幾句，也不繞彎子，直接進入主題。羅明義說：汪校長，你們校有一個叫小魯的同學，畢業考試不及格，你們補考，她又沒參加，是這樣吧？汪校長說：是有，這個小魯在學校掛了號，全校都知道她。不久前吧，還在學校把一個叫李純梅的同班同學打了，她母親來求情，找到校長才沒有處理她，只是要她向李純梅同學賠禮道歉，可是她死活不道歉最後也是她的母親向李純梅和李純梅家人賠禮道歉才算解決。羅明義說：她不是剛上學沒幾天嗎？怎麼回事。汪校長說：本來小魯同學的處罰還沒解除，她媽媽找到校長，校長說只有幾天就要考試了，就提前讓她回來了。回來剛幾天，為了一個超女和班裡同學打架。這次考試不及格，通知補考又不參加，也不說明原因。她母親說是她病了，我們也不太清楚，大概情況就是這樣。

羅明義此時才知道，小魯提前回學校，原來是朱銘琦去找

了校長。羅明義理解朱銘琦為什麼不告訴他，朱銘琦是不想麻煩自己。

羅明義說：這個情況我清楚一點，小魯的母親我們熟悉，曾找過我們幫忙，我事一多就忘記了。這次，我問小魯考試的情況，起先她不想說，後來才告訴我說小魯多門課不及格，又沒有參加補考。我知道小魯為什麼沒有參加補考，小魯媽媽沒說假話，只是不是病了，是被人打破了頭，在住院。

汪校長有點驚訝：怎麼回事？

羅明義說：當時並沒有報警，小魯也不說是誰打的，但我掌握到的情況，極有可能就是那個李純梅的同學喊人打的。縫了十一針。

汪校長說：有這樣的事？我們怎麼不知道？

羅明義說：你們要是知道了，小魯不就不會缺席補考了嘛。

汪校長說：羅科長你是怎麼知道的？可靠嗎？

羅明義說：應該可靠。不過，你們也只是側面調查一下，不要興師動眾了，畢竟事情過去了，只要當事人承認錯誤，批評教育一下就行了。她們都還是孩子。

汪校長說：我們一定弄清楚，認真對待這件事。

羅明義說：我也不給你們校長說這些事了，和你說了一樣，要是你們學校同學們的畢業成績還沒有上報，就給小魯一個機會，讓她能畢業。如果報上去了，上面的工作，我來做。你們只要讓小魯補考就行。

汪校長說一定按照羅科長的指示辦，關於小魯補考一事，汪校長說要和校長商量，到時給羅科長彙報。

羅明義回家的時候，在大門外碰到老王，老王上前喊了一聲羅科長就要走開，羅明義喊住老王：老王，你的事我還沒來得及去找人。老王說：全憑羅科長作主。一副交給了他的樣子。

羅明義回到家，羅小義還沒有回來。羅明義問：羅小義還沒回來？

張小燕說：我才打了電話，你那崽和同學玩去了。這樣不行，現在越來越放肆了，下了課不按時回家。

羅明義說：讓他放鬆一下未嘗不可，每天總是學習啊，人都會變寶。

張小燕說：就你有這些歪理論。歷來是腦子越用越活。我告訴你啊，今天，我和張小涵去幾所學校看了看，別人都在忙學校的事，就你還不急，我看你什麼時候能辦好。別到時人家都上課了，羅小義還找不到學校。

羅明義說：我急也沒用。中學的錄取還沒開始，就是開始了，我能有什麼辦法？

張小燕說：我不知要怎麼說你，說你沒用吧，還是個科長，說你有用吧，屁事也辦不了。我怎麼找了這麼個窩囊廢。

羅明義說：現在還來得及。

張小燕說：以為我不敢？以為你是個寶貝？要不是有羅小義，我早就拜拜了。你看看志軍和妹子，他們的班越辦越大，學生越來越多。他們最近又換了車。

羅明義說：那又怎樣？

張小燕說：我能怎樣。我只是提醒你，人家來長樂才多久，你待了多少年了，真是人比人氣死人。我可告訴你了，張小涵想讓毛毛去五中，想要你去找找人。

羅明義說：張小涵有一百個想法，我就要去替她辦成一百件事？她想去就去啊，她是誰？是省長還是市長？沒大沒小。

張小燕說：辦就辦，不辦就不辦，不要小女人一樣嘰嘰喳喳。

羅明義沒吭聲。

張小燕說：有一個宏達什麼培訓學校，你熟悉嗎？

羅明義說：知道，那學校老闆原來是市教育局的一個處長，出了點事被開除了，早幾年辦了這個學校，聽說還不錯。你問這個幹什麼啊。

張小燕說：你說不知道，我還不來氣。這麼好的一個培訓的地方，你居然沒和我們提起過，你看你對羅小義的事，關心多少。我告訴你啊，我要羅小義去這個學校上課，他們學校上新課，初中提前班，上新課。

羅明義說：上新課幹什麼，有這個必要嗎？

張小燕火了：什麼到你那裡都是沒有必要，那我問你，什麼才是有必要？

羅明義又不吭聲了。

張小燕下廚房弄飯菜，羅明義在看電視。突然想起了什麼，對張小燕說：差點忘記了，後天，也就是七月二十五日，在芙蓉人才市場有一個大型的「小升初」諮詢會，到時有五六十所學校會參加，你要是有想法，可以去看看。那天我也會去。

張小燕回答：你去了不就得了，還要我去做什麼。

羅明義說：還是你去聽聽有好處。再說，我事多，也不一定忙得過來。

張小燕開始琢磨一些學校。她先是要羅明義從單位弄來了各中學的基本情況介紹，用了一個晚上的時間，分析了每個學校的特徵，師資情況，校風校紀情況，升學率情況，瞭解得十分詳細。她把自己覺得應該要掌握的或重點要掌握的，都做了明顯記號，好在那一天面對面進行零距離接觸。

四大名校是張小燕首選的，除了四大名校以外，張小燕還對其中的十一所中學按順序進行了排列，排在最前面的，是她首選的。這十一所中學，主要的是長樂市的，也有長樂縣的一中，望縣一中，林縣一中。這三所縣級市中學，是羅明義向她推薦的，長樂市的一些家長也有送孩子去這些學校讀書的。

還有一些比較好的私立學校，這些學校張小燕不喜歡，所以沒有在她的計畫中，長樂市的人管這些私立學校叫貴族學校，培養的是一些貴族學生，嬌生慣養，奢華成性。

　　二十五日這天，張小燕約了張小涵，兩人早早來到了人才市場。

　　由於對各學校做了細緻的調查，張小燕對這些學校的情況瞭若指掌，這次她來諮詢，著重放在了各學校在擇校費、錄取等級、實驗班配備等方面，也就是說多少分數能夠錄取，錄取後能不能進實驗班，擇校費是多少這些問題才是她最關心的了。

　　張小燕按照她列出的學校名單，和張小涵一個一個地尋找，只要在她名單中有的學校，她就會停下來，問詳細了。

　　張小燕和張小涵來到排在名單中第七位的西南省地質中學，地質中學是一所老牌中學，上世紀五十年代創建，省地質勘探局的子弟學校，原是專門培養地質勘探方面專業人才的學校，上世紀九十年代放開，學校的實力排在一中二中三中四中五中師大附中後面，一些進不了重點中學的學生，就會找關係到地質來。

　　張小燕首先看了小升初的招生計畫和分數線，地質中學初中部計畫招十四個班，總分三百三十分，低於三百三十分不錄取。張小燕有點灰心，沒想到一個地質中學，也要這麼高分才能進。張小燕本想問問擇校費的，但一想羅小義的問題還不是擇校費的問題，而是分數的問題。她向在場的諮詢人員詢問：如果低於三百分，那就沒有辦法進來？諮詢人員回答：基本上進不來。張小燕又問：交點擇校費也進不來？諮詢人員回答：達到我們學校錄取分數線的，還要交擇校費，這不是擇校費的問題，是我們為了招到優秀生源，將學校辦成長樂市一流學校的原則問題。

　　張小燕有點不甘心，明知學校在戴高帽子唱高調，她竟然沒有一點辦法。擇校費，三百分，羅小義，張小燕腦子有點亂，她捋捋自己，說：四大名校還只要三百四十分呢。

　　諮詢人員回答：我們學校的教育品質不比四大名校差多少，

我們的實驗班，百分之三四十可以上重點大學，我們的普通班，升學率也相當高。因此，我們的門檻相對來說，也是比較高的。

張小燕說：再高總不至於超過四所名校的錄取分吧。

諮詢人員說：四所名校你們進不去啊，不是誰想進去就能進去的。再說了，沒有三百四十分以上，你找關係都很難進去的。

張小燕沉默，「四所名校你們進不去」這句話刺激了她，她暗暗下定決心，花多少錢也要讓羅小義進四所名校，如果羅明義不把這件事辦成，她真的跟羅明義沒完。

隨後，張小涵問了高中班的情況。高中班今年計畫招收十五個班，歷年來，地質中學由於校區面積較大，班次多，招生計畫一般都跟四所名校差不多。高中的錄取線是3A3B，其它為4B。這個分數毛毛也是進不了的，問了相同的一些問題，張小燕和張小涵離開了，一走開，張小燕說了一句：黑得嚇人。但這句話還是被地質中學的諮詢人員聽到了。

這天，羅明義和同事們也一早到了芙蓉人才市場，長樂市的媒體也來了，市局的領導在眾人的簇擁下，來到市場，電視臺的攝像機一直在他們身邊拍個不停。

羅明義沒有想到會來這麼多人，至少有三萬人以上，擠都擠不動，原準備六十個攤位，現在有一百多個，這些攤位被圍得水泄不通，四處是人。羅明義根本找到張小燕，他來到一個中學的攤位前，有記者在採訪該校校長。校長對著話筒說：家長為了孩子選擇學校，應該做到：「望、聞、問、切」，要親自到學校參觀走訪，除了看學校環境，還要注重和老師或學校負責人的交流，聽聽學校的辦學理念是否先進，聽聽學校的教學是否有助孩子的綜合發展，甚至可以在得到允許的前提下進課堂聽老師講課，也可以向同學的家長瞭解學校的學風、校風、班風，瞭解學校的團隊活動、科技活動、社會活動的組織情況，這樣，才可以做到全面瞭解學校，擇校才不至於盲目。

羅明義聽了一會，發現這個校長說的都是大道理，他不說，家長不一定不知道，這就和久病成醫一樣，有許多家長都快成專家了，比如張小燕，她就比羅明義這個教育系統的還要清楚一些事情。羅明義來到另外一個學校的攤位，這個學校羅明義多次去檢查工作，大家都認識他。羅明義站了一會，不少家長在要資料，也有家長問情況。一位女孩在向家長解釋。一個家長問學校是公辦的還是民辦的，女孩回答是公辦的。家長說公辦的沒有民辦的好。女孩問為什麼，家長說：民辦的雖然收費貴一點，但師資要好，辦學條件要好，老師的責任心要好。女孩說：也不全是這樣，公辦的也有好的地方，比如政策，比如競爭力。家長說不見得。家長又問收費情況如何，女孩說他們學校的收費最合理，最規範，是長樂市所有學校中收費最低的。

　　羅明義和女孩簡單聊了幾句，走時開玩笑說：到時我給你送個學生來，你敢不敢要？女孩說：為什麼不敢要？只要是羅科長送來的，我們就敢要。

　　諮詢會弄了一整天，羅明義是最後離開現場的。這次諮詢會比較成功，除了四大名校的二級學校沒有按要求參加，其他學校都來了。當晚，西南電視臺和長樂電視臺的新聞也播了出來。

　　為了小棟的事，張小北和謝敏大吵了一架。

　　事情是因小棟的補考引起。小棟補考那天，正好是小棟的生日，因為小棟考試成績不好，全家這幾天一直在吵吵嚷嚷中度過，謝敏也好，張小北也好，小棟也好，都沒有一個好心情，也都忘記了小棟的生日。

　　但是張小燕還記得。

　　那天，小棟去學校，謝敏送到學校外，一再叮囑小棟一定要考好，一定要仔細檢查，一定要按那天電視中那個女孩說的做到「三不」。小棟要進校門了，謝敏又喊住他，問：你還記得是哪「三不」嗎？小棟說了，謝敏才讓他進去。

也是走得太急，小棟忘記了帶筆和考試用品，謝敏回到家裡才發現，急匆匆送到學校，學校不讓她進去。謝敏非要進去，門衛解釋，考場有備用的，學生沒有出來，說明找到備用的了。謝敏憋了一肚子氣回到家裡，打電話告訴了張小北這件事，張小北在電話中說了謝敏幾句，謝敏委屈，兩人在電話中爭執了幾句。

偏偏這時張小燕打張小北電話，說小棟今天過生日，按照以往慣例，羅小義也好，毛毛也好，小棟也好，誰過生日，一家人都會聚一聚，在一起吃餐飯。張小北答應了，要張小燕通知張小涵晚上過來吃飯，他自己則和父母打了電話，但張小北沒有告訴謝敏。

小棟上午考試完後回到家裡，謝敏劈頭蓋臉就是一通囉嗦，埋怨小棟丟三落四，說要是高考，就徹底完了。小棟本來就心情緊張，加上補考心裡沒底，謝敏一囉嗦，小棟更加抑鬱，他把自己關在屋裡看書。謝敏弄好飯菜後，喊小棟來吃，喊了幾遍不見小棟出來，就開門進去，發現小棟趴在桌子上睡著了，頓時火冒三丈：你還有時間睡覺？是考得很好是不是？是都會做是不是？一連幾個「是不是」把小棟弄蒙了。

小棟怯懦地跟在謝敏後面，悄無聲息來到飯桌前，又悄無聲息吃了飯。飯後，謝敏給小棟泡了一杯麥乳精，又洗了蘋果，送到小棟手中，要小棟吃了就去複習。小棟下午還有兩門課要補考。

下午，小棟去了學校，謝敏還是送他到學校門外。大概下午的五點鐘，張小燕和張小涵來了，謝敏問她們怎麼來了，張小燕說來吃飯。謝敏說吃什麼飯。張小燕說張小北沒和你說？謝敏說說什麼。張小涵一旁嚷嚷：啊呀，是小棟生日，張小北要我們都過來吃晚飯。謝敏如夢方醒，才記起今天是小棟的十八歲生日。

然而謝敏並不高興，她不高興是因為張小北沒有提醒她，其他人都知道了，就她這個內人還蒙在鼓裡。又想到自己辛辛苦苦陪小棟搞學習，工作也辭了，哪裡都沒去，一門心思就放在了小棟身

上，到頭沒有人理解她，連崑的生日，也是最後一個才知道，越想越氣，掏出手機打張小北電話，莫明其妙發了一通脾氣。說要吃飯自己回來弄，她晚上有事要出去。

張小北本來就沒想在家裡吃，所以就沒有告訴謝敏，後來想告訴她時，一忙就忘記了，謝敏這一通莫明其妙的脾氣，讓張小北也上火了，他在電話中說：你出去就出去，沒有你小棟一樣要過生日。

這話有點過了，說過後張小北也後悔了。

張小燕好說歹說，才留住了謝敏，張小燕說：小棟十八歲了，成年了，再怎麼也要一家人高高興興吃餐團圓飯，而且，爺娘一會也過來，你做娘的不在家，讓小棟怎麼想。

謝敏人是留下了，心裡的火氣沒消，她嘮叨個沒完，全是小棟學習上的事，張小涵聽了不舒服，對張小燕說要去接毛毛，出門了。

張小涵一走，謝敏對張小燕嘮叨，張小燕知道，謝敏從初中就一直在家陪讀，天天待在家裡，沒人說話，小棟成績又不好，她也是煩了，就任憑她嘮叨沒完，說些好聽的話慰慰她的心。

嘮叨了一陣，謝敏心裡好受些了，對張小燕說：這樣下去，我也會瘋。

張小燕說：你啊，也是得了考試綜合症。想想，其實真沒必要。羅明義老說只要孩子健康活潑就好，剛開始我也是反對的，想想，也沒錯，讀書有個自然，孩子只有這個實力，我們非逼迫他們要怎樣怎樣，也不現實。我們的一些做法，有時是過頭了。

謝敏說：這些我也知道，可是，我們不操心，不抓緊，孩子們哪有這個定力，就小棟，本來就比別人落後，如果不迎頭趕上，距離只會越來越遠，到時想趕都趕不上了。

張小燕說：謝敏，不是我說你們，當然我自己也是這樣，我們都很浮躁，教育方面的錢，我們並沒有少花，可是是否起到了作

用，或者說作用大也好，小也好，那不重要了。就說我們羅小義，我們的工資，除了吃，其它的幾乎都用在了他的讀書上，其實，在孩子的教育上，我們只做了兩件事：出錢。限制孩子的自由。至於他們到底學到了什麼，是否有必要這樣，這些我們從來沒有想過。好像只要我們花錢請了老師，只要孩子是按照我們的計畫在學習，我們就是做好了，我們從沒想過這樣做對還是不對。謝敏，我也不知道是否說清楚了。

謝敏說：我也不知道自己為什麼會變得這樣，我腦子一片茫然。有時候，我的腦子裡只有清華北大，只有那些重點大學，我的一切都圍繞著這些在轉。

張小燕說：有一次，羅明義問我，為什麼孩子非進清華北大不可？你說我是怎麼回答的？

謝敏問：你是怎麼回答的？

張小燕說：我說，只有傻子才不想讀清華北大。可是，你知道羅明義當時是怎麼說我的嗎？

謝敏說：他是怎麼說的？

張小燕說：他說只有想瘋了想傻了的人，才非要讓小孩進清華北大。

謝敏臉色有點難堪，張小燕解釋說：謝敏，你別生氣，我不是想說你，你剛才這樣一說，我也有同感了，我也是整天把清華北大掛在嘴上，你說，我們是不是有點想清華北大之類的學校，都把自己想都成傻子了？

謝敏說：也不是這樣，你說，北大清華就是好嘛，畢業的學生哪個不是被一些好單位要走了？

謝敏說：是啊，我的同事的崽女，都被北京的一些好單位要走了。他們就是從北京大學，清華大學這樣的一些名校畢業的。

謝敏說：就是啊。說完一聲歎息：唉，哪像我們家小棟，想想我就沒底，心裡就灰灰的，就沒有一點希望的感覺。

張小燕說：其實，話說回來，我們也是有點急躁了。我們之所以要孩子進清華北大，並不是從孩子的培養作為出發點，而是只想讓他們找到一個好單位，一方面是因為現在的社會現狀造成的，這裡面的原因有很多，我不說，你也能明白。另一方面，我自己也清楚，完全是「面子」的影響，中國人特別注意「面子」。我們做家長的，也是為了面子，要是孩子考上了清華北大，面子上有光，要是考不了好學校，面子上無光。中學的老師和校長也不例外。如果一個學生很成功，考大學考了一個非常高的成績，這個學生就給自己、家裡人，甚至學校和老師爭了「面子」。為了「面子」，中國的老師喜歡幫好的學生變得更好，取得更好的成績。如果一個學生的成績不好，老師會覺得這個學生學習不太努力，就會在言語中流露出不滿，甚至提出批評，這樣的批評會對學生自信心有一定的影響。有些學生常常怪自己很笨或不是個努力的學生，總是埋怨自己家長，這樣的學生自信心不足，長期下去，他們也許一輩子都會認為自己很笨，有很多事情不敢去做。

　　除了老師以外，「面子」對學校也是一種誘惑。為了「面子」，校長會決定學生應該考多少分，然後讓老師負責去執行。老師不能講他們覺得有意思或者有用的東西，他們只能幫學生準備考試。

　　謝敏說：也是這個理。

　　張小燕說：知道外國的孩子們和家長為什麼並不是個個都想進什麼「牛津」「劍橋」「哈佛」嗎？

　　謝敏問：為什麼？

　　張小燕說：因為外國人不讀死書，讀活書。

　　謝敏說：你都知道，為什麼還要讓羅小義這樣辛苦？

　　張小燕說：我是知道，但我不是對別人就知道要怎樣做，對自己就不知道了嘛。再說，我們是在中國，我知道又能怎樣？還不是要看國情來麼。

姑嫂倆聊了一會，好像越聊越近乎。謝敏的鬱悶已經消失，她在準備水果瓜子之類的東西。一會，張小燕父母到了，小棟也回來了，大家都關心小棟考得怎樣，小棟說不怎樣。謝敏也沒說小棟，一個勁說小棟都成人了，應該有一個成年禮什麼的，晚上喝點酒，喝紅酒或啤酒，為小棟成年禮乾一杯。

羅小義也到了，他是從一中直接過來的，一中的補習很快就結束，結束後就是參加他們的考試，成敗在此一舉，張小燕做好了充分思想準備。不過，她還是隱隱擔心，就算羅小義語數英上了他們的錄取線，羅小義的其它科目不是太好，一中收不收，還是未知數，最後還得要羅明義出面。也不去想那麼多，今天難得有的聚會，讓羅小義放鬆放鬆。

張小北回來了，張小涵和毛毛隨後也到了，就差羅明義了。張小涵又在放炮：羅明義每請必落後，真像省長啊。

張小燕說：羅明義有個會，我們先找地方，讓他直接去。

一家人來到太陽紅酒店，要了一間包廂，張小燕告訴了羅明義酒店名稱和包廂房號。張小涵宣佈一項政策：今天只喝酒，給小棟慶祝生日，其它一概不談。羅小義跳起來支持：支持愛姨，哥哥生日快樂。毛毛也舉出兩個手指：耶。

小棟在看電視，羅小義過去和小棟坐在一起，說些遊戲方面的事，小棟說：你還有時間玩遊戲？羅小義說：偷偷玩，不讓大人知道。小棟說：別像哥哥，你就要進初中了，初中是一道坎，基礎要打牢。羅小義說：愛姑說的，不談學習。

小棟爺爺走過來，問小棟考得怎麼樣，羅小義說：愛姑說了的，不談其它事，給哥哥慶祝生日。爺爺說：考試又不是其它事，爺爺問一下，不可以啊？羅小義說：不可以。張小涵也說：問什麼嘛，考得好考不好，未必還能變啊。奶奶也說：他就是這樣不帶愛相。羅小義重複：奶奶說你不帶愛相。張小燕訓斥：怎麼和爺爺說話的。

羅明義到了，手裡提了蛋糕，進屋說：小棟生日快樂。小棟回一句：謝謝羅叔叔。小棟一直喊羅明義羅叔叔。

幾年了，小棟從沒有主動喊人了，今天乍一聽到，都有點心情舒暢。張小北高興，說小棟今天也要喝點酒，要服務生快點上菜。

張小北今天最高興，他高興的不是小棟成年了，他高興的是小棟主動和人溝通了。自從小棟進入高中後，他就很少發現小棟主動和別人說話了，他擔心，擔心小棟會得抑鬱症，自閉症，擔心小棟會想不開，現在，他的心放下了，小棟是需要關愛的，小棟是需要有人理解的，小棟是需要有空間的。不管他補考成績怎樣，他都會說服謝敏，不要太逼孩子。張小北喝了不少酒，羅明義也喝了不少酒，小棟也喝了兩杯紅酒，他簡短說了幾句感謝之類的話，先是感謝爺爺奶奶來參加他的生日晚餐，後是感謝叔叔姑姑，再是感謝爸爸媽媽的付出，最後勉勵毛毛和羅小義好好學習。小棟說這話時，羅小義插話：愛姑說了不談其它的。小棟才改口說：祝毛毛羅小義健康快樂。羅小義帶頭鼓掌，謝敏卻哭了。她是高興。

# 第十八章

# 兩個人的交易

　　羅明義約了楊本齋吃飯。之前，羅明義打了多次電話，楊本齋都說沒空，說自己打仗一樣。羅明義知道楊本齋是沒有時間，正是初、高中的招生階段，高考錄取也有一大攤子的事，羅明義能夠理解。

　　這次吃飯就他們兩人，這是羅明義提出的，楊本齋也不多問，就同意了。地點就在中心公園的日月潭飯店，一個臺灣人辦的，都是臺灣地方菜。

　　酒店門外豎了一些牌子，寫的是某某考生的謝師宴席，這期間，長樂市的大小酒店都打出了謝師宴優惠價的廣告。大廳內站了不少人，羅明義和楊本齋找了一個僻靜處坐下，服務小姐過來服務。羅明義說：本齋，見你比見市長難。楊本齋還是常說的那句話：怎麼和你當領導的比？領導一聲吆喝，下面的忙死。

　　又有服務生過來點菜，羅明義讓楊本齋點，楊本齋說：清淡就行，明義你點吧。這些天都把胃吃壞了，盡是酸呀辣的，改改口味。

　　羅明義也不調侃，就要服務員介紹。服務員說了幾道菜，羅明義都要了。

　　羅明義突然發覺這樣挺好的，沒有了虛偽的話語，實實在在，想什麼說什麼，這才是他要的氣氛，才不累。羅明義說：本

齋，好久沒在一起了？

楊本齋說：不短了。

羅明義說：一直想請你，知道你忙。

楊本齋說：不是推你，的確是事太多了，其實，我也想輕鬆輕鬆，都說學生累，家長累，我們當老師的，也一樣累。

羅明義說：你不能算老師，你是領導。不過，班主任老師是累，特別是帶班的。

楊本齋說：是啊，老師也有老師的悲哀。

羅明義說：老師也承受了各方面的壓力，有些教師的心理甚至受到了嚴重的破壞，我看過一個調查資料，百分之六左右的教師因職業因素引發各種疾病和心理障礙。

楊本齋說：不止這個數，比例逐年在加大。

羅明義說：一分為二看問題，學生有良莠不齊，教師也有良莠不齊。學生方面，現在的學生讓教師頭痛，在課堂上做小動作已不是問題，還有早戀，打架，甚至加入黑社會，吸毒，搶劫，一些不該發生在學生和學校身邊的社會問題，都在他們身上存在。

楊本齋說：是啊，現在學生和老師之間的隔閡越來越大，老師的話也不是聖旨，學生想聽就聽，不想聽你就是苦口婆心他也會扔進下水道。說重了，他記恨你，說輕了，沒說。你要是嚴格一點，他還會找些人打你一頓，老師不能罵學生打學生體罰學生，老師完全是憑自己的付出去迎得學生的尊重。而學生呢，可以不做作業可以上課睡覺可以不聽話可以不及格，甚至可以打老師，只要不厲害不出人命。

羅明義說：本齋你說的只是個案，少數學生。

楊本齋說：是，我說的是個別現象，不是普遍。其實，老師也有好大的壓力，學校有各種各樣的理由來讓老師的時間安排得滿滿的，自習早讀家訪，計畫總結教案。有人說老師的工作很不錯，

一個星期也就十幾節課，是，十幾節課，有的甚至幾節課，但老師有些工作是看不見的，班主任就更不用說了。如果哪個老師帶的班，或者哪個老師的課學生考得不好，影響全校成績，輕則罰獎金，重則下崗。而且，還要承受來自社會上的責怪和謾罵，就連亂收費這樣的問題也扣在老師頭上，我在網上看到某省教育廳長競選時的報告，說學生沒有教不好的，只有老師不會教的。聽聽，還是我們的領導，要是外人說了，也許還服氣一點。

羅明義說：本齋怎麼多愁善感起來了？

楊本齋說：是你剛才說到這個話題，我有感而發而已。有不少老師，工資也就二千來元，要是七扣八扣，到手的千把元。明義，你是領導，又是兄弟，我也不把你當外人，學校這些年賺的錢還少？哪裡去了？老師心裡都有一本帳。

羅明義說：這個問題你比我清楚，我不便多說。不過，也要看是什麼樣的老師。責任心強的，一門心思放在學生身上的，比如班主任老師，不能外出兼課，是沒有多少錢。如果有老師外面兼課或帶學生的，那就另當別論了。

楊本齋說：明義說得對，也是事實。我說個最簡單的例子，不帶重點班的老師，不外出兼職的老師，連職稱都評不上，為什麼，因為他們帶的班整體上不去，但這又不是老師的問題，學校分班很嚴格，這個你知道的，好的學生全放在一個班，差的學生又全放在一起，怎麼上得去？儘管這些老師論文也發表了，業務能力也強，可是，他帶的班的成績擺在這兒，怎麼報？所以許多老師奮鬥了幾十年，連個職稱也評不上，悲哀。

羅明義說：是啊，老師也有委屈的時候。老師也是人，不是空氣，更不是神仙。現在啊，那些孩子接受的東西很快，哪怕是小學生，總有一些新名詞，老師要是受不了委屈，還真教不好學生。

楊本齋說：聽說西南省有個地級市的一所中學，教英語的老師給學生下跪，這事影響很大。

羅明義說：是啊，我們就開了會，討論過這件事。

楊本齋說：據說老師下跪的那個學生是個官二代？

羅明義說：官二代也好，富二代也好，老師總該是老師，尊師重教還是要有的，哪怕老師再怎麼樣，尊師這一點，任何時候也不能忘記。

楊本齋說：明義兄的話讓我感動。我雖然沒有在老師的崗位，但我也是老師出身，以後說不定又做回老師。

羅明義說：當今社會裡，老師應該是最令人尊崇的職業。我本人是很尊重老師這個職業的。然而，各種老師和學生的糾紛事件不斷發生，網路上每天都會有很多關於老師如何打罵懲罰學生的事件，於是老師的形象從各個事件中衍生出來一種影響極度不好的社會現象，人們指責對學生辱罵和實施暴行的老師，西南省某地英語老師給自己的學生下跪事件，目的想如此來感化學生的良知，理解老師對他的好，但是此學生不但沒有感到不好意思，反而理所當然地認為，自己交了錢來學校就是應該接受老師的教育服務的。認為老師的職業就應該屬於教育服務業。

羅明義繼續說：事件震撼到我的並非老師給學生下跪的行為，而是學生理所當然的態度，自古以來尊師重道本就是孔子文化傳承下來的一種美德，而今，是什麼樣的環境和教育方式導致了孩子認為老師給自己下跪是理所當然的？又是什麼縱容了孩子凌駕於道德之上而不知好醜？我們國人在孔子文化的傳承上確實太過於淡然，導致現在的孩子連基本的傳統美德都愚昧不知。韓國人說孔子是他們的，為了抗議這種無理的認知，我國人民更應該把孔子文化作為一項重要的教育來薰陶和傳承給下一代。一日為師終生為父，老師是我們在離開家庭因素接觸學校和社會的最重要的引導人之一，縱使當中有著那麼一些莠者，但是老師依然是一個神聖的職業，即使不是老師，任何職業都是應該受到尊重的不是嗎？

　　楊本齋說：事情好像不是你說的那樣，好像是在上英語課時，有兩學生在下五子棋，授課的老師制止不成，反被學生搶走手中的教鞭，並將老師壓倒在地上，聲稱「我下五子棋，影響你上課嗎？」，對老師動起手來。事後，班主任通知該學生家長，並令其在教室當眾道歉，但該學生的道歉缺乏誠意，純粹屬於應付，隨後，班主任又要英語老師說幾句，於是有了驚人的一幕——英語老師突然下跪並大聲對班裡同學說：「我某某是個頂天立地的男子漢，我這雙膝上跪天下跪地，中間只跪我的父母。我今天當著大家的面，向你們下跪認錯了⋯⋯」「老師下跪學生」事件一出，舉國譁然，紛紛議論我們的教育到底怎麼了？原本以傳道、授業、解惑為己任的老師，這個被號稱為「太陽底下最光輝的職業」「人類靈魂的工程師」的教師，怎麼給學生下起跪來？難道我們的教育黔驢技窮了？

　　說著話，菜上來了。羅明義要了啤酒，兩人開始喝酒。

　　一杯酒下去，羅明義說：本齋，這是我第一次有了新發現。

　　楊本齋說：發現了什麼？哪個美女入了你的眼簾？

　　羅明義說：發現你這個人有正義感。

　　楊本齋借題發揮：明義，不是我吹牛，我要是當了校長，我對老師絕不會這樣，至少，我不會讓他們只拿這點可憐的薪水。

　　羅明義說：我相信。我也相信你會有那一天。

　　楊本齋說：借老兄的吉言，敬你一杯。說完一仰而盡。

　　羅明義說：我聽說你在競選你們學校的副校長？

　　楊本齋說：這事你也聽說了？

　　羅明義說：你楊兄的事，我能不關心？

　　楊本齋說：羅兄是領導，要多關心我啊。

　　羅明義說：憑楊兄你的能耐，別說是一個副校長，就是校長也不在話下。

楊本齋說：羅兄不知道，這個位置盯著的人多著呢。據說不下四五個，激烈啊。

羅明義端了杯子說：本齋，真心祝你競選成功。說完一仰而盡。

楊本齋也一口乾了，放下杯子後楊本齋突然說：明義，我和你說過的，李桃，記得嗎？

羅明義說：記得。

楊本齋說：她調我們學校了。

羅明義問：什麼時候的事？

楊本齋說：前幾天，人來報到了，手續和檔案還沒到。

羅明義若有所思：哦。這樣。好好好。

楊本齋說：好好好什麼啊？

羅明義說：恭喜你又有了新的同事，恭喜你們學校又增加了新的力量啊。

楊本齋說：拉倒吧，你以為我不知道，李桃要感謝你。

羅明義回避：感謝我什麼，我又幫不了她。要感謝你吧？

楊本齋說：明義喝醉了，越說越糊塗。

兩人說一會李桃的事，再扯就有是非了，點到為止。又相互喝了兩杯，羅明義喊服務生拿酒過來。

服務生倒上酒，羅明義舉起杯子，說：明義，這杯酒，我格外看重，我要敬你。

楊本齋說：別搞得這麼嚴肅，喝就喝，敬什麼。

羅明義說：你不知道，我敬你，是有理由的。我也不瞞你，為什麼只我們倆，不帶其他人，我有事和你說。

楊本齋說：不就是小孩子們的事嗎，搞得這麼複雜。

羅明義說：小孩子的事不說，今天是有別的事和你商量。我

有兩個鄰居，前不久找到我，也是孩子上學的事。你知道，我雖然在教育主管單位，但我交際沒有你廣，認識的人有限，能辦事的人不多，我只有你這個兄弟。其中的一個，是替他姐姐的小孩找我，那孩子在長樂縣一中讀，今年初中畢業，想進市區來，而且想進四所名校，他給了我二萬塊錢，我也沒動，我也不會動他的。另外一個，是個工薪層，也丟下五千元，也想進名校。你看有沒有把握，這些錢我一分也不要，都給你。

楊本齋說：別說錢的事，你這是打我，知道嗎？

羅明義說：本齋，在你面前我不裝，裝什麼呢。錢也不是給你的，你要辦成事，就要打點，疏通關係，而且，這點錢只怕還辦不到。你有辦法，只管辦，費用的問題，我會和他們說。

楊本齋說：明義兄，你是領導，內部的情況比哪個都清楚。按說，這些指標都是校長控制的，沒有校長批條子，一個也辦不成。我呢，這些年也幫過不少人的忙，也辦成了一些，事在人為。不過，你一下子要我搞四個，只怕有困難。

羅明義說：我知道，但我更相信你本齋的能量，沒有你辦不到的事，只有你想不想辦的事。這也是我借那個廳長的話說。

楊本齋哈哈大笑：明義，你偷換概念，偷換概念。

兩人各又吹了一瓶，差不多了，都說走。羅明義買了單，走出餐廳，楊本齋站住，問羅明義：你小孩子的事怎麼打算？還有你那股份制的小姨子。羅明義說：我老婆替孩子報了你們學校的補習班，不僅報了你們校的，還報了一中和五中的，我那小姨子到現在也拿不出一個主意，一會要進四名校，一會又說國內國外讀的那一種。楊本齋說：不管哪一種，你還是先讓她報我們學校的補習班。不能拖，拖的話，難辦。羅明義謝了楊本齋。

楊本齋還有事，羅明義也還有事，兩人分手。楊本齋發動汽車時，羅明義說行嗎，楊本齋說小case，羅明義要他小心點，揮手走了。

羅明義走了一段路，站住。他撥通了朱銘琦電話。下午，朱銘琦給羅明義打了電話，說是小魯學校開會同意小魯補考，明天小魯就去學校考試。還有，那個叫李純梅的學生和家長也去了她家裡，向小魯和她表達了歉意，非要留下二千元錢，朱銘琦說她沒有要。

　　朱銘琦知道這是羅明義去找了學校，在和小魯交流時，要小魯日後好好謝謝羅叔叔，小魯看起來也挺興奮的，惟有這一次談話，小魯沒和她吵。朱銘琦把這些情況告訴羅明義時，問他晚上有沒有時間。羅明義因為晚上要請楊本齋，就推了。現在，楊本齋沒有別的安排，羅明義自然想到了朱銘琦。

　　朱銘琦接了電話，問羅明義在哪裡，羅明義說在中心公園。朱銘琦說：那我過來？羅明義說：方便嗎？朱銘琦說：方便，小魯在家，我和她說一聲。羅明義說：這樣吧，去南岸賓館，你下樓，我一會就到。

　　羅明義和朱銘琦在賓館待到十一點多，羅明義辦了退房手續，送朱銘琦回家，然後才回去。

　　羅明義在樓下時碰到了羅小義的家教小龍老師，兩人說了幾句，家教老師還想多聊一會，羅明義從內心不想聽家教向他吹噓羅小義如何有了提高之類的話，羅明義一直覺得家教的作用不是太大，只是不想和張小燕作對，才由著她。

　　進了屋，羅小義從書房出來，問羅明義去了哪裡。羅明義說和朋友喝酒。張小燕在打電話，好像是和張小涵說，還是擇校的問題。

　　羅小義有事沒事和羅明義說話，張小燕知道羅小義是在拖時間，離張小燕規定的時間還有半個小時，張小燕叫羅小義進去，羅小義嘟噥，不想進去。

　　羅明義不想張小燕發飆，要羅小義去學習。羅小義說：求求老爸，讓我也休息一會。張小燕搶著回答：不行，明天就考試了，還不抓緊。羅小義只好不情願進去了。

　　羅明義調著電視，沒有好的節目，就關了。張小燕說幹什麼，要他打開，羅明義說：要想讓羅小義聽話，自己先要做好表率，以後少看電視。張小燕按住話筒說：那是的，你在外面瀟灑，我看個電視也要受限制，想得美。

　　張小燕不是和張小涵聊天，而是和表妹聊，羅明義聽出了一點眉目。張小燕在拜託表妹想辦法，看來，張小燕對他沒抱太大的希望。這下倒激發了羅明義的自尊，他認為張小燕是有病亂投醫。不過，話說回來，小棟的事沒辦成，毛毛的事沒著落，羅小義的事也一無風聲，讓張小燕怎麼相信他？

　　要不是謝敏當初說過一句話，羅明義的大話早就說出去了。謝敏在小棟沒被弄進四大名校後，曾對張小北說，羅明義到時一定會把羅小義弄進名校的。謝敏這話沒有說錯，此一時彼一時，當初是當初，現在是現在，羅明義怎麼也得替羅小義想想辦法，這的確關係到羅小義以後的前途。羅明義儘管嘴裡沒說什麼，但他一直在盤算，為羅小義的事暗暗操作，再怎麼說不就是讀一個初中嘛，難道比讀大學還難？就算難，自己畢竟還當了幾年的科長。話雖然這樣說，羅明義心裡明白，現在讀初中讀高中是比讀大學難。不說別的，就說這個擇校，就比大學難多了。羅明義認為，現在的學生，真正讀點書學點東西，還就是在初中和高中階段，為了考上大學，絞盡腦汁讀書，真要是考上了大學，沒幾個學生肯花功夫讀書了，高考之前讀書是為了考大學，考上大學目的達到了，也就完成人生的一件大事，讀不讀又有什麼關係？所以說許多大學生是六十萬歲，他們的時間都用在了娛樂，談戀愛，打牌賭博，還有別的方面。當然，也有真正想讀書的人，有想考研考博的人，羅明義認為，這樣的人決不包括羅小義，也不包括小棟，毛毛，小魯。

　　張小燕的電話總算打完了，她心情不錯，一放下電話，審賊一樣問羅明義：說說看，去哪裡快活去了？

　　這種時候，羅明義一般採取裝傻。羅明義讓自己裝得很遲

鈍，裝遲鈍是他瞞過張小燕的法寶，其特點主要是表現在他的眼睛裡。他會讓自己的眼睛裡沒有一點雜質，很清澈，面對張小燕的眼神，他從不躲閃。張小燕只要看到這種眼神，就放心了。

沒有看出心虛和不安的張小燕，對羅明義說：小郭倆口子來過。

羅明義說：他們以為喝蛋湯呢。

張小燕說：有戲沒有吧。

羅明義說：有沒有戲我也不知道，這是求人家的事。

張小燕說：我不管，你不把羅小義的事弄好，哼。

羅明義說：威脅我？

張小燕說：我威脅，我敢威脅你？你也不想想，這麼多年了，你為我和羅小義辦了點什麼事。要說威脅，我還真威脅你一次，不是說著玩的。

羅明義說：譖，來真的，辦不成又怎樣？

張小燕說：辦不成，別怪我狠，我們……想了半天，冒出兩字：離婚。

羅明義說：這話當真？

張小燕說：當真。發現羅明義話中有話，反問：未必你早有想法？

羅明義說：我有什麼想法，是你說離婚的。

張小燕說：離就離，房子和兒子歸我，你走人。

羅明義笑：搞錯了吧，這房子是我的，兒子姓羅，也是我的，要走也是你走。

張小燕說：可以，給我五十萬，我走。

羅明義從口袋裡掏腰包狀，伸出空手說：給，五十萬。

張小燕一巴掌拍開：想得美。手沒有及時抽回，被羅明義抓住，羅明義一使勁，張小燕倒在他懷裡。羅明義要親他，張小燕臉一紅：要死，羅小義在屋裡呢。

羅明義說：怕什麼啊。

張小燕躲開羅明義：喝了多少酒，一股酒氣。

羅明義要張小燕給張小涵打電話，張小燕問什麼事，羅明義說：要張小涵讓毛毛先去參加二中的補習。張小燕說：這事不知張小涵會不會同意，她好像要讓毛毛去讀三中的國際班，想去加拿大。張小涵的事，一時一個主意，我管不了，要說，你自己和她說去。

羅明義說：這樣，更好，多一事不如少一事。

張小燕說：羅明義，我就知道你不想幫忙，我們家的事，你是能躲就躲，我算是看出來了。

羅明義說：張小燕，你講點道理好不好，是你說的張小涵要毛毛去三中，怎麼又怨起我來了。

張小燕說：你要是有心，就會上心，你這個態度，像是上心幫忙嗎？

羅明義說：好好好，我這就給張小涵打電話。

羅明義撥通了張小涵的電話，張小涵接了。羅明義說：張小涵，二中的招生辦主任，也算是我的朋友，他說先讓毛毛參加他們校組織的補習，你看……

張小涵打斷羅明義的話，說：是不是有把握進去？

羅明義說：沒把握。

張小涵說：羅明義，沒把握你讓毛毛參加他們的補習，你有病啊。

羅明義噎得半天沒做聲，張小涵卻不饒：羅明義，你什麼意思，行不行一句話，別折騰我們家毛毛。

羅明義說：張小涵，他只是要我告訴你，先讓毛毛參加補習，再參加他們的考試，考得好，最好。考不好，下一步怎樣，他沒說，我也沒問。要我表態，我表不了，我想，他應該有數，不然不會讓毛毛去參加補習，我們家羅小義也參加。話，我說清楚了，去不

去，是你的事。

　　張小涵聽著不高興：羅明義，你吃了豹子膽，敢這樣和我說話，你不想活了。

　　羅明義說：你要我怎麼說？

　　張小涵說：長能耐了，好聽一點的話不會說啊。

　　羅明義說：那要我騙你⋯⋯

　　張小涵叫：羅明義。

　　羅明義刺激她：張小涵，你該找個男人管管了，火氣太大，失調。說完掛了電話。

　　羅明義想殺殺這個不知天高地厚的姨妹子的囂張，他正在得意，張小涵的電話進來了，羅明義沒接。一會，電話又進來了，羅明義還是沒接。羅明義在竊竊暗笑，對張小燕說：你這個妹妹，殺殺她。話音剛落，張小燕的電話響了。

　　張小燕接了，交給羅明義：你等著挨罵吧。

　　羅明義硬著頭皮接了，他已經聽到張小涵在電話中的火爆聲，決定先發制人：張小涵，我怕你了，我答應你，毛毛的事，我爭取做到位。滿意了吧？

　　張小涵說：不滿意。進了實驗班，我就滿意了。

# 第十九章

# 四減三等於五

張小燕陪羅小義去一中參加考試。

考生分高中區和初中區，昨天補習結束後，學校給每個學生髮了一張紙條，上面寫明瞭學生的教室、座次、考號，沒有這個條子的一律不准進入學校。羅小義憑條子進了學校，張小燕在學校外面等。

參加這次考試的有幾千人，也不知道是小學生多還是初中生多，學校外聚集了成百上千的家長，家長們相互交談。

張小燕在人群中發現了幾個羅小義同學的家長，自然在一起聊了起來。從孩子的學習成績聊到上網，再聊到擇校，擇校是她們最關心的問題。

有個家長說：沒想到會有這麼多人，比高考還熱鬧。

另一家長說：可不是，為了孩子能考進去，我們打仗一樣，什麼才是個頭。

張小燕說：聽說外地的也來了不少，十四地市都有。看到沒有，今天來考試的學生，少說也有五六千人吧。

有家長擔心：只怕不止。競爭激烈啊，不知我那小孩能不能考進去。

站在張小燕身邊的家長說：考不是主要的，聽說還是要有關

係。就算是考上了，也要一筆不少的擇校費，因為有人盯住擇校費的問題，還只能說是贊助。

張小燕說：那是沒辦法的事，只要能進，管它擇校費還是贊助費。我們不能幫孩子讀書，就這一點能幫到孩子，只要收我孩子，多一點，我也認了。

一家長說：都是這種想法，我們隔壁有一家，不讓孩子參加畢業考試，怕派位，檔案進了別的學校拿不出來。他家有的是錢，他就是砸錢也要讓孩子進名校。

另一家長問：那他的孩子來參加考試沒有？

一家長說：沒有，聽說他已經找好關係了，錢都交了。

張小燕說：有關係的早就到位了，哪像我們有病亂投醫。沒有關係，只怕考得好也不一定進得了。

又有幾個家長絜一堆來，參加他們的討論，大家都擔心孩子進不了名校。

一個本來就在一中讀書的學生家長說：我孩子在一中初中畢業，她本來可以直升的，因為畢業考試沒達到一中錄取線，只好再考，還要交錢。

張小燕說：不是在一中讀嗎，怎麼還要交擇校費呢？

那家長說：也不知是哪個缺德的想的辦法，達不到學校錄取線的，一律重新考試，還要交錢補習，這不是變相收費嗎？

一家長說：原來是可以直升的啊？因為你們的孩子進一中時，已經交過一次擇校費了，如果這次還要交，不是重複交嗎？

那家長說：以前是可以，今年好像不行。以前只要參加考試，不過，只能讀普通班，不可以進實驗班。名校的普通班與實驗班可是天壤之別。

張小燕說：那是，進了實驗班就等於進了保險箱。

那家長說：可是今年全變了，這些該殺的。

一家長說：罵也沒用，他又沒要你來，再說，哪裡都一樣。

另一家長說：也是，長樂市就四大名校，生源那麼多，不俏才怪。

一家長說：要是憑我的脾氣，偏不進名校，可是，這是跟自己較勁，害了的還是孩子。畢竟名校的師資、教學硬體就是比普通高中要強，名校的老師還真有兩把刷子，普通學校還是用黑板粉筆，名校早就用多媒體了。

張小燕說：主要是學習的氛圍濃些，學生基礎好，孩子在這樣一個氛圍中，有緊迫感。再說，這也是孩子的一筆資源，這批學生我相信能在各行業中冒尖，一說起，同學啊，高中的同學，這個多硬紮。現在不就是講究個資源嗎？

家長們都說：是是是，這也是一個因素。

一家長歎氣：我孩子成績一般般，只怕是難得考上。我們一沒關係，二沒錢，只望菩薩保佑孩子能考出好成績，不然，怕是沒有書讀。

有家長寬慰：書是有讀的，現在，只要花錢，就能讀大學。

張小燕說：那樣的大學讀了也沒用，出來還不是找不到單位。你們不知道，我們單位招人，不是西南大學畢業的，不要。我們是一個什麼單位，不大不小的企業，出苦力的，也要高文憑才能進來。

一家長說：文憑有屁用。可是，哪個單位都要看文憑，不看實際能力。你有能力，沒文憑，也是白搭。你有文憑，沒能力，也是吃香的。就這樣。

有家長說：要那些名校的文憑才有用，一般的文憑，還不是到一些小店子小廠子打個雜，跑跑腿。

張小燕說：我上次看電視，兩個漂漂亮亮的女大學生，應聘到一家私人店子打工，做了半年，沒拿到一分錢。最後說不合格開除了，兩個大學生找老闆討要工資，老闆說她們是試用期，沒有工

資，管吃就不錯了。大學生反映到勞動仲裁委員會，可是沒有簽訂合同，還是沒搞贏。

一家長說：我也看了，當時就氣得罵那老闆不是東西。這就叫逼良為娼，兩個漂漂亮亮的大學生，要是去坐台，哪裡有這樣的遭遇？還不痛痛快快賺錢。

另一家長說：這還算事？大學生被人販子賣了的都有。你說，這書不是從屁眼裡讀進去的？

一家長說：這只能怪人販子太惡毒了。有些大學生找不到事做，去當了和尚，我們老家有一個大學生，畢業好多年都找不好單位，最後去做了和尚。

張小燕說：到我兒子這一代，他們男女比例嚴重失調，如果不考個重點大學，只怕連老婆都找不到，只能去做和尚了。

一家長說：原來說奧數成績好的，可以免試進入名校，從一年級開始，我小孩就參加各種奧數班的培訓，市里的證書也拿了不少，我把這些證件帶到幾個名校的招生辦，他們說奧數的獲獎證書只能起個參考作用，最終還是要通過他們學校的考試，這些證也沒用了。

張小燕說：我小孩每年也參加了奧數培訓，那些奧數班做的宣傳廣告說得好，只要奧數過了關，一條腿也就進了名校。也的確有一些奧數尖子，比如拿了世界冠軍的，拿了全國冠軍的，是有些推薦到了北大清華，可是，全國十萬個裡才有幾個，長樂市四大名校這些年也保送了一些，畢竟鳳毛麟角，那有多難。

一家長說：說起奧數，我就有火，剛開始，我也讓孩子參加了，後來孩子不感興趣，我們就打他，逼他。有一次，孩子做作業，一道題做不出，問他爸，他爸哪裡做得出？問老師，老師也做不出。我帶著孩子問了好多老師，都說不知道。最後還是孩子去了學奧數的地方，才知道。4-3=5。你們知道做嗎？

大家想了半天，都不知道。

一家長說：在我們的思維中，這是一道不可能成立的數學題，可是，奧數題中，這些稀奇古怪的題，太多了。

大家問這道題到底怎樣做，那家長解釋：一個四邊形減去一個三角形，等於五個角。

有人拿出筆來做，做來做去，有了多個結果，有五個角，也的七個角，也有四個角，還有六個角，還有八個角。都覺得這種奧數題無聊極頂。

有一個家長說：還有更無聊的。有一道奧數題：1+1=3。一個男人和一個女人結婚，生了一個孩子，等於3個人。

有人說：可以是4，也可以等於5，還有生了6胞胎，那不等於8啊。

有人說：真是無聊。這是腦筋急轉彎。

張小燕說：我小孩每次回來都說奧數題難學也難做，不想學，我就逼，以前，小學生升初中都考了奧數題，不學，要是考試有奧數題，不就落分了。

有家長說他的小孩還報了二中，五中和師大附中。

所有家長都說自己的孩子也報了，而為什麼要報，理由都一樣：碰運氣，說不定題目不一樣，運氣好趕上那些題以前做過的。

一個家長說：聽說二中出事了。

有人問：出什麼事了？

那家長說：我們單位同事的小孩在二中讀高二，他們是寄宿生，一個宿舍住了八個學生，其中有一個學生成績差一點，其他學習成績好的有點瞧不起他，經常恥笑他。那個學生也有點自卑，越發不和他們來往，關係很僵。前天晚上，那些同學晚自習回宿舍，又恥笑他，那同學再也受不了了，拿出一把水果刀捅了兩個學生，一個捅死，一個重傷。

張小燕問：有這樣的事？我老公為什麼不知道？

那家長說：聽說封鎖了消息，一般的人不知道。

大家倒抽一口涼氣。有人擔心：我們的孩子碰到這種情況，不會亂來吧？

有人說：要是我們的孩子跟不上，那些成績好的，不會也是這樣恥笑嗎？

都有點擔憂起來。

下午，小升初的考試全部結束，羅小義出來時，已經是下午的四點鐘了，張小燕沒有直接帶羅小義回家，她打電話給羅明義，說她和羅小義不回家吃飯。張小燕帶羅小義去了一家肯德雞店，這家店子就在一中附近。吃肯德雞是張小燕早就答應了的，三個補習點，每個補習點考試後去吃一餐肯德雞。

吃完肯德雞回到院子，張小燕說有點事去，要羅小義回家做作業。張小燕辦完事回到家，見到羅小義坐在電腦前，氣不打一處來。她一聲尖叫：羅小義，你個小雜種，看老子不打死你。

羅小義顯然害怕，停住雙手，怯懦地望著。

張小燕怒氣衝天走近羅小義，羅小義已經用雙手擋住自己的頭，等待張小燕的巴掌下去。

張小燕用力打了兩下，故意沒打著，只是用手指頭碰了碰羅小義的手臂。又故意去找棍棒或尺子什麼的，想嚇唬羅小義，要他快點下電腦。羅小義眼睛跟著張小燕走，人卻坐在電腦前不走開。

張小燕非常清楚，這種情況下，不能來硬的，因為她太明白羅小義的個性，寧願挨打，也不會屈服。所以，她不直接來硬的，裝樣子去找個什麼東西緩解一下。如果羅明義在家，她會毫不猶豫找來道具，上去就是一頓打，因為她知道羅明義會來圓場。今天，她觀察到羅小義是做好了挨打的準備。張小燕要考慮一下，過幾天又要補習，她不能泄一時的氣憤，壞了大局，再說，這兩天還要羅小義複習好。

　　張小燕找了一圈，沒找到東西，又折回來，走近羅小義，手舉過頭頂：你下不下來？

　　羅小義嗖地站起，走到客廳沙發上坐下。張小燕又跟到客廳：又往這裡一坐。羅小義帶哭腔：那你要我坐哪裡？張小燕說：複習去。羅小義沒動，張小燕凶：聽到沒有，去複習，下午喊小龍哥哥來好好補習一下作文和數學。小龍哥哥是羅小義的家教老師。

　　下午，張小燕把小龍喊了過來，小龍是西南大學大二的學生，是張小燕通過網上介紹請來的，剛開始，羅明義並不同意，認為小龍才上大學不久，怕教不好。張小燕說小學的東西有什麼教不好的，她主要是考慮到課時便宜一些。試了一節課，羅小義說可以，就留下了。

　　羅明義下午替小魯去落實了學校，他到了上次在諮詢會現場遇到的那個女老師的學校，找到她們校長。羅明義和校長熟悉，說了小魯的情況，校長答應考慮一下。上次小魯補考成績並不好，由於羅明義的作用，學校讓小魯畢業了。名單也報到了區教育局，羅明義疏通一番，事情順利辦成。

　　晚上，羅明義回家，張小燕向他反映羅小義的事，羅明義說是張小燕的問題，張小燕不樂意，說羅明義比豬還豬。

　　張小燕問羅明義，說她上午聽到有人說二中出了事，有學生被同寢室的學生殺死了，是不是有這回事。羅明義問是聽誰說的，張小燕說別管誰說的，是不是有這回事。羅明義說有這回事，由於事件敏感，一直沒有對外公開。張小燕問怎麼處理的，羅明義說知道那麼多幹什麼。張小燕說只是問問，又不會亂講。羅明義告訴她，行兇的學生並沒有滿十八歲，但滿了十六歲，新的法律好像十六歲就要承擔民事責任，學生的監護人，一方是學校，一方是家長，都有責任。賠了六十萬，才堵住死者家屬方的嘴。張小燕問誰出的錢，羅明義說：學校四十萬，家長二十萬。

張小燕有點擔心起來，羅明義趁機說：所以啊，我不贊成羅小義硬要進名校，也是出於這些因素。寧為雞頭，不做鳳尾。羅小義要是在普通學校，成績好，適合培養他的個性，要是在名校，成績不好，不僅跟不上，還被同學恥笑，自尊心和自信心都將受到打擊，這不利於培養孩子。

　　張小燕說：少來，我就知道你會大做文章。這事，螞蟻子坐沙發，彈（談）都不彈（談）。

　　羅明義說：你還別不信，我真擔心小棟，小棟現在的確讓人不放心，因為壓力和其它因素，要是也有這樣的同學去刺激他，難免不出問題。

　　張小燕一連串的呸呸呸後說：羅明義，你太歹毒了，你咒小棟。

　　羅明義說：還是張小涵敢說。我不過是提醒你這個愛姑，平時小棟愛姑愛姑叫得親，你不關心關心小棟，我敲敲邊鼓，你有意見了，好心當成驢肝肺。

　　張小燕不做聲，在小棟的問題上，張小燕明白羅明義一直是挺關注的，他這樣說也是出於一片好心，只是她不允許羅明義這樣說。張小燕其實也是關心小棟的，但越是關心，就越容不得有人說他，特別是羅明義，雖然說的對象是小棟，但張小燕最容易把羅明義的觀點和羅小義結合起來，對小棟是這個觀點，對羅小義也會是這樣的。每次，只要是羅明義說到小棟毛毛，張小燕就比較敏感。

　　趁羅明義洗澡的間隙，張小燕撥通了張小北的電話。張小燕先是問了小棟補考的情況，又問了小棟的精神狀態，再是問了小棟的心情，張小北問張小燕想說什麼，張小燕說只是問問，沒什麼。

　　小棟補考還是有兩門功課沒有達標，謝敏為此說了小棟，小棟並沒有吱聲，謝敏似乎不過癮，一直嘮叨個沒完。小棟受不了，對謝敏第一次發了火：就你囉哩巴嗦，你以為讀小學，這是高中課

程，和小學完全不一樣。我們班上，不及格的一大堆，他們的父母都要是像你一樣，還要不要人活啊。說完衝進自己的房間，重重關了門，再反鎖了，一個人關在屋子裡，一個晚上也沒有出來。

張小燕知道這個情況後，她也發現問題有點嚴重，對張小北說：張小北，你說說謝敏，要她別這樣對待小棟，謝敏的做法，有時候我都看不下去，小棟又不是不聽話的那種，他努力了，但他只有這個天賦，再逼，只怕也無濟於事。張小燕本想說再這樣逼，只怕會出事，但話到嘴邊，她改了口。

張小北也是反感謝敏的那一套，但他拗不過謝敏，他不想在小棟面前和謝敏吵，要是自己和謝敏吵個沒完，小棟就真的沒法待下去了。

張小燕向張小北說了二中學生捅死人的事，一再叮囑張小北多和小棟溝通，多陪陪小棟。由於工作關係，張小北經常在外面應酬，對小棟過問少，張小燕要張小北多陪陪小棟，也是有所指。

羅明義洗完澡出來時，張小燕和張小北通完了話，羅明義自己在陽臺洗衣服，張小燕則輕輕打開書房的門，羅小義和家教小龍哥哥坐在大板桌前，小龍哥哥在講課，羅小義嘴裡含著筆，搖頭晃腦。張小燕看了一會，本想上前制止羅小義的，最終沒有進去。

羅小義的分數出來時，他已經在二中上了兩天的補習了。分數用紅榜公佈在一中的宣傳欄中，是張小燕去看的。

那天的早晨，張小燕早早起來弄了吃的，才喊羅小義起床。因為昨晚上睡得晚，羅小義還在賴床，張小燕喊了幾遍，羅小義都沒能起來。張小燕就拍拍羅小義屁股，說遲到了，羅小義一彈坐起來：遲到了？

張小燕說：快七點了，還不起來，真的要遲到了。

平時，羅小義一般在六點就起床，要是早的話張小燕規定還要看會書，然後趕到學校早自習。今天不需要早自習，七點五十分到校就行。因為二中離家較遠，又沒有直達車，幾次都是打的去。

張小燕把羅小義送到學校後，自己去了一中看分數。

　　趕到一中時，宣傳欄前站滿了人，張小燕擠不進去。好不容易擠進去了，又找不到羅小義的名字。

　　前面幾張，是成績最好的，滿分三百六十分，最高的分數三百五十三分，第一名只扣了七分，最低的分數三百二十分，這一組裡沒有羅小義。後面幾張是三百二十分至三百分，這一組也沒有羅小義。接下來是二百九十九分至二百八十分，也沒有羅小義。再接下來是二百七十九分至二百六十分，在這一組中，找到了羅小義的名字。二百七十一分，這是羅小義的得分，張小燕覺得腿一軟，差點坐下來。

　　張小燕估摸著三百分以上的有一千多人，三百分以下的，也有一千多人，張小燕覺得沒有必要再看，她走出人群，心裡空落落的。進名校的夢已經破滅。

　　張小燕莫明地煩躁起來，儘管她並沒有抱太大的希望，可是，一旦真要面對現實，她有點難以承受。沒有考上，就意味著要交幾萬塊錢，即便能交幾萬塊錢，並不意味著就能進去，這是一個不對等的公式，張小燕不知該如何去解答這個公式。

　　張小燕給羅明義打了電話，告訴了他羅小義的成績，羅明義卻輕描淡寫地說：咳咳，意料之中，情理之外。張小燕卻不幹，她總算找到一個發洩的對象：羅明義，你什麼意思？幸災樂禍？你真是沒勁。

　　羅明義說：已經是這樣了，還能怎樣？要我哭你就高興？

　　張小燕說：我就知道，你沒安好心。

　　羅明義說：廢話，我未必就不希望羅小義考出好成績？你說，急有什麼用？再說了，不還有二中五中嗎？我可說好了，你不准對羅小義怎麼樣，好好地讓他把後面的考試考好。

　　二百七十一分肯定是進不了一中，一中是沒有指望了。張小燕想不通，想不通的是羅小義並不是讀不得書的人，他是沒有把

心思放在學習上。如果羅小義拿出一半的心思放到學習上，他絕對是班裡前十名，年級前一百五十名。這是老師的話，張小燕聽到心坎上去了，他認為羅小義有這個潛力，前提是：只要他努力。可是羅小義沒有努力，張小燕這樣認為，老師也是這樣認為的。羅小義努力了，沒有結果，也許張小燕會好受些，家裡的投入不比別人少，自己的付出也不比別人少，最後的結果是這樣。張小燕曾經和羅小義討論過，也和羅明義討論過，羅明義注重的是過程，張小燕注重的是結果。羅明義和羅小義談話時說只要努力了，結果不好不怪他，張小燕則不同，對羅小義說：說一千道一萬都沒有用，我只看你結果。兩人的談話，羅小義都答應得好好的，可是，羅小義既沒有好過程，也沒有好結果，張小燕怨羅小義不爭氣，也怨羅明義灌輸一種消極思想，越想越生氣。

數學一百一十分，語文七十六分，英語八十五分。羅小義的成績在張小燕腦子中揮之不去。英語是羅小義的長項，考得這樣差，還有語文，如果按百分制，不及格。語文歷來是羅小義的弱勢，張小燕更加堅定了決心，一定要把羅小義的語文補上去。

羅小義的這個分數，比他畢業考試還要差，張小燕也知道，一中的考試，肯定很難，但再難，張小燕也沒想到會是這樣。參加了一個星期的複習，題目又是複習資料中產生，張小燕想再難也不至於考得這樣差。

張小燕的信心在動搖，她對羅小義在二中的考試懷疑起來。張小燕不再相信憑考試能給她帶來希望，她把寶押在了羅明義的身上，她覺得有必要正經八百和羅明義討論這個問題，有必要把這個事情當作一件大事列入羅明義的議事日程中，有必要和羅明義講清楚，不惜一切代價把羅小義弄進四大名校中的其中一所，而且要有倒計時。

到了晚上，張小燕安排好羅小義的學習後，和羅明義攤牌。張小燕說：羅明義，我這是正經和你談話，你不能應付我。如果你要是應付的態度，一是別怪我不客氣；二是說明你這個人沒有一

點責任心，連自己兒子的事都不負責任。

羅明義很輕鬆，玩笑說：這麼嚴肅，和我們單位領導一樣。說吧，我聽著。

張小燕說：你聽不聽，聽進去或聽不進去，我管你不著。有一點，羅小義進哪個學校讀書的問題，我是要管的。羅明義，我告訴你，除了四所名校，羅小義哪裡也不去。

羅明義說：我又不是開學校的，我說了不算。

張小燕說：你是管學校的，在裡面混了十來年，兒子讀書的事都擺不平，你還好意思跟我較勁。那天我在諮詢會現場，你知道人家是怎麼說的嗎？「不是誰想進去就能進去的。」你聽聽，你聽聽，當時啊，我真恨不得找個地方鑽進去，我都不好意思說出羅小義的分數。

羅明義說：人家又沒有說錯，你生哪門子氣，的確不是想進去就能進去的地方。

張小燕說：我不管，羅小義進定了，你自己看著辦。為了讓羅明義相信自己的決心，張小燕從一個包裡翻出諮詢會上收集的所有資料，一張一張撕破，撕給羅明義看。一邊撕還一邊數落羅明義：我要讓你死了這條心。你不答應是吧，不答應羅小義沒書讀不怨我。其它學校我是不會考慮的，不是一中就是二中，不是二中就是五中，不是五中就是師大附中。我就是要看看羅小義能不能進這樣的學校。

羅明義無奈，任憑張小燕絮絮叨叨，從來沒見過張小燕有如此強烈的欲望，也從來沒見過張小燕如此像一個小市民，如此淋漓盡致地表現出一個小市民的喜怒哀樂。羅明義不認得似的望著張小燕，他想從張小燕的表情中讀出一點什麼，然而，他什麼也讀不出。

雖然張小燕的情緒有點膨脹，羅明義並不認為張小燕是一個市儈之徒，應該說她也是出於無奈，都在想辦法往裡面鑽，偏偏

你羅明義不急不緩。在張小燕的眼裡，羅明義你是堂堂正正的一個男人，是家庭中的頂樑柱，做事要頂天立地，不能婦道人家樣前怕狼後怕虎，沒個主意。她對羅明義的態度是羅明義對待羅小義的態度，至少你要盡心盡責去辦，你盡到責任了，實在沒辦成，她絕對不會說半句廢話。

張小燕的想法，羅明義並不是全明白，當然，羅明義有羅明義的想法，他認為任其自然，凡事都有一個自然，違背了自然規律，就會出問題。更主要的還是，羅明義並不認為進了名校就好，要根據學生自身的特點，選擇適合的學校，說明了就是量體裁衣。羅明義一直覺得，羅小義不適進名校，一是羅小義的基礎並不牢固，學習自覺性沒有那麼強，上進心也不是那麼好，儘管他聰穎，活潑，但他具有一定的惰性，不適合待在那些尖子生成堆的地方，會影響到他今後性格的培養。從另一角度來說，羅明義覺得羅小義更適合在普通學校學習，這樣有利於培養羅小義的自信，羅明義不認為一次考試就能決定一個人一生的命運，然而自信卻很重要。至於張小燕說的社會資源一說，羅明義更不贊成，社會關係固然有它的存在性，但不是決定性，一個人要有成就或發展，主要的是依靠自信，一個人連自信都沒有，有再多的社會關係，也無濟於事。羅明義自己不是那種會求人的人，他也不希望羅小義今後也靠一種社會關係去生存，他需要的是一個有創造性，有自信心，有活力，有堅定意志的羅小義。

和張小北一樣，羅明義也是拗不過張小燕的。張小燕只要一較勁，結果是他輸張小燕贏，他在很多問題上都輸給了張小燕。與其這樣，還不如稱了張小燕的意。

羅明義決定為羅小義的事，再去找找楊本齋。反正，老王、小郭和毛毛的事也還是要找他的。

# 第二十章

# 暗箱操作

　　羅明義親自帶羅小義去二中上課，羅小義要補一天，羅明義就得陪一天。

　　羅明義去陪讀的目的，是想和楊本齋聯繫。順便，羅明義也想看看李桃。

　　羅明義打了楊本齋電話，楊本齋接了。羅明義說有事找他，楊本齋也說正好要找羅明義。羅明義問楊本齋在哪裡，楊本齋說他在學校，羅明義問楊本齋具體在哪，現在過去方不方便。楊本齋說他在招生辦，要羅明義暫不要去找他，反而安排羅明義先去校門外找一家茶館或是洗腳城，他還有點事，辦完就去找他。

　　羅明義在學校附近找到一家洗腳的休閒中心，休閒中心很講究，也高檔，羅明義要服務員安排一間兩人的房間，一邊看電視，一邊等。

　　大約等了一個多小時，楊本齋打他電話，問他在哪。羅明義告訴了楊本齋地方，楊本齋說一會就到。

　　不一會，楊本齋到了。服務小姐進來，問有沒有熟悉的技師，羅明義說本齋有熟人嗎？楊本齋說喊99號吧。羅明義說隨便，楊本齋說：找最靚的來。服務員出去，楊本齋就說：明義兄來學校也不提前打聲招呼，我們好組織老師夾道歡迎啊。羅明義心想我來了你還晾了我一個多小時，我給你提前打招呼，你不得

躲起來？嘴裡卻說：哪敢勞駕楊大人，我也是送孩子來學習，就想起了楊主任，所以就打你電話。不是你說有事要找我，我哪敢浪費你的時間？

楊本齋哈哈一笑，說：明義見外了不是，你我是什麼關係？來了學校，要是不打我電話，那我可是有意見的。也不讓羅明義說，又說：見過李桃沒有？她今天有課，好像是高中部的數學和英語。

羅明義裝做驚訝：她都上課了？

楊本齋說：是啊，上了幾天的課了，其實，也是試用吧，看看她的教學水準和個人能力。不過，據反映還不錯。

羅明義說：本齋應該出力了吧？

楊本齋說：不關我事，我是看熱鬧的。

羅明義問：本齋這話是什麼意思？怎麼成了看熱鬧的人了？

楊本齋說：我一個小嘍囉，不看熱鬧，還能幹什麼。不過，明義兄，我說句不該說的話，這女人，還真不簡單。你那老領導親自寫條子，還親自出面和校長吃飯。不簡單吧？

羅明義不想說這些，楊本齋意識到自己剛才的話荒唐了，有點難為情。他很清楚羅明義和邵副廳長的關係，估計也知道李桃是羅明義介紹給邵副廳長認識的，想到這一層後，楊本齋有點難堪。羅明義心裡也有點不舒服，他和李桃或多或少有一點糾葛，這一點楊本齋是清楚的，既然清楚，還在他面前放肆，不是楊本齋腦子有問題，就是他楊本齋根本沒把你羅明義放在眼裡。

然而這時候，羅明義並不想讓楊本齋尷尬，只好敷衍塞責。

服務員端來了洗腳水，楊本齋立即和服務生開起玩笑來。

羅明義緘默，閉目養神。

洗完腳後，服務生要退出房子，楊本齋意猶未盡，和服務生繼續說些曖昧的話。　羅明義掏出煙，一人點上一支，楊本齋安靜下來，和羅明義閒聊著。

羅明義本來是想說說羅小義的事的，現在反倒不好意思開口了。楊本齋看出來了，說：明義，你找我，是不是小孩子上學的事？這事你放心，我有安排。

羅明義很被動，口口聲聲謝謝。楊本齋批評羅明義：明義兄，你見外不是？你的事，就是我的事。多餘的不要說，我們就說說如何操作。

楊本齋給羅明義丟過來一支煙，點上火後說：你那幾個鄰居的小孩都來我們學校參加補習了嗎？

羅明義說：按你說的，他們都來了，我小姨子的也來了。

楊本齋說：是這樣，過幾天就要考試了，這事還是挺急的，我們學校已經錄取了一批，這次考試再錄取一批，還有一批關係戶，你應該清楚，現在找校領導根本就沒門，三個月以前，所有的校領導關了手機躲起來了，崑找得到他們。

羅明義說：既然找不到校領導，這事就複雜了。

楊本齋說：所以說這事還挺著急的。

羅明義有點灰心，他不是沒有考慮到這些因素，哪一年都是這樣，一些學校領導，特別是這些名校的領導，哪個不是東躲西藏的？找個賓館，一住就是幾個月，都在賓館辦公了。只有身邊幾個親近的人知道他們在哪裡，知道他們新的手機號。羅明義估計，楊本齋雖然是招生辦主任，他未必知道學校領導在什麼地方。

楊本齋的話進入了實質：明義，這事也不難。我有辦法。找校長的人太多，我就通過別的關節，只是費用方面還是要一些的。

羅明義說：現在是這樣，這個我能理解。而且小郭和老王也給了我費用，我都給你。我的和我小姨子的，也沒有問題，只要本齋兄能辦成，花點錢，也是對孩子負責。

楊本齋說：明義兄懂遊戲規則，就怕別人不理解。現在，沒有二三萬塊錢，進二中是困難的。這還是你的事，別人的，沒有這個數，辦不下來。說著他伸出五個手指頭。

羅明義說：知道本齋兄有面子。

楊本齋連忙糾正：不是我有面子，是你羅大人有面子，哪個不賣帳？

羅明義臉一紅，知道楊本齋說的不是真心話，還是說：謝謝本齋兄抬舉。不過，本齋，你看到底要花多少，給我一個明確數字。我的沒有問題，我小姨子的也沒有問題，小郭我想問題也不大，只是老王家有困難，我怕他拿不出來。

楊本齋說：明義你太善良，我們總不能墊錢替人家辦事，這錢不是我拿，我也要打點相關人員。

羅明義說：這個我知道，本齋你能幫忙已經很感激了，還要你破費，那是我們不對了。老王那裡，我回去就和他說。

楊本齋說：道理我不多講，你回去後把情況告訴老王，說嚴重點。行就弄，不行，就算了。至於具體費用嘛，明義你的就算了，其他的一律三萬。

羅明義心裡格登了一下，還是說：我的也不能免，免了我的，我沒法向別人交待。

楊本齋說：明義，你太實在了。這些暫不說，明天你給我電話。沒什麼問題的話，我們中午或是晚上見面。

從二中回來，羅明義一直在猶豫。晚上，他和張小燕說起了這事。

羅明義說：二中有一個招生辦主任，他說可以把羅小義弄進他們學校，不過，要三萬元活動經費。

張小燕說：三萬啊，真會要。

羅明義說：別的學校也差不多，這個數字他也沒亂要。

張小燕說：擇校費呢？

羅明義說：擇校費照出。也是三萬。

張小燕說：冤枉錢。要是考得好，這錢就不要出了。

羅明義說：也可以不要出啊？

張小燕說：不要出，你有辦法？

羅明義說：去別的學校不就不要出了。

張小燕說：放屁，別的學校就不出錢了？你還是教育局的，你查查，現在哪個學校沒收擇校費？

羅明義不做聲。

張小燕說：少點不行啊？

羅明義說：怎麼行啊，我怎麼說得出口啊，我怎麼也是他們的上一級。

沒讓羅明義說完，張小燕打斷：別說了，我都替你臉紅，還領導，就你這樣的，連兒子的學校都搞不定，你就等著出錢吧。羅明義，你聽清楚了，這錢，我沒有。

張小燕又問：那毛毛的事呢？

羅明義說：也是三萬。

張小燕說：我是說進不進得去。

羅明義說：他說可以。

張小燕問：那老王和小郭他們呢？

羅明義說：也是三萬。

張小燕說：老王那裡你要和他說清楚，他只怕捨不得花這錢，他要是願意，你要說清楚這錢不是你要，是對方要的。別讓老王埋怨說是你在其中做手腳。

羅明義說：我開不了這個口，老王這個情況，老婆下崗，自己打點零工，賺個錢不容易。

張小燕說：你還能管這麼多？比老王差的人大有人在，哪個不是這樣？你以為我們就比老王好？也是省吃儉用從牙縫裡攢下來的。

羅明義說：總比老王好一點。

張小燕說：那是你不知天高地厚，你看看別人，哪個不比你強？

羅明義開玩笑：老王就沒我強。

張小燕急得直跳：出息。

羅明義說：我對對方還是有點擔心。

張小燕說：你擔心什麼，是不是有什麼話不好說？

羅明義說：我總感覺他有點不靠譜。哦，對了，他今天和我說，要我介紹邵副廳長和他認識。

張小燕說：他想認識邵副廳長幹什麼？

羅明義說：不是蠻清楚。不過，好像他最近在競爭學校的副校長。還有，他有個朋友想進教育系統。

張小燕說：人家還知道利用你戰友的關係，你呢，自己崽的事也不知道要去找找人家。沒卵用的東西。

羅明義說：人家是人家，我是我。

張小燕說：能耐。你為什麼不去找找邵副廳長，請他幫忙，三萬塊錢不就省了嗎？

羅明義說：這點小事也去打擾他，萬一有個什麼大事，就不好說了。

張小燕說：羅小義的事還不是大事？我就不明白了，在你心目中，什麼才算是大事？

羅明義說：我是說不好老去麻煩人家，我進教育局，不是他幫忙，我哪裡進得去。再說，我們平時又去得少，一有事就去找他，我做不出。

張小燕說：平時總提醒你，要你多去走動走動，好像要了你的命，關鍵時候，你又不敢去。腳步為勤，走親走親，不走怎麼親。

說一千道一萬，張小燕是不想出錢。羅明義本想把楊本齋不要他交錢的意思告訴張小燕，但還是沒說出口，他不想欠楊本齋的人情。任何時候，羅明義都不想欠楊本齋的人情，只能是楊本齋欠著他的人情。

張小燕說了，錢她是不負責的，幸好羅明義的私房錢中還有一些，三萬元對他來說，不困難。在家裡，張小燕是一世界，羅小義有時是第二世界，有時是第三世界，羅明義就不一樣了，基本上是第三世界。家裡的政治、經濟、外交、決策、行政大權都在張小

燕手中，有些話羅明義必須得和張小燕說清楚，免得到時張小燕
賴帳。羅明義說：這三萬元我想辦法，擇校費我就沒辦法想了。張
小燕說：你只要想辦法讓羅小義進了四所名校中的一所，那些問
題我自然會考慮，不要你操心。羅明義玩笑：也包括這三萬元？張
小燕說：你那句話，螞蟻子坐沙發。

羅明義說還要到小郭和老王家裡去坐坐，就下了樓。

他先來到了小郭家，小郭不在，小郭愛人在家。見了羅明義，小
郭愛人熱心招呼，遞煙，泡茶，又打小郭電話。小郭說一時半會回不
來，羅明義也不想久坐，他要小郭回來後打他電話，就起身告辭。

羅明義又來到老王家，老王倆口子剛散步回來，見了羅明義
就像見了市長一樣，也是遞煙，一邊遞一邊說煙太差了，拿不出
手。羅明義接了煙，又接過老王愛人端過來的茶，倆口子手忙腳亂
地忙活一陣，不知要幹什麼，羅明義說坐，倆口子恭恭敬敬坐在羅
明義邊上，好像客人不是羅明義，而是他們自己。

說了一些不痛不癢的話題，都不往小孩升學的話題上說。

時間過去有一會了，坐下去也不是個事，羅明義有意往升學
這方面引，可老王就是不說，只是說著一些恭維的話。羅明義聽
著有點起雞皮疙瘩，卻沒有辦法，他也知道老王可能真是這樣認
為的，羅明義不想這樣耗下去，問小孩子的情況：孩子在二中的補
習，感覺怎麼樣？

老王說：還可以吧？說著大聲喊孩子出來：小兵，快來，羅伯
伯來了。

羅明義立即制止：別影響孩子學習，我隨便問問。

小兵過來了，這是一個很帥氣的小夥子，羅明義一見就喜歡。
小兵喊了一聲羅伯伯，羅明義說：喊叔叔。又問：感覺怎麼樣？

小兵回答：有些題目有點難，有點跟不上。

羅明義說：複習只是一個溫故而知新的過程，關鍵還是要看
自己掌握的程度。

小兵說：我們學校老師講課，和二中還是有區別，二中的程式簡化一些，聽起來有點吃力。

羅明義說：每個學校有每個學校的風格，每個老師有每個老師的風格，正常，關鍵是看結果是不是一樣。小兵，你在學校的畢業考試，有幾個A？

小兵說：3A2B1C。

羅明義沉吟一會，說：也不差。一旁的老王說：還不差啊，這個成績怎麼進得了重點中學。

羅明義說：成績固然重要，其他方面更重要。我看小兵文文靜靜，學習又用功，只是一時發揮不好，不見得以後就考不好。羅明義看到小兵露出了微笑。

羅明義要小兵進屋去學習，小兵和羅明義打了招呼後進去了。小兵一進去，羅明義說：老王，我是特意過來，我上午去了二中，找了熟人，他答應想想辦法。只是有一個問題，想和你們說清楚。

老王說：羅科長您說，是不是……

羅明義說：別看我在教育部門，我認識的人也不多，我也只能去求別人。你們的情況我是清楚的，我們都一樣，拿點死工資，餘錢不多，為了孩子的學習，投入不少。大頭還在後面，投入會更多。

老王說：羅科長你說到點子上了，我們工薪階層，有幾個活錢？但為了孩子，這個錢該花還得花啊。

羅明義說：老王你考慮一下，孩子是不是非要進名校？讀別的學校也行。

老王說：別人的孩子都往名校跑，我的孩子如果因為我們沒能力，進不了名校，我就沒有給他提供一公平競爭的平臺，以後，我一輩子都對不起孩子。

羅明義說：你是非讓孩子進去？

老王說：我是非讓他進不可。我和他娘沒能力，就是讀書少

了，我們不能讓孩子日後也像我們一樣沒出息。

羅明義說：是這個道理，不過，在哪個學校讀書都一樣，只要孩子自己努力，想讀書，就沒有讀不出來的。

老王說：羅科長是管學校的，對下面的學校一視同仁，有這樣的領導，是學校的福氣。不過，好就是好，不好就是不好。所以，我們家小兵的事，還得拜託羅科長費心。

羅明義說：老王，你的心情我能理解，沒有哪個家長不為自己的孩子著想的。小兵的事，我答應去想辦法，只是費用方面，可能有點承受不起。

老王說：羅科長儘管說，我就是砸鍋賣鐵，就是賣房賣血，就是拚了老命，我也要給孩子一個機會，公平的機會。

羅明義很感動，哪個父母不是這種想法？張小燕是的，張小北是的，謝敏是的，朱銘琦是的，張小涵也是的。羅明義沒有了顧慮，痛痛快快說：老王，你還得準備兩萬塊錢，對方要去打點。你前次放我那裡的，我沒動，一併給人家。老王也痛快，說：羅科長，只要你能替小兵幫上這個忙，這錢，我出。那個小意思，是我感謝羅科長的，你就不要送出去了。羅明義說：我們是鄰居，遠親不如近鄰，我無非是跑跑腿，跟我你不要客氣。老王說：羅科長，你看什麼時候要？羅明義說：我們約好明天見面，你先準備好，我估計就這一二天的事。老王說：好，小兵的事我們倆口子全托你了。

羅明義從老王家出來，就像是做賊一樣，才發現額頭上有汗。他反倒覺得欠了老王什麼似的，對不起老王。楊本齋是每人要三萬，但他只要老王交二萬，不是他頭腦有問題，是他實在開不了這個口，一是考慮到老王家的困難，最主要的是，他太善良，他擔心老王會不明真相，以為這錢是他要，你想啊，一個堂堂正正的教育局的科長，這麼點事還要托別人？還要給人家送錢？打死也不相信，是不是羅明義打埋伏？羅明義之所以只要老王交二萬，除了老王家確實困難外，就是基於這些原因。他把老王送自己的

五千元，全都給了楊本齋，再向楊本齋說說情，少一點，如果實在少不了，他自己墊五千元。他就是這樣想的。

一看時間還早，羅明義又來到小郭家，小郭愛人說小郭正在回來的路上，羅明義決定等等。

不一會，小郭回來了。小郭要愛人去廚房弄點吃的，說是要和羅哥喝一杯。羅明義說一會還有事，不能久待。小郭說：難得有機會和羅哥喝上一杯，早不如巧，巧不如趕，趕不如撞。也不知是羅哥撞上了，還是我小郭有福撞上了，怎麼也得喝一杯。又說：出去喝也行。說完就喊愛人一塊去。

羅明義制止，說來是有事。也不繞彎，直接就說：你姐孩子的事，我上午去了二中，和對方談了個大概，對方提出要三萬元活動經費，你先前放了二萬在我那裡，我轉給他，你再給我一萬。

小郭爽快：沒問題。對他愛人說：你去拿三萬塊錢給羅哥。又對羅明義說：羅哥，謝謝你，到時請羅哥喝酒。

羅明義說：錢的事，暫時不給我，我還沒有最後敲定。你只要給我一萬就行。

小郭說：那怎麼行，那是感謝羅哥的。

羅明義說：你要這樣，我就不弄了。小郭，我和你說，哪天我要是有點事請你幫忙，不也要拿錢你才辦？

小郭說：羅哥說哪裡話，羅哥的事，就是我自己的事，只要羅哥看得起。但這不一樣，你要找別人，你要是校長，那我賴都要賴到你這裡來。

羅明義不再糾纏，他起身告辭，臨走說：小郭，你等我電話。

羅明義覺得輕鬆了，他回到家裡，看看時間還早，決定給楊本齋打個電話。羅明義撥楊本齋電話，楊本齋沒有接，直到電話斷了。羅明義又按了重撥鍵，還是沒接。羅明義放棄，想起還沒有和張小涵說這件事，又撥通了張小涵的電話。

張小涵在麻將桌上，估計是輸了錢，對羅明義劈頭蓋臉一通埋怨。羅明義也不惱，和她說了活動費的事。張小涵沒有心思和他應付，連連說：好了好了知道了知道了。也不知她是不是聽清楚了。

　　靜下來時，羅明義突然覺得心裡空空的，他也不知道是什麼原因。以前，他也替別人辦過這些事，也給過對方活動經費，哪一次也沒有這次讓他心裡發虛。他不知道自己虛在什麼地方，張小燕找他說話，他也心不在焉，有一茬沒一茬的。是因為這些錢嗎？羅明義雖然只是一個小小的科長，卻也是見過世面的，不會為這麼點錢弄得心神不寧。是為老王嗎？有一點點，想想老王那種視死如歸的樣子，羅明義真的有一點於心不忍。但這還不至於讓羅明義如此惶惑。到底是什麼讓羅明義如此惶恐不安？是擔憂，一種從未有過的擔憂。在這之前，羅明義並沒有和楊本齋有過太多的接觸，也沒有找他辦過這類事情，以前，他是直接找的學校領導，偶爾也人托人，幾件事都辦成了，辦成了不完全是羅明義的功勞，當然有羅明義的因素，也有學生這方面的因素，那些找他的家長，孩子們的分數是硬邦邦的，只是擔心沒有一種關係，怕進不了才找了羅明義。現在的情況不一樣，競爭比以往哪一年都激烈，而這些孩子們又沒有響噹噹的分數擺在那裡，單憑這一點就打了折扣，讓羅明義心中的負擔加重。另一方面，楊本齋只是一個招生辦的主任，他沒有自主權，也沒有決斷權，更沒有審批權，所有的權力都在校長一個人手中，怎麼說羅明義也是教育系統的領導，憑他的判斷，楊本齋手頭並沒有掌握升學指標，也掌握不了。那麼，他怎麼解決問題？羅明義不是那種不負責任的人，他得對得起老王，得對得起小郭，既然答應了，就沒有退路，還得把事情辦得圓滿。羅明義有時候很自嘲，總說自己不會說「不」，明知不可為，卻不會推託，像張小涵的事，毛毛的事，羅小義的事，這些是推不了的，但小郭的事，老王的事，還有以前的一些事，是可以推掉的，但他並沒有推。現在，他倒是覺得對不起張小北和小棟了，其實，為小棟的事，羅明義還是動了腦筋的，自己也墊過一些費用，但小

棟的運氣不好，偏偏趕上當時這事鬧得挺凶，省市兩級教育局專門發文整治，才沒有辦成。

羅明義正懊悔時，老王突然過來了。對老王的到來，羅明義有點意外。

老王不是為別的，正是為了這事來的。原來，老王愛人老李，聽說要花這麼多錢時，想給兒子一點壓力，和孩子說了錢的問題，也是想借錢的事作文章，讓孩子發奮讀書。沒想到的是，這孩子還挺有個性的，不想讓父母替自己花錢，說是在哪裡讀書都是一樣的，只要自己想讀書，不在乎是不是名校。母子倆誰也說服不了誰，要老王決斷，老王當然是想給孩子一個公平的機會，說小兵的任務就是讀書，其它的不要操心。小兵堅持，老王也說服不了他，小兵甚至威脅說如果是花錢把他弄進名校，打死他也不會去。逼著老王來說清楚。

羅明義瞭解事情全過程後，對小兵的個性讚賞。勸老王說：小兵很有主見，老王，你這個兒子不簡單，我支持他。

老王說：再不簡單，再有出息，首先就不在同一起跑線上，先就輸給別人了。他還只是孩子，看不明白一些事情，我作為他的父親，我如果聽了他的，那我還算是父親嗎？

羅明義說：那你來的目的……

老王說：我們按先前說好的不變，我怕我那傻小子會找你，所以我先來打打預防針，要是小兵找你，羅科長不要聽他的。但羅科長要配合我一下，如果小兵問你，你就說我退出來了。

羅明義有點為難，要他說假話，還是對一個孩子，從內心上說羅明義是難以接受，然而看到老王的態度如此堅決，他又不好再說什麼。

# 第二十一章

# 利令智昏

　　按照昨天說好的，羅明義和楊本齋聯繫，兩人商定下午三點鐘在島島咖啡見面。

　　羅明義先到，他選好包廂，等楊本齋到來。服務小姐上了一杯白開水，羅明義喝著，要服務小姐開了電視，看西南台的新聞。看了一會，覺得太正統，又調到都市頻道。

　　都市頻道正在播一期節目，叫「分享快樂」。講述長樂市第一份錄取通知書送達的那分快樂時光。調台的瞬間，羅明義眼前一亮，節目中的一家三口，竟然是他的戰友一家。戰友原是解放軍駐長樂一所軍事院校的教官，爆破專業的教授，轉業後個人從事爆破作業，成立了自己的公司，據說資產過億。他老婆也是一名老師，在長樂市某中學教音樂。女兒小莎，今年的高考生，被北京某音樂學校錄取。這期節目就是他們一家的訪談。

　　節目正好做到女主人在回答主持人的問話，大意是為了孩子怎樣辭職如何陪讀的。女主人回答的，也是羅明義知道的。小莎從幼稚園就開始學習各種樂器的培訓，上學後，從一年級到小學畢業，拿到了各種樂器的獲獎證書，升初中後，小莎開始系統的樂器理論方面的學習，也就是這個時候，戰友轉業，開始辦公司，那些年的房產開發十分火爆，戰友趕上挖了第一桶金，隨著城市的改建擴建，戰友的生意更是應接不暇。也就是這時候，小莎媽媽辭去了教師一職，做起了小莎的陪讀。除了正常的學習

外，節假日小莎媽媽帶小莎去北京、上海、廣州、武漢的大城市拜師學藝，進入高中後，小莎媽媽帶小莎在北京的最高學府拜一些德高望重的老教授為師，一學就是半年或者一年，同時又不忘文化課的學習，在當地聘請家庭教師給小莎補習文化課，做到兩不誤。

當主持人問每年的費用開銷時，他們緘口不談。當主持人問二十萬三十萬元時，他們才不情願說差不多吧，既不說是二十萬，也不說是三十萬，讓你們自己猜吧。

主持人問付出這麼多值不值得時，女主人說：沒有什麼值不值得的，我就這麼一個女兒，不為她付出，我為誰付出？

當問到付出這麼多，特別是精神上的付出，後不後悔時，女主人說：小莎去年參加了高考，雖然考上了，但學校不理想，小莎自己不想去，我們也不滿意，放棄了。今年是重讀，我們替她報考了二十多個學校，專業考試的那一個月裡，我帶著小莎全國各地參加考試，那真是辛苦，但是，我們從沒後悔過。這不，終於有了好結果。

羅明義知道這期節目是預先錄製好的，不是現場直播。他掏出手機，打了戰友的電話，羅明義向戰友表達了祝賀和欽佩，也表達了對小莎的期望心情，因為小莎小時候，羅明義就經常抱她。

楊本齋到了，羅明義要服務生上咖啡，期間，和楊本齋說了戰友的情況，楊本齋說他們學校也收到了北京等地的專業學校的錄取通知單，他說這一次在專業考試方面，他們學校打了一個大勝仗。

咖啡上來後，兩人喝著，也不囉嗦，直接進入主題。

羅明義說：你的意思我全部轉達給了每個人，他們都沒問題。

楊本齋說：明義搞錯了概念，不是我的意思，是他們自己的意思，也是我要找的人的意思。

羅明義說：對對對，是他們自己的意思。

楊本齋說：這個忙我是要幫的，明義兄從來不找我的，既然你開口了，你的事我不幫，幫誰去？

羅明義說：多謝本齋兄抬愛，幫我解決了一個大問題。要不是你，我找誰去。

楊本齋說：羅兄是領導，找誰誰不給你辦？是明義兄看得起老弟我，是給我面子。

羅明義說：你看錢的事，什麼時候給你合適。我好去把錢收攏交給你。

楊本齋故作沉吟：是兩天後考試吧？

羅明義知道楊本齋說的是二中兩天後考試，回答：是的。

楊本齋說：那就宜早不宜遲，你今天準備到位，我還要有個操作的空隙，爭取在考試前我活動到位，免得措手不及。

羅明義說：好，我回去就辦這事。到時給你打電話。

楊本齋說：就這樣說定了，明天晚上我們見面。我一定完成明義兄交給我的任務。

羅明義想知道楊本齋怎樣操作，他實在是有點擔心。如果僅僅是他自己的事，交了就交了，可是涉及到老王和小郭，還有就是他那天不怕地不怕的小姨子，他就不得不穩重點。於是顧不了許多，說：本齋兄有多大把握？

這話一說，楊本齋有點不高興，羅明義看出來了，不高興羅明義也顧不得了：我是說，本齋兄胸有成竹了？

楊本齋清楚羅明義的顧慮，儘管心裡不高興，嘴裡還是說：不瞞明義兄說，我是沒有掌握一個招生的指標，不過，從「最高分錄起」這個權力，在我招生辦，就是說在我楊本齋的手中。這一點明義兄不懷疑吧？

羅明義是不懷疑這一點，但這和羅小義毛毛他們有什麼關係？他們能考出最高分？羅明義心中的疑惑還是沒有解開。他想不出楊本齋的葫蘆賣的什麼藥，想起了流傳的賣試卷一說，不會也是賣試卷吧？

都不再談這個問題，氣氛有點尷尬，楊本齋調著台，翻了一遍

後，沒有什麼好看的，轉過身來對羅明義說：明義，晚上我來安排點活動，你晚上有時間嗎？

羅明義說：晚上我要去找他們，只怕時間有點緊。

楊本齋說：你先和他們電話聯繫，要他們準備好，送你家裡不就行了？

羅明義說：那就聽本齋的。

楊本齋帶羅明義去了一個地方，這個地方以前楊本齋沒帶羅明義來過的，在市效的一個僻靜處，是一個最理想的休閒處。羅明義雖然沒有來過，但他聽說過，這裡就是長樂市最高檔的消費場所，是一位退位的省委領導的女兒辦的，來這裡消費的，都是活躍在社會上的精英，一個人一個晚上最高的消費可以上萬。羅明義後悔不該來這裡的，楊本齋看出了羅明義的顧慮，說：不要怕，不要你買單，也不要我買單，把心放下了。

羅明義跟著楊本齋，望著那些花枝招展的美女在向他微笑，心裡有點發虛。他們來到四樓的一間貴賓房，打開，裡面已經有兩人等候在那裡。羅明義和楊本齋進去，裡面的人站起來迎接。楊本齋向羅明義介紹那兩個人，說是他的同事，還是最好的兄弟，負責學校內部招生試卷的管理。羅明義和兩人握手問候，大家寒暄了一陣，又相互恭維了一番，楊本齋說先去活動，然後再談正事。羅明義沒法，只好跟著去了。

可是，一個晚上，楊本齋也沒有談正事，羅明義不知楊本齋葫蘆裡賣什麼藥，也不好問，玩了那些亂七八糟的活動後又一起打牌，輸了三千元錢不說，還一宵沒睡。

第二天一早，羅明義來到辦公室，先換了手機卡，一會有很多資訊進來。羅明義逐條看了一遍，該回的回了，該打電話的打了，當他給張小燕打電話時，遭到張小燕的埋怨和質疑。羅明義解釋，說是陪朋友打牌，張小燕半信半疑，羅明義說：我現在就要給張小涵打電話，要她把錢送到家裡來。

羅明義給老王、小郭和張小涵打電話，要他們準備好錢，中

午都送到他家裡來。老王、小郭說一定送到，惟有張小涵，她要羅明義先替她墊上，羅明義說：張小燕不出錢，我已經替羅小義備了一份，哪裡還有錢。張小涵不管，訛羅明義說：是不是怕我沒錢還？羅明義解釋說：自己真的是沒有多餘的錢。其實，羅明義是拿得出的，他不想墊是怕張小燕知道他還有這麼多私房錢。無論張小涵怎麼刺激羅明義，他就是不肯墊。

中午，大家把錢送到了羅明義家裡，張小涵也來了，進屋就放炮：羅明義，你他娘的怕我沒錢是吧？有你這樣小氣的嗎？羅明義笑：我要是有錢，還讓你姨妹妹親自跑一趟？張小涵不賣帳：少來，我也是試試你，以為我真要你羅明義墊？我張小涵還不至於。說著掏出三紮嶄新的百元大鈔，搖得脆脆響：羅明義，你好好數一數，剛從銀行取出來的，沒見過吧？羅明義說：沒見過。

小郭也拿出三萬元，羅明義只收下一萬元，小郭不幹，羅明義說：小郭，道理前幾天和你講清楚了，你要是堅持，我就不管了。見羅明義話說得如此硬，小郭不再堅持，只給了羅明義一萬。一旁的張小涵不明就裡，問羅明義：他們為什麼只要一萬，我要三萬？羅明義，看我有錢是吧？羅明義不想和她囉嗦，張小燕把張小涵拉到一旁說：小郭前幾天送來了二萬元。張小涵還要說什麼，張小燕要她輕聲點，說羅小義在裡屋上課，張小涵才有所收斂。

老王拿出來二萬元，本來老王在拿錢時，就有顧慮，他已經清楚羅明義在幫他，但是人窮志短，他已經沒辦法讓自己的頭抬起來。此時，老王最擔心是這個叫張小涵的女人再和羅明義較真，她要是再問為什麼自己只出二萬，他就真不好回答。這個張小涵偏偏是哪壺不開提哪壺，果然她再次問：羅明義，他為什麼也只出二萬？

羅明義說老王之前也給了他一萬，羅明義這一說，把張小燕弄糊塗了。張小燕把羅明義喊到一邊，輕輕提醒他：羅明義，你記錯了吧？羅明義說：我沒記錯。張小燕急：羅明義，你記錯了，不是一萬，是五千元，你傻啊。羅明義說：你不知道就別摻和。張小燕

不作聲了。

羅明義自己也拿出三萬，他把錢放在一起時，對大家說：老王，小郭，還有張小涵，你們都聽清楚了，今天，我羅明義每人拿了你們三萬，一會我給大家寫個條子。老王和小郭說寫什麼條子，只有張小涵嚷嚷：那要寫，要不然我打了水漂還不知道。羅明義說：張小涵說得對，畢竟不是我親自去辦，我這也是人托人，三萬元不是一個小數，老王要做幾年才攢得下三萬元。我也擔心打了水漂，你們信任我羅明義，我不能不謹慎，在這裡，我對大家表個態，事情辦好了，一切好說，如果事情辦得不圓滿，我負責把這錢要回來。

老王和小郭說相信羅科長的為人，辦得好辦不好都要好好謝謝羅科長。張小涵說辦不好跟他沒完。

十一萬五千元，羅明義用報紙包好，再用塑膠綁得扎扎實實。羅明義有一個包，太小，放不下，他找了一個大包，將錢塞進去，在去辦公室的路上，羅明義像是背了一個炸彈。

羅明義和楊本齋約好在東方明珠的休閒吧見面，東方明珠是長樂市唯一有超大單間的茶吧，他們選好了靠南邊的一間，打開窗戶，湖江就在樓下。江面上的水很污濁，西南省今年洪水氾濫成災，六月份連續下了一個月的雨水，現在雖然退水了，但留下的痕跡依然隨處可見，特別是兩岸的風光帶顯不出她應有的旖旎。

楊本齋調侃羅明義，問他昨晚上收穫的是桑榆還是殘花敗柳，羅明義不想回答這個問題，一是他說了楊本齋未必會相信，二是他不想詆毀那些小姐，之前她們也是純潔的。

羅明義從包裡拿出錢交給楊本齋，他要楊本齋點點數，楊本齋說相信他，羅明義還是要他點。楊本齋拆開紙包，一堆錢散落，十二紮鈔票散在了茶几上。楊本齋發現了半紮，羅明義解釋：本齋兄，要和你說明一點，老王家實在是有困難，他一時也拿不出，少了五千元，你和對方說說，能不能就算了，算是我羅明義欠本齋兄一個人情。楊本齋說：明義兄說哪裡話，不就五千塊錢嘛，哪有

我們兄弟的情誼重要。好，我去和他們說說，行也得行，不行也要行。羅明義說：那就多謝本齋兄。

楊本齋也不多說，把錢裝進他的袋子。又從包裡取出一疊資料，放在羅明義面前。楊本齋用手壓住資料，神秘地說：明義兄，這是幾份複習提綱，你帶回去，按照我上面註明的，每人給一份，要他們在今晚把上面的複習題全部做得滾瓜爛熟，記在心裡，然後將這些資料統統燒掉。記住了？

羅明義有點疑惑，楊本齋解釋說：你不要問什麼，你也不要和他們說什麼，只要他們把這些複習資料記熟做一遍就行。作文題也在上面，先寫一篇背下來，不能帶到學校去。明義，我可說清楚了，這事你一定要叮囑他們，嘴要緊，不能亂說，出了事我可不負責任。我也沒收過他們什麼，我也沒給過他們什麼。

此時，羅明義腦子一片空白，楊本齋在一個教育局的官員面前洩露考試題目謀利，而這個官員自己和眼前這個人共同策劃實施了這一骯髒的行為，羅明義把自己推到了風口浪尖上。之前，他聽說過一些名校曾經有人洩露試題，只因為是內部的考試，進行過調查，最後不了了之。今天，居然自己和這事扯在了一起，而且還是始作俑者。這真是諷刺！

羅明義如熱鍋上的螞蟻，有汗從他額頭沁出，內心的掙扎更加激烈，他想收回錢來，又開不了口。

楊本齋知道羅明義的心思，他不失時機勸導：明義，這種事你也不要有太多顧慮，不瞞你說，比你官級高的比他們有錢的，從名校中買試卷的人大有人在，這也不是什麼秘密。不過，話又說回來，我們做什麼了？我們什麼也沒做，我們只不過是知道了幾份複習資料，要明白這個概念，也要弄清楚這個概念：是複習資料。當然，我們還是要小心為好，我為什麼只給大家一個晚上的時間？就是不想讓這事張揚，看完就燒了，神不知鬼不覺，你知我知，他們知道什麼？一份複習資料能說明什麼？查？拿證據來。明義兄，這件事你要放在心上，最好你親自將複習資料回收燒毀。他們是不明白，但你我心裡要有數，真要是讓上面知道了，你我都不好收

拾。說得嚴重點，都要掉飯碗。所以說，你一定要和老王小什麼啊還有你姨妹子說好了，不要對孩子透露半點風聲。複習資料一定要及時毀掉。

羅明義不滿意楊本齋的說法，什麼上面知道了，我不是上面又是什麼？可是事到如今，他也沒有什麼別的辦法。其實，之前羅明義已經懷疑到楊本齋可能就是走這步棋了，既然已經猜到了，還在不遺餘力地實施，說明了什麼？羅明義對自己有一種憎恨。

偏偏這時候楊本齋說：明義兄，這只是第一步，但這一步卻十分關鍵，你們一定要配合我，要考出好成績。至於下一步，那就更複雜，也更重要，我選學生，只能是從高分往低分走，只要你們孩子的分數達到了我校的錄取線，我首當其衝的要把這些優秀學生挑選到我們學校來。如果你們配合不默契，最後沒有選上，明義兄，咱醜話說在前面，我也無能為力了，到時別怪我沒有幫上忙，這話我也請明義兄帶給其他幾位。

羅明義嘴裡說著知道，心裡卻十五個吊桶打水，七上八下。他的腦子有點混亂，也有點恐慌，更是有一種莫名其妙的失落。他說不清楚自己為什麼會有這樣一種失落感，仿佛之間，他有點恨起楊本齋來，他感覺到站在面前的不是一個曾經和他在一起喝酒一起吹牛一起放縱的楊本齋，而是一個魔鬼。

也不知是怎麼回到單位的，一個下午羅明義心神恍惚，他還在權衡利弊，要不要找楊本齋收回那些錢。在這件事上，羅明義太不果斷了，一個堂堂的教育局科長，從下面買複習資料，說白了就是買試卷，這不是縱容又是什麼？不能說是縱容，是參與，是共同犯錯誤。他給楊本齋打電話，想說不幹了，可是說出來的是：本齋，靠譜嗎？不會有問題吧？得到楊本齋的一再肯定後，他居然相信了。

羅明義內心不再掙扎，晚上，他把那些人都約到自己家裡，把楊本齋說的話一一對他們說了，按照初中高中分類，每人給了一份複習資料，叮囑要孩子們晚上不睡覺也要把這些題目記熟了，然後撕了複習資料。最後，羅明義一再強調複習資料由家長來撕毀。

# 第二十二章

## 應試考試=應試+教育

　　張小燕帶羅小義去參加考試，由於昨晚睡得晚，羅小義精神有點恍惚，張小燕給羅小義準備了風油精提神。在去學校的路上，張小燕一再問羅小義昨晚的題目是不是都記住了，羅小義說記住了。又問他作文是不是背熟了，羅小義說背熟了。作文是羅明義按羅小義的表達方式寫的，在寫這篇作文時，羅明義費了一番腦筋，既要好，還要比照羅小義的口氣和語法來寫，一篇不到五百字的文章，花了羅明義二個多小時。

　　羅小義的考試比較簡單，上午考語文和英語，下午考數學。中午在學校附近吃飯時，張小燕問羅小義考得怎麼樣，羅小義說都做出來了，還說都是昨晚上做過的題。張小燕要羅小義不要亂說，告訴羅小義說只不過是湊巧了。羅小義說全部題目一模一樣，只是順序不同。張小燕怕羅小義到處亂講，就嚇唬他：千萬不能亂說，不然會取消分數的。羅小義說知道了不亂講。

　　下午的數學羅小義也考得好，張小燕帶羅小義去吃肯德雞，本來想喊毛毛一塊來吃，毛毛還沒有考完，張小燕說下次請毛毛。

　　下一步是五中的補習，羅小義不想參加了，張小燕不同意，她對羅小義的考試還存有顧慮，分數沒有出來，就還是一個未知數，再說了，即使考得好，錄不錄取，她說了不算。

　　羅小義和張小燕鬧，說再怎麼也不參加了，一個假期就這樣

過去了，沒有玩一天。張小燕說：你要玩是吧？等你考上了名牌大學，你就有得玩了。你算了帳沒有？你現在辛苦，只是暫時的，多少年？初中三年，高中三年，才六年，這六年你不玩，以後一輩子夠你玩的。到那時，就不是這個品質，你想怎麼玩，就怎麼玩。你看那些公務員，一年有公休假，收入高，不擔心失業，不擔心沒有錢花，還可以利用公差全世界玩，你想哪樣合算？

羅小義說：我不管，我還是小孩，爸爸說小孩就是玩的，我現在就要玩。

張小燕不耐煩：說了不行就不行，是爸爸說了算還是我說了算？讓你休息半天，明天在家繼續上課，兩天後去五中參加複習。我和你杏花姨說好了，吃住在她家裡，也不要我陪，也不要你跑。

張小燕說的杏花姨就是她的表妹，羅小義不領情：我不住別個屋裡，我自己搭車去搭車回。

張小燕說：不行，太遠，路上的時間就要一個多小時，要是碰上塞車，趕不上上課。必須住在那裡。

羅小義強詞奪理：要住你住，反正我是不住。要麼不去，要麼就不住。

張小燕說：老子打死你。

羅小義說：切，打死拉倒。誰稀罕做你的崽，累死了。

張小燕說：你這還算累？累的你沒看到。

羅小義說：切。還有比我累的。

張小燕說：不要和別人比，和你哥哥小棟比，你就沒有他累吧？

羅小義說：哥哥是哥哥，我是我，哥哥讀死書。

張小燕哭笑不得：你是說你讀書讀得靈活？

羅小義說：反正比哥哥強。

張小燕說：那也沒見你考出好的成績出來啊？還要我們花錢，花了錢還不一定能進一個好學校，你這也叫讀書靈活？吹牛皮吧你。

羅小義不屑：切。不相信拉倒。

張小燕說：別不相信，我只看你結果，讓我出錢了，我就不舒服。還不是錢的問題，主要是你如果沒有真本事，到頭來吃虧的還是你自己。

羅小義說：成績不好，怪得我？

張小燕說：那怪我囉。

羅小義說：怪時間。我給你算啊。說著和張小燕算起讀書的時間來。羅小義掰著手指說：考試不好實在不能怪我，是因為一年只有三百六十五天，要是一年有兩個三百六十五天，多好。

張小燕說：兩個三百六十五天對你來說，也不見得有什麼好。問羅小義：三百六十五天又怎麼啦？

羅小義說：我算給你聽，你要聽仔細啦。說著從書包裡尋出一張紙打開了說：星期六星期天，一年裡面有一百零四個星期六星期天，扣除這些天數，一年只剩下二百六十一天；暑假，一年中大約有五十天的天氣非常熱，導致無法念書，因此，那二百六十一天也只剩下了二百一十一天；另外，包括元旦、國慶、五一⋯⋯上墳那個叫什麼假？張小燕說：清明。羅小義說：對，清明⋯⋯還有吃粽子那個叫什麼節？張小燕說：端午。羅小義說：沒錯沒錯，端午，中秋，還有寒假，又占了五十天，那二百一十一天也只剩下了一百六十一天；就這剩下的一百六十一天，每天還有八小時的睡眠時間，三小時的三餐飯，算起來又占去了七十四天，一年就只剩下了八十七天；考試及測驗至少占了一年的五十天，算起來那八十七天也就只剩下了三十七天；一年當中看電影或參加一些有關活動，怎麼也要二十天，算起來那三十七天也就只剩下了一十七天；這剩下的一十七天，每天大約一小時的遊戲時間，二小時的溝通時間，半小時的購物時間，半小時的方便時間，半小時的個人衛生時間，半小時的零食時間⋯⋯又占去四天，算起來一年就只剩下了一十三天；預計一年生病七天，算起來一年就只剩下了六天；預計一年被老師及家長罰掉五天時間，比如罰站、罰寫檢查、罰打掃衛生等等；算起來一年就只剩下了一天；就這剩下的一

天,正好是我們自己的生日。你說,這一年當中根本就沒有時間可以念書,沒時間念書,我又怎麼能考好呢?

張小燕目瞪口呆,半晌才反應過來:你這是從哪裡念來的歪經啊?在哪裡抄來的這些亂七八糟的東西?

羅小義回答:同學們都這樣說,都是高年級的學生給的。

張小燕不認識羅小義似的:對這些東西怎麼就有哪麼大的興趣?

羅小義說:都在抄,我也抄了罷。

張小燕說:怎麼睡覺的時間也要算在裡面?

羅小義說:不知道。

張小燕說:照你這樣說,老師不沒有上課?

羅小義說:也上,只是講得很快,都不管我們是不是聽懂了,反正老師都知道家長要送學生進二課堂,要補習,像你這樣的姆媽到處是,學生們都說,讀的東西盡是二課堂讀的。

張小燕學羅小義的口吻說:所以啊像你這樣不想讀書的孩子,哪裡都能找到,既然在學校學不到東西,所以姆媽才要你好好去補習。

羅小義說:切,我就知道你會這樣說。

兩天後,羅小義只好參加了五中的文化培訓。羅小義不願住在張小燕表妹家裡,張小燕也沒有辦法,只好請了一個星期的假陪羅小義也住在表妹的家裡。由於晚上不能回家,張小燕停下了晚上的家教,讓羅小義去了表妹的補習班上課。

可是羅小義不怎麼適應,老師之間的授課方法各有不同,羅小義沒有興趣,心思不放在學習上面。表妹和張小燕一說,張小燕要在表妹家打羅小義,被表妹制止。羅小義更加沒有心情,對表妹產生了敵意,多次對張小燕說要住回去。

張小燕抽空去了一趟二中,她是去看羅小義的成績。和一中的情況差不多,公佈欄前人頭攢動,張小燕好不容易才擠了進去,在紅榜上找著羅小義的名字。

羅小義的名字出現在高分區，張小燕仔細地看著，這個分數讓張小燕有點不敢相信，她怕有同名同姓的，直到她把所有的名字看完，發現只有一個羅小義，才相信這個就是羅小義的成績。

　　語文一百零九分，數學一百一十七分，英語一百一十六分。總分三百四十二分的成績排名第一百九十九名。對於這個成績，張小燕既有高興，也有顧慮，更有不甘，還有點失落。高興的是這個成績應該可以進入二中了，顧慮的是排在第一百九十九名，說明高手如雲，羅小義進去後是否跟得上班？不甘的是花了這麼多錢才考出這個分數，雖然這個分數不錯，但這不是羅小義的真實分數，如果沒有那複習資料，羅小義考出這個分數來，張小燕做夢也會哈哈大笑。就是這樣，排名還有些落後，能否順利進去？她甚至還想，羅小義前面還有這麼多考得好的，是不是也像羅小義一樣，事前知道了試題？要是這樣，張小燕還過得想，要不是這樣呢？張小燕心中就有一些失落。

　　張小燕又去尋找毛毛的分數，她找到張貼毛毛分數的紅榜前，因為毛毛是屬於中考，她的分數是用A表示的，在6A區，張小燕找到了毛毛的名字，毛毛這次考得也不錯，全部是A，總分是6A。排名相對落後，三百八十八名。這個成績估計也是可以進入二中的。張小燕簡單地看了看，全部是A的有八百七十七人，5A1B的有一千零四十四人，4A2B的也有二千多人，3A3B2A4B的人更多了，張小燕也沒有心思去看了。

　　張小燕退出來，她不知道是該高興還是不該高興，腦子有一點不集中，突然想知道老王的孩子和小郭姐姐孩子的分數，在往裡擠的過程中，發現自己並不知道他們的名字，又放棄了。

　　張小燕給張小涵打電話，告訴了她毛毛的成績。張小涵正在牌桌上，聽了毛毛的成績，並沒有張小燕想像的那樣高興，反倒埋怨張小燕的電話讓她放了一大炮。張小燕氣得掛了電話，罵了張小涵一句神經。

　　張小燕給羅明義打電話，告訴了他羅小義的成績，要羅明義

和二中的朋友聯繫，看這個分數是否能進入二中。羅明義這兩天沒有去辦公室，他在家裡寫論文，論文是應一家著名的網站寫的，羅明義是那家網站的簽約寫手，之前，他在該網站上貼了一百多篇關於教育方面的論文。

張小燕打電話來時，羅明義正在寫文章的結尾，對張小燕的要求，羅明義委婉拒絕了。張小燕聽了不高興，數落羅明義，羅明義只好說晚上聯繫。

緊趕慢趕，羅明義總算把文章寫完了。他從頭到尾看了一遍，又作了些修改，對一些文字進行了潤色，總算是滿意了，才把文章貼了上去。羅明義退出網址，又重新進入，點開自己的文章，有滋有味地欣賞起來。

應該說，羅明義對這篇文章是很滿意的，文章的主旨是論應試教育的，標題也有點水準：應試考試=應試+教育。文章分為九個部分，最後的結論分四個部分。他在文章中把應試教育中的「應試」作為唯一的教育目標，認為是一種十分狹隘的教育模式，這種狹隘的教育模式正把我國基礎教育引進死胡同，弊害極大。之後，羅明義列舉了其中的九大弊端：

一、應試教育鼓勵單一發展，嚴重違背全面發展的指導方針。在這種教育模式中，智育被當作學校教育的唯一目標，德育、體育被置於從屬地位。

二、應試教育導致智育目標狹隘化，應試教育從應試這一角度出發，過分強調傳授知識和技能，強調知識的熟練程度，採取過度學習，強化訓練的手段，把學習局限在課本範圍內， 致使學生無暇參與課堂以外的各種對發展智力十分有益的活動，導致知識狹窄，高分低能。

三、應試教育造成學生負擔過重，嚴重影響青少年身心發展。目前，由於升學率、平均分兩根指揮棒自上而下被層層強化，教學中廣泛採用過度學習，強化訓練的作法，造成學生 許多心理疾病。

四、應試教育導致學生嚴重分化，厭學，恐懼，浮躁，精神恍

惚，精神分裂，歧視，差生流失，人為地製造了教育的不平等。在應試模式中，教育競爭被激發到不恰當的程度，競爭中的失敗者往往得不到應有的幫助，造成學生學習水準的分化和差生面擴大。許多差生迫於競爭壓力中途輟學，造成人為的教育不平等。

五、應試教育阻礙學生個性發展，扼殺人的創造力。在應試教育中，教育手段單一，學校成為按一個模子改造人的教育機器。人的個性發展未能受到應有的重視，它為學生提供的 是一個封閉的、禁錮的、狹窄的高壓的學校牢籠，這樣培養出來的學生充其量只能是一些操作型人才，而不是創造型人才。

六、應試教育阻礙教學方法的改革，影響教師素質的提高。在傳統的應試教育模式中，學校整個工作圍繞著高考和各級統考、會考指揮棒轉，全部教育就是為了考分，有價值的研究和探索缺乏動力，嚴重局限著教師知識結構擴展和各種素質的提高。

七、應試教育加重教師負擔，加劇教師隊伍的不合理競爭，影響教師隊伍穩定。傳統的應試教育偏重於強化訓練，題海戰術，這必然加大教師的工作負擔，加之學校管理中急功近利傾向，致使教師隊伍中競爭加劇，加重教師的心理壓力。

八、應試教育造成師生關係緊張。在應試教育模式中，教育出現功利主義傾向，學生成了教師掙分數工具，師生間親情被淡化。

九、應試教育釀成嚴重的考試弊端。唯考試、唯分數的應試教育模式扭曲了考試的功能，促使作弊風氾濫。

對於這篇論文，羅明義相當滿意，他反覆看了多遍，又修改了幾處，才退出電腦。

羅明義還在興致勃勃時，張小燕打他電話，張小燕是催問他羅小義的事是不是落實了，羅明義只好說朋友不在長樂市。張小燕還想囉嗦，羅明義掛了電話。

興奮勁過後，羅明義給老王和小郭打了電話，告訴他們二中的分數張榜公佈了，要他們去看看。並一再交待有了結果後要告訴他。

# 第二十三章

## 進不了實驗班，我跟你離婚

　　羅小義的學習已經告一段落，他結束了在五中和師大附中的全部補習，也考試完了，只等結果了。

　　在師大附中參加考試的那天，羅小義向張小燕提出考試完後要和同學們去玩一天，張小燕同意了。羅小義回家後就和同學們聯繫，做好了一切準備。到了第二天，張小燕就反悔了，先是說有一個很好的諮詢機構免費給中小學生支招，根據學生自身的特點，設計一套完整系統的學習方案，打造專家型的學習精英。這一陰謀遭到羅小義的堅決抵制。張小燕又打出第二招，說是不允許羅小義和那些同學去玩，因為和羅小義去玩的這些同學中，沒有一個是成績好的，在班上是表現優秀的。這一點，羅小義最反對，他對張小燕提出過很多次，不要對他的同學像審賊一樣，只要是他的同學來，張小燕就會問七問八，讓同學十分不自在，羅小義也認為張小燕是在給他丟面子，非常不高興。這一招不靈，張小燕又搬出第三招，乾脆說羅小義的成績這樣差勁，還有心思去玩，三個字：不同意。這一招讓羅小義來蠻的了，羅小義也不顧張小燕的反對，強行背了包就往外走。張小燕堵在門口，母子倆撕扯起來。羅小義無奈，同學們都約好了在等他，他急得要甩東西，張小燕用手指頭指著羅小義鼻子說：你甩甩試試。羅小義還是不想和張小燕鬧得太僵，就忍住了。羅小義忍無可忍的情

況下,他只好求助羅明義,他給羅明義打了電話,羅明義要他把電話給張小燕,羅小義把電話塞給張小燕:爸爸要你接電話。張小燕不接,羅小義氣得對電話吼:爸爸,她不接。

羅明義有點火,什麼事說不清楚連電話都不接,他一直不喜歡張小燕總是這樣反覆。

無常不講信用。他把電話打到張小燕手機上,張小燕接了。羅明義說:答應了的事,為什麼不兌現?張小燕說:你還說我,你不問問我為什麼不讓他去了?羅明義說:為什麼?張小燕說:你兒子找的好伴,都是些成績差得死的。沒看到他和好學生在一起玩過,去玩的盡是些碴子。別帶壞了羅小義。羅明義知道了張小燕的真實想法,這個問題羅明義雖然也是贊成的,但他不贊成張小燕這樣勢利,看一個孩子,要看他的兩面,不能只盯著他的一面看,這樣難免有失偏頗,對一個孩子也不公平。特別是剛才那句話,張小燕在羅小義面前說別人是碴子,羅明義是十分厭惡的,怎麼能用這樣的詞條來說一個孩子呢?這也給羅小義帶來不良的影響。羅明義對張小燕說:讓羅小義去,趕緊點,不要再耽誤了。張小燕還是堅持,羅明義發火了:你是這麼做大人的嗎?說出去的話就要算數,就是一堆屎也要把它吃下去。提醒羅小義要注意安全,要早點回家。

事情因為羅明義的介入得以圓滿解決,但是羅小義心中還是悶悶不樂,以至於他回家後對這事情也耿耿於懷。

按照張小燕的計畫,接下來羅小義要緊鑼密鼓地投入到各類文化的補習中。也不知是羅小義還記著那件事還是他真就是這樣想的,他對張小燕說了一句話,讓張小燕半天沒有反應。羅小義說:今天這樣,明天那樣,沒有一點用。錢花了,東西沒學到。張小燕反應過來後說:那要問你為什麼會這樣?為什麼會沒有用?為什麼學不到東西?羅小義說:跟你說了你也不懂。張小燕說:你不說,我怎麼知道?羅小義說:切,說了也白說。

　　羅明義中午去參加一個酒宴，是他的同事的孩子考上了華東某大學，同事在長樂市最好的賓館擺了五十桌，名為謝師，實則向所有的人宣佈他的兒子考上了，還是名牌大學，讓大家和他一起分享快樂。同事的小孩平日裡沒見顯山露水，也一直沒有聽到同事說過孩子學習成績好過。可是這次卻考出了好成績，是同事做夢也沒有想到的，他說孩子給他省了大幾萬塊錢，他拿這省下來的錢讓孩子去張家界和鳳凰玩了一趟，他還要孩子去海南玩，孩子說是想去新加坡，孩子最好的同學初中畢業後就被新加坡的一所學校錄取了，同事知道孩子是想去看她，也同意了。

　　就今年，這種酒宴羅明義已經吃了不下十次了，在長樂市乃至在西南省，謝師宴早已蔚然成風，追根究底要算是二十多年前的事了，一時間，這種宴席已經成為一種文化，活躍經濟，拉動內需，尊師重教，飲食文化，是長樂市的一大特色。

　　張小燕曾經對羅小義許諾，說只要羅小義能夠考上清華或北大等這類全國重點大學，她就在華地大酒店請五十桌，要不就在直程大酒店請，華地和直程是長樂市真正的五星級酒店。羅小義對這個不感興趣，他對張小燕說過這樣一句話：有這樣的機會，我也不會給你機會。張小燕一直沒有領會這句話的意思，曾多次問羅小義是什麼意思。羅小義只說：你自己想。張小燕越想越搞不懂，越搞不懂就越想知道，越想知道就越著急，越著急就越想弄明白。於是，她就告訴了羅明義，羅明義也說：你是該好好想想。

　　羅明義喝完酒回到家裡，羅小義去上課了，只有張小燕在家。羅明義進屋洗了澡，洗澡時讓張小燕開了空調，待他洗完澡出來，屋子裡像儲存了南極洲的冰塊涼爽舒坦。客廳裡有一張地鋪，平時沒有拆除，這也是他們家多年來養成的習慣。長樂市一到夏天就像個火爐，沒有空調是沒法生活的，只要一到夏天，羅明義就會在客廳裡打一個地鋪，地鋪打在沙發間，正好一張床鋪的大小，一張涼席，涼席上面是一塊高檔的軟絨墊子，既不占地方，還平添了許多溫馨。最主要的是可以睡在這裡看想看的電視，羅明義一

直都喜歡看好萊塢的電影。起初，羅明義一個人睡客廳，羅小義和張小燕睡臥室，但張小燕喜歡把溫度設定在26度以上，羅小義怕熱，多次抗議無效後，就跑到客廳和羅明義睡，他和羅明義都喜歡把溫度調在22攝氏度。

羅明義中午本來不想喝的，經不住朋友們勸，又是週六，多喝了幾杯，往地鋪上一倒，呼呼入睡。張小燕沒事，過來和他說話，羅明義有一句沒一句，哼哼哈哈沒有一句明白的話。張小燕又拿出羅小義的話來問他，問煩了，羅明義回了一句：羅小義是不想做傀儡，懂了吧。

這一說，張小燕更是不知所以然，她說：羅明義，你說清楚，什麼意思，不想做誰的傀儡，你們父子倆串通好了的是吧？

羅明義不耐煩說：拜託了，讓我睡一會好不好？

張小燕說：不說清楚，別想睡。

羅明義實在是瞌睡了，任憑張小燕吵他，就是不再開口說話。張小燕無奈，和著羅明義一起睡下。

大約睡了兩個小時，羅明義醒了，發現張小燕睡在自己身邊，便拿眼睛去乜她。張小燕穿了一件圓領的男式汗衫，原本招眼的胸脯更增加了幾分誘惑，剛做了髮型的秀髮搭在臉前，平添了許多活力。平心而論，張小燕也算得上是一個美人胚子，只是由於這幾年把全部的精力都放到了羅小義身上，把羅明義忽略了，久而久之，羅明義對張小燕基本上沒有什麼需求了。現在，羅明義有點想要了。

羅明義往張小燕身邊移了移，張小燕沒有動靜，羅明義沒有繼續，而是用腳指頭在張小燕臉上和嘴上磨蹭，張小燕睜大眼睛，在羅明義腳上拍了一巴掌，又閉上眼睛。羅明義得到了信號，膽子突然就大了，人也立即清醒一半。羅明義倒過頭來，睡在了張小燕邊上，試探著抱住了張小燕。張小燕沒有動，也沒有睜開眼睛，憑這兩點，羅明義已經很清楚了，這是張小燕多年來的習慣了，表明

她已經允許了。

羅明義開始親張小燕的後腦脖子及耳根子，又迫不及待扳過張小燕身來。此時的張小燕雖然還是微閉著雙眼，但喘息加粗，臉部表情有點誇張。羅明義用嘴輕輕點撥張小燕的嘴唇、下巴和眉睫，張小燕開始扭動，猶如冬眠的蛇剛剛甦醒。張小燕伸出雙手，抱緊了羅明義，嘴也一併湊了上來。兩人親吻著，羅明義不失時機脫了張小燕衣服。

記憶中，羅明義不知有多久沒有和張小燕在一起了，這一次，羅明義和張小燕都很投入。事後，張小燕安靜睡在羅明義身邊，頭枕在羅明義胸脯上，快樂和滿足不在她的臉上，也不在她的表情中，而是在她的手上，張小燕的手到現在也沒有消沉下來，她一直揉搓著羅明義的頭髮。

羅明義拿開張小燕的手說：再撥就成了一灘不毛之地了。

張小燕說：讓人家拔掉還不如我拔了。

羅明義說：廢話，除了你還有誰？

張小燕說：不知道，有你也不會寫在臉上。

羅明義說：我要是有了，天底下的男人都有了。

此時，張小燕女人和母親的情愫佔據了整個心房，她很滿足地躺在羅明義懷裡，難得有的柔情瀰漫著她的全身。微閉雙眼的張小燕驕傲地說：哼，量你不敢。羅明義，我告訴你，只要讓我抓住了現場，嘿，你是知道的。

羅明義故意逗：知道什麼啊？

張小燕使出殺手鐧：拜拜，你走人。

羅明義逗：要走也是你啊。

張小燕說：我走可以，先給五十萬，崽不走。

羅明義說：五十萬是吧？那好，我就給五十萬，到時不要後悔。

張小燕說：就你？羅明義？我會後悔？你也太給自己面子了吧？

倆口子打情罵俏一會，話題又回到了羅小義身上。張小燕說：羅明義，羅小義要進實驗班。

羅明義說：進實驗班那麼容易？

張小燕說：你不知道找找你那朋友啊。

羅明義說：進不進得了二中還是個問題，進了再說。

張小燕說：不是送了錢嗎？羅小義的分數不是達到了他們的要求嗎？怎麼說進不了呢？

羅明義說：誰知道啊。沒有到最後，沒有拿到二中的錄取通知書，就不能作數。

張小燕問：那老王小郭和張小涵呢？

羅明義說：都一樣。

張小燕說：反正和你說好了，羅小義要是進不了實驗班，我跟你沒完。

羅明義問：為什麼非要進實驗班？

張小燕說：誰不知道進了實驗班就上了保險。

羅明義說：也不見得。

張小燕不耐煩了：你怎麼生存在火星一樣，自己還在教育部門當科長，你未必真的不明白，從小學生就開始實行實驗班，快慢班，普通班，平行班，尖子班，清華班，北大班，有的學校還試行了小班制度。

羅明義說：我知道。但我不以為然。

張小燕說：你不以為然管屁用，你又不能要所有的學校別這樣搞。大家都是這樣搞的，沒有搞的學校也會跟風，羅小義也是一樣，大家都想法進實驗班，羅小義也要進。

羅明義無語。

張小燕繼續說：別以為我不懂，長樂市的哪所中小學沒有實驗班？五花八門的，叫法多著呢。這些班的學生都是學校重點培養對象，照顧對象，是學校的「升學之寶」。很多家長和孩子為了能進重點班，拚命地學習，因為不學習就會淘汰，有些學校一個學期或一年進行一次考試，成績好的繼續留存實驗班或重點班，不好的淘汰，其他好的學生補進來。就是這麼殘酷無情。

羅明義說：這樣也不是沒有一點好處，分層次教學有利於學生的學習，應該算是一種比較科學的教學方法。特別是學生進入初中後，學生的差異明顯出現，籠統地把學生分在一個班級，學習好的吃不飽，學習差的跟不上課，而分層次可以讓學生各取所需。

張小燕說：你知道啊，我以為你不懂呢。正因為這樣，才要讓羅小義進實驗班。同樣都是交了擇校費，普通班和實驗班的學生都要一樣享受學校最好的教育，為什麼非要分班不可？這樣對沒有進入實驗班或重點班的學生不公平。

羅明義說：沒有哪個學校不要升學率的，學校抓升學率也是無可厚非，教育部門也不好管，要想擁有好的升學率，師資、教學理念固然重要，但學生苗子的品質更為重要。如今，初中起，各校之間爭奪「學苗」就像是一場沒有硝煙的戰爭，小學五年級的學生已經不能滿足初中的胃口，他們已經把手伸向了小學四年級的學生了。

張小燕說：我說呢，很多小學四年級生中的一些優秀生就已經和一些重點中學簽訂了協定，只要一直保持在最好的狀態，就直接進入這些學校，一些家長為了保持這種「最佳狀態」，不惜花血本，哪怕搞關係走後門也要保持住，原來是這樣。還有的家長為了讓自己的孩子能在這些學校中留個好印象，不惜給老師和學校領導送禮，搞什麼感情投入，都亂套了。這一點，羅小義還算好。

羅明義說：也不是全部，只是極小部分學校和極小部分家長這樣做。

張小燕說：你們也不管一管？

羅明義說：我一個小小的科長，我能管得了嗎？再說了，這也不是一省一市的問題，而且沒有完整的立法，他們這樣做，也沒有違反哪一條哪一項，我們就是管也管不到位。

張小燕說：那就讓他們這樣下去？我聽說，凡是實驗班、重點班、科技班，他們的老師要不就是學校領導兼著，要不就是年級組長，要不就是教務處長或科長，要不就是最好的老師，要不就是一些沾親帶故關係，反正，都是一些有背景的人，一般的老師帶不了這些班。知道為什麼嗎？

羅明義問：為什麼？

張小燕說：老師有獎勵。聽說考一個學生，分不同的等級給予不同的獎勵，省、市教育部門和學校都有獎，年級還有獎勵，這個你未必不清楚？

羅明義說：我不清楚。羅明義怎麼能不清楚，他最清楚不過了，他們局裡每年都要給學校獎勵，而且數額巨大，只是他是內部中人，一些情況不便透露，怎麼說他也是軍人出身，組織原則是要的，不能說的，絕對不會說，哪怕是張小燕，他也不會說。

張小燕說：學校和老師為了自己的利益，也會想方設法送幾個學生上大學，當然他們只要好的學生，只送好的學生，這樣，實驗班之類的就是他們生財的法寶。家長們都知道，只要是進了實驗班，就等同於進了重點中學，進了重點中學，就等同於踏進了重點大學的門檻。

羅明義說：也不是這樣絕對，不排除有這樣的老師和領導，也有一些老師並不是為了那一點點獎勵，他們心中還是有理想，他們還是有一些師德，話說到這裡打止，這只是你的揣想。

張小燕說：別說得這樣好聽，除非是那些帶普通班的，沒有機會。你不去參加學校的家長會，你去聽聽，這些普通班的老師，哪個不是牢騷滿腹，哪個不是做一天和尚撞一天鐘，哪個不是怕懶得的思想。最後，害了的還是學生和家長。錢出了，孩子沒有得

到公平公正的教育，天底下哪有這樣的事？

羅明義說：照你這樣說，沒有一個好老師，也沒有一個好學校，更沒有一個好的管理機構？

張小燕說：你每天都幹些什麼，別以為我不知道？就你們，誰還有心思去管理？不在學校撈一把就算不錯了，還想把自己當成救世主，也不撒泡尿照照。

羅明義說：嘴不要那樣損，至少我沒有到哪個學校去插一杠子，也沒有哪個學校給過我一分錢好處。就連羅小義進個好點的學校，我還一樣要付出。

張小燕說：那是你沒有一點卵用，換別人看看，還好意思說，你這種人，我算是看透了。我不指望你，也沒指望過你，只是我們家羅小義太不值了，有你這樣一個當爹的。

羅明義啞然。不是羅明義不明白，羅明義也有說不出的苦衷。張小燕說的這些，不是他不知道，他也親眼看到過，見識過，一些學校也給他送過紅包，羅明義沒要。局裡有不少人向學校伸手，他都不屑一顧，嗤之以鼻。像羅小義進一個好點的中學，如果羅明義去找一找邵副廳長，是不成問題的，但他就是不願去找。

張小燕還在說：昨天碰到老王的老婆，她說三萬元送貴了。她還說她們單位有人找到市局的領導，只送二萬元辦成了。她還說你們家老羅是不是上當了。你聽聽，幫了人還撈不著好。只怕人家還懷疑你從中做了手腳。咦，你是不是截留了部分？

羅明義哭笑不得，別人不相信，情有可原，張小燕還是這個態度，不得不讓羅明義的心涼了半截。羅明義說：你說呢？

張小燕說：我看你沒那個膽。

羅明義說：這不得了。

張小燕說：我相信有什麼用？關鍵是要別人相信。

羅明義說：也許別人真的只要二萬就搞定了，這東西也沒有

個標準，亂來的。關鍵是花了錢要能搞定，如果花了錢還搞不定，那我就死翹翹了。

張小燕說：活該。弄了羅小義和毛毛的就行了，還去費那個心幹什麼。我醜話說在前，搞成了搞不成，人家都會說你的。不信，你等著看。

羅明義說：嘴長在人家腦殼上，要說也沒辦法。由人家去吧。

張小燕說：你有時間，你去五中和師大附中一趟，看看羅小義考試的成績是個什麼樣。

羅明義說：要是二中搞好了，還去五中和師大附中幹什麼。

張小燕說：要是五中上線了，不花錢能進去，不是更好？

羅明義說：要是羅小義能考出這麼好的水準，我還花錢幹什麼。不要看也能知道個大概。

張小燕說：我就不喜歡你那個態度，考得好考不好，你總要去了才知道，不去你就知道了？對自己的兒子都不負責任的人，還指望你對別個負責任？

羅明義說：我哪點不負責任了？有意見也不能這樣損我是不是？

張小燕說：損你了嗎？損你是輕的，還要這樣，掃地出門。羅明義，你聽好了，羅小義進不了實驗班，我跟你離婚。

第二天上午，羅明義喊了朋友的車跑了一趟五中和師大附中，五中的總分羅小義是三百零一分，排名比較落後。師大附中總分是三百零六分，也落後。他把分數告訴張小燕，張小燕歎了聲氣說：不爭氣，氣死我了。

中午，羅小義回家吃飯，進屋就嚷嚷開空調，關了門窗，把空調調到最低。正是三伏天氣，外面的氣溫達到攝氏四十度，羅小義一身臭汗，他脫了汗衫擦臉，張小燕說：汗衫還洗得乾淨？羅小義說：太熱，下午不去上課。張小燕說：你敢。羅小義說：你到外面

走走試試？學校裡又沒空調，一間教室裡擠了六十多個人，就一個破風扇還轉不動。張小燕說：這些老師也真是的，收費那麼高，也不租個有空調的房子，讓學生遭罪。羅小義說：反正我下午不去了，那麼熱，誰還學得進去。張小燕說：就你熱，別人就不是人了。羅小義說：要學就請家教老師回來，在家裡學。張小燕說：你晚上有家教，白天也請家教，我負擔得起嗎？羅小義說：正好，負擔不起就不學了。這樣子學，亂七八糟的，也沒有學到什麼東西。張小燕說：總比你在家玩電腦強。羅小義說：我不玩電腦。張小燕說：你能不玩電腦？我一轉背，你就上了電腦。羅小義說：我不玩電腦能幹什麼？你沒聽同學們說，你們大人每天就打那點牌，學生每天就玩點電腦，這還是表現好的。張小燕說：玩電腦還是表現好？羅小義說：我們不玩電腦，還能幹什麼？那只好出去玩，出去玩，你們又不放心，外面亂，不是一幫人在一起無聊，就是學壞樣子，偷雞摸狗，打架鬥毆，有的還吸毒，泡吧，和女生在一起，還有同性戀。你是要我也這樣，還是讓我在家玩電腦？你沒聽說好孩子都在家裡玩電腦的說法嗎？所以呀，還不如讓我玩電腦。張小燕說：誰讓你出去玩？是讓你補習，上課，做作業。羅小義說：我又不是機器，總要有個玩的時間吧？張小燕說：你是想現在玩還是創造條件以後好好玩，你自己掂量。羅小義說：以後的事誰說得清，現在玩了實在。張小燕說：你就是這樣想的，所以就算在補課，也是心不在焉。羅小義說：切。

下午，羅小義不願去上課，張小燕動了粗，打了羅小義一頓。羅小義把狀告到羅明義那裡，羅明義也沒有辦法，只好勸羅小義去學校。羅明義和朋友在茶館喝茶，想起羅小義也夠辛苦的，結束了和朋友的聚會，回家來陪羅小義去學校。

羅明義送羅小義到學校，已經上課了，羅小義磨磨蹭蹭進了教室。推開教室的門，一股熱浪撲面而來，房頂上有兩個吊扇，一個壞了，一個像患了小兒麻痹，要死不活在轉。教室裡坐滿了學生，個個滿頭大汗，有學生用課本不停在扇著，有學生乾脆搬了

凳子坐到窗前，可是，外面的熱浪從視窗進來，讓孩子更加難受。然而再難受，學生也願意讓自由的風吹拂全身，儘管這風帶著溫度，儘管坐在烈日下，自由的風對於學生來說，比什麼都重要。

羅明義在走廊站了一會，感到胸悶氣短，他隨意走了走，看看其他班的情況，一層樓，二十多個班，每個班都差不多，兩個吊扇，有好有壞，孩子們擠在裡面，不停在喝水，不停在出汗。走廊裡站滿了家長，不少家長在發牢騷，罵學校負責的不是人。

家長們都熬著，不敢走開。一些家長是出於無奈，看到孩子這樣受罪，自己也陪著，以減輕心裡的負疚。羅明義在埋怨老師殘忍的同時，也在埋怨家長的殘忍，他覺得，現在的孩子，真是很苦。

羅明義原本想和朱銘琦聯繫的，想想羅小義在這裡熬著，自己卻去瀟灑，心裡不忍，留下來陪羅小義。第一節課下課，羅小義說口渴，羅明義立即下樓去買了冰鎮飲料，還買了紙給羅小義，要他擦汗用。

晚上，羅小義在書房補課，羅明義和張小燕在外面看電視，羅明義說是不是給羅小義換一個環境，張小燕說：吃得苦中苦，方為人上人。羅明義說：這樣下去也不是個事，擔心羅小義中暑。張小燕說：那就買點十滴水或人丹什麼的，總之不能中斷補課。羅明義又提出折中方案：是不是白天也請老師來家裡補課？張小燕說：再苦也不到一個月時間了，不要培養他嬌生慣養的習慣，男孩子，就是要鍛煉鍛煉，否則，難成大事。羅明義說：我也不是說吃點苦就怎麼了，我是說既然有條件，改善一下環境，既能讓孩子少遭罪，還能提高學習效率，事半功倍，對他們都好。張小燕說：他們上的是新課，一個老師有一個老師的方法，換了老師，又得從頭開始。

再說也無用，羅明義只好放棄。

# 第二十四章

# 一萬元買一學分

羅小義進二中的事還懸著。

楊本齋打電話進來時，羅明義正在開會，會議是由西南省物價局組織的，參加會議的是市教育局股級以上人員和各中小學校長，會議的名稱叫告誡會，內容是中小學收費六個嚴禁。所謂六個嚴禁是：嚴禁與新生錄取和學生轉學掛勾收取捐資贊助費；嚴禁利用學校教學場地、資源或與社會機構合作舉辦面向中小學生的各種培訓班、補習班、提高班等有償培訓行為；嚴禁公辦示範性高中超出「三限」規定，擴大擇校生比例、提高擇校費標準、降低擇校生錄取分數（等級）、跨學期預收擇校費和收取擇校費後再收取學費，或在「三限」政策外以自費、旁聽、借讀轉學、非計畫生等名義招收學生並收取費用；嚴禁未「四獨立」改制學校和未取得民辦學校辦學資格的學校，按民辦學校的收費標準收取學費；嚴禁學校統一組織或老師指定徵訂教育期刊和教輔材料，不得以任何理由代保險機構向學生收取保險費；嚴禁自立專案、提高標準、擴大範圍和違背學生自願強制服務、強制收費。三限即限人數限分數限錢數，四獨立則是獨立的法人、獨立的經費核算、人事管理，獨立的校舍，獨立進行教育。對於這種會議，羅明義也好，校長們也好，都知道只是一種形式，是物價部門的一種作秀，老百姓常說是掛羊頭賣狗肉。現在，很多事情是說一套，做

高考

一套，假話空話大話連篇累牘，就是沒有一件兌現的。有人說，中國的律法在世界各國中最多，但也是最沒有用的。教育也是如此，年年大會小會，但年年照收不誤，一些學校按等級喊價，少一分少則上千，多則上萬，少一個A更是不得了，至於各種培訓班、提高班、提前班，一年比一年盛行。上面作報告的人冠冕堂皇地說著一些原則性的話，下面的局長校長照樣談笑風生。

羅明義一邊聽著楊本齋在電話裡說些無聊的話，一邊望著臺上那些肥頭大耳的傢伙滔滔不絕在表演，到底說了些什麼，他也沒聽進去。楊本齋告訴羅明義，說二中招生領導小組昨天晚上開了會，討論了錄取學生的名單，基本達成了統一，只等報校領導批准通過了。最後楊本齋為難地說：明義兄，你小孩分數好像離我們的錄取線差幾分。羅明義一聽，心就提到了嗓子口，額頭上立即冒出了虛汗，以至於有點語無倫次：本齋，這是怎麼回事？本齋，我可沒別的辦法，這事，你要替我搞定。楊本齋既沒答應，也沒否定，只說見個面吧。羅明義不放心其他幾個的，又問：那幾個呢？楊本齋說：只怕也有問題。羅明義懵了，這可不是鬧著玩的，特別是那幾位，他沒辦法交差。

散會後，羅明義急不可耐要和楊本齋見面，楊本齋說一時半會只怕出不來，約了晚上再說。羅明義有點不高興，楊本齋還不至於耍他，但他對楊本齋的態度很不舒服，心裡總覺得有東西堵得慌。羅明義算是沉得住氣的人，但這件事非同兒戲，倒不是因為羅小義差幾分的事，而是他擔心其他幾位如果不能錄取，就會出大亂子，畢竟這是一件嚴重舞弊的違法行為，相信楊本齋也應該認識到它的嚴重性，一旦事情敗露，到時吃不了兜著走，後果不堪設想。

晚上，羅明義在島島咖啡等楊本齋，九點鐘，楊本齋來了，喝了不少酒，有點微醉。見面先作了個揖，一連幾聲對不起。羅明義要了茶，說解解酒，楊本齋說多虧明義兄的電話他得以脫身，要不然非趴下不可。

聊了一會，羅明義沒有心思繞圈子，直截了當問：本齋，電話

裡說的，是怎麼回事？

楊本齋說：是這樣的，昨天晚上，學校招生領導小組開了會，學校小升初的最低分是345分，初升高是6A+4A，從高往低錄，因為指標有限，有些上了6A的，不一定能錄取上，達到分數線的，也不一定能錄取上。

羅明義說：這個我清楚，本齋，你和我話實說，我那幾個有沒有希望錄取上。

楊本齋說：我來，就是想和你商量這事。

羅明義說：這事沒得商量，本齋，你一定要辦成，還要辦好。不說你也清楚，這件事很棘手。

楊本齋說：我清楚，不然我也不會來了。

羅明義問：有操作的空間沒有？

楊本齋說：令郎的分數是多少？我不記得了。

羅明義說：差三分。

楊本齋說：這個分數按說入不了圍，但明義兄的事，我會想辦法。

羅明義心想你收了錢就得想辦法，不要在我面前賣這樣的人情，我也不會領情。但他還是說：本齋你費心。又說：其他的怎麼辦？

楊本齋說：你知道他們的成績嗎？

羅明義說：那天他們說好像都是6A。名單不在你那裡嗎？我連名字都不知道，只知道我小姨子的。

楊本齋說：在我本子上。他們雖然都是6A，但達到6A的人遠遠超出了我們學校的招生名額，為了公平，我們學校只好調出了這些學生的考試成績，在這些6A中，從高往下選，我還不清楚他們的具體分數。

羅明義說：本齋，我小孩的事小，他們的事你要考慮一下。這個問題讓你為難，但沒辦法，對他們負責任，也是對自己負責任。

楊本齋說：有點難度，我試試。

羅明義說：本齋，不是試試，是一定。

楊本齋說：明義兄，你看這樣好不好，我身為招生辦的主任，還是有點空間，我可以去運作，但學校有規定，差一分額外多交一萬塊錢，你看這樣行不行？

羅明義沉吟一會說：我沒問題，但我不能保證他們，特別是老王。不過，我可以轉達你的意思。

楊本齋說：不是我的意思，是學校的決定。

羅明義說：對，學校的決定。

這樣說定了，羅明義說是不是還安排點活動，楊本齋說還有事，改天再玩。兩人分手。出了咖啡廳的門，目送楊本齋上車，羅明義心裡明鏡一樣清楚，楊本齋打他電話，目的已一目了然。羅明義雖然不高興，也只好接受。

羅明義沒有直接回家，他去了朱銘琦那裡。有好久沒有和朱銘琦聯繫了，羅明義還真有點想她了。他先給朱銘琦打了電話，朱銘琦說她在家裡，羅明義一車坐到她樓下。上了樓，羅明義發現有人在走廊歇涼，只好佯裝走錯樓層，上了四樓，待了一會，下樓。來到樓下，羅明義給朱銘琦打電話，告訴她樓道有人，朱銘琦說她下樓。

羅明義在前面走著，後面跟著朱銘琦，直到出了弄堂，羅明義才站住。朱銘琦問怎麼有時間了，羅明義說見了個朋友，還早，不想回家。朱銘琦說是走走還是找個地方坐坐？羅明義說去吃點東西吧，我還沒有吃晚飯。

兩人打車來到外婆橋下吃口味蝦，進了一家老牌店，羅明義發現有熟人，拉著朱銘琦走了。進了另一家，找了一個僻靜的位置坐下，羅明義要了一盆蝦子，一碟涼拌黃瓜，幾樣滷味。朱銘琦嫌要多了菜，非要退了滷味，說是吃多了不好。羅明義隨她，又要了冰鎮啤酒。朱銘琦問他為什麼還沒吃飯，羅明義說有事耽擱了。朱銘琦也不多問，喊服務生過來，問有沒有米飯。服務生說到這裡來的人

都是吃夜宵，沒有主食。羅明義問朱銘琦要米飯幹什麼，朱銘琦說你沒有吃晚飯，喝酒前吃點東西填填肚子，對身體有好處。

不一會，涼菜端了上來，羅明義給朱銘琦和自己的杯子倒上酒，兩人碰杯。羅明義問：小魯呢？

朱銘琦說：不知道。

羅明義問：不知道？

朱銘琦說：不知道。

羅明義詫異：怎麼回事？

朱銘琦說：她出去好多天了，不知道她在哪。

羅明義說：到底是怎麼回事？

朱銘琦說了原因。原來，羅明義去找了小魯學校後，學校同意再給小魯一次機會，讓她補考。這次補考的題目也還容易，但小魯還是沒有及格。學校通知朱銘琦，說要小魯降級，要不就轉學。朱銘琦太瞭解小魯的個性了，要她降級是不可能的。轉學，又沒有關係，哪個學校會接收她？再說了，這樣轉來轉去，對小魯來說也不是好事，朱銘琦無計可施，又去求校長，這次校長態度很堅決，朱銘琦說小魯只是幾門主課不及格，其它的課還是很優秀的。校長說其它的課都不重要，偏偏幾門主課不及格，拖了學校的後腿，校長說學校已經集體開會作出了決定，要不留級，要不轉學。朱銘琦沒辦法，埋怨了小魯幾句。小魯的脾氣是越來越壞，朱銘琦說不得她，一說就和她吵架，一句話不對口味，就摔東西做樣子。白天朱銘琦要上班，沒時間管她，她就天天在外面混，朱銘琦說她，她就鬧，說多了她就外出不回來。有幾次朱銘琦把她鎖在家裡，她照葫蘆畫瓢，把朱銘琦的衣服燒個洞，或是剪爛。朱銘琦沒有辦法，只好讓著她。朱銘琦想一個大活人，整天關在家裡也不是個事，就給她報了補習班，一是讓她學點東西，再是她有事做了，應該會收收心，只要她不鬧，也行。名報了，錢也交了，小魯就是不去。朱銘琦苦口婆心勸她，小魯壓根兒不當回事。有天，朱銘琦請了兩

小時假，想帶著小魯去學校，小魯和她犟，就是不肯去，朱銘琦一急就打了她。小魯一氣離家出走，幾天也沒回來。朱銘琦四處找，也沒找到。小魯在外面住了幾天後，回來了一趟，沒待幾天，偷了抽屜裡的一百多塊錢，又跑了。沒辦法，朱銘琦只好找到小魯的爺爺，說了情況，爺爺動員親戚去找，在一家網吧找到她時，人不像人，鬼不像鬼，朱銘琦有點心痛了，請了兩天病假，在家裡陪了她幾天。前幾天，有一部電影上市，是什麼大片，小魯非要去看，朱銘琦不放心，就說晚上找時間陪她一塊去，小魯不幹，非說要和同學們去，不要朱銘琦陪她。朱銘琦怕小魯又像上次那樣，和一些不三不四的孩子去上網，幾天都不著家，沒有同意，母女倆又大吵一架，結果小魯又離家出走了，到現在也沒回來。

羅明義聽了，心裡很沉重。既為小魯擔心，又為眼前這個女人憐憫。這個女人太苦了，這是一個多好的女人，為什麼命運對她如此不公？羅明義沒有表露，他很清楚朱銘琦最怕的就是羅明義去同情她，這樣的話，她很難和羅明義在一起繼續交往。羅明義明白這一點，所以他在任何時候任何場合，都不敢表露出他對於朱銘琦的同情和悲天憫人的情緒。

羅明義問：真不知道小魯去了哪裡嗎？

朱銘琦說：真不知道。我找了幾天，也沒找著，她爺爺也不管她了，年紀大了，也管不了了。

羅明義說：不會出什麼事吧？

朱銘琦說：我也不知道。

羅明義勸：應該不會有事的。興許是在哪個同學家裡，或者和同學去玩了。

朱銘琦說：剛開始急死了，現在，急也沒用了。

兩人只顧說話，點的東西也沒怎麼吃。羅明義喊朱銘琦吃，朱銘琦說沒有胃口，羅明義受到感染，也沒心思吃。捱了一會，買了單，兩人準備離開。

沒走幾步，羅明義站住：要不要我陪你去找找小魯？

朱銘琦說：那麼大一個長樂市，到哪裡去找。該找的地方我都找了，誰知道她待在什麼鬼地方。

羅明義擔心小魯，他是真心想去找找，又不想太固執反而讓朱銘琦不開心，只好說：回家還是走走？

朱銘琦說：太晚了，回家吧。

羅明義說：走走吧？

朱銘琦說：別走了，碰到熟人不好。

羅明義說：開房吧。朱銘琦沒做聲，羅明義拖了朱銘琦去攔車。

兩人來到賓館，朱銘琦要羅明義開鐘點房，羅明義說：你晚上還要回去？朱銘琦說：不是，是擔心你老婆會找你。羅明義說：那就不要管了，開間房只有那麼大的事。

來到房間，羅明義迫不及待抱住了朱銘琦，兩人臉貼著臉，抱得緊緊的。隨後，羅明義進洗漱間刷牙。

羅明義出來，朱銘琦拿壺進了洗手間，也刷了牙，燒好水。羅明義躺在床上看電視。朱銘琦走過去，在羅明義身邊躺下，羅明義抱過朱銘琦，兩人親吻起來。

也不知過了多久，兩人靜下來。朱銘琦躺在羅明義懷裡，她緊緊抱住羅明義不鬆手，羅明義在朱銘琦的頭髮上親著，又用手去疏理朱銘琦頭髮，再去撫慰朱銘琦的臉，一下一下，很細膩，很輕微。朱銘琦抬起頭，羅明義看到朱銘琦滿臉是淚水，不知是怎麼了，急切問：怎麼了？

朱銘琦擦了一把臉說：沒什麼，突然就想哭。

羅明義捧起朱銘琦的臉，在她眼瞼上吻了吻，什麼也沒說，把朱銘琦攬在懷裡，抱得緊緊的，直到朱銘琦說我不能出氣啦，羅明義才鬆開。

朱銘琦起身去照了照鏡子，過來坐在羅明義身邊。此刻，她的眼裡充滿了柔情，羅明義一時興起，又去親朱銘琦，朱銘琦閉上了眼，兩人又是一陣熱吻。朱銘琦說：去洗澡吧。羅明義說：你先洗。

　　也不避羅明義，朱銘琦脫了衣服，立刻，羅明義熟悉的身材裸露在他面前：窈窕的身子，光潔，圓潤；高聳的乳房，那樣豐滿，白晰，就像羅明義在部隊時吃的饅頭，柔韌，極富彈性；微微隆起的小腹，那樣恰到好處地起著點綴作用；緊繃的臀部外翹；修長的大腿極具性感。羅明義有時候想，造物主是公平的，給了她一個不幸的命運，也給了她這麼完美無缺的身材。

　　羅明義脫了衣服，急匆匆走了進去，一會，聽到朱銘琦說別鬧。

　　鬧了一會，兩人回到床上，羅明義在做了必要的鋪墊後，進入了實質階段。和往常一樣，羅明義使盡了他男性強健的本色，羅明義感覺到，這次交媾，彷彿比任何一次都讓朱銘琦感到滿足，有一陣子，朱銘琦的指甲插進了羅明義的肉裡，背上滿是一道道印子。羅明義玩笑說：你是要吃了我。朱銘琦回說：美得你。

　　都興奮，一時半會睡不著，羅明義和朱銘琦說話。羅明義說：銘琦，小魯怎麼辦？

　　朱銘琦說：我也不知道。

　　羅明義說：總這麼下去也不是個事，得想想辦法。

　　朱銘琦說：對她，沒有一點辦法。我現在是，殺她的心都有了。

　　羅明義說：這種事，能想？

　　朱銘琦說：我也只是恨鐵不成鋼，她是我身上掉下來的肉，我沒那麼狠心腸。

　　羅明義說：我倒是有一個辦法，但不知道你捨不捨得。

　　朱銘琦說：什麼辦法？

　　羅明義說：長樂市有一種學校，叫特訓學校，全省各地甚至外

省市的孩子都送到這類學校來，辦了很多年了。

朱銘琦問：你是說西南經視台聯合辦的，那種準軍事化管理的學校？

羅明義說：是的，我看過。不過，我並不贊成辦這樣的學校，因為我清楚裡面的一些內幕，這種學校的想法是好的，但教學方法過於野蠻，我總結就是兩個字：折磨。我很反感。

朱銘琦說：我也聽說過，因為很少看電視，只知道個大概。

羅明義說：學校的出發點還是好的，強調心理引導，以心理干預、啟發教育、感恩勵志教育為主，軍事訓練、安全教育、家庭教育培訓為輔，結合科學有效的軍事訓練進行封閉式管理，開放式訓練，個性化教育。旨在調整青少年心態，喚醒其心靈深處最真最善最美的一面，從而實現「人要我學好」到「我要我學好」的自主性轉變。

羅明義繼續說：招的學生，主要是貪玩厭學，沉迷網路，交往不當，盲目攀比，頂撞對抗，暴力傾向，麻木冷淡，自私自利，消極被動，自卑自閉，注意力不集中，過於依賴，不自信等不良現象的孩子，進行科學矯正，激發個人內在潛能，引導他們改變不良習慣，培養學習興趣，增強自信，磨練意志，完善心智。從而全方位提升自我完善自我超越，確保出校後以良好的心理素質與全面的思想狀態及學習交友和生活走上良性、健康、可持續的成長之路。

羅明義說：上面我說的這些都只是他們的宣傳，實際上，他們的主要課目是激潛、拓展、訓練。重點是在訓練上，這種訓練不是指一般的軍事訓練，而是特化訓練。其方法可能很殘忍。殘忍到什麼程度，殘忍到要把一個惡習多年的孩子的劣性改得一乾二淨，可想而知。有些家長受不了。你可能也受不了。

朱銘琦說：眼不見為淨。看到了肯定受不了。

羅明義說：要不把小魯送去訓練一段時間？

朱銘琦說：我拿不定主意。聽說很貴的。

羅明義說：一般兩個月為一個訓練課程，那些嚴重的，一時難以改變的，延長一個月或兩個月，也有半年的。費用方面是有點貴，十萬元一個課程。

　　朱銘琦抽口氣：這樣貴啊？

　　羅明義說：是有點貴，但相對來說，家長們都願意出這個錢。想想，現在一個家庭就一個孩子，要是孩子報廢了，豈止是十萬塊錢的問題。再說了，這些學校還是要一些成本的，場地，設施，器材，人員，吃喝拉撒睡，所有的付出，要比一般的學校投入大。

　　朱銘琦說：這個我懂，但十萬元對我來說是一個天文數字，賣了我也弄不到這麼多錢。

　　羅明義開玩笑：那好啊，十萬元賣給我吧。

　　朱銘琦嬌嗔：你還有心開玩笑，我都愁死了。

　　羅明義說：不開玩笑，錢的問題好說。我可以想辦法。

　　朱銘琦說：你能有什麼辦法。再說，我真要送她去了，以後我拿什麼來還。

　　羅明義說：的確不是個小數字，總比孩子廢了事小，哪頭輕哪頭重，你總該有個數吧？至於錢的問題，我可以想想辦法，你只要同意送小魯去就行。

　　朱銘琦說：讓我考慮考慮。

　　朱銘琦還是想著小魯，她要回家，擔心小魯回來自己不在家。羅明義理解，說他也回去。羅明義退了房，攔了的士，送朱銘琦到樓下。

　　羅明義回到家裡，張小燕還沒有睡，羅小義已經睡下了，但他並沒有睡著。羅明義問羅小義怎麼還沒有睡？羅小義說老師才走。羅明義看時間，都凌晨兩點鐘了，老師怎麼才走？問羅小義怎麼回事。羅小義說：你問姆媽。張小燕在看電視，西南經視台重播的一部言情片，正看得入神，羅明義問了幾遍才回答：老師明天晚

上有事不能來，我就讓老師把明天晚上的課也上了。羅明義很不高興，不說這種補法有沒有效果，羅小義明天還有課，不讓他早點休息，明天上課哪來的精神？羅明義埋怨張小燕：你不知道羅小義明天有課啊，不讓人早點睡覺，車輪戰，有用嗎？張小燕從來不喜歡羅明義一副領導的口吻，她不愛聽了：你來管啊，自己在外面瘋，你什麼時候管過羅小義？你沒資格管我。張小燕一發火，一般情況下羅明義是不會和她硬頂，特別是今天晚上，明知自己對不起張小燕，心裡首先理虧幾分。只好說：就事論事，別扯遠了好不好？張小燕說：怎麼，心虛了？羅明義說：我心虛什麼，我是不想和你吵。轉身對羅小義：羅小義，睡覺。

羅小義說睡不著，羅明義要張小燕關電視，張小燕要羅小義睡裡面去，羅小義說我要睡地鋪，羅明義說張小燕抽時間在電腦上看行不行，張小燕說你爺嵒沒一個講道理的，我就是你們的老媽子，老媽子還有自由，我連看個電視都不自由，關了電視。

羅明義調了空調的溫度，又給羅小義蓋上毛巾被。張小燕在洗澡，喊羅明義調熱水器溫度，調好後，羅明義坐在地鋪上和羅小義說話：羅小義，告訴你一個壞消息。

羅小義問什麼壞消息。

羅明義說：你在二中考試的分數是多少，還記得嗎？

羅小義說：三百四十二分。怎麼啦？

羅明義說：知道二中這次錄取分數最低分是多少嗎？

羅小義回答不知道。

羅明義一字一頓說：三百四十五分。是三百四十五分，聽清楚了沒有？

羅小義無語。

羅明義故意逗：怎麼不說話了啊？

羅小義還是無語。

羅明義說：結論是：泡湯了，上不了重點中學了。難道不是個壞消息嗎？

羅小義說：上不了就上不了。

羅明義說：譆，還蠻英雄的。知道上不了意味著什麼嗎？

羅小義說：意味著什麼啊？

羅明義故作神秘：嘿嘿，意味著進不了二中啊。

羅小義偏過頭去：切。蠻稀奇。

羅明義正經說：羅小義，我也不贊成非要進名校，不過，讀書還是要認真紮實，要有爭上游的決心和信心。比方說，你少的這三分，真要是想進去，你知道要多少錢才能買到嗎？

羅小義問：多少？

羅明義說：三萬。

羅小義不再說話。

張小燕洗澡出來，罵羅明義影響羅小義睡覺，說不讓她看電視，自己和羅小義說話。羅明義本想把這件事告訴張小燕的，一時又沒有了心情，洗澡睡覺。

羅明義有點擔心了，這種擔心隱隱約約的。他並不擔心羅小義，羅小義進不了二中，也只是羅小義一個，他擔心的是其他的孩子如果進不了，他們的家長會是什麼樣的結果。這件事不是鬧著玩的，必須讓楊本齋清楚，不僅要清楚，還要清醒。羅明義對楊本齋越來越反感，這種反感是因為楊本齋辦事不利索，不分明。他清楚楊本齋的難處，但他不喜歡楊本齋掖著藏著，一就是一，二就是二，就像這次分數線問題，行就給一個明確的說法，不行也給一個明確的說法，要補錢也是一個明確的說法，不能遮遮掩掩玩遊戲了。羅明義對楊本齋已經不怎麼放心了，他不想在這個問題上出事。特別是老王這樣的家庭，已經很脆弱了，一有風吹草動，就會粉碎，經不起折騰了。

羅明義決定再找楊本齋說說。

第二天上午，羅明義就來到了二中，楊本齋沒找到，意外碰到了李桃。

李桃背著包急匆匆正欲出門，見了羅明義，一時沒有反應過來。還是羅明義主動打招呼：小李老師。

李桃這才像一下子清醒了似的：怎麼是你，羅哥？

羅明義說：為什麼不能是我？早聽說你調進了二中，還是真的？

李桃說：是，暑期進來的，還沒辦手續。不過快了，學校說一開學就辦。

羅明義說：恭喜，祝賀。請客啊。

李桃說：對不起，羅哥，太忙，也沒告訴你一聲。對了，你來我們學校檢查啊？

羅明義說：不，來找個朋友。

李桃哦了一聲：羅哥，我不能陪你聊了，我還要趕去上課，下次請你，我們再聊。說完給了羅明義一個甜甜的笑，輕輕一聲拜拜小鳥一樣飛走了。羅明義望著李桃輕盈的背影消失在校門外面，才走開。

羅明義繼續尋找楊本齋，楊本齋手機關機，他徑直去了招生辦。招生辦只有一個值班的女老師在，她不認識羅明義，問他找誰。羅明義說找楊主任，女老師說楊主任去開會了。羅明義說手機怎麼關機的，女老師說是研究招生工作的會議，要求關機。羅明義問什麼時候才能結束，女老師說這個不知道。

回到辦公室，羅明義一直在撥楊本齋的電話，但一直都關機。羅明義也幾次給老王、小郭和張小涵打電話，撥了號碼又放棄了。

下午五點鐘左右，羅明義聯繫上了楊本齋，才搞清楚楊本齋開會是假的，陪同學回了一趟老家才是真的。羅明義火急火燎要

見楊本齋，楊本齋說有點疲倦改日請他吃飯，羅明義不答應，非要見面不可。

楊本齋沒法，只好約了地方見面，見面地點還是在島島咖啡店。兩人要了菊花茶，羅明義說出了他的想法和擔憂。

對於羅明義的擔憂，楊本齋並沒有當回事，楊本齋心裡清楚，這幾個學生雖然沒有達到學校的錄取分數線，但今年錄取的名額比往年相應增加，還有這個空間，就是說二中如果要把編制用足，只要沒有特別的情況，這些學生正好在他們錄取的順差之內，只是要補交點費用。羅明義並不清楚二中內部的情況，這些情況，其它幾所名校對他們也是保密的，所以羅明義有點擔心。

儘管羅明義說破了嘴皮，楊本齋還是裝糊塗。羅明義有點不高興了，直截了當說：本齋，你要給我個明確的答覆，這幾個孩子，一定得進二中，如果你還有困難，說出來，我也去想點辦法，我和你們校長也是有些交情的，只是我不願意去求人罷了。這個分數，我去找他，我想他應該會考慮的。

楊本齋見羅明義來真的了，不想這事穿泡，如果真要讓羅明義去找校長，這事還真能成。那樣的話，他楊本齋在羅明義面前就一文不值了，不僅一文不值，而且還會牽扯出很多的事出來，這不是楊本齋想要的結果。楊本齋原本也只是想耍點小聰明，沒想到耍過頭了，他忘記了羅明義是他主管單位的不大不小的頭兒，他也忽略了羅明義辦事最講「認真」二字了，楊本齋有點後悔，後悔自己犯了一個不大不小的錯誤。他明白必須立即改正這個錯誤。

楊本齋一面安慰著羅明義，一面說他晚上請客。羅明義態度很堅決，非要楊本齋給一個明確的說法。楊本齋笑笑說：羅科長太性急，凡事有個過程。這事，也不是急就能解決得了的。說完丟了煙給羅明義。

見羅明義還是板著個臉，楊本齋來了一個三百六十度的轉彎：行行行，我先給你表個態度，領導的事，就是我自己的事，這

事，我一定辦好。放心了吧？我們的羅領導。

羅明義並沒有輕鬆，他說：本齋啊，不是我對你不放心，是我擔心啊，這件事如果沒有個說法，你我都交不了差。只要出點錢還好，如果真要是進不了二中，你想過沒有，那局面會是一個什麼樣子？你我打包走人。

楊本齋說：明義兄的擔憂我能理解，你以為我就不擔心啊，我比你們任何人都要有壓力，這錢是那麼好要的？明義兄啊，你還是我們的領導，你最清楚啊，要不是為了你羅領導，我就是不做這個招生辦的主任，我也不會去做這種違法的事。還不是為了明義兄嘛。

羅明義說：這事讓本齋兄為難了，我也是一時糊塗，也沒辦法了，說一千道一萬，我也是身不由己。

楊本齋說：明義兄啊，沒有那麼嚴重，我們違什麼法了？你說我們違什麼法了？我們是洩題了還是我們違規錄取了？沒有吧？是我們收取了賄賂還是變相收費了？也沒有吧？是我們違反了上級主管部門的政策還是我們暗箱操作了？都沒有吧？所以說啊，凡事都得有證據，對不對羅領導？

羅明義像吃進了一隻蒼蠅，很不是滋味。心裡厭惡，嘴裡還得說：是是是，本齋說得對，什麼都沒有。不過，本齋，話雖然這樣說，事情還得做圓滿，不要到時候擦不乾淨屁股。

楊本齋有點掛不住了，羅明義的話太傷人了，但楊本齋不好發作，硬著頭皮應承：是是是，明義兄說得對，做任何事情都要講究一個圓滿，特別是做人，我覺得明義兄做人和做事一樣，認真，值得我楊本齋學習。還別說，明義兄啊，我最敬重你的，就是你的為人。

羅明義不再說什麼，已經很無趣了，再多說就會無聊了。兩人說好，由羅明義去找那些人，把分差的錢補齊，楊本齋負責錄取到位。為了絕對放心，羅明義甚至要求楊本齋這幾天就把錄取通知發到他們手中，楊本齋答應了。

晚上，楊本齋非要請客，羅明義沒有辦法，只好由著楊本齋。席間，羅明義說到上午碰到了李桃，楊本齋說：李桃下學期可能帶班，暫時定的是初一的班主任，兼初二、初三的數學。羅明義說：李桃應該有這個能力。楊本齋說：明義兄比我更清楚李桃的能力，畢竟是數學專業研究生畢業，又有英語八級資格。學校原是要她帶高一的，上三至四個班的數學和英語課，她自己不同意，提出做初一的班主任。羅明義說：上高中的課辛苦些，時間也占得多些。楊本齋說：是這樣，她自己也是這樣說的，說是才來，先適應一段時間，以後再調整。其實，你是內行，又是領導，應該清楚。羅明義說：情況有多種，不知她屬於哪一種。楊本齋說：領導說屬於哪一種，就是哪一種。羅明義說：本齋說話沒有原則。楊本齋說：還沒當上你家少爺的老師，就替她說話了。明義，真說不定這李桃就是你家少爺的老師呢。羅明義說：那有什麼稀奇的，好事啊。

　　楊本齋問要不要喊李桃來吃飯，羅明義說算了。楊本齋說李桃挺忙的，只怕也沒有時間。羅明義說：上午看到她好像是急急忙忙的，是不是在外面兼課？楊本齋說：兼不兼課，本人不是很清楚，不過，學校裡有她的課。有一批老師出國旅遊了，人手不夠，就要李桃提前過來幫忙兼課，不然，她也不會那麼早就過來的。羅明義說：這次去的是美國還是澳大利亞？楊本齋說：不是美國，也不是澳大利亞，而是去了馬爾他。美國，英國，法國，加拿大，這些國家老師們基本上都去了，今年，他們選擇了去馬爾他。羅明義說：那是一個好玩的地方，海島風光旖旎，我在電視中看過。像四大名校，一到暑假，部分老師就出國旅遊了。楊本齋說：其他學校的升學率也上來了，也有不少老師出國旅遊去了。羅明義說：還是沒有四大名校多。楊本齋說：這一點是永遠也沒法比的。不是吹，我們二中的老師都不願意出國了，從上世紀九十年代末期開始，我們二中就率先走出了第一步，每考上一個北大或清華等全國重點大學，年級組給予老師一萬元獎勵，學校給予老師三萬元獎勵，教育局給予的獎勵，一部分分給其他老師，大部分給了班主任

或兼課老師，最主要的是，免費出國旅遊半個月或二十天。後來，其他學校也跟著學，現在，全長樂市的學校都是這樣。你想想看，我們二中有時一個班也能考上一二十個清華北大的學生，你說說看，哪個老師不想來二中？

這個情況，對羅明義來說，他比任何人都要清楚，除了四大名校在上世紀末實行獎勵外，其他一些學校隨後也實行了這種獎勵制度，有些是想招攬一批好的老師，有些純屬是攀比，還有一些是盲從，不一而論。但結果是，整個長樂市的學校都把這種獎勵認作是一種潛規則默許了，誰也不認為有什麼不合理的。

李桃應該是清楚這些潛規則的，她為什麼不選擇教高中，而要選擇帶初中呢，羅明義其實是很清楚她的想法的。李桃在外面辦了幾個班，帶高中雖然有這些激勵機制，但畢竟付出的太多了，特別是時間。而李桃最需要的就是時間，且不說她不想付出太多，就她帶班創下的經濟效益這一項，又豈止是那些獎勵能比得了的？這筆帳李桃自然會算。

楊本齋心裡也跟明鏡似的，他也清楚李桃為什麼要帶初中生，只是顧慮羅明義和邵副廳長，才沒有說出來。想到邵副廳長，楊本齋說：明義兄，方便的話，安排個時間，帶我去拜見拜見邵副廳長，地方你選，我來作東。最好是華地或神農氏大酒店。羅明義說：好吧，等開學後，我安排一下，不過，要安排得有藝術性。楊本齋說：這個我懂。

# 第二十五章

# 零分作文

　　羅明義把事情原委向老王小郭和張小涵說了後，三個人反應不一。老王沒有吭聲，沒有吭聲不等於老王沒有想法；小郭說應該應該，嘴上說應該應該，心裡不定較勁兒；張小涵則罵羅明義辦的一堆臭事，什麼難聽的都說了，沒有屁用啦，窩窩囊囊啦，冤枉錢啦，還有什麼要錢乾脆俐落點，別小孩子屙屎，一撥一撥。羅明義不和張小涵計較，只是說今年生源供大於求，都想進名校，一年比一年緊張，一年比一年激烈，要理解人家。張小涵還是嚷嚷：我能理解別人，別人能理解我嗎？哪裡是讀書，是花錢買氣受。羅明義說：也不能這樣說，國家九年制義務教育，你去別的學校，不要錢。張小涵吼：羅明義，氣我是不是？抬槓是不是？你把羅小義送這些學校去啊？不要錢。你家羅小義不是聰明嗎，幹嘛要進二中啊？小郭一旁勸：別別別，美女哎，別發火，有話好好說。老王也說：別為難羅科長了。只是不知道還要補多少？羅明義說：像你們這種情況，估計是補一萬，我可能不止這個數。

　　老王說：這麼多啊？我聽說擇校費還要三萬呢。羅明義說：是的，要這麼多。老王啊，當初我不應該答應你啊。老王驚訝：羅科長，何出此言啊？是不是我什麼地方說錯了？羅明義說：哪能啊，老王，我是覺得讓你們做家長的為難了。這只是讀一個高中，就要花那麼些錢，我於心不忍啊。老王說：羅科長就是替我們窮人著

想，我姓王的見羅科長有這種憐憫心，已經滿足了，羅科長，你也不要在意了，別說是三五萬塊錢，再多，也捨得的，這和孩子的前途比，哪個輕哪個重，我老王分得清楚。只是讓羅科長為難了。

小郭也說：是這個理，不過，幾萬塊錢對於有錢的人來說，不算是一個事。但對於我姐姐來說，一個農民，要多少年不吃不喝才能攢下來。老王說：也不能這樣說，古時候，就曉得要讀書才有出息，像小郭郭總，你不就是讀了書，才有出息的嗎，你看你今天的出息，少說一百把萬沒有問題吧，哪像我，就是沒有讀書，才落得今天這個下場。因正為這樣，我才發狠要我的孩子一定要讀書，我不能給孩子太多的幫助，但我一定要給孩子一個公平，我送了他，他讀不得書，我心裡安寧，長大孩子不會怨我們家長。相反，我就是給孩子攢下更多的錢，孩子也不一定高興，因為我誤了他的前程。

老王的話雖然粗俗了些，卻說出了父母的心態，像老王這種想法的人，到處是。羅明義從事教育管理這麼多年，社會上各種心態的人，一目了然。只有像張小涵這種爆發戶，才不去想那麼多，即便這樣，她也知道要送毛毛去最好的學校，這一點，所有的父母是相通的。

小郭說：就怕送也送了，錢也出了，書也讀了，最後竹籃打水一場空。

羅明義問：郭總何出此言啊？

小郭說：我們花這麼大的成本，讀出來了還好，要是讀不出來呢？你看啊羅科長，現在社會上畢業的大學生有多少。

老王無不擔憂：就是，成批成批的孩子，沒事做。我也是有點擔心，萬一花了老本，要是祖上墳山不爭氣，考不了一個好學校，畢業出來，還不和他們一樣，找不到單位？

羅明義說：也不是沒有事做，是這些孩子心氣傲，總想自己是大學畢業生，心態調整不了，一些低下的工種不願去做，寧願待在

家做啃老族，也不願放下身價。

老王說：我也不要求孩子當個科長處長什麼的，只要他不像我和他娘，做點呆得死的事。可是，我只怕他連呆得死的事也沒得做。

小郭說：其實，這個社會什麼樣的人都要有，不是個個都能發財的，也不是個個都能做官的，要有做工的，做服務的，可是，現在誰不想有一個好工作，輕鬆的工作，能一夜致富的工作，這也是社會浮躁啊。

羅明義說：是存在一些問題，比方說，孩子讀書只有一個目的，就是考一個好大學。考一個好大學的目的，是為了找到一個好工作，找到一個好工作，是為了享受更好的生活。現在不講付出了，只說享受生活。因此，孩子們和大多數人一樣，有功利心。當然這種功利心或多或少是家長和社會賦予的，但不管怎麼說，他們身上沾有這種功利心。

老王說：羅科長說得真好，是這樣子，我雖然是個大老粗，但這些道理能看得透，只是講不出來。我急啊，我擔心我家小兵也會是這個樣子。

張小涵說：羅明義，你這是杞人憂天，人家讀不讀書，關你屁事。你只管好羅小義就行。社會嘛，是要有高低不平，才能有競爭力啊，都像過去一樣，那能進步嗎？比方說，我有這個能力，我就是要送我家毛毛進最好的學校，接受最好的教育，至於她今後是個什麼樣子，我才不去管她呢。後人自有後人福，我操那份閒心幹嘛，我犯得著嗎。

老王又說：小張妹妹說得也對，我也是想把孩子送到最好的學校，接受最好的教育，只是我們沒有那個實力。也不要緊，我們還有一身蠻力，就是賣血，我也要送孩子。羅科長，不就是加一萬塊錢，是吧？我出。

小郭也說：我也替我姐出了。

　　張小涵說：你們都望著我幹嘛，我說了不出啊？真是。

　　羅明義說：具體情況我還不清楚，這只是一個意向，我還在做工作。

　　老王和小郭說：羅科長，千萬不能筐瓢。要拜託你，花了這麼大的勁，別進不了，我們沒有其他準備，一門心思就是進二中。千萬拜託羅科長了。

　　張小涵對羅明義嚷嚷：你敢，你要是辦砸了，看老子收拾你。

　　羅明義要大家把心放到肚子裡，他說盡最大努力也要把事情辦圓滿。

　　這邊羅明義放心了，楊本齋那裡，羅明義還是提心吊膽，儘管如此，他也不能過於表露自己的急躁，無論從哪方面講，羅明義都不能在楊本齋面前亂了陣腳。他只能等楊本齋的消息。

　　以前，羅明義總覺得那些做家長的太在乎小孩子們的學校了，他一直認為沒有必要這樣為了小孩子的學校去絞盡腦汁。現在，輪到他自己了，他才有了切膚之痛。他不主張一個處在義務教育期間的孩子，本是長身體和培養個性並接受良好素質教育的時期，卻要像一個成年的學者或科學工作者一樣，去學那麼多的東西，讓這些孩子從幼稚園就開始像機器一樣，去衝鋒陷陣，最後頭破血流。他承認有些孩子雜亂無章地學到了不少東西，而這些東西到頭來，絕大部分用不上。他曾經想要改變，但他改變不了，既然改變不了，那麼他也只能是適應。羅明義突然想起一起事，不久前，他在上網時，他的一個網友給他轉發了一篇貼子，是今年的高考作文。羅明義看了後，覺得十分難受，他難受的是這篇作文得了零分。

　　如果不是這篇貼子被老師看出了破綻，羅明義承認這個學生是一個熟知歷史並有責任、有熱血、有愛國精神的青年，他針對時弊，結合自己的感受，進行了無情的揭露和諷刺。雖然只是一首打油詩，當他知道這是一首藏尾詩時，他卻無言了。羅明義把詩轉

貼在自己的博客上，冠以史上最牛的高考作文為題。

詩詞全文是這樣寫的：

西子泛舟範蠡老，三千越甲虎狼師。滄桑變幻慨國是，
東方又曉唱雄雞。回首清末亂象出，辱國從來未如此。
金甌殘缺山河破，春花秋月無人題。豈道正義世間無，
善惡有報天自知。梅自高潔玉自白，列強吞象可笑癡。
春風離離原上草，春雨新燕啄春泥。綠野千里奔烈馬，
何懼風霜嚴相逼。十月革命將民教，五四運動火種育。
佞臣身與名俱臭，馬列主義救危局。鐮刀斧頭天鑄就，
山城重慶談統一。可笑蔣家王朝蠢，技窮猶自效黔驢。
通電下野金蟬脫，遺憾寶島還分離。我黨改革能務實，
中華雄起立國際。國不再鎖關不閉，財源滾滾進我門。
世界遍佈中國造，更能收購美國車。打黑風暴除公害，
懲治貪官蛀蟲死。持續發展講科學，低碳經濟對路子。
美帝面前嚴說不，分清大非與大是。穀歌不是好東東，
黨的政策亞克西。玉成寶璧靠心琢，修成金剛不怕磨。
爾有反華心腸詭，我有錦囊萬條計。金融危機毫不亂，
借風借力把帆扯。豈怕台獨喪家狗，分裂分子空放屁。
春風十裡如畫卷，臺灣同胞游故里。感懷和諧無限意，
停車杏林有所思。早聞大陸多禮讓，和睦不分我和你。
今見桑梓確如報，遊子心頭喜上喜。鏡頭芳菲隨心拍，
怎比安居歇鞍馬。機遇在手豈能溜，葉落歸根是所須。
良辰美景碧雲天，臺胞定居桑梓下。中華自古家為大，
四海歸一龍脈吉。三通惠政春意到，自此骨肉不兩處。
七夕挽手渡銀河，中秋同樂烹紫蟹。正邪相生自古有，
台獨妖風又如何。縱使小丑挾民意，臺胞豈能忘大義。
聖人展目細查考，權衡天下劍小試。內政外交藏玄機，
霸權不敢覷神器。當年甲午腕空扼，馬關割台秋肅殺。
今朝三軍各逞能，龍騰虎躍彰國力。社稷利器數二炮，
領先戰鷹早研製。北斗導航定目標，百步穿楊神箭准。

航太產業振群科，神舟巡天大鵬舉。俯瞰九州景無遺，
澄清玉宇掃邪毒。寶島豐饒世間無，豈容宵小暗窺視。
機遇當前須奮進，落後挨打休停步。勿忘日寇九一八，
竊我東北折我股。倭鬼再敢犯海疆，釣魚島上定鞭屍。
勿忘北約謀東擴，美帝處處耍陰招。炸我使館獸行暴，
欲吞全球毒牙利。美日合圍無複加，我自一笑鼎三分。
拔劍揚眉聞雞舞，激濁揚清除時弊。泰山壓頂合掌推，
衝破島鏈大道出。橫掃蚍蜉眾螻蟻，振興華夏我民族。
中華當興信無誤，兩岸同是漢家人。臺灣好比一遊子，
琉球諸嶼是群弟。當年聞氏一多老，泣血作墨歌七子。
港澳已歸算當今，跨越海峽應指日。討賊檄文丹心寫，
重整乾坤續史詩。賊子分裂猶可罵，阿扁之流不如豬。
壯士手提屠龍刀，誓收台海成一快。眾心好似長江水，
澎湃激蕩沸騰熱。亂彈穿空大作為，驚濤拍岸為人民。
萬里紅霞五星出，台獨潰敗喪元氣。手拈飛蛾銀燈剔，
笑爾也敢生反骨。外衣燒盡馬甲扒，不過螳臂一潑皮。
青龍刀下將汝斬，爾曹屍身墊馬蹄。席捲千軍城寨拔，
定擒餘孽與爪牙。英雄上山慣擒虎，豪傑為國樂捐軀。
美帝若敢阻統一，管叫白宮大地震。美日蝦兵和蟹將，
中華航母秒殺汝。寶島回歸禮花爆，漫天牡丹與金菊！

　　如果把整首詩的最後一個字拼湊起來，成了這樣的意思：老
師是雞，出此破題，無知白癡，草泥馬逼，教育臭局，就一蠢驢，脫
離實際，閉門造車，害死學子，不是東西，琢磨詭計，亂扯狗屁，卷
裡意思，讓你報喜，拍馬溜須，天下大吉，到處河蟹，有何意義，考
試機器，扼殺能力，炮製目標，科舉遺毒，無視進步，八股疆（僵）
屍，擴招暴利，加分舞弊，推出蟻族，誤人子弟，老子今日，寫詩罵
豬，刀快水熱，為民出氣，剔骨扒皮，斬蹄拔牙，虎軀一震，將汝爆
菊（煮）。

　　羅明義佩服這孩子的勇氣，也讚賞這孩子的才氣，但是，他

感到有點惋惜，替這個孩子惋惜。如果不是閱卷老師看出來了，這篇作文不至於打零分，這個孩子就不至於埋沒。要是出在過去科舉時期，也許這孩子會遇上伯樂，說不定能中狀元。可是，現在不要這樣的孩子，現在只要孩子中規中矩，只要得到高分。

羅明義突然想起了西方國家的高考作文，在西方國家，決不會讓你在一堂考試課內既要做完那麼多的題目還要去寫一篇千字左右的作文，他們的老師會給你一定時間準備。羅明義看過一份資料，是介紹西方國家如何啟發學生寫作文的。說的是一位美國女教師，微笑地佈置給同學們一道作文題：我們要來找出自己希望從事的職業，針對未來的職業寫一份報告，而且每個人都要訪問一個真正從事那行業的人，並作一份口頭報告。

這道作文題，要是在國內，十三四歲的孩子一定會感到無所適從，但在美國，他們會愉快地遵照老師的要求去努力完成。此種作文可以培養和鍛煉學生五種能力：抉擇能力。經過慎重考慮，選擇、確定自己未來的職業理想；思維能力。確定何種職業，如何從現在起為實現未來理想而努力學習，是需要作許多獨立思考的；寫作能力。即寫一份「針對未來的職業」的文字報告；處理人際關係的能力。即訪問一位與自己未來職業相關的人；口頭表達能力。即在班上向老師和同學作口頭報告。這樣，做、寫、說、思便有機地結合起來了。

美國的作文課，不要求學生當堂完成寫作任務，可以到圖書館查資料，可以調查訪問，給學生充分思考和準備的餘地。美國的作文課，關注人生，關注學生未來的發展，與他們自己的利益和命運息息相關。美國的作文課，與社會、與生活是溝通的，注意處理好作文與生活源頭的關係，並且追求真實和實用。這些都是中國的作文、作業所欠缺的。

羅明義覺得，中國孩子的作文，顯得紙上談兵，好像只是 弄文字技巧而已，談不上關注學生自己的發展或國家民族的命運，與真正表達學生思想、感情、品德、人生觀和價值觀相去甚遠。因

此，我們很有必要學習美國作文的人文性、開放性、綜合性、實踐性和趣味性。作文是語文教學的重要環節，是語文教學的落腳點，所以它有可能成為語文教學改革的突破點。

這天，羅明義在辦公室加班，張小北打他電話，說是想找個人喝酒聊天。羅明義知道張小北一定是有事，不然他是不會主動約自己喝酒的，張小北從來沒有主動打電話約羅明義喝過酒。

羅明義處理完公務後，按先前說好的趕到金牛角自助餐廳，張小北早已到了。他點了幾樣菜，要了一瓶啤酒，一個人在慢慢地喝。見羅明義來了，也不起身，只說坐吧，就要服務員上酒。

羅明義心細，發現張小北憔悴了許多，儘管有一副眼鏡戴著，還是能看到鏡片後面那眼神充滿了血絲和疲憊，隨便問了一句：熬夜了？張小北知道羅明義指的是玩牌，回答：沒有，哪還有心思玩。羅明義說：單位忙？張小北說：報個到，點個卯，一張報紙一杯水。羅明義說：那你都幹什麼了？張小北說：什麼也沒幹。

羅明義和張小北乾了一杯，吃了些菜，閒聊了幾句，又把話題收回。羅明義問：小棟怎麼樣？

張小北一杯酒一口見底，又喊服務員送酒來。羅明義拿自己的瓶子替張小北滿上：聽說小棟補考還掛了科？

張小北取下眼鏡擦拭著說：明義啊，我擔心小棟啊。

羅明義說：有什麼擔心的，不及格再考嘛，不要過分給小棟添加壓力，任其自然吧。

張小北說：這話你要和謝敏講，她啊，現在是有點瘋狂了。

羅明義問：怎麼啦，有什麼問題？

張小北說：小棟不是補考沒有考好，有兩門課及不了格嗎？

羅明義點頭：噢，不及格再補考不就行了，有什麼問題？

張小北說：老師很清楚小棟即使是再考，也是及不了格的。因此，勸小棟放棄，留一級，再從頭打基礎。

羅明義說：老師怎麼能這樣呢？老師是不允許也不能這樣處理問題的。是哪個老師說的？

張小北見羅明義要追究老師，連忙說：這老師是小棟的班主任，和我的關係還算好，她是出於好心，站在我的角度出發。這事，不能怪老師。

羅明義說：不管出於什麼心，也不能這樣，違反了紀律，也違背了職業道德。學生哪方面出了問題，學校和老師有責任在某些方面給予特別的施教，直到這個學生達到標準為止。如果學校和老師都像他們那樣，只要考試不達標，就鼓動他們留級，他們是輕鬆了，升學率也上去了，但給家長和學生帶來了什麼？顯而易見的。

張小北說：也沒那麼嚴重，我知道老師是出於好心，不是你想的那樣。也許，其他老師或是學校是關注升學率的問題，擔心小棟拖後腿，會影響他們班的升學率，但小棟的班主任我瞭解，她不是這樣的人。

羅明義說：我相信你說的，但的確有一些學校和一些老師，有這種傾向，你沒待在這個行業不是太清楚。一些學校和老師，為了保證他們的升學率，甚至於把一些差等生規勸轉學，退學，四所名校就有，而且還比較嚴重。

張小北說：這個我聽說了，但不是你講的原因，我聽到的是說跟不上班，壓力大，學生自願轉學的。聽說自願轉學的還有學費退，學校還給予特別補助。

羅明義說：這只是幌子，其實就是淘汰劣生。

張小北說：既然是這樣，那你們教育主管部門就不管一管？

羅明義說：怎麼管？牽涉到利益、關係方方面面，教育主管部門也是受益者之一，再說了，老師手裡有協議，有學生和家長的簽字，他們的確是自願退學或轉學的，管什麼啊。

張小北說：就沒有辦法了？

羅明義說：難。你啊，不在其中，我說了也是白說。不說這些了，說說小棟吧，小棟的情緒怎麼樣？

張小北說：還能怎麼樣，我擔心就是這點，我怕他會垮了去。張小北喝完一杯後繼續說：自從知道補考不及格後，謝敏的情緒發生了很大的變化，好像是多年來壓在心裡的石頭突然爆炸了，有點失常，動不動和我吵，動不動對小棟莫名其妙地發一通無名大火。過去小棟在淩晨一點鐘前能上床睡覺，現在要搞到二三點；過去小棟自己可以安排自己的複習，現在，謝敏寸步不離，跟在小棟身邊，讓小棟很有壓力；過去小棟還和我說幾句話，現在除了吃飯能在一起待上一會，往往是我找機會和小棟說話，小棟不願說一個字；過去小棟還能看到一點靈氣，現在，你去看看小棟，我突然發現他像個小老頭了。

張小北說不下去了，他有點哽咽，但控制住了。羅明義勸他，和他碰杯，兩人喝酒。羅明義說：你好好和謝敏說說，她是一個人在家裡待太久了，又趕上小棟屢考不及格，心裡憋得難受。你想想啊，她請了長假陪讀，一門心思放在了小棟身上，一年到頭哪裡也沒去，也沒有人交流說話，她自己給自己加的壓力比誰都大，只要有一個引爆點，就會爆發。小棟補考不好，就成了她的一個爆發點。她的希望是小棟能按照她設計的道路走，可是小棟沒有在她規劃的道路上出現，她急了，變得有點變本加厲，也是正常的。不過，她的這種方式欠妥，一定要改，特別待在身邊守著小棟，這一點，我看不宜，讓小棟感到有壓力，也不自在嘛。

張小北說：我就是和她說了這事，她才和我鬧的。我也不贊成這樣對待小棟，這哪裡是在給孩子提供一個寬鬆的學習環境，這是把孩子往絕路上逼嘛。她現在天天逼著小棟補習，一天只允許小棟睡四個小時，說是不補考好，就一刻也別想休息，就時刻守在他身邊。小棟是人啊，不是機器，再說了，這樣做也沒有效果啊，適得其反。

張小北說：你不知道，謝敏自己都有點神經質了，半夜三更突

然坐起來，說夢見小棟從二十層的樓上跳下去，她也跳下去想抓住小棟，可就是抓不到。有幾次，我半夜醒來，發現謝敏一個人坐在疏妝櫃前發呆，哭泣，看小棟的作業。當時，我真的覺得謝敏也遭孽。

張小北說：昨天，我想和謝敏再談一次，要她放鬆一下對小棟的約束，適當給予小棟一點空間，讓小棟自己去計畫。特別是要她不要天天守著小棟，如果不放心，有事無事送杯水問問什麼的，進去看看就行。謝敏不聽我的，還說嚴父慈母，本應該是我來管的，我不僅不管，反而處處跟她作對，唆使小棟，讓小棟記恨她。明義你看看，她說的什麼話，我唆使小棟記恨她了嗎？沒有吧，我只是要她注意方法方式而已。我也想當個嚴父，但她讓我當了嗎？沒有，她不給我說話的權力，我想這樣，她就想那樣，我不贊成她的做法，她就和我吵，我要是再堅持，這個家還會安寧嗎？小棟還有心思搞學習嗎？我是裡外不是人。

張小北說：最後，當著小棟的面，趕我出了門，說是我不回去最好，我一回去，幫不上忙，幫倒忙。沒有我在她心裡不煩。

張小北的難處羅明義清楚，羅明義自己也有類似的經歷，在羅小義的問題上，羅明義就和張小燕的觀點相悖。張小燕和謝敏差不多，自己設計好了的道路，要羅小義原樣去走，稍不滿意，就會大動干戈。估計天底下的父母都差不多。好在張小燕不像謝敏那樣，有時候羅明義說的話她還是有點害怕，張小燕抓住了羅明義的特點，羅明義發脾氣是一陣子的事，過了也就過了，因此，當羅明義真的發起脾氣來時，張小燕一般不做聲了，過後，還是我行我素，羅明義也不追究。

對羅明義來說，小棟他是關心的。之前，他曾對張小燕說過小棟如何如何，當時張小燕還對羅明義發了火，羅明義待在教育部門，對學生的情況瞭若指掌，患綜合症的學生比比皆是。他擔心小棟遲早會出問題。小棟的問題已經很嚴重了，只是他暫時還沒有遇到引爆點，如果哪天真要是遇到了，那就不是小事。羅明義覺

得有必要提醒張小北，斟酌過後，他說：張小北，趕緊的給小棟減壓，長期下去，小棟承受不起，會出問題的。要不，給小棟找個心理醫生，在學習之餘，嘮嘮。還有，你要多和謝敏溝通，要多回家，多陪陪他們，特別是嫂子。

張小北說：謝謝明義。我知道，我會多抽些時間放在小棟身上。我也會多和謝敏說說話，溝通溝通。

羅明義問：嫂子那裡，要不我去和她說說？

張小北說：你不要去說。最近，你嫂子可能對你有些想法。

羅明義清楚謝敏為什麼事，但還是問：嫂子不會是因為我說了她的原因吧？

張小北說：也怪張小涵，你知道，張小涵那張嘴是藏不住東西的，你不是給毛毛和羅小義找名校的事有眉目了嗎？好像還有幾個，張小涵和謝敏說了，就說起了當初她和我打賭的事，說是你一定會把羅小義送進名校的。女人嘛，心裡裝不得事，非說是你厚誰薄誰，說你幫了毛毛，幫了羅小義，不幫小棟。這還情有可原，畢竟是自己屋裡人，可是你替八杆子打不著的人也辦了，謝敏就想不通了，一個外人都能辦，為什麼當初沒有把小棟弄進名校？這件事一直是她心中的一道坎，她過不了，她記著。明義啊，哪天她要是嘴巴子亂講亂扯了些什麼，你要看在我的面上，不和她計較。她是這樣的一個人，刀子嘴，豆腐心。

羅明義笑笑：我知道了，是我的問題。嫂子有想法，也是正常的，我不會和她計較的。

張小北說：這我就放心了。

羅明義和張小北喝著說著，不知不覺一箱啤酒沒了。張小北有點喝高了，羅明義送他回去，到了樓下，羅明義要送上樓，張小北不讓他再送，羅明義明白張小北的想法，不再堅持，只是看他進了樓梯，才回走。

羅明義不知要幹什麼，沒要車，一個人在路上晃悠著。他突

然發現，街上多了不少門面，大都是休閒洗浴中心。也是酒喝多了點，尿急，羅明義找不到公廁，就進了一家休閒店。

見有人進來，服務生起身招呼，一位領班模樣的小姐帶著一位女服務生來到羅明義身邊，熱氣騰騰的毛巾已經遞了上來。羅明義接過了毛巾，對領班說先方便一下再說。領班要服務生領羅明義去洗手間。

一泡尿下來，人清醒了許多，本不想在這種地方待的，經不起小姐們的一番熱情，羅明義說洗個腳吧，有人領羅明義進了二樓的房間。

剛躺下，羅明義手機響了。電話是張小北打來的，他問羅明義在哪裡。羅明義不好說是在這種地方，問他有什麼事。張小北說他進不去，門反鎖了，喊也喊不開。羅明義問他在哪裡，張小北說在樓下。羅明義說你等著我一會就到。對服務生說了聲對不起，離開了。

羅明義急匆匆趕到後，發現張小北坐在地上，嘔吐了一地，忙扶張小北起來。張小北想要去開間房子住一晚，羅明義說開房子不是問題，先去看看怎麼回事。羅明義是擔心謝敏和小棟出什麼事，有點不放心，他扶張小北來到四樓，從他身上拿出鑰匙開門，門開了。羅明義說了一聲沒鎖啊，將張小北連抱帶拖拉進了屋。謝敏從裡屋出來了，發現張小北喝得爛醉，劈頭蓋臉一頓臭罵，羅明義聽得明白，這罵聲中，有些話是對他來的。

羅明義解釋：北哥打電話說門反鎖了進不來，喊也沒人開，以為家裡沒人。謝敏說：幾時反鎖過門？我有這樣厲害嗎？沒人，我不是人？小棟不是人？也是啊，他幾時把我們當成家裡的人？

是這樣，一定是北哥開錯了門。羅明義將張小北安放在沙發上，去打了水替張小北洗了，安頓好後才替張小北開脫：嫂子，今天北哥高興，多喝了幾杯，怪我。

謝敏說：我在家裡當牛做馬，他高興得喝醉了。也是，做舅舅

的，外甥外甥女都進了二中，能不高興嗎？我也高興，一高興自然會喝醉的。

羅明義說：嫂子辛苦了，沒有人比你付出更多。你自己也要注意休息，怎麼說也是奔五十的人了，一定要學會勞逸結合。不然，身體垮了，還得小棟來招呼。

謝敏說：只興我替他付出，就不興他也為我付出？

羅明義說：我不是這個意思，我是說，不要給小棟增加負擔，小棟有小棟的壓力，我們大人體會不到。現在的社會，競爭太激烈了，我們做家長的，不能給孩子留下一筆財產，至少，不要給孩子添負擔。

謝敏說：那是我的事，是我們家小棟的事，與外人無關。

羅明義想再說也無益，他本不想談這些話題的，也不知是怎麼回事，就說起了這些話題來。羅明義進屋看了看小棟，小棟坐在桌前發呆，見了羅明義，也沒有什麼表示。羅明義喊了一聲小棟，又在他頭上摸了摸，最後在他臉上用力按了按，小棟應該是明白了羅明義的意思，但小棟還是沒有一點表示。

羅明義向謝敏告辭，謝敏說不送。羅明義一出門，謝敏就關了門。這門一關，真讓羅明義心裡一顫，因為那關門聲格外地刺耳。羅明義原地站了一會，才下樓。

來到樓下，羅明義抬頭望去，客廳的燈關了，知道謝敏又去了小棟的房間。謝敏對自己的態度，羅明義心裡早有準備，但沒想到她會有這麼大的意見。

羅明義並沒有計較謝敏的態度，一直覺得是自己對不起謝敏，也對不起小棟。其實，那時候羅明義只要臉皮厚一點，只要去求一求邵副廳長，也不是沒有可能。但他就是沒有這樣去做。張小北雖然不怪他，羅明義心中其實始終有一個結。

# 第二十六章

# 高　升

　　羅明義沒有想到李桃會給他打電話。

　　上午在辦公室時，羅明義正給張小北打電話，問他昨天晚上有沒有事，和謝敏談過了沒有，小棟的考試要不要他出面。張小北一一說了，說到小棟的考試時，張小北說不需要他出面，因為學校會安排小棟補考的，如果小棟不能補考，或補考再不及格，就不能畢業，不能畢業就沒有畢業證，沒有畢業證根本沒有資格參加高考，這是一個常識問題。至於老師要小棟降級，是老師出於對小棟的關心，老師是真心的。羅明義相信張小北的話，也相信了那位老師，說這樣更好。

　　和張小北剛說完，李桃打電話給他。羅明義有點新鮮，李桃很久沒有主動給他打過電話了，不但不主動，有時連他打過去的電話也有不接的，這次主動打電話來，羅明義都有點受寵若驚了。

　　李桃先向羅明義賠禮道歉，說有些個人的事在處理，好久沒有給羅科長打電話了。又一句反問「羅哥不會有意見吧？」讓羅明義有想法也只能連連說沒有哪裡美女能給我打電話榮幸之至類似的話。可是，李桃並不賣帳，一個勁說羅哥對她生分了。讓羅明義更是無從說起，一時無語。

　　李桃見有些尷尬了，立即將話轉入正題：羅哥晚上有沒有

空，我請羅哥吃飯。

羅明義想李桃一定是有事，本想應付的，一想這不是他的性格。再說，也好久沒有看到她了，想見見。爽快答應了。

按照李桃說的，下班後，羅明義來到了約定的酒店，李桃已等在門口了。

握了手，李桃帶羅明義進了包廂。進得包廂，羅明義發現還有一位男子，羅明義進去時，男子站起上前來握手。羅明義握著男子的手，李桃在一邊熱情介紹：羅科長。又笑容可掬對羅明義說：這位是邵總，剛從津津市來，在長樂投資做生意。

羅明義一腦子犯糊塗，鬆開手，連連說：幸會幸會。邵總發財發財。

被稱為邵總的男子和羅明義寒暄：早聽說了羅大科長的大名，今天一見，久仰久仰。

羅明義心想，這個男人只怕有點呆，我又不是什麼名人義士，還久仰。想想現在林子大了，什麼樣的鳥都有，也就禮貌地一笑：邵總客氣了。

李桃忙說：羅哥，邵總原來也是老師，後來下海，當老闆了。

羅明義說：原來邵總也是人民的教師，失敬了。

邵總說：別說個老師，就是當了校長，也是羅科長的部下。

羅明義說：邵總可不能這樣說，我還是挺羨慕老師的，不僅是羨慕，而且還敬重。就像李桃，真是羨慕你了。

李桃含情地說：還不是要謝謝羅哥，沒有羅哥，哪有我的今天。

羅明義說：李桃啊，我可沒有幫上什麼忙，是你自己能幹。我對你，有信心。不只是在教學上，在其他方面，我相信你也會有所收穫，而且是更大的收穫。

李桃嫣然一笑：謝謝羅哥。羅哥的幫助，我心裡有數。

邵總也一旁幫腔：李老師經常在我面前說起羅科長的。她說……

李桃忙打斷：羅哥，真高興你能來。說著遞過菜單，要羅明義點菜。

羅明義想這個姓邵的男人只怕和李桃有著不同尋常的關係，李桃不讓他說話，一定是她不想讓我知道得太多。羅明義不去想這些了，接過菜單，點了一份苦瓜炒鹽蛋黃，其它的，就要李桃點。李桃堅持要羅明義點，羅明義說隨便吃，不要浪費。

李桃點了菜，邵總說喝什麼酒，羅明義說本不想喝酒的，不過第一次和邵總吃飯，就喝啤酒吧。邵總就大呼小叫要服務員張羅啤酒來。

一會，酒菜上齊，李桃端杯說：這第一杯酒，感謝羅哥能賞光。羅明義先和邵總碰了杯，再和李桃碰杯，然後一口喝了。

放下酒杯，羅明義望著李桃，腦子卻在想，今天的酒還是李桃做東，說明是以李桃為主請的，至少不是那個姓邵的。但他敬酒卻是先姓邵的，再李桃，這就是羅明義的見識了。不管這姓邵的是李桃什麼人，他先敬姓邵的，都合情理，他是新客，第一次喝酒，應該先敬，同時也告訴姓邵的，他和李桃的關係，不是一天兩天的。

相互喝了不少酒，整個喝酒過程中，李桃不讓姓邵的多說話，李桃對羅明義說了最近幾個月的經歷，主要是上課，帶學生，忙得分不開身。羅明義知道李桃的話裡有水分，但他並不計較，他覺得李桃也不容易。

今晚，李桃喝了不少酒，之前，羅明義也和李桃吃過飯，但李桃沒有喝過那麼多的酒，其實，羅明義從喝酒的氣氛中，感覺到了李桃的不愉快，只是李桃把自己包裹得太深，換了別人是看不出來的，但羅明義能看出。

這時候，李桃突然問羅明義：羅哥，你家公子考上了二中？

羅明義問：你怎麼知道？

李桃說：我聽楊主任說的。他說你們關係很好的。

羅明義說：本齋啊，是不錯的。

李桃說：那祝賀羅哥。

羅明義說：八字還沒有一撇呢。

李桃說：我聽楊主任說，他不是說已經搞好了嗎？

羅明義說：搞好了？我怎麼不知道？

李桃說：哦，那我就不蠻清楚了。不過，我好像聽說學校都開會定了的。本來，今年報考二中的人是不少，這些學生同時也報考了一中和五中，最後不少選擇去了一中和五中，二中還有些名額，正在放寬招生呢。

羅明義說：是這樣。

李桃說：局裡不知道這些情況？

羅明義說：局裡只管給政策，具體操作，一般不參與，省得說干預多了。這些年來，市區都是放開了的，從不過問學校的具體事務。

羅明義又說：你什麼時候聽楊主任說的？

李桃說：有一個星期了吧。

羅明義自語：一個星期？

李桃說：有，一個星期了。那天是楊主任請客，請邵副廳長吃飯，在餐桌上，楊主任說起了你小孩上學的事，說是他想辦法弄好的。

羅明義想，前天他還和楊本齋在一起，楊本齋還在說羅小義離二中的錄取線差三分，要補交三萬，其他的也要補交一萬元不等。怎麼李桃聽到的情況不一樣呢？是不是楊本齋在李桃面前吹牛？越想，羅明義越覺得這楊本齋做事不踏實，不靠譜，擔心這樣下去會出大事。他沒有在李桃面前表露出什麼，只說：這事我還沒

有聽說，只曉得小孩考試差了幾分。話沒講完，突然想起了什麼，問：楊主任認識邵副廳長？

李桃說：認識啊。

羅明義說：多久了？怎麼認識的？

李桃說：找的我。我沒調過來時，先在這邊實習了一週，他求我，至少不下十次了，我沒法再推，就安排他們在一起吃了一餐飯。

羅明義驚駭：有這樣的事？

李桃說：怎麼啦，羅哥？

羅明義發現自己失態，穩定了情緒，笑笑說：沒事。沒事。楊主任還成天纏著我，要我約邵副廳長吃飯。這小子。

一旁的邵總搭言：你們說的是我大伯？

羅明義沒聽清楚，李桃瞪了姓邵的一眼：多嘴，喝多了。

羅明義突然寡言，也沒有了心情。我去洗手間一下。起身去了。

從洗手間回來，羅明義情緒穩定了許多，李桃說：沒事吧？羅明義對李桃和姓邵的表達歉意：不好意思，喝多了，李桃的酒就是醉人。他本想說美女的酒就是醉人，覺得輕浮了，才改口。

李桃也不再多說。她原以為羅明義和楊本齋是鐵哥們，才不設防說了這些話，沒想到羅明義一點情況也不清楚，讓李桃感到他們之間不知是怎麼回事。其他的也不方便再說，只告訴了羅明義一點：楊主任可能要提升了。

不知什麼時候，姓邵的離開了餐桌，羅明義才發現，套間裡只有他和李桃。李桃表現出一種從未有過的體貼，她關切地問：你真沒事吧？

羅明義根本就沒有喝多，他心靜如鏡。李桃那種做出來的關懷，他早已看在眼裡。羅明義玩笑說：醉了也是你惹的禍。

李桃做出一點撒嬌模樣：我又沒讓你喝醉，怪我啊？

羅明義哈哈一笑：自古英雄難過美人關，不過，我不是英雄，你倒真是美人。

李桃更是百媚千姿：羅哥，你笑我。再這樣說，我不理你了。

羅明義故作思忖：不理我了？那可不行。好好好，不開玩笑了，不開玩笑了。說吧，是不是有事找我？

李桃一下子像是被誰打了一巴掌定格了。好一會，才緩過神來：沒事就不興我來找你啊？我說過的，早就想請你了，請飯也要有理由啊，誰定的。一副羞答答的樣子。

羅明義故意逗：真沒事？

李桃噘起小嘴：誰說沒事？我就是有事找你的嘛。

羅明義又逗：我就說嘛，沒事請我喝酒？

李桃幾乎要跳起來，一副委屈得要死的模樣：冤枉人啊，請你是真的嘛，事情才是次要的。

羅明義還是第一次看到李桃在自己面前撒嬌的模樣，原來，一個二十六七歲的女孩撒嬌也是那樣的讓人憐惜，羅明義心裡流動一種別樣滋味的感覺。過去的那些對李桃的誤解、看法，此刻煙消雲散。李桃原來還是那樣的可愛。

李桃要羅明義辦的事，其實也簡單，但操作起來比較複雜。原來，李桃想要辦一所培訓學校，用李桃的話說原來是小打小鬧，現在，她要大鬧一場。她在市青少年宮租下了三層樓房，每層有三十間房屋，她想搞成規模，從幼稚園的孩子們，到小學，到初中，再到高中，專業包羅萬象，從美術音樂繪畫電腦文化補習到象棋圍棋跳舞等等。學校名稱就叫惟楚有材學校。李桃說工商稅務都已經打好了招呼，就差教育局的批示了。長樂市這類掛牌並得到政府相關部門批准的學校，大大小小不下三百家，還有一些打遊擊的，上檔次上規模的有二三十所，一到節假或寒暑假，還有平時的晚上七點到九點，生源不曉得怎麼那樣好，李桃就是看好了這一點。李桃說學校不是她一個人辦的，和邵總兩人合夥，平時

邵總經營，李桃負責教學和組織師源及生源。

教育局這一關，本是一科負責審批，對羅明義來說，一科二科沒有區別，簽個字蓋個章罷了，既不違背原則，也不存在違章違規，更沒有違法，長樂市教育局對這類學校從來就沒有控制，所以，羅明義同意幫忙。

李桃謝了羅明義，兩人又聊了一會，分別時，李桃塞給羅明義一個紅包，憑羅明義的感覺，少說也有一萬。羅明義沒有接紅包，反而說了李桃一頓，李桃只好收了紅包。

按羅明義說好的，第二天，李桃就將材料送到了羅明義辦公室，羅明義告訴李桃，材料還要按程序上報審批，大概要一個星期，囑咐要李桃在家等消息。李桃有點擔心，問羅明義要不要請一次客，羅明義說：我去做工作，批了後你再請客不遲。

羅明義還是惦記著那四個孩子上學的事，按照以往的做法，這個時候應該是發通知書的時候了。還有十多天，長樂市的各中小學就要開學了，市局和各區教育局都已開會做了全面的部署，而且還立下了軍令狀，不能讓一個孩子入不了學，讀不了書，交不起學費。這種軍令狀其實就叫責任書，每年都要簽的，但照樣有上不了學的，交不起學費的，進不了想進的學校的。今年也不例外。

羅明義必須和楊本齋好好談談，他撥打了楊本齋的電話。楊本齋好像是在哪裡唱歌，手機裡吵鬧得很。

楊本齋想推，羅明義不饒他。羅明義說：本齋，知道你忙，我就說幾句話。那些孩子們的事，你運作得怎麼樣了？如果有問題，我考慮著去找找你們學校領導，我前天和邵副廳長也吹了一下風，邵副廳長答應有困難時他出一下面。

楊本齋一聽到邵副廳長的名字，一下子敏感起來。楊本齋神秘兮兮地問：兄弟，你什麼時候見過老闆了？覺得自己說漏了嘴，立馬改口：兄弟什麼時候去看過邵副廳長？我曾想拜託兄弟牽線搭橋，拜訪一下邵副廳長的，但明義兄太忙，一直也沒有如願。這

事，兄弟還得想著啊。

羅明義本是想給楊本齋一點壓力，根本就沒有想要撇開他自己去找人，他說的去找了邵副廳長，也只是想殺殺楊本齋做人的作風。要不是李桃告訴了他，他還一直被楊本齋蒙在鼓裡。明明有希望的事情，明明很簡單的事情，明明羅明義大小也算是他的領導，明明事情已經定了的，楊本齋就是要搞些官僚主義的東西在裡面，把事情要搞得這樣複雜，羅明義就不信事情到了這一步，沒有你楊本齋就辦不成了。

這一招果然靈，楊本齋只好承認事情有了眉目，應該沒有太大問題，只是一些細節上的事情還在落實。羅明義見楊本齋有了態度，自己態度也變得好了起來，他哈哈一笑說：本齋啊，我就知道你留了一手，你做事也太穩妥了，不是十拿九穩，你本齋是不會開口的。

楊本齋哪裡知道羅明義是在譏諷他，也是笑哈哈回答：知我者，明義兄也。我做事，明義兄你是知道的，從來不張揚，沒有辦成的事，我是從不吹大話的。何況還是涉及到令公子的大事，我能兒戲嗎？

羅明義說：是是是，本齋的作風歷來如此。

兩人都覺得要見上一面，於是約好了見面時間和地點。

這餐飯吃得很失敗，這對羅明義來說是從沒有過的事。儘管楊本齋一再調和氣氛，羅明義總是收不住心，總感到彆扭。

羅明義找了個時間，找到老王、小郭和張小涵，和他們說了每人補交一萬元錢的事。補錢的事因事先和他們有過溝通，儘管有些不爽快，但還是交齊了，就連老王也七湊八湊弄來了一萬元交到羅明義手中。羅明義接過他們的錢，心中還是有些不是滋味，老王的錢，連五元的小票都拿出來了，知道老王是竭盡所能了。儘管這些人什麼也沒說，羅明義還是有一種愧疚，好像這錢是他收了似的。

其實，為了這一萬塊錢，羅明義和楊本齋攤了牌。昨晚吃飯時，羅明義就套楊本齋的話。他說：本齋兄，學校招生情況怎樣？楊本齋說：好啊，都擠破門檻了，好多想進的進不來。羅明義也不點破，只是說：是吧，那就好。我聽說一中和五中，還有師大附中，今年比哪一年都俏，超過他們錄取分數一二十分了，都不一定進得去。二中嘛……楊本齋說：二中也一樣，有些超出好多分，學校在錄取時，還在考慮綜合學分。羅明義說：綜合學分是要考慮，市區局一再強調過這一點，我們主要還是要看學生的綜合因素。當然，這個上面也只是指導性意見，具體操作，還要看各自學校的情況。上面也作不得主。楊本齋說：我們歷來都是執行上面的政策，也就是執行你羅大科長的指示。

　　羅明義不喜歡聽這些虛的東西，不想再扯。直截了當說：本齋兄，兄弟今天有事要和你說清楚，你也知道，要不了多久就要開學了，大家都關心孩子們的去向問題。我也一樣，不敲定就不能讓大家的心寬下來。我想請你明確兩件事，我知道這給你添了不少麻煩，但事情到了這一步，就只好麻煩你到底了。楊本齋插話：明義兄，別搞得這麼嚴重，把我當外人是的。羅明義說：本齋兄，正是沒把你當成外人，我才有什麼說什麼。這幾個孩子入學的事，你要給我個明確的答覆。行，也得行。不行，也得想法子讓它變得行。這是一。二，關於差分的補助費問題，我想請本齋兄出面，能不能免了，免不了的話，是不是少交一點。如果不能少的話，那個老王家的孩子，是不是能幫忙，儘量減免他們的，他們家的情況有點特殊。

　　楊本齋說：明義兄真是菩薩心腸。我也知道讀一個初中或高中，花的費用不比讀大學少。但我也沒有辦法。我就算是校長，也不能隨便說免就免得了的。何況我還只是一個小小的招生辦主任。實話和你說了，你是我們的領導，又是兄弟，才有這麼個機會，別人想補交還不能要呢。你可能已經知道了，我們學校轉走了一些生源，但你知道要進來的生源，地市的，各種關係的，多了去

了。說打破腦殼往裡擠，一點也不過分。我明確告訴你兄弟，幾個人的名額已經定了，這一點你只管放心。至於錢的問題，那是一定要交的。交了這一萬元後，你還要告訴他們，及早準備三萬元的擇校費，那是一個子兒也不能有鬆動的，還不能說是擇校費，是贊助，對教育的贊助。

羅明義聽楊本齋這一說，還真是覺得自己有點過分了。也是他楊本齋敢這樣，要是換了他羅明義，還不一定能辦得到。雖然有違規操作嫌疑，你羅明義不是也需要嗎？你可以裝清高，可以不屑一顧，甚至也可以不辦，幹嘛找他楊本齋？你去找別人啊，找別人未必就能辦成，未必花上這麼些錢就能辦好。不信？不信羅明義你就來試試，量你有這份心，未必就有這個膽。

羅明義沒有將這些情況告訴老王他們，告訴他們也未必有用。只告訴了他們學校的事已經定下來了，這幾天錄取通知書就會到了。另外，還告訴了他們準備三萬元的擇校費，這筆錢大家都知道是省不下來的，都說想辦法準備。

這事確定下來後，羅明義總算放下一椿心事。

# 第二十七章

# 特訓學校

上午，羅明義參加完一個會議，正想去理髮店洗一個頭髮，朱銘琦給他打電話。電話中，朱銘琦告訴他小魯回來了，還說小魯是被公安送回來的。

羅明義感到吃驚，公安送回來的？他問朱銘琦。朱銘琦說是的，公安送回來的。羅明義想再問，朱銘琦說小魯出來了，有時間再聯繫。掛了電話。

羅明義沒有去洗頭，隔了一會，他給朱銘琦打了電話，要朱銘琦去某某茶樓。朱銘琦說她想陪陪小魯。羅明義想想也是，也不勉強，只說等他電話。

中午，羅明義打朱銘琦電話，約她去喝茶，朱銘琦答應了。羅明義急著想見朱銘琦，並不是為別的，主要是想瞭解小魯的情況。有什麼事還驚動了公安？

兩人幾乎同時到了約定的地方，要了茶，喝著，朱銘琦說了小魯這次外出的情況。朱銘琦說：這次，小魯雖然出走，但長了一回臉。

羅明義問：怎麼回事？

朱銘琦說：小魯出走的那些天，一直待在網吧裡，有一天深夜，一個盜賊進來偷一個網迷的東西，被小魯發現了，小魯斥喝小偷，小偷沒有得手。店主和睡在網吧裡的那些人都醒了，去抓

306

小偷，小偷見逃不了，就抓了一個小女孩做人質，拿出隨身攜帶的小刀頂住女孩的脖子。情況很危急，誰也沒有了主意，就這麼僵持著。小魯不知通過什麼途徑，在網路上報了警，最後110趕到，救出了人質，抓住了小偷，當地電視臺還採訪報導了小魯，公安在電視節目中肯定了小魯的做法，還說要寫信給小魯學校，提出表揚。在得知小魯是擅自外出的後，公安說服教育了小魯，還親自送小魯回來了。

羅明義說：你怎麼不早說，這是好事啊，我說了的，小魯是有正義感的，這孩子，只要引導好了，一定有出息。

朱銘琦說：但願如此。

羅明義問：公安的信寫了沒有？

朱銘琦說：有一封信，封了口的，公安說是要我代他們交給學校。

羅明義說：這樣，下午我就帶小魯去聯繫學校，這封信很重要，這是一個孩子品德修為的有力說明。

朱銘琦疑惑：聯繫學校？

羅明義說：馬上要開學了，小魯既然在原來的學校待不下去了，換一個學校也好。我上次替她聯繫了一下，人家表面上是答應了，但沒有最後敲定，正好，拿了這封信，我帶小魯去一趟。

朱銘琦說：我下午有事，去不了啊。

羅明義說：你有事就不去了，我帶小魯去就行。

下午，羅明義和辦公室的同事說了一聲，帶小魯去了學校。沒有找校長，還是找的汪副校長。羅明義說了來意，其實，羅明義不說，汪校長也是清楚的。汪校長顯得為難地說：羅科長，不是不給領導面子，這事，我只怕作不了主。要小魯同學降級或是轉校，是學校校務會作出的決定，我一個人無能為力。還要請羅科長理解。

羅明義說：你們學校作出的決定，我不好怎麼評價，但我個人還是認為要給小魯一個機會，受教育的機會，公平的機會。

汪校長說：我們正是這樣認為的，要給小魯同學公平受教育的機會，才同意她降級，不然，學校也不會專門為小魯同學的事開一個校務會了。

　　羅明義看到小魯臉色很難堪，就和汪校長到一邊說話。羅明義說：汪校長，不是我說，這個決定對小魯是不公正的。小魯還是一個很有正義感的學生，只是因為家庭原因疏於管教，才有些叛逆，她並不是一個難教的孩子，只要我們好好引導，我想她會有一個很大的轉變的。羅明義忽然想起了那封信，說：哦，對了，我這裡有一封信，是懷遠市公安局要我代交給貴校的。封了口，說些什麼，我們沒有看。

　　汪校長接過信，撕開看了起來。看完後，汪校長說：這件事，小魯同學是做得好，我們也要提出表揚，但這和我們對她的處理，是兩碼事。再說了，她這次雖然做了這麼件好事，但她畢竟還是出走期間誤撞的，學校是絕對不允許學生私自出走的。

　　羅明義說：出走是不對，但她是孩子，要允許她犯錯誤，也要允許她改正錯誤。這才符合辯證法。

　　汪校長說：羅科長，對小魯同學的處理，我是發表了意見的，我是贊成的。但從我個人的角度來說，於小魯同學，於羅科長您，我是願意給小魯同學一個機會的。羅科長，你是我們的領導，有些事你比我更加清楚，學校也好，班級也好，都是重視分數的。小魯的這個分數，已經在全校都是掛了名的，影響了全校的升學率。現在，我們看一個學生的好與差，分數是一個最主要的衡量指標。我相信其它學校也是一樣。

　　羅明義無語。他能說什麼？他能說你們這樣做是不對的？他能說看一個學生的好與差，是要看他（她）的本質，品德？他還能說小魯是一個本質不錯的學生？他能說小魯不能留級不能轉學？他什麼也不能說。

　　羅明義帶小魯離開了學校。路上，羅明義問小魯：小魯，你願意留級嗎？

小魯說：誰想留級？我不留級。

羅明義說：對，小魯不留級。

羅明義打電話和朱銘琦說了這邊的情況，朱銘琦半天沒說話。羅明義說不要急，再帶小魯去別的學校試試。

羅明義帶小魯去了上次在諮詢現場會和那位女工作人員說話的學校，那次，羅明義說要給她送個學生來，問她敢不敢要，女孩說怎麼不敢要。

羅明義帶小魯到了學校。

之前聯繫好了的，一名校領導等在辦公室，見到羅明義，熱情招呼。羅明義介紹了小魯的情況，對方看了小魯的《學生手冊》，當看到小魯的成績和評語時，羅明義發現對方的臉露出了不易覺察的變化。

聊了一會，羅明義告辭。走時，羅明義一再拜託對方考慮。那位負責人說他向校領導彙報後，有了結果一定及時給羅科長彙報。羅明義說就要開學了，請一定抓緊點，對方說一定會，要羅明義在家等消息。

等了兩天，沒有消息。羅明義只好打電話過去。好不容易接通了，對方說正準備給你打電話之類的廢話後說：羅科長，對不起對不起，剛開了會，本來是考慮到羅科長推薦的人，想辦法也要接收。可是，你知道現在學校生員爆滿，每個班都是七十多個學生，已經擠得擺不下一張桌子了。校長往下壓，就是沒有哪個班還能擺下一張課桌。這事很為難。羅科長，要不你再到別的學校看看？

羅明義有點氣憤，想發一通脾氣，還是忍住了，他不能失身份。

羅明義沒有將這些情況告訴朱銘琦，他又找了幾個學校，對方話說得好聽，就是不願意接收小魯。羅明義只好又回去繼續找汪校長，要求學校不要讓小魯降級，更不要逼迫小魯轉校。可是汪校長態度堅決，說不轉校可以，但一定得留級。

就在羅明義在替小魯聯繫學校之際。小魯再一次出走了。據朱銘琦說，小魯的這次出走，是和學校不接收她有關。羅明義覺得問題有點複雜起來，如果不解決小魯的問題，任其氾濫，會出大亂子的。羅明義覺得是要好好考慮一下小魯的事了。

羅明義決定從根本上解決小魯的問題。他托熟人找到了某特殊培訓學校，接電話的是一位工作人員，羅明義說找校長，對方問他是誰，和校長是不是約好了的。羅明義說沒有，對方說校長不在，要掛電話。羅明義只好搬出單位，說：我是開元區教育局的，找你們校長有事。對方問：你是教育局的？你貴姓？羅明義耐著性子說：我姓羅，羅明義。對方在遲疑：羅明義？不認識。你找校長有什麼事？我轉告他。羅明義有點不高興：不必了，你告訴我你們校長在不在就行。對方好半天才說：不在。

羅明義很懊惱，但也沒有辦法。他繼續找熟人打聽那位校長的手機，七找八找，總算找到一位教練的電話。教練姓宋，是從部隊復員的，這裡的教練大部分是從部隊復員回來的軍人。羅明義對宋教練說明了情況，宋教練才告訴了他校長的手機。

羅明義撥通了那校長的手機，剛開始，對方見是一個陌生號碼，不愛搭理。羅明義也不繞彎子，直截了當說了他的姓名身份，對方才客氣起來。羅明義也不想和他建立什麼關係，只是想瞭解一下他們學校招生的情況，收費的情況，教學方面的情況，不需要過多虛偽，一一問清楚了。基本情況是這樣的：一個教學期為二個月，也有三個月的，最長的不超過六個月。一般情況下，一個學生只要是到了這所學校，大都在二個月內就能改變過來，除非是到了無藥可救的情況下，才延長時間。至於收費方面，二個月收費十萬，對家庭特別困難的，由原學校出具證明，可以打點折，頂多也就萬把塊錢。要是三個月或六個月，基本上是每個月五萬元，半年也就三十萬。

羅明義問清楚了情況後，給朱銘琦打電話。羅明義說：銘琦，我上次和你講的那個特殊學校，你考慮得怎麼樣了？

朱銘琦說：我不是沒有考慮過，我也想有這麼一個能改變小魯的學校，可是，你知道，明義，我不能送小魯去。

羅明義說：要是錢的問題，你不要考慮。我呢，正好有一個朋友，和這個學校的校長是哥們，很鐵的關係。而且，這個朋友還是專門管這個學校的，平時照顧很多，於公於私，這個校長會給點面子的。

朱銘琦問：那要收多少？

羅明義說：我估摸著一二萬吧。

朱銘琦為難：這麼多啊。

羅明義說：不多了。又說：我知道你有難處，但為了小魯，這錢必須得花。這樣吧，錢的問題我來解決，你只要做通小魯爺爺的工作就行。

朱銘琦說：明義，你容我再想想。

羅明義說：還想什麼，不能再猶豫了。反正小魯沒有學校可去，乾脆就讓小魯留一級，到時我再去替她聯繫學校。只能這樣了。再拖下去，害了小魯，也害你自己。

羅明義和朱銘琦約好，先帶她去看看學校，然後再決定。

羅明義向朋友借了車，帶朱銘琦去了學校。

學校位於長樂市的南郊，離市區有四五十公里。這裡原來是駐西某部的一個射擊場，某部撤離西南省後，這裡一直空置。大概十年前，西南省軍區一個離休司令的小孩要了這塊地，辦了這個學校，剛開始還默默無聞，最近幾年火爆得不得了，西南經視和西南衛視與學校聯合做了不少宣傳，搞了不少節目，在全國都小有名氣了，各地的學生陸續送到這裡，據說正準備辦分校。

學校的保安措施很嚴格，不僅有保安二十四小時值勤，而且，還養了多頭狼狗。羅明義和朱銘琦來到學校傳達室，提出要進校區看看，遭到拒絕。

值班人員問：你們是學生家長嗎？

羅明義說：是的。我們是學生家長。

值班人員說：學生家長不允許探視。要看，提出申請，獲批准後，學生來傳達室見面。

羅明義說：我們的孩子還沒來呢，我們準備送她來。所以提前來看看學校環境。

值班人員說：這樣啊，更不允許了。對不起，請回吧。

羅明義問：為什麼啊？為什麼不能看？

值班人員說：不為什麼。上課時間。

朱銘琦說：那我們等等，等下課了，我們再進去。

值班人員說：下課了也不允許。要看，必須得我們校長親自批准。

羅明義和朱銘琦透過門窗朝裡望，被值班人員斥責。羅明義心裡窩著火，想發作，忍忍沒發出來。羅明義平靜了心態，何必和這些值班的嘔氣。

羅明義給校長打了電話，說了原委，末了提出想到學校裡面看看。校長在學校，羅明義等了很久，校長才露面。

校長是一個五大三粗的傢伙，一臉的橫肉，像個屠夫，卻有著一股斯文的氣質，說話快人快語，見了羅明義，雙手老遠就迎了上來，讓羅明義想做點樣子也沒有機會。

羅明義說：我想看看學校。

讓羅明義進去了，朱銘琦等在傳達室，她沒有被允許進去。羅明義向校長提出讓朱銘琦也去看看時，校長把羅明義接到一旁說既然是她的孩子，不去看最好。羅明義沒有再堅持。

羅明義在校長的陪同下，沿校區內巡察。一路走著，不時聽到有房間內發出嚎叫聲，有些叫聲聽起來像是絕望之極，有些聽起來像是要讓自己掉入無底深淵，有些顯出歇斯底里的掙扎，有些則像殺豬一樣有一種痛的顫慄。羅明義問這些聲音來自哪裡，校長說：這些孩子是剛送來的，集中關在一間屋裡。羅明義問：他們為什麼這樣叫喚啊？校長說：剛進來的孩子都是這樣，你要關在這

裡，也會這樣的。吼得半個月，沒精神了，就不會吼了。羅明義說：我去看看，可以吧？校長說：最好別去，硬要去，就在窗戶外瞅瞅。

來到窗前，往裡望去，十多個孩子，男的女的，都在一起。房子不寬，卻很窄長，一溜的安了很多鋼管，像鐵軌一樣很有分寸隔在房子四周，孩子們站在鋼管的縫隙間，雙手被扣子扣著，拴在鋼管上。羅明義疑惑，正要發問，校長說：這叫精神折磨法，也叫意志折磨法，這些孩子，首先要做的就是摧殘他們的意志和精神，只有達到摧毀其意志和頑劣不羈的根性，才能重新塑造一種新的東西。

羅明義無語。良久問：就這樣？

校長說：這是必須的，不然，改變不了他們。要是心疼孩子，我們建議家長不要送來。

羅明義走開，他不敢再望那些眼神，一個個的，有仇恨，有憤怒，有無助，有絕望，有茫然，有嚮往（出去），還有很多，很多。羅明義有點不是滋味，那些孩子，大的也就十五六歲，小的才十來歲。還有那些女孩，羅明義分明從她們的眼神中，看到了嘲弄，不屑，甚至復仇。

他想到了羅小義，無論如何，他是不會讓羅小義進這種地方的。他又想到了小魯，不進來，會毀了小魯，進來了，也會毀了小魯，校長說那是毀了一個舊的小魯，會誕生一個新的小魯。果真如此？

要不要小魯進來，羅明義拿不定主意了，要是讓朱銘琦看到這些場景，她心裡會怎樣？會痛的。這一點，做父母的都一樣。

不覺兩人來到了一間大屋子，校長說這是一個室內操場，下雨天就在這裡訓練。在這個訓練場，羅明義看到了一個讓他怎麼也想不到的事實：訓練場的一角，有一個鐵籠，鐵籠有半人高，呈扁平型，人進去了只能蹲著或坐著或躺著。有一個男孩，就坐在那鐵籠子裡，雙手抓住鐵杆，雙目怒睜，齜牙咧嘴，大口大口喘粗氣。羅明義想到了電影《金鋼》中那只大猩猩，被關在籠子中發怒的模樣。顯然，這個男孩剛剛發洩過，他已經沒有力氣了，他對羅

明義和校長吐痰。

　　羅明義問是怎麼回事。校長說：這孩子來了有一個多月了，一個月裡，逃了三次，沒法子，只好關在這裡。這也是逼出來的，對付這種孩子，就只能來硬的，跟他講道理那是天方夜譚的事。這個方法是有點不人道，但也是為孩子好，不這樣不能改變他啊。

　　羅明義不好說什麼，他像吃了一隻蒼蠅憋在心裡難受，一股氣找不著地方發洩。之前，他在電視上看到的東西，全部是假的，這哪裡是在改造孩子，分明是在毀滅孩子，毀滅他們的天性，他們純潔的心靈，他們對生活的美好嚮往。羅明義又想到了小魯，逃跑，小魯就是因為逃跑，才要送她來這裡。只是一個是想離開這裡，回家；一個是想離開家裡，外逃。都是逃，意義不一樣。

　　羅明義擔心，如果朱銘琦知道了這裡的情況，她還會讓小魯來嗎？

　　快十一點鐘了，羅明義向校長告辭。八月的長樂，烈焰炙烤，氣溫在40℃，羅明義看到，操場中有幾個方陣的孩子們，頂著高溫烈日，正在走正步。校長說：那些孩子還有一個月，就能回家了。

　　回家的路上，羅明義試探朱銘琦：決定了沒有？

　　朱銘琦還是猶豫：我不知道。你看了後，覺得怎麼啊？

　　羅明義說：苦點。其它還好。

　　朱銘琦說：苦點不怕，不苦點，也改變不了小魯。只是……

　　羅明義問：擔心什麼？

　　朱銘琦說：不知道，心裡空落落的。很煩。

　　羅明義說：必須的，這一步必須得走。小魯沒有退路了。只是不知她爺爺是什麼態度。

　　朱銘琦說：我和她爺爺講了小魯的事，她爺爺也有點擔心了。她爺爺要我看著辦，明義，我有點害怕。

　　羅明義說：你害怕什麼？

朱銘琦說：我害怕孩子破罐子破摔，也害怕孩子會怨我，還有點害怕要是她改不好，又怎麼辦？

羅明義說：長大了就會明白，是為她好。

朱銘琦說：錢的事你問過了嗎？我好準備，她爺爺也同意拿出一點來，說實在的，只要她爺爺同意了，錢不錢都不重要。我還年輕，還能賺，我準備多兼幾份職，只要小魯能學好。

羅明義說：一直想和你說，我有一個朋友，開文化用品的，只是單位遠了點，他要一個守店面的，不過是晚上，一個月出一千五百元，還休息四天，之前沒和你說，是想你要管小魯，要是小魯來了這裡，你也有時間了，以後小魯要是改好了，也就不要你操心了。你想想，要是願意，我這就告訴他。

朱銘琦明白，這是羅明義專門為她找的，她沒有做聲，她也不需要多說什麼，說多了顯得不是那麼回事了，她和羅明義之間，有很多事不需要說多的。

羅明義告訴朱銘琦，和學校領導說好了，小魯來，只收取二萬元，而且可以緩一陣再交。朱銘琦不信，羅明義說學校也知道要考慮照顧關係，教育局是直接管他們的，他的學校辦在開元區內，那我就有資格管他們。他們只收部分成本和生活費，也能理解的。

羅明義儘量說得讓朱銘琦相信，他擔心十萬元會嚇著了朱銘琦。也是，誰有十萬元閒錢，何況朱銘琦靠打點零工度日。如果告訴她學校要收十萬元，殺了她，也不會讓小魯去的，羅明義太瞭解朱銘琦了。

羅明義說得有根有據，朱銘琦卻有點半信半疑。朱銘琦只是不想麻煩羅明義，她想要搞清楚的是別羅明義費力出了錢，她自己還不知道，她不想羅明義為她這樣破費。可是，羅明義不破費，她又能怎麼樣？小魯到了這個份上，她不能眼睜睜看著她就這樣毀了，就是賣身賣家產賣房子，也要送來，這一點，朱銘琦不能含糊。問題是，真要花上十萬元，真要是變賣家底，她們又怎麼辦？

既然羅明義說只要二萬元，她也就權當就是了。她說：明義，錢的事，我明天就能搞好，學校這邊，你替我搞定。

羅明義說：學校這邊，我已經和校長說好了，只要小魯回來了，隨便哪天送來，都可以。錢的問題，你如果一時有困難，我替你想想辦法。

朱銘琦堅持不讓，她告訴羅明義：我有一個定期的存摺，那是小魯父親沒進去之前，我替小魯存的學費，十年期的，也快到期了。我身上還有二千元，她爺爺出點，二萬元就差不多了。

羅明義說：那生活費呢，總要留點生活費吧。

朱銘琦說：小魯進去了，我一個人，隨便。再說，我總還要做事吧。

羅明義說：那你想什麼時候送小魯來？

朱銘琦說：越快越好。小魯一回來，我就送她來。只是我擔心小魯會鬧。

羅明義說：要鬧也沒辦法。但願這裡能改變她。銘琦，你看這樣，小魯一回來，你就打電話給我。

兩人就這樣決定了。

也是巧了，第二天，小魯回來了。朱銘琦打電話告訴羅明義，羅明義要朱銘琦看好小魯，自己和學校聯繫，約好下午二點鐘學校來接人。

一切聯繫妥當後，羅明義告訴朱銘琦，要她在家裡守著。羅明義去銀行取了十萬塊錢，又買了些日用品，包了一個二千元的包。下午一點不到，羅明義來到朱銘琦家，沒有上樓，喊朱銘琦下來。羅明義把日用品和二千元的包給朱銘琦，說是給小魯的，朱銘琦推了半天，拗不過羅明義，只好收下。

羅明義問朱銘琦：你和小魯說過這事沒有？

朱銘琦說：還沒有。

羅明義說：得和小魯說清楚。要告訴她。

朱銘琦說：我聽你的沒有和她說。可是，她上午看到我替她收拾衣物什麼的，可能有所察覺，只是不知道我要做什麼。她問我幹嘛要收拾她的衣服，我說就要開學了，準備送她到一所寄宿的學校讀書，她沒說什麼。

羅明義看看時間，估計學校的人很快就要到了，決定現在和小魯去溝通溝通。羅明義走近房子，用手輕輕敲了敲：小魯，我是羅叔叔，開開門好嗎？

屋裡沒有動靜，羅明義望望朱銘琦，繼續說：小魯，睡覺了嗎？

還是沒有動靜。朱銘琦有點擔憂起來：不會有事吧？羅明義說：不會有事的。

羅明義又敲門，他敲三下就喊一聲小魯，然而還是沒有動靜。

朱銘琦有點急了，她焦急地敲著門：小魯，小魯？小魯啊，你說句話啊。

突然，小魯在裡面吼：走，滾開，騙子，別以為我不知道。

羅明義貼著門問：小魯，怎麼回事？誰是騙子？

小魯還是吼：滾開，不要你管。你又不是我爸爸，討厭。

朱銘琦提高了聲音：小魯，怎麼說話的？有沒有大小規矩？

小魯說：你也滾，我不想見到你。

羅明義靜靜心，做了一個深呼吸：小魯，你聽羅叔叔說一句好不好？我不知道你是怎麼了，但不管發生了什麼事，你一定要相信，你的媽媽，還有你的朋友，當然也包括羅叔叔在內，都是為你好。你現在還小，有些事你的分辨能力還達不到，但遲早有一天，你會明白。聽叔叔的，你先開開門，有話我們面對面好好說，好不好？

小魯說：我不想說，別以為我不曉得，我爺爺都告訴了我，你們要把我送到哪裡去？

羅明義說：既然爺爺已經跟你說了，正好。本來，我和你媽正

準備和你說這件事的,之前沒有告訴你,是這件事並沒有確定下來,現在,我們都覺得送你去一所叫成長日誌學校讀書,很有必要。我來就是想和你說這事的,沒想到爺爺已經和你說了。

小魯沒吭聲,羅明義繼續說:小魯,開開門,有事我們開了門說。這所學校其實挺不錯的,只學習二個月,二個月後,羅叔叔再給你去聯繫一所中學,好好讀書,將來才有更大出息。

一個門裡,一個門外,好話說了一籮筐,小魯就是不配合。朱銘琦失去耐性,要擂門,羅明義制止了。不一會,學校的車到了樓下,羅明義下樓去聯繫。

來了一個女心理輔導師,來了兩個穿迷彩服的教官,羅明義簡單向他們說了小魯的情況,女輔導師說她來試試。女輔導師站在門口和小魯說話,小魯愛理不理,一個小時過去了,沒有一點效果。小魯就是不開門。

女輔導師徵求羅明義意見,羅明義望望朱銘琦,朱銘琦避開他的目光。羅明義又去徵求女輔導師的意見,女輔導師說:根據我們的經驗,沒有一個是自願走進我們學校的,必須強制帶人。女輔導師對羅明義:你是孩子的父親嗎?羅明義說:我是孩子的叔叔。指著朱銘琦說:這是孩子的母親。

女輔導師說:她就是開了門,我們也不可能把她安靜帶上車,得來硬的。如果你同意,我們就撬開門。

朱銘琦有點為難,她望著羅明義,羅明義沉默片刻,說:就這樣吧。

兩教官找來工具,開始砸門。不一會,門開了。

小魯嚇得蜷縮在床頭一角,只見她臉色發白,一臉的驚恐萬狀。朱銘琦跟在兩教官的後面,小魯求助地望著朱銘琦。

兩教官說:小朋友,跟我們走吧,不要害怕,我們那裡是學校,是讀書識理的地方,有很多的同學,你去了後會認識不少的新朋友的。

　　小魯抱著床上的被子和枕頭，像一隻受到攻擊的小鹿。小魯把頭埋在被子裡，大聲叫：我不要去，我不去，打死我也不去。

　　羅明義上前去拉小魯：小魯，聽話，只有兩個月，一晃就過去了。到時你媽還有羅叔叔都會去看你的。

　　小魯頭還在被子裡，手甩掉枕頭：你走開，我不要你管。

　　朱銘琦在一旁掉淚：小魯，你就聽媽的話，去吧。

　　小魯堅決說：我不去，你們逼我去，我死給你們看。

　　倆教官和女輔導師到一旁商議，其中一教官說：小女孩這樣強硬，口口聲聲說要死，到時不會出問題吧？女輔導師說：不會的，那個孩子去前不是要死要活的？去了後怎麼樣？到了那裡就由不得她們了。到時候我們注意一下就是。另一教官說：那我們還是來硬的，搶？女輔導師說：不能客氣，你們倆，一個抱頭，一個抱腳，抬上車。

　　在一陣激烈的推拉中，小魯被架著上了車，小魯的尖叫和哭聲，引來不少鄰居注目，不知出了什麼事。

　　在小魯快要被抬進車裡時，小魯歇斯底里說：朱銘琦，你會後悔一輩子的。到時候，我死給你看。此時的朱銘琦，已是泣不成聲：小魯，別怪媽媽，媽媽也不想這樣。

　　可是，不這樣，又能怎樣？

　　羅明義陪著小魯去學校，她沒有讓朱銘琦去，她怕朱銘琦去了會更加受不了。

　　汽車遠去了，朱銘琦突然全身一軟，癱坐在地上。

# 第二十八章

# 超級怪物

　　羅明義沒想到李桃的報告批得很快，不到三天，上頭就告訴他說報告已經批了，要他去拿。

　　羅明義去取了報告，又打電話告訴了李桃。李桃說她在學校補課，白天晚上都有課，暫時過不來。羅明義說讓那個邵總來取，或者他送過去，遭到李桃反對，她說要自己親自來取，還說要好好感謝羅明義。

　　上午和下午，羅明義開了幾個會，其中一個會議讓羅明義深有啟發。最近，有一種新的跡象出現了，那些讀三本的大學生中，有一些學生出現了退學的現象，他們紛紛轉學到了一些專業性很強的技能學校，主要是一些社會上熱門的就業容易的專業技術學校，這些學校也向這些學生敞開大門，承諾在學生畢業後，百分之百向他們推薦滿意的工作，於是，一些農村出來的學生，還有一些生活在城市底層的學生，他們開始思考這個問題：是要虛榮並高高在上找不到工作呢？還是放下架子收起浮躁找一個適合自己的工作呢？這個問題，其實早已有人在報上寫文章。羅明義自己就寫過多篇這方面的論文，發在一些網站，引起過爭議。

　　羅明義歷來主張教學多樣化，不是他反對向高標準看齊，是社會現狀和生存現狀讓他去思考一些問題。比方說：精英階級只

能有那麼些人，人人都要進入精英階層是不現實的，既然不可能人人都進入精英階層，就得有人去做不是精英階層的事。俗話說，十個指尖還有長短，人與人是不一樣的，因材施教，因人而論，才是最好的。既然我做不了精英階級，為什麼不能為生存學到一二門技能呢？說大學生不好找工作，其實也不是絕對的。一方面，我們在高調說很多崗位找不到合適的人才，人才稀缺；一方面，我們的大學生畢業後找不到崗位，讀書白讀。這種不切實際的矛盾加劇了問題的社會化，普遍化。羅明義曾經在寫這方面的論文時，用到一個寓言：說是一隻大熊貓媽媽希望她的熊貓兒子是天下最強壯最有力最美麗最有本領的小熊貓，她經常對小熊貓兒子說：我想你能有大象那樣結實的鼻子，有河馬那樣健碩的身子，有斑馬那樣疾跑的四蹄，有獅子那樣尖利的牙齒和威猛的精神，有猴子那樣的聰明靈巧，有老虎那樣堅不可摧的意志。熊貓兒子說：你只是看到了其它動物最大的優點，可是，如果我達到了你們希望的那些指標，我就不再是你的熊貓兒子了，很有可能變成了一個超級怪物。現在，我們所有的父母家長，他們就是那隻大熊貓，他們正在把他們的孩子培養成一個超級怪物。

張小燕也想把羅小義培養成這樣的一個怪物。

李桃也在為培養這樣的怪物推波助瀾。

羅明義回到家裡時，晚上的十點鐘了，羅小義上課還沒有回來，張小燕在看肥皂劇。羅明義問羅小義什麼時候回來，張小燕沒有理睬，羅明義不想問第二遍，自己撥羅小義電話。羅小義接了，說剛下課，和同學在超市玩。羅明義要羅小義早點回來，羅小義說還玩一會。

張小燕反應過來了，她離開電視，問是不是羅小義電話，要羅小義趕快回來，說家教老師下午佈置的作業還沒有做。羅明義沒搭理張小燕，掛了電話。

張小燕自己撥電話過去了，響了一會沒接，張小燕在嘀咕：這

小雜種，不接老子電話，看回來我整死你。電話通了，張小燕對著電話吼：羅小義，還不回來是吧？不是嚇你，趕緊的，十五分鐘沒有到家，你看我的。羅明義不喜歡張小燕這樣咋咋呼呼，要她好好和羅小義說話，張小燕不願意：我好好說，他能聽我的嗎？

李桃曾經對羅明義說，要他送羅小義去她的學校上課，李桃說免費的，包教包懂包會。還要是不放心，就給他安排一對一的輔導。羅明義清楚所謂的一對一，就是一個老師只負責一個學生，李桃的這個一對一可不是一般的家教，一個小時收費一百二百三百不等，因老師的資格而定的。現在，這種一對一的輔導，在長樂市已經很時興了，那些有錢的人，甚至沒有錢的人省吃儉用也要給孩子找三倆老師對口輔導，主要集中在語數外理化這些科目上。

接近凌晨，李桃給羅明義打電話，問他在幹什麼。羅明義說在上網，李桃要他出去吃夜宵，羅明義猶豫一會，答應了。臨走，羅明義來到書房，羅小義還在做作業，羅明義問：還沒做完？羅小義做出痛苦的樣子伸伸腰說：還有抄課文。羅明義說：抄完課文早點睡。羅小義說：抄完課文還有下午的作業沒有做。羅明義問：有多少？羅小義說：不多，不過有些我做不出。羅明義說：你先做一遍，做錯了沒關係的，明天再問老師，這樣就容易記住。抓緊做，做完就睡覺，爸爸出去一趟。

羅明義下樓後還想起羅小義，他突然想起一個問題，是羅小義偷懶做事沒效率呢還是作業佈置太多了？如果是前者，是羅明義最反對的，他歷來注重培養孩子做事雷厲風行的作風，他不喜歡拉拉扯扯散漫的習氣。如果是後者，他除了同情羅小義以外，也就無能為力了。這個問題他覺得應該找時間和羅小義好好談談。

羅明義來到李桃約定的外婆橋吃口味蝦，長樂市吃夜宵的地方有很多，但著名的還是教育街南門口和外婆橋，三個地方又以外婆橋的口味蝦和口味蛇最為著名，生意好得不得了。

　　李桃已經先到了，她占好了地方，也點好了吃的東西。見了羅明義，李桃嫣然一笑：羅哥就是準時。見羅明義眼中有字蹦出，說：太晚了，沒喊別個，就我倆。

　　羅明義笑笑：單獨和美女半夜三更出來吃夜宵，還是頭一遭。李桃挑釁地：那是我的榮幸，我希望永遠是頭一遭。不過，羅哥，話說回來，你這話，誰信呢？

　　羅明義說：是啊，連我也不信。但這是事實。有時候，假話和真話，難得區分了。在很多人的印象中，形成了固定思維，像我這樣的人，官職不高，還有些實權，錢不多，還有些收入，人雖然是入中年了，還有點男人味，你說沒有單獨和美女吃過夜宵，誰信啊？

　　李桃說：我信啊。

　　羅明義嗔怪：才說你不信，知道你也不會信。不過這不要緊，重要的是我已經有了第一次，這第一次對我來說，珍貴又幻想。

　　羅明義感覺到李桃的臉微微紅了，李桃眼神迷亂地望了羅明義一眼，玩笑說：羅大科長，我雖然是教英語和數學的，但我的語文成績並不差，我要糾正你的話，什麼叫幻想？我們不是已經坐在一起了嗎？只要你不感到我和你在一起掉價，別說是在這種地方，就是上刀山下火海，你羅大科長一句話的事。再說了，是你不想見我，我總不能死皮賴臉糾纏羅大科長吧？

　　羅明義知道李桃半開玩笑半真話，也不去糾纏，繞開話題：喝點？羅明義指的是啤酒，李桃說喝點，羅明義要了啤酒替李桃倒上。兩人碰了杯，也不說話，羅明義望著李桃慢慢的一口一口的喝酒，李桃說：別看我，看著我就喝不下去了。樣子好醜吧？羅明義說：沒見過喝酒還能喝出這麼優美的樣子來的。我就不明白了，請教一下美女，是人長得好還是你學過表演啊？

　　李桃佯裝不高興的樣子：羅哥，你這是表揚我呢還是批評我啊？

　　羅明義說：批評。我見過不少美女喝酒，怎麼就從來沒有過

這種感覺？

李桃問：什麼感覺？

羅明義說：藝術的感覺。

李桃說：好啊，你才說是第一次和美女喝酒，怎麼又見過不少美女喝酒了？

羅明義逗：我是說見過，又沒說是和她們一塊喝過，還說是語文不差，差到天上去了。

李桃服輸的樣子：說不過你。男人都是這樣，嘴甜，哄女人。

羅明義又逗：你又說錯了，是女孩，不是女人。見李桃臉色有點變化，知道說錯話了，忙改口：女人是通用的，但女人裡分女孩，女童，女嬰。概念問題要弄清楚。

李桃說：你說的也不對，女人的稱呼可多了：少女，女子，老婆，內人，夫人，娘子，皇后，嬪子，嫂子，姐妹，孩子他娘，婆娘，夥計等等等等。

羅明義說：照你這樣說：班裡兒，老鐵，小豬，笨蛋，寶貝，心肝，丫頭，領導，都是說女人的。

李桃眼睛不去望羅明義：班裡兒是什麼？老鐵又是什麼？

羅明義說：班裡兒是蘭考話，指你啊。至於老鐵嘛，哈爾濱話，就不告訴你了。

李桃臉上又微微泛紅了，顯然她是明白老鐵這詞的含義的。羅明義忽然想起李桃是北方人，以前怎麼就沒想起問她是北方哪裡的？李桃可能是猜出羅明義的心思，故意問他：你們老家是怎樣稱呼的？

羅明義說：沒有成為女人前，叫妹子，成為女人後，叫堂客。

李桃品著口味蝦，作沉吟狀。

再說下去，會有些難堪，羅明義轉換了話題：丫頭，說正經的。問你看，來二中後，感覺怎樣啊？

李桃說：怎麼喊我丫頭啊？

羅明義說：丫頭是長輩對晚輩的稱呼，我不喊你丫頭，未必喊你班裡兒？

李桃低下眼瞼，嗔嗔說：不跟你說。欺侮我。

羅明義說：好好好，不欺侮你。那你說說看。

李桃說：二中苦是苦點，但值得啊。

羅明義說：怎麼個值得法？

李桃說：首先，有一種緊迫感，二中教學抓得緊，沒聽說教學是魔鬼式的嗎？就是抓得緊，學生沒有喘氣的機會，我喜歡這種氣氛；其次，這裡的機制好，能者上，庸者下，老師和學生一視同仁，哪個老師帶的學生考得好，考名牌大學生多，他獲得的就多，哪個學生月考段考兩次以上不及格，就換到普通班，哪個同學成績上來了，也換到實驗班，或清北班，尖子班，週考，月考，段考，摸擬考，期末考，每次考試，就像是趕鴨子上架，每考試一次就等於篩選一次，實驗班或清北班非常班尖子班，永遠沒有固定人選；第三，雖然辛苦點，拿得多啊。我才來一個月，兼課才多久？你知道我拿了多少？一萬多，不包括工資在內。

羅明義說：這些情況我知道一點點，只是有些事我就是知道，也不能亂傳。你說的清北班，以前好像沒有吧？

李桃說：沒有，是這次調整後定的，清是指清華，北當然是北大了，但學校統稱為實驗班，同學們自己這樣分，還有什麼先鋒班，非常班。不過，學生給這些班起了一些綽號，什麼清北班是不清不白班，先鋒班是先瘋班，非常班是非人班，尖子班是尖刀班，實驗班是犧牲班，加強班是加時班，科技班是幼兒班。至於普通班平行班，這些班級基本上是些兩不管的人。

羅明義問：什麼叫兩不管？

李桃說：學校不管，老師不管。家長急有什麼用，再補習又有什麼用？學校的主要對象，就是那些實驗班和尖子班。在老師們

的心中，已經形成了一種潛規則，只要是進了這些班的，基本上不是重點也是一本，最差也能進二本。可以說百分之百能上大學。

羅明義沒做聲。

李桃問：羅哥，不知你聽說過沒有，為什麼進了這些重點學校的實驗班，百分之八九十能考上重點大學？

羅明義問：為什麼？

李桃反問：你真的不知道？

羅明義說：說說看？

李桃說：我知道你知道，你一個教育局的領導，這些問題早就瞭解的。我就權當瞎說，你別當真。師資固然重要，各方面因素也固然重要，但我聽說目前西南省高考試題基本上是這些名校的老師出的題，特別是這些實驗班的老師或年級組長，他們每年都是部分考試試題的擬定者，他們在出題目時，都是他們平時教的東西，只是變化了一下解題的形式，學生們對老師們的題解非常清楚和熟悉，所以沒有做不出的題。

羅明義驚訝：你怎麼有這樣的想法？

李桃說：不是我有這樣的想法，要知道，我也是剛跳過龍門的，很多東西我聽得到，羅哥你不一定聽得到。

羅明義承認李桃說的情況存在，但西南省出考試試題的除了有這些名校的老師參加以外，最主要的還有西南師範大學課研組的教授們，當然，還有各大名校特級以上的教師參加，因此，西南省教委曾專門下發檔，規定這些教師不允許私下帶學生。但文件歸文件，教師們暗地裡照帶不誤。羅明義是教育系統的官員，他清楚這些內幕，但他不能承認。

羅明義的沉默讓李桃更加肯定自己的觀點。她說：羅哥，你知道社會上流行的一對一的輔導形式是怎麼流行起來的嗎？

羅明義問：怎麼流行起來的？

李桃說：就是這些名校的老師和師大的教授們搞的。這些老師一個小時收費200或300元，而且他們能打包票讓你的孩子考一個重點大學，他們為什麼收那麼高？就是他們知道試題的內容怎麼出，說桌面上的話是他們有經驗，說不好聽的話，是他們暗箱操作。

羅明義再次驚訝：照你這樣說，我找一個這樣的老師，搞一對一的辦法，我小孩就一定能考一個好的學校了？

李桃說：也不見得，這件事畢竟有風險，現在還是隱蔽階段，一般的學生，比如資質相對差一點的，老師還不一定收。這些老師在教學生前，首先得試一二堂課。他們的宣傳是要保證學生百分之百考上重點大學，要是考不上，他們不是砸自己飯碗和名聲嗎。

羅明義很清楚這裡有問題，以往，每年出試題時，都是考試院直接和學校聯繫，主管教育的機構是說不上一句話的。就長樂市五大名校中，每年都有不少老師參加考試院的出題，這些老師在進入考試院到學生考試結束這段時間，一直是全封閉的，不允許與外界聯繫，考試試題是不存在洩漏的。但這些老師出的題目，事先他們肯定對學生講解過，這一點是非常重要的，羅明義清楚這些學生佔有一定的優勢。至於平時這些老師兼職補課，羅明義也聽說過，但他並不清楚這個問題在李桃讀書時就存在了。

羅明義說：你對這些有什麼看法？

李桃問：你指的什麼？

羅明義突然覺得上面說的這些問題不宜再聊，想了想說：關於分班。關於學生的調侃。分班顯然是不公允的，對那些一樣付出卻沒有享受同樣資源的人是不公平的。

李桃說：羅科長是領導，你是站在領導的角度看問題。學校站的角度不一樣，他不管那些，誰出錢對學校來說都一樣，學校只管升學率，這才是重點。至於我們老師，過去說桃李滿天下，有一種自豪感，這個現在我也並不反對，但現在認老師的有幾個，混得

有出頭了，想起了老師，去看看或打個電話，混得不好，哪個還想起自己的老師來？再說了，老師現在也現實了，老師有些也是只認錢，哪個學生成績好，將來可能考得不錯，能獲得一筆獎金，哪個學生家境好的，對自己有利用價值的，他就對學生好，沒有什麼利用價值的，就盡一份責任罷了。因此，分班對於大家來說，都有好處。

羅明義說：對學生有什麼好處。

李桃說：怎麼沒有好處？資質相等的學生，放在一起，競爭力就強些，大家都在同一個起點，同學之間就有攀比，有比較，稍不努力，就會落後。如果參差不齊，尖子學生就沒有比較了，反而產生惰性。再說，老師教起來也不那麼費力。

羅明義說；道理是這樣，但這本身就有問題，我們往往明知有問題，但一直這樣做了，就不想去改變，這也是除教育以外其它行業中所面臨的問題。

李桃說：不可能都是公平的，辯證地看，取消名校，或者取消尖子班、實驗班，就沒有問題了？同樣存在著問題。問題是要看出發點和目的是不是符合人們的需求，符合市場需要。

羅明義問：丫頭，還問你一個問題，你現在是帶什麼班？

李桃說：我現在還沒有正式分配，我已經對學校提出來了，我要帶畢業班，而且必須帶實驗班，不是我吹牛，我有這個實力。

這和楊本齋說的出入就大了。羅名義一愣。

羅明義說：為什麼非要帶畢業班？你要知道，帶畢業班是很辛苦的，一進入高三，老師和學生一樣，全天必須吃住在學校，到考試那一天，所有的老師必須穿戴整齊一排站在學校迎接考生，和每個考生擊掌。平時沒有多少閒置時間。

李桃說：你說的是班主任，我只是兼課，講完課後我相對自由了。

羅明義說：你自己辦了班，這樣兼著，不累吧？為什麼不教初中？

李桃說：教初中一樣累，但初中沒有高中油水多。

羅明義說：那你自己辦的班怎麼辦？

李桃說：不衝突，一點也不衝突。行政方面的事有邵總管，我只要兼點課，聯絡一些老師，現在，有錢還怕請不到老師？我還沒開課，找我的老師就成堆了。

羅明義問：你打算什麼時候開班？

李桃說：一開學就全面鋪開。現在，陸續有幾個班在上課。你家少爺來我這裡吧，我說了的，不收羅哥一分錢，還絕對負責。

羅明義說：丫頭，你辦班是個好事，這一點，我個人是很支持你的，我覺得你不僅有經濟頭腦，而且還很有魄力。但是，我還是希望你能擺正一些想法，一，不能只為經濟而經濟，二，要辦就辦出一流的學校，對得起學生，也對得起家長，還要對得起社會；三，懷著一顆平靜的心對待每一個求學的孩子，要教他們有用的東西。我有一個最大的體會，這些年中國的教育，是對世界最大的貢獻。為什麼這樣說，據教育部門統計，我國每年留學的人數已達幾十萬，這其中有三分之二以上是自費的，而且這個數字在逐年增加，就是說，每年我國都有幾十億上百億美元的資金流向了海外，這是一個讓我一直苦苦思考的問題。因此說，我希望李桃你，能培養出真正人才來。

李桃沉吟良久，說：真人面前不說假話，你說的這些我都懂，但我只怕也是隨波逐流，我改變不了現狀，我只能適應。不瞞羅哥說，我的出發點當然還是經濟效益，此外，我也會按你說的，做一個有良知的人。至少，我不會為了錢去應付孩子們和家長，我一定要求每個老師盡職盡責。

羅明義說：有這些，也夠了。我們當不了救世主。

李桃笑笑：羅哥，和你說話真爽，真痛快。

羅明義也開玩笑：沒發現吧？後悔了吧？

李桃說：還不晚，來得及。今晚是我最輕鬆最愉快的一個晚

上，感謝羅哥，但願這只是開始。

羅明義說：一切美好的東西，永遠只有開始。

李桃說：羅哥是詩人，又是哲學家。

羅明義笑：給我戴高帽子是吧？

李桃含蓄一瞥：哪能呢，說的心裡話嘛。

羅明義老練，他說：丫頭，我老婆的侄兒，在十二中，下學期高三，這次高二學分考試，有幾門連續兩次考試不及格，老師出於好心，要他降一級，全家當然不希望降級，但這孩子的資質並不優秀，你現在是老師，你看有什麼好辦法？

李桃說：讓我見見你侄兒好嗎？見了面後，我再拿意見。

羅明義說：好的，我先去和他們說說，如果行，我再安排。

# 第二十九章

# 為別人活著

　　羅明義回到家裡時，已經很晚了，羅小義睡了，張小燕還坐在電視前看她的肥皂劇。見羅明義回來，陰陽怪氣說：約會完了？

　　羅明義心情不錯，有點得意。他說：別瞎說，我去送一份批件，一個朋友辦了一個補習學校，就在青少年宮，報我們局裡批，今天出來了，約了地方交給她。

　　張小燕說：辦了學校？那你讓羅小義去補習啊，你替人家辦了事，也不報答一下？學費免了得了。

　　羅明義不高興了：你就知道占小便宜，這種事，好意思開口。

　　張小燕說：還小便宜，你是不當家不知柴米油鹽貴，你知道補習一門課要多少錢嗎？喏，我算給你聽，原來一堂課五十元，現在漲到七十元，一個學期二十五節課，就是一千七百五十元，羅小義平均一個學期在外面報四門課，加起來七千塊錢，還不包括請家教回來補課的錢，還少嗎？

　　羅明義不吭聲，他還真沒有仔細算過帳，請家教的錢一直是張小燕在負責，羅明義平時把工資獎金都交給張小燕，有時候也給一些別的收入給張小燕，在家裡他是不管錢不當家，對羅小義的學習也很少去管，不是他不想管，而是他和張小燕的理念相差十萬八千里，只要羅明義一管羅小義的事，靠得住張小燕就會和他大吵大鬧。有時候，羅明義為獲得一個清閒，任由張小燕瞎折騰。

羅明義不做聲，張小燕不饒他：怎麼不吱聲了？說啊？

羅明義說：說什麼。

張小燕說：說錢的事啊。

羅明義打哈哈：那也不能要人家免單啊，又不是出不起這錢。至於說送羅小義去那裡補課，我倒是不反對，畢竟熟人，各方面對羅小義會上心些。興許還能打點折，打折我還是不反對的。

張小燕挖苦：開竅了？既然不免單，我要他打折做什麼？只要老師對羅小義開小灶就行。

羅明義突然想起小棟的事，他說：張小燕，我和那朋友說了小棟的事，她答應給小棟輔導，只是不知道張小北和謝敏是什麼態度。

張小燕連忙打包票：沒問題啊，這是好事，我來和張小北謝敏講。說著就要打電話，羅明義說：你看看幾點了，凌晨三點多了，你不睡還不許人家睡啊？

張小燕呀了一聲，放下手機說：他收錢嗎？

羅明義厭惡：你怎麼老是錢啊錢的，俗不俗。

張小燕反駁：你不俗，給我十萬二十萬，我有錢用還俗嗎？沒有吧，沒有我就俗，我能生崽，我總不能生錢吧。

羅明義不想搭理，去洗澡，張小燕不讓他去，又問羅小義去二中的事定下了沒有。羅明義告訴她定下來了，這幾天通知就會到了。

第二天上午，張小燕打張小北電話，告訴了他關於小棟補習的事，張小北說這事要和謝敏說，他要張小燕直接給謝敏打電話。

張小燕撥通了謝敏的手機，寒暄幾句，張小燕說：羅明義有個要好的朋友，是培訓學校的老師，好像也是二中的老師，願意替小棟好好補補課。不過，老師想先見見小棟，好好談談，然後再根據小棟的特點，因人施教。

謝敏剛開始有點不高興，說話帶著刺，特別是提到二中，她更是無名火起：謝謝你家羅科長的關心，我們家小棟不需要，我

們家小棟天天在外面上課，晚上也請了家教回來，不需要別人幫助。張小燕沒有計較，不看僧面看佛面，張小燕結婚較晚，小棟從小就是她抱大的，張小燕對小棟有感情。張小燕不喜歡謝敏，不是因為那些話，而是歷來就對謝敏的為人有看法，只是礙於張小北，才沒有撕破臉皮。

此時，張小燕雖然有氣，但她忍住了。她平心靜氣地和謝敏談了自己對小棟的看法，也客觀地分析了小棟目前的狀況，她認為小棟本是一個聰明活潑的孩子，一個資質和智商都不低的孩子，怎麼就變成現在這個樣子了？張小燕說：還有，從一開始，你就請長假陪讀，自己也付出了，錢也沒少花，總是達不到理想的結果。現在，有個老師肯主動和小棟溝通，交流，找原因，並因材施教，為什麼要放棄這樣的機會？你賭氣，自己是痛快了，可害了小棟不是？

張小燕還說：不管有用沒用，先試試再說，多個朋友多條路，有總比沒有好。

謝敏說：不是我賭氣，我是煩。這爺倆，沒有一個省心的，我遲早要死在他們手裡。我也不是怪你們家羅明義，但我就是想不通，憑他在教育部門這麼多年，怎麼就不能把小棟弄進四所名校呢。可是現在，他不止辦了一個，一辦就是四個，為什麼啊，是小棟不招人喜歡，還是我們沒錢啊？我就是想不通。

張小燕說：羅明義那點能耐你不是不知道，這次是瞎貓撞到死耗子了，正好有一個朋友有事求他，人家主動提出來幫忙的。就是這樣，還花了不少銀子，你知道花了多少嗎？每人花了三萬多，還不算擇校費。要是加擇校費，六萬，六萬啊。

謝敏說：張小燕，我們家沒有錢是嗎？我們家拿不出六萬是嗎？這不是錢的問題，這是看不起人的問題。你啊，也不要替羅明義打馬虎眼了，我們不怪他，要怪只怪我們自己，怪小棟不爭氣，怪張小北太軟弱，怪我們沒送得禮。

張小燕聽著有點不舒服，但還是忍著。她說：謝敏，你說這話

就沒良心了，我是知道的，為小棟的事，羅明義還是做了努力的，只是他這個人沒有太多的朋友，也不善於去經營巴結，他有個戰友在省教委，為羅小義的事，我求他去走動走動，我們不知為這事吵了多少架，他就是不去，如果不是趕上這個朋友有事求他，羅小義的事還不一定辦得成。

謝敏說：畢竟是一個鍋吃飯一張床鋪睡覺，不過，小棟也姓張，他不姓謝，他是你們張家屋裡的人。其實，去不去名校，我也沒有太多的指望了，可是，我就是咽不下這口氣，我窩著一肚子的火，心裡就是平衡不了，你羅明義要是只辦了羅小義的，我也沒話說，毛毛總不姓張吧？其他人總不是羅明義的私生子吧？別說我嘴刻薄，我就是這樣，我不說出來，我就會睡不著，我就會瘋。

張小燕說：謝敏，你越說越遠了。嘴上積點德，小心走夜路碰上鬼。好心當成驢肝肺，沒見過你這號人。說完掛了電話。

掛完電話後，張小燕越想越氣憤，給張小北打電話。電話接通後，張小燕劈頭蓋臉對張小北一通埋怨，張小北不知道怎麼回事，說張小燕你說清楚到底是怎麼回事，張小燕氣咻咻說了事情經過。最後張小燕說：張小北，謝敏怎麼這樣，變態啊，要不是看在你和小棟的份上，我真是想和她狠狠吵一架。

張小北安撫了張小燕幾句，說小棟的事讓謝敏煩透了，最近，謝敏的心情遭透極了，主要是小棟的學習讓她傷透了腦筋，考試不及格，補考又不及格，前天，小棟還和謝敏發脾氣甩鍋子了，小棟把家裡煮飯做菜的鍋子全都砸爛了。

張小燕問：為什麼啊？怎麼沒聽你說？

張小北說：和你們說有什麼用？別說是謝敏，就是我，也快承受不了了。謝敏關注的是小棟的學習，她的全部心思都放在小棟能考上重點大學，其他的她是一概不管了，可是我擔心小棟，擔心小棟哪一天出大事。

張小燕說：怎麼啦，出什麼事了嗎？

張小北說：一兩句話也說不清楚，那天有時間回家再說吧。

　　張小燕說：你現在和我說說大概。

　　張小北說：我現在有事，這樣吧，我一會再打電話過來。

　　張小燕給自己父母打電話，問他們知不知道張小北家裡的事。父母問張小北家裡什麼事，張小燕見父母不清楚，也不想讓他們操心，說沒什麼事掛了電話。

　　一個上午，張小燕都在等張小北的電話，左等不來，右等不來，張小燕只好打了過去。張小北沒有接電話，張小燕連續多次打，張小北還是沒接。一會，張小北發來短信，告訴張小燕他在開會。

　　張小燕對小棟的事放心不下，她只好又給謝敏打電話，她問謝敏在哪裡，謝敏問張小燕幹什麼，張小燕說她買了些補品要送給小棟。謝敏說她還能在哪裡，在租住的房裡做老媽子。

　　謝敏不讓張小燕去，但她還是去了。張小燕從單位出來，到樓下的大型超市買了一些上好的補品，花了一千多元，其中包括腦白金黃金鈣什麼的。

　　張小燕是第一次來他們的出租屋，以前也給小棟送過一些吃的，但都沒有進屋，一般是謝敏出來接了東西後就走。

　　張小燕的到來，謝敏並不是很歡迎，儘管心裡不舒服，謝敏還是給張小燕泡了茶，請她坐。

　　張小燕在床上坐下，不經意之中望了謝敏一眼，突然發現謝敏衰老了許多。謝敏才四十多歲，有許多白頭髮了，沒有了一點光澤，臉上也尤顯蒼老，乾瘦得看不出像是一個女人了。年輕時的謝敏可不是這樣，高挑，漂亮，極具女人的魅力，現在，張小燕看不到她身上的女人味了。張小燕突然同情起謝敏來。張小燕說：聽張小北說房租又要漲價？

　　謝敏說：這些黑心的，鬧著要加二百，提到一千五，我沒同意，我簽了協議的，想要我加錢，門都沒有。

　　張小燕問：這些房主也是趁火打劫，俏啊，你不租，有人租。

　　謝敏說：黑呢，聽說住附近的，都要加，好像是這些房主串通

好了的。

張小燕說：長樂市的行情，凡是有中學的地方，周圍的房子貴得像金子。

謝敏說：也是，小棟他們班就有租不到房子的，他們租賓館住，不過，這些人是有錢的。

張小燕說：報紙上就作過調查，有四成以上的家長實行陪讀，特別是外地生，陪讀的占八成，房子能不俏嗎？

謝敏說：這都是怎麼啦，我們讀書的時候，誰管過我們？每天要做多少事？哪像現在，好像那書永遠讀不完，那課永遠上不完。我就不明白了，為什麼這樣子讀，還讀不出好成績來？

張小燕說：越來越難了唄，我們那時讀書，頂多用了現在十分之一的精力，多好玩，現在，他們哪裡有時間玩。

謝敏說：我們那時候讀書，還要搞半天勞動，還要參加好多社會活動，參加好多實踐課，並不是死抱著書待坐在課堂裡，而是走出去，到社會大學去學習，新鮮有趣。現在想起來，還覺得新鮮刺激，有味。

張小燕說：現在不是講分數第一嘛，白貓黑貓，要逮得住耗子才算是好貓，你分數上不去，什麼都空談。想要進名校，就得比別人多付出，要想考一個好大學，就得比別人多脫層皮，要想讓別人認為你是只好貓，就得變成貓精，否則，你臭狗屎一堆。張小燕突然打住，因為她看到謝敏突然變了臉色，後悔自己沒腦子，怎麼就說到名校的事上來了呢。果然，謝敏說：現在想起來，幹嘛非要進名校？我們家小棟不是挺好的？他付出也不比別人少，他也不比別人差，也沒有缺胳膊少腿，我們只求小棟一生平安幸福，只要不是狗屎就行。

張小燕連忙解釋：謝敏，我不是這個意思。

謝敏說：是啊，羅小義有一個好父親，哪像我們家張小北，這個窩囊廢，因為他沒本事，我們家小棟在起步階段就輸了。好在我謝敏不服輸，我一定要讓小棟考一個名牌大學，要不然，我死不瞑目。

謝敏站起來，心神不寧說：提前祝賀你們家羅小義能考一個好大學，煩躁，別和我談名校，我不稀罕。

張小燕連忙說：是是是，是是是，你說得對，我們不稀罕名校，我們只要小棟羅小義平安。張小燕也是心血來潮，怎麼就這麼沉重的話題和謝敏討論起來，她本是來看望小棟的，想瞭解小棟為什麼情緒會這麼壞，砸鍋的事，小棟也會做？張小燕瞭解小棟，不是到了極點，憑小棟的個性是不會做出這樣的事來的，他做了，說明小棟的忍讓達到了極限。

張小燕只好將話題往小棟方面引。張小燕說：小棟中午回來吃飯？

謝敏說：別提這小雜種。

張小燕問：又怎麼啦，小棟又出什麼問題了？

謝敏說：說起就煩躁，我啊，前世欠他們的。你都不知道，他敢在我面前做樣子了，喏。謝敏指著牆角說：那是他砸爛的，長本事了。

張小燕說：到底是怎麼回事嘛。

謝敏說：怎麼回事，還不是考試的事。他在學校受了委屈，回家撒氣，我說了他幾句，他就瘋子一樣，見東西就砸。

張小燕問：在學校怎麼啦？

謝敏說：他不是補考多次都沒有及格嘛，總是這樣，人家還能不煩？估計是沒有好臉色給他。可是，老不及格就沒有資格參加高考，他的班主任老師也是好心，先是勸我們家小棟轉學，轉學其實就是留一級，你這個成績哪個學校敢要？只有留一級人家才考慮。我當然不同意留級，張小北也不同意留級，可是這個沒腦子的他同意留級，你看他是不是腦子進水了？

張小燕說：小棟為什麼同意了？

謝敏說：學校領導還有老師大會小會講有個別同學影響了學

校和班裡的學習進度，拖了學校和班級的後腿，嚴重影響了學校和班級的集體榮譽。小棟聽多了心裡有壓力，有點厭學，也不想在十二中待下去了。他回家後，對我說了他的想法，我當然不同意，都什麼時候了？還以為是讀小學啊，明年就要高考了，這時候轉學，到一個新的學校，什麼都要重來，特別是人際關係，老師，教學計畫和方式，都發生了變化，都要重新熟悉，哪有心思去搞學習？我就說不行，他跟我摔，跟我絕食，跟我鬥心眼鬥法。你說這孩子，不把心思放在學習上，在這方面倒是來勁了，你說我氣不氣。

謝敏長長噓口氣，平靜一下情緒說：看他也辛苦，我沒跟他計較，他還來勁了。我說了他幾句，我說，你自己沒屁用，又攤上一個沒屁用的爺（爹），我辛辛苦苦侍候你們爺倆，還衝我來了？有本事，有本事你補考及格啊，有本事你考一個好學校啊，有本事你攤一個有錢有勢的爺啊。我還沒說完，這小雜種瘋了一樣，見東西就砸，差點把電視機也砸了。

張小燕說：謝敏，我不是說你，這就是你的不對了，你怎麼說出這樣傷人的話出來？小棟長大了，十八歲了，他也有自尊心了，本來他就有壓力，學習又這麼緊張，我們應該想辦法替他減壓，你呢，只顧自己嘴上圖一時的痛快，卻忽略了小棟的感受，他能不爆發？你啊，應該找小棟談談，我聽張小北說，小棟的精神都快要崩潰了，他擔心小棟會出事。

謝敏問：出什麼事？

張小燕說：精神崩潰，失常，走極端，什麼意外的情況都有可能發生。

謝敏嘴不服軟：我沒見過讀書會讓人發瘋的，那麼多讀書的人，沒見哪個瘋了的。

張小燕不想和謝敏爭辯，現在和她說也是多餘的，她聽不進去，再說了，謝敏歷來是一個心裡承認嘴上不服輸的角色，哪怕是在小棟和張小北身上。本想等小棟回來見上一面，張小燕臨時改

變主意，先走了。

在路上，張小燕打張小北電話，要他多關心一下小棟，多過問一下小棟的事。張小北抱怨，說也想多問一下，多管一點，可是行嗎？謝敏會讓他管嗎？張小燕理解，自己和羅明義不也是一樣，羅明義要是和自己唱反調，一樣的不會讓羅明義摻和。想清這一點，和張小北說話的興趣也沒有了。

羅明義回來後，張小燕和他說了小棟的事，羅明義引申到羅小義，羅明義第一句話就是：知道了吧，我原來給羅小義寬鬆的環境，你說我是慣他，有些事情是不能急的。如果小棟哪天真要是出事了，可惜了。張小北也是，我給他說過多少次了，要他引起重視，他就是不聽。

張小燕說：你別站在乾岸上不知道腳痛，你當時要是把小棟弄進了一中或二中讀書，能有今天嗎？

羅明義說：這和弄進一中有什麼關係？

張小燕固持己見：怎麼沒有關係，要是小棟進了一中，謝敏的心情好了，就不會天天在小棟面前嘮叨，謝敏不嘮叨，小棟自然心情沒有那麼壞，就不會把自己封閉起來，就不會得了抑鬱症似的。再說，一中和那些名校的教學品質就是要好，小棟也不至於考試不及格。

羅明義說：無稽之談。小棟要是進了這些名校，只怕壓力更大，問題會更大，出事會更早。

張小燕火了：羅明義，你這是什麼意思，你咒我們家小棟是吧？你巴不得小棟出點事是吧？你未必就知道小棟進了名校就會出問題？那麼多人進了名校，沒見出事啊，你狗嘴裡吐不出象牙。

羅明義說：好好好，我狗嘴裡吐不出象牙，隨你們的便。我說的你們就是不聽，小棟有外部因素，但是主要的還是他自己的問題，他的心理出現了問題。我老早就和你說過，也提醒過張小北，你們就是不聽我的。那個謝敏，我沒有把小棟弄進幾所名校，好

像我欠了她的，一直記恨著我。我不是小心眼，記恨我沒有關係，我是擔心長期下去，小棟就完了。就是以後走向社會，是這樣一個心態，也是沒有用的，會與周邊的一切包括人際關係社會關係格格不入。就算是考入北大清華又怎麼樣？也是失敗的。

張小燕知道羅明義說的有理，但她並不承認，她還在爭辯：你就小看了小棟，小棟絕不會是那樣的人，他只是暫時存在一點心理障礙，換個環境就會好起來的。

羅明義說：張小燕，那你是支持小棟啦。

張小燕反問：我支持小棟什麼？

羅明義說：支持小棟轉學啊。

張小燕說：去你娘的蛋，我什麼時候說過支持小棟了？

羅明義說：你才說的，只要小棟換個環境就會好的。小棟現在就是你這樣的一種心態，以為只要換個環境問題就解決了。

張小燕說：羅明義，你不要偷換概念，我說的不是這個意思。

羅明義故意說：那你是什麼意思？

張小燕一時說不清楚，又懶得再解釋，就說：羅明義，我不跟你耍嘴皮子，羅小義要是出現這種情況，我跟你沒完。你聽好了，和你那辦學校的朋友說，讓羅小義去他們那裡上課，不收費最好。

羅明義笑了，這個張小燕一直就沒有忘記這件事，他必須讓張小燕死了那份心。羅明義說：你以為我是市長啊，告訴你，別以為我替人家辦了點事就要撈好處，這是我的職責，我不辦，別人也會替人家辦。再說了，教育局要是沒好處，會批？你也不想想長樂市這類學校有多少？我告訴你吧，幾百所。你以為那章子是那樣好蓋的。

張小燕嘀咕：我怎麼知道有那麼複雜，那他沒給你個人好處？

羅明義說：人家是想給，我敢要嗎？

　　張小燕說：也是，你那膽量，打死也不敢。哎，和你說真的，你幫幫小棟，和你那朋友說說，給小棟制定一個學習計畫，或者有什麼辦法能夠讓小棟在短時間內得到提高。

　　羅明義說：這個我可以去說說，只是小棟的學習安排得滿滿的，怕是沒有時間。再說，張小北和謝敏不表態，我跳個什麼。

　　張小燕擔心：你說小棟怎麼辦，這樣下去也不是個辦法。我可說好了啊，我準備每天給羅小義增加學習量，主要是做些試題，每天我要額外增加他做語數外試卷各一套，必須要做完的，不做完不許休息，進入初中了，再不能像小學那樣慣他了。

　　羅明義說：還只是一個初中，沒必要這樣。

　　張小燕說：我就知道你會唱對臺戲，你想讓羅小義變成小棟那樣，要是羅小義也像小棟那樣，我就死給你看。你也不看看別人是怎麼教孩子的，我同事的小孩，今年才初二，你知道她給她妹子報了多少班嗎？七個班，每天要完成學校的作業，又要完成校外輔導的作業，她還給小孩子準備了語文數學英語試卷各一套。今年一個暑假，她妹子就把初三上學期的主課上得差不多了，在學校裡，又從頭再讀一遍，她的基礎打得多扎實。

　　羅明義問：她在哪個學校？

　　張小燕說：她在三中。我同事就是因為她沒有進名校，才這樣要求的，她希望自己的孩子通過努力，不進名校也一樣能考一個重點大學。

　　羅明義歎息一聲：唉，現在的孩子，是為大人活著。

　　張小燕說：羅明義，你說什麼呀？

# 第三十章

# 背景與背影

　　羅小義在羅明義面前偶然說了一句話，引起了羅明義的警覺。

　　羅明義要去參加一個謝師宴，因張小燕不能回家給羅小義弄飯，羅明義就帶羅小義去了。謝師宴吃了有半個多月了，先是吃重點大學的，比方北大清華之類的，重點大學的錄取通知總是提前批，然後是一本的，第一本的錄取緊隨其後，再是第二本的，第二本相應晚些，現在，羅明義帶羅小義要去吃的是考取三本的，吃飯的規格相對低多了。羅明義曾開玩笑說從高吃到低，再過一段時間就要吃專科生的了。問題是，羅小義這麼小的孩子也知道了這其中的奧秘，羅小義說：吃落腳子飯啊？落腳子是當地的一句方言，最低下的意思，最差的意思，沒人要的意思，還有很多種類似相同的解釋。羅明義對羅小義說：到時你可別讓我請別人吃這種飯唔。羅小義不從正面回答，卻說：先前吃的有背景，我們留下的只有背影。背景和背影，一字不同，相差千里。羅明義不明白，問是什麼意思，羅小義回答：有關係的人讀名校，靠的是背景，讀不讀書，也靠的是背景。我們呢，沒有背景，沒有門路，只有留下一個背影了。羅明義說：你這是聽誰說的？羅小義說：我們學校的同學都這樣說。又解釋：這是聽高年級的同學說的，還有很多呢。羅明義問：還有很多？羅小義說：是啊，我說給你聽。

羅小義說：我本不是讀書才，爸爸媽媽逼我來。考試題目深似海，雞蛋鴨蛋滾滾來。

羅明義說：這是消極的東西，不要學。

羅小義又說：讀書煩，讀書累，讀書又要交學費，早知學費那麼貴，不如加入黑社會，有錢有權有地位，不會有人再喊累。

羅明義說：這是要不得的東西，更不能學。

羅小義說：讀死書，死讀書，讀書死。

羅明義說：這是沒有鬥志的人才說的話，也學不得。

羅小義說：老師說我有神經，來了120；女生說我多有情，驚動了110。考不好哭哭啼啼，121就下雨；不高興了發一發火，119就找我。

羅明義說：什麼亂七八糟的東西，都是誰教你的？

羅小義說：全學校的人都會說。

羅明義笑：這是一種調侃，更是一種不負責任的態度，雖然沒有副作用，也不要學。

羅小義說：學好數理化，走遍天下都不怕。

羅明義說：這是對的，好好讀書才是正理。

羅小義說：學好數理化，不如有個好老爸。

羅明義說：又亂說了。

羅小義說：上網打牌戀愛，虛度年華四載。橫批：吃飽了撐的。

羅明義問：這是指什麼？

羅小義說：這是指四年大學生活啊。

羅明義說：這又是聽誰說的？

羅小義說：網路上說的。

羅明義說：不對，大學生也有讀書認真的。

羅小義說：考初中，考高中，考大學，年年都考。抄語文，抄作

文,抄英語,抄抄就過。橫批:大學四年。

羅明義說:過激了。怎麼是大學四年?不是還有考初中考高中嗎?

羅小義說:不知道,我再說。今日,昨日,明日,日日難熬,早餐,中餐,晚餐,餐餐難進。橫批:大學生活。

羅明義說:只是個別的,不是主流。

羅小義問:爸爸,你還要我讀大學嗎?

羅明義說:怎麼能不要讀大學呢,大學是一個人一生必須要具有的文化程度,就像一個人長大必須所要經歷的過程。

羅小義說:來一個更絕的。博士生,研究生,本科生,生生不息,08屆,09屆,10屆,屆屆失業。橫批:願讀服輸。

羅明義說:你讀書不行,記這些亂七八糟的東西怎麼就這樣行了?

羅小義說:我們同學比我還差些,這些東西知道的還要多。

羅明義說:要把心思用在學習上。

羅小義說:我還說一個。金沙江,黃浦江,嘉陵江,江江沒蓋,教學樓,圖書樓,宿舍樓,樓樓可跳。橫批:空前絕後。男生,女生,窮書生,生生不息,初戀,熱戀,婚外戀,戀戀不捨。

羅明義說:好了,不許說了,什麼烏七八糟的東西,到此為止,啊。不許你學,不許你傳,更不許你當成真的。

羅小義說:我才不去學這些東西,是你要我說,我才說的。還有很多呢,我們同學,說起來一套一套的。

羅明義說:你同學我管不了,但你,我是管得了的。羅小義,平時我不管你,是給你一個輕鬆的空間,但並不代表就默許你的一些做法,譬如上網,譬如偷懶,譬如不能正確對待學習,譬如補課。

羅小義說:你不是不贊成我補課嗎?

羅明義說:我只是不贊成一種方法,但並不是讓你不要補

課。大家都這樣，你也必須這樣，這一點我改變不了，也不能在你身上做些改變。

羅小義說：讀書沒意思。

羅明義說：不許胡說八道，讀書為什麼沒意思？讀了書才能學到知識，學到知識才能充實自己，充實了自己才能在社會上立足，立足了才能立業，立業了才能立家，立家了才能立人，才能有更大的成就和發展。

羅小義說：你和我們老師一樣，盡是大道理，爸爸，我告訴你，同學們都說讀書不賺錢，賺錢不讀書。我要賺錢，賺大錢。

羅明義說：廢話，誰說賺錢就不要讀書了？書讀好了，才能賺錢，否則，別說賺錢，就連錢多錢少都算不清楚。

羅明義有點警覺了，羅小義在這個暑期裡學了一些不健康的東西，特別是網路對羅小義產生的副作用。什麼背景和背影，什麼讀書不賺錢賺錢不讀書，什麼讀死書死讀書讀書死。羅明義的第一感覺就是羅小義接觸了一些管教鬆散的孩子，這些孩子可能對羅小義產生不良作用，其次是羅小義頭腦中對這些東西非常感興趣，否則他不可能記得這樣清楚，再是這些東西對羅小義產生了某種刺激，形成了某種印象。羅明義覺得有必要對羅小義進行一些人生哲理方面的教育。

羅明義突然想起了小魯。小魯就是疏於這方面的教育才變成了今天這樣子。羅明義覺得，過去在人生理想方面的教育是很成功的，他自己從小就受到了這方面的教育，他的成長和這種教育是分不開的，到現在，羅明義還敢對天發誓：我羅明義過去一直是大公無私，現在雖然做不到大公無私了，但絕對可以先公後私。羅明義把這種境界一直視為過去的理想主義教育有關，過去那些英雄主義，民族主義，理想主義的東西，到現在還在他的腦海中存在，他從小就有一種遠大理想，他也曾一直為實現這種理想而付出，努力。如今我們的學校，我們的輿論，我們的社會，我們的

家庭，雖然不談理想了，但人生的境界還是要談的，人生的追求還是要有的，人的精神還是要提倡的。

想起小魯，羅明義覺得應該打個電話問一問情況，小魯去了有幾天了，羅明義還沒有打過電話。朱銘琦一直不放心，倒是給羅明義來過幾次電話問小魯的情況，羅明義一直勸她說小魯沒事的，挺好的，不會有問題的。朱銘琦想要聯繫方式，羅明義不告訴她，說是好不容易下決心送小魯去了，你這一聯繫，又讓小魯產生依賴和逃避，反而不好，朱銘琦不再堅持，沒有再問羅明義要電話。

羅明義撥通了那個女輔導師的電話。自報家門後羅明義問起了小魯的情況，女輔導師半天弄清楚情況後說：你是說前天送來的那個小女生？叫什麼小魯的？羅明義說：就是就是，就是那個小魯。女輔導師問：你是她父親？羅明義說：我是她家的……叔叔。女輔導師說：是叔叔啊，那就和你說實話吧，小魯這孩子總的來說還不錯，還服從學校的管理，我們正在給她進行一些特殊的培訓。羅明義問：小魯沒有鬧吧？女輔導師說：沒有，小女孩挺聽話的。你們儘管放心，在我們這裡，絕對的放心。

羅明義真的放心了，他給朱銘琦打電話，說剛才和老師通了話，就是那天來家裡接的那位女輔導師，小魯在那裡表現很好，也聽話，她現在正在接受特殊的培訓，要你放心。朱銘琦謝了羅明義，說了一句小魯不會那樣聽話的。

羅明義也有點不放心了，小魯這孩子太有個性了，那麼快就把她馴服了，羅明義還真是打了個問號。為了能讓朱銘琦放心，羅明義決定去學校看看小魯。

羅明義借了車，下午提前了兩小時下班，來到了學校。學校還是不讓羅明義進去，羅明義找到校長，校長打了電話，才讓羅明義進學校。

羅明義說找小魯，沒有人認識小魯，羅明義只好自己找。班

裡沒有小魯，那些裝滿鋼管的房裡沒有小魯，宿舍裡也沒有小魯。有人問小魯是哪一個，羅明義說是前天才送來的一個女學生。有人就說：那個室內操場裡有一個女孩是新來的，因為逃跑，被關在了鐵籠子裡。羅明義驚訝：逃跑？有學生說：是的，她逃跑過幾次了，也不參加學校的訓練，還天天大哭大鬧，還罵老師和教官。羅明義聽後也不多說，轉身就走。他來到室內操場，並沒有貿然走進去，而是躲在一個僻遠的柱子後面觀察，果然，看到小魯被關在鐵籠子裡，她蜷縮在籠子裡，像一隻困獸，安靜地睡在那裡。可能是因為鬧騰倦了，此時的小魯就像一隻正在享受冬眠的小熊，安詳極了。

羅明義還沒有喪失理智，他沒有走近小魯，他知道自己不能走近小魯，否則，功虧一簣。不過，羅明義有那麼一陣子非常難過，他的心幾乎要爆裂，他幾乎要吼叫出來，大聲地吼叫出來。

這場景要是讓朱銘琦看到了，她不發瘋才怪。朱銘琦真要知道了這些，她會怪我嗎？羅明義有點後悔，後悔不該出這麼個主意，如果朱銘琦知道這事後不能原諒自己，如果小魯出個什麼事情，那我不成了千古罪人？羅明義越想越害怕。

羅明義又有點氣憤了，女輔導師為什麼要騙人？學校為什麼要採取這種殘酷的方式來摧殘一個少年的身心？為什麼要以這種方式來摧殘一個少年的意志？難道就為她要逃跑回家？羅明義，你是個什麼東西，你怎麼能把小魯送到這裡來？你是知道這裡的管理模式的啊，為什麼還要把小魯送進來？你出於什麼目的？如果小魯是羅小義，你會把他也送進來嗎？

羅明義回到長樂市後，沒有回家，而是來到朱銘琦家裡。羅明義在樓下時沒有看到朱銘琦家裡亮燈，問她在哪裡，朱銘琦說在加班，羅明義看時間已經是晚上十一點了，說：那麼晚了，還在幹什麼？朱銘琦說在一家超市幫忙，要到三點鐘才能做完。問羅明義在哪裡？有事沒有，羅明義說沒事。

回家時，羅明義又在院子外面碰到羅小義的家教小龍老師，這回，羅明義主動停住打招呼，羅明義仔細問了羅小義的情況，小龍老師詳盡談了羅小義的學習及資質情況，小龍老師建議羅明義，說羅小義進入初中後，要有一個系統的學習計畫，初中是打基礎的階段，就像砌房子那樣，基礎要是沒有打牢固，會給學生造成太多的副作用，比如基礎不好影響學習的積極性，會產生厭學，再比如基礎它是一個系統的工程，前面沒學好，後面的學習就跟不上，也會影響學習。兩人這樣閒聊了十來分鐘，羅明義才問小龍老師怎麼回去，小龍老師說走路到前面的岔口，就有多趟車要跑到十二點。羅明義看表，要小龍老師趕緊走。

　　一進院子，羅明義又碰到老王，老王和院子裡的幾個老人在一夜宵攤面前下棋，見了羅明義，站起來打招呼。羅明義說：老王，下棋啊？繼續下。

　　羅明義是想打了招呼就走，老王沒有放他走的意思。老王說：不下了，不下了。羅科長辛苦，才回家。羅明義說：開了個會，現在，各大學陸續上課，各地大學生陸續到校，還有，市區各中小學也快到開學了，盡是事啊。羅明義說了假話，但他不明白自己為什麼要這樣說。

　　老王說：是是是，羅科長就是事多，都像羅科長一樣，老百姓就好過多了。

　　羅明義說：老王給我戴高帽子。

　　老王說：羅科長，我家小兵的錄取通知來了，二中的，真要謝謝你啊羅科長。

　　羅明義說：是嗎？真的來了？得到老王的肯定，羅明義說：那就好，那就好。要告訴孩子，一定要珍惜這次機會，好好學習，一定要考一個好的大學。

　　老王說：是是是，一定把羅科長的話帶給孩子，一定不辜負羅科長的教導。真是太謝謝羅科長了，羅科長，你早點回家休息。

　　羅明義估計老王是專門在等他的，也不多說，相互道了別。羅明義從來沒見過老王有這麼開心過，老王那高興的勁兒也感染了羅明義，既然他們的錄取通知到了，那麼羅小義的也應該收到了。

　　張小燕和羅小義正在一塊說話拉家常，羅明義進屋，母子倆誰也沒有搭理他。羅明義說：羅小義，怎麼還不睡？羅小義望了一眼羅明義說：還有一篇作文要抄寫。羅明義說：那為什麼還不抄？羅小義說：姆媽要找我說話，怪我？羅明義說：太陽從西邊出來了？瞟了眼張小燕。那就趕緊的去抄寫，快十二點了，明天上午的課是幾點？羅小義說：八點。羅明義說：那快點去做作業。

　　羅明義問張小燕：羅小義的通知書收到沒有？張小燕問：什麼通知書？羅明義說：還能有什麼通知書，二中的錄取通知吧。張小燕說：我還想問你呀。羅明義說：還沒有？不可能啊，老王家的小兵都收到了的。張小燕說：老王家的收到了嗎？那我打張小涵的電話，問問她們家毛毛收到沒有？說著撥了張小涵電話，一會，電話通了，張小燕問：張小涵，毛毛的錄取通知收到了嗎？張小涵說：收到了啊，今天下午收到的，二中的，哎，羅明義總算辦了一回人事，這回還真是要謝謝你們家羅明義啊。張小燕心思不在這上面，沒多說什麼就掛了電話。羅明義問怎麼樣，張小燕還沒回過神來，自言自語說：不會吧，難道羅小義沒有被錄取？

　　羅小義從裡屋出來，纏著張小燕說：姆媽，你說誰沒有被錄取？張小燕不耐煩說：去去去，抄你的作文去。羅小義嘟著嘴進去了。張小燕對羅明義：是怎麼回事？為什麼都來了，就羅小義的還沒有來？你打電話問問你那朋友情況？羅明義說：都幾點了，人家不睡覺啊。張小燕說：你總是這個態度，兒子的事總是這樣漠不關心，打個電話又怎麼啦，會死人啊。啊？你不打是吧？你不打我打，你把電話號碼告訴我，我來打。羅明義說：明天打也來得及，幹嘛要急著今晚打？應該不會有問題，要是有問題，人家還不早跟我說了？看你，心裡裝不下一點事，不就是遲早的事嘛。張小燕說：這涉及到羅小義一輩子的事，我能不急嗎？萬一有個什

麼變化，我哭爹喊娘都來不及了。羅明義，我只問你，你打不打電話？羅明義說：太晚了，你以為人家像我一樣？人家是招生辦的主任，俏著呢。張小燕說：你還是教育局的科長呢，管著他招生辦吧，還管著他們學校呢。羅明義說：我也就是業務上分管一下，人事和財政方面控制不了人家，誰賣你一個小小的科長的帳？張小燕說：那人家收了我們的錢，打個電話還能怎麼樣？羅明義說：不是我不想打，是我不能打，怎麼說我也是個科長，這麼點事就沉不住氣，讓我以後在別人面前怎麼說話？張小燕火了：科長怎麼啦，你不是說一個小小的科長不管事嗎？什麼叫沉得住氣，什麼叫沉不住氣，我說我來打，你不幹，我要你打，你還是不幹，你說要怎麼辦？難道就這樣等？羅明義說：對，等。張小燕說：等你娘的個蛋。羅明義說：你，你怎麼能罵人？張小燕說：我就罵了，怎麼啦？羅明義說：你，瘋三。

羅明義沒有再理睬張小燕，張小燕找他說話，他也懶得搭理。張小燕忍著，等到羅小義睡著後，張小燕又開始和羅明義爭吵，一個晚上，羅明義都沒有睡好，張小燕更是一個晚上沒有睡覺。

第二天一清早，張小燕突然改變了態度，她起來搞好了早點，以前，張小燕只搞羅小義的早點，今天，她居然把三個人的早點都做好了。六點五十分，她準時喊羅小義起床，洗漱過後七點十分，然後開始吃早餐。羅明義還睡在那裡，張小燕來到床前喊了他幾遍，羅明義才起來。

起床後，羅明義看到了桌上的早餐，知道張小燕在巴結自己，也不多說，洗了臉吃東西。張小燕對羅明義說：吃過後你去送羅小義，我有點事不能去送他。羅明義說：我今天上午要去市局開會，只怕沒有時間。張小燕說：是兒子重要還是你的會重要？羅明義說：你這叫什麼話，都重要。張小燕說：告訴你，羅小義重要，別以為當了一個科長就不得了了，我啊，不稀罕。羅明義說：那你稀罕什麼？張小燕說：實惠。還有，兒子的事。羅明義說：不可理喻，沒法和你說。張小燕說：正是，不可理喻，同樣沒辦法和你溝通，你

是從外星球來的，腦子少一根筋。羅小義也一旁說：老爸那思維怪怪的，真是從外星球來的。羅明義說：羅小義，你說什麼啊？羅小義說：我什麼也沒說，姆媽說的。

羅明義輸了，每次和張小燕鬥法，他總是輸的，羅明義只好送羅小義去上課的地方。

羅明義的會開到一半時，他出來接了個電話，順便上了一趟洗手間。突然想起什麼，掏出手機打了一個電話。電話是給楊本齋打的，占線，等了一會，又打，還是占線。過了一會再撥，通了。羅明義說：本齋兄啊，失蹤了吧？楊本齋卻大咧咧說：什麼失蹤了，是你把我忘記了吧？這麼多天了，也不給我打個電話，又到哪裡鬼混去了？

羅明義說：我在市局開會，這不，各地的大學和中小學就要開學上課了，很多事一團麻，要理啊。

楊本齋說：知道羅大科長是個大忙人，聽說市局還要派調研組來我們二中蹲點呢。

羅明義說：今天才開的會，你就知道了？哈哈，中國的事，如今是沒有什麼秘密可言囉。不，是對你本齋兄，沒有什麼秘密了，有什麼事不是你比我們還先知道？

楊本齋大笑：明義，是罵我還是表揚我啊？不過，這點倒不假，我楊本齋沒有什麼不知道的事，消息靈通，有幾個朋友，不像明義兄你不把我當朋友，什麼事也不和我說。

羅明義說：冤枉不，冤枉我不，本齋啊，要說消息，你肯定比我靈通得多，到我這一級知道的事，全長樂市基本上都知道了，別說是你本齋了。

楊本齋說：給我打電話總不是邀請我中午吃飯吧？說吧什麼事？是不是令郎入學的事？

羅明義有點不高興了，他歷來不喜歡楊本齋總是在他面前耍點小聰明，本來，他的確是想問問羅小義的事，這回，羅明義偏不

說羅小義的事：本齋啊，聽說你就要高升了，祝賀啊，你可是要請客啊。

楊本齋喜出望外：明義兄，你都聽說了？是邵副廳長……楊本齋發現自己說漏嘴了，忙改口：是聽誰說的？不會是市局開會討論了吧？

羅明義裝糊塗：你的事，都知道了，就你還瞞著我，本齋，你說怎麼辦吧。

楊本齋說：兄弟啊，別怪我，這樣的事，八字還沒一撇，我怎麼能亂說的？再說了，有人不服氣，在整我黑材料，要告我呢。我得夾著尾巴做人啊。

羅明義說：哪個敢整楊大主任的黑材料？不想活了不是？

楊本齋說：總是有那麼些人，自己沒有競爭的條件，就搞些小動作。不聰明啊兄弟。

羅明義說：那是，的確不聰明。有本事，公平競爭嘛，何必玩這些沒用的東西？

楊本齋悄聲說：可別小看了這些小動作，有時候厲害啊。不得不防著點。

羅明義說：螳螂擋車，你就等著請客吧。

楊本齋說：那是當然。不過，明義兄你是瞭解我的，沒有宣佈的事，我是不會亂講的。客嘛，一定請。

羅明義說：是是是，本齋歷來的作風，這一點，我可得跟你學。

楊本齋說：明義兄，這樣吧，我現在還有點事要處理，中午，中午我請客，好不好？

羅明義說：好啊，一言為定。掛了電話。

在羅明義和楊本齋打電話時，張小燕就在二中，具體說就在楊本齋的招生辦公室，只是楊本齋在他的小辦公室，張小燕則待

在他們的大辦公室裡。

張小燕是來瞭解羅小義錄取通知的事，她來了有一個多小時了，也問了幾個人，都說不清楚，招生辦的人告訴張小燕，如果想要查清楚，就得去教務處瞭解，因為招生辦已經把名單全部給了教務處，並解釋說他們有紀律，不能對外說情況的。

張小燕只好來到教務處，一位上了年紀的女同志接待了張小燕。張小燕說了情況後，女同志既不告訴她是否有羅小義也不去替她查核，只說初中的錄取通知比高中的晚一天寄出。張小燕說好話套近乎，想要女同志替她查查羅小義的名字，女同志不為所動。

張小燕出了教務處，她不死心，又沒有辦法，只好給羅明義打電話。電話剛接通，羅明義就按了，張小燕又打，剛一通，羅明義又按了，如此反覆，張小燕窩了一肚子的火，極想發洩。

張小燕出了二中的大門，還回過頭去觀望，一臉的失落寫在了她的臉上。她掏出手機，又給羅明義打電話，羅明義還是按了，張小燕再也按捺不住，脫口而出：羅明義，我操你的娘，看老子怎麼收拾你。攔了車，要去羅明義單位。

走到半路，想起羅明義在市局開會，張小燕乖乖地回了單位。

到單位後，張小燕再打羅明義電話，這回關了機。張小燕氣得甩了電話，不久，她又打羅明義辦公室的電話，也是沒人接。

# 第三十一章

# 塵埃落定

　　按事先的約定，羅明義來到了大柏地賓館，大柏地賓館是一家五星級賓館，據說是西邊省份的一個私營老闆開的，那個老闆原來是開煤礦的，因為煤礦的風險越來越大，他退出來搞起了服務行，大柏地在全國都有連鎖店。

　　羅明義來過大柏地，這裡的服務主要是娛樂活動最出彩，在長樂市是出了名的。其次是吃文化，這裡的吃的可以說是天上飛的，地上跑的，地下鑽的，水裡游的，應有盡有。長樂市的人都說，想吃去大柏地，想睡去大柏地，想樂還是去大柏地。足見大柏地在長樂市人心中的地位。

　　羅明義找到三樓的錦繡前程包房，楊本齋已等在那裡了。羅明義一出現，楊本齋立即迎了上來：明義兄恭候了，歡迎歡迎！

　　羅明義伸出手去和楊本齋握住：本齋兄，太破費了，兄弟我可從來沒有享受到過這種待遇，不敢當啊。

　　楊本齋說：你這是罵我呢，你羅科長去的地方，還能比這地方低？我是想了又想，惟恐招待不周才找了這麼個地方，還生怕羅兄不滿意哦。

　　羅明義說：本齋，這就是你的不對，我們之間用得著這樣客氣？隨便找個地方填飽肚子不就完了？何必這樣破費呢。

　　楊本齋說：兄弟，不瞞你說，今天這頓飯，主要是要感謝你，

但是，還有幾個朋友要來，臨時的，臨時的，要向兄弟說明白才是。

羅明義說：謝我什麼啊，我還要謝謝你呢，要不是你，我們家羅小義還有那些鄰居的孩子，是很難進你楊兄的學校的。

楊本齋說：好，既然是兄弟，什麼也不需要說了。哎，你家少爺的通知書收到了嗎？

羅明義說：還沒有。不過，讀高中的那幾個收到了。

楊本齋說：高中的提前錄取，所以通知書要早一天寄出，初中的應該快到了，也就這一兩天的事。

羅明義說：謝謝本齋了。

楊本齋說：才說好的，不許說話酸溜溜的。

不一會，客人陸續到了，李桃和邵總也來了。羅明義有點吃驚了，這個楊本齋，怎麼搞起這種突然襲擊來了？李桃和邵總見到羅明義，忙過來說話。李桃說：羅哥，難得請動你的，還是楊主任有面子。邵總也說：羅科長，貴客。謝謝你啊。羅明義和他們打招呼說：謝我幹什麼，又不是我請客。心想這兩人是怎麼啦，一個口調，好像是他們請客似的。也不去多想，說：李桃，學校的事，還順利吧？

李桃說：托羅哥的福，已經正式開張了。

羅明義說：開張了？也不告訴我一聲，要不然送幾個花籃帶點喜氣啊。

李桃說：還說呢，我說要告訴你的，就是這個邵總，說不好驚動羅科長，才沒敢喊你。

羅明義說：你們把我當成外人吧？這可不行，李桃，我要罰你。

李桃撒嬌：羅哥，你說怎麼罰，由你，只要羅哥高興。轉身對邵總說：邵總，聽到了沒有，羅哥要罰我們，看你的啦。邵總立即

說：是是是，一定一定。羅科長說怎麼罰都可以的。

羅明義發現楊本齋不見了，問李桃，李桃說：他在下面等人。羅明義心想，他在下面等人？有誰值得他親自下去等？而且一等就是半個多小時，看來還是一個蠻重要的人物了。

正想事的時候，李桃和邵總也不見了，羅明義一個人坐在房間裡，他打開電視機，調到中央四台，看國際新聞。服務小姐幾次進來問要不要點菜，羅明義說等等。

新聞播了一半，楊本齋一行還沒有上來。羅明義也想下去看看，到底是一個什麼人物讓他們都下去接，一想，自己畢竟是教育局的科長，要接的人認識還好說，要是不認識，別人會笑話他也太沒有定力了。繼續看著新聞，突然，一條新聞讓羅明義關注起來。

新聞的標題是「瘋狂英語」長樂站培訓點倒閉關門停業。這是一條長樂市的新聞，都上了中央四台，說的是長樂市小萍瘋狂英語培訓學校，才上了兩天的課，學校就關了門。報導是這樣的，長樂市長海中路正方大廈B樓B座，三百多名瘋狂英語的學員和家長，齊聚在大門緊閉的學校門口，神情沮喪，有學生難過得流下眼淚。

羅明義清楚這個學校的情況，雖然這個學校不是在他們局裡辦的手續，地段也不在他們管轄範圍之內，但這個學校的合法與非法之爭鬧了好多年了。

大概是在2007年，小萍瘋狂英語培訓學校校長穆小萍，向瘋狂英語培訓學校總部交了一萬元加盟費後，掛牌成立了被總部授權的長樂小萍瘋狂英語培訓學校。多年後，因學校經營不善，處於虧損狀態，而該學校校長穆小萍認為是總部支持不力，拒絕續交相差費用。為此，對方說小萍瘋狂英語培訓學校沒有得到他們的授權，屬於非法經營。今年，穆小萍瘋狂英語學校北京總部和廣州總部向長樂市小萍英語加盟學校發出了律師函，說長樂市小萍瘋狂英語學校侵權，是冒牌貨，要求停止營業，遭到拒絕。總部一紙訴訟把長樂市小萍瘋狂英語告上了法庭，法院判決長樂市穆

小萍瘋狂英語學校停業，但該校不但不停業，反而繼續營業，直到該學期僅上了兩天的課，就被法院強制執行，關了學校。

　　小萍瘋狂英語培訓學校在新北區，屬新北區教育局管轄，中央四台都上了，只怕新北區教育局局長現在火燒屁股了。雖然不是什麼違法亂紀的事，但也不是什麼光彩行為，有頭腦的人會認為這是我們教育管理混亂才會發生的事。羅明義這麼想著的時候，楊本齋李桃邵總一行人簇擁著邵副廳長進來了，羅明義剛開始沒在意，當他發現是邵副廳長時，邵副廳長已進了套房。

　　羅明義立即站起來，他還來不及恨楊本齋，很不自然地喊了一聲副廳長，邵副廳長似乎沒有把羅明義放在眼裡，淡淡說了聲「明義也在啊」就不再理睬。

　　羅明義也是見過世面的人，見了邵副廳長還不至於這樣狼狽，問題是，每個人都下去接他了，惟獨羅明義沒有下去迎接，這就不能不讓他尷尬了。

　　邵副廳長在大家的甜言蜜語中坐下，楊本齋坐他的左邊，李桃坐在他的右邊，邵總坐在李桃身邊，羅明義像是一個局外人，沒有人喊他坐，也沒人和他說話，好在羅明義心態調整很快，他自己找了位置坐下，拿出煙來恭恭敬敬給邵副廳長，又每人丟了一根。

　　羅明義獨自抽著煙，楊本齋和李桃還有那個邵總，和邵副廳長有說不完的話，邵副廳長儒雅地聽大家恭維自己，不時發出一兩聲笑聲。

　　羅明義有點怨楊本齋了，明知自己和邵副廳長是上下級，又是戰友，邵副廳長來吃飯這麼大的事都不和他說，不是給他難堪嗎？不是不把他放在眼裡嗎？口口聲聲說要我羅明義牽線搭橋引薦給邵副廳長，自己搭上了而且關係還不一般，也不透露一點，把我當寶搞？羅明義越想越有氣，臉色有點掛不住，但礙於邵副廳長在，羅明義只好依然露出微笑。

　　恭維的話說得差不多了，李桃要邵副廳長點菜，劭廳長說小

李點,一旁的楊本齋附和說:邵廳長點一個。就替邵副廳長去翻菜譜。

大概是覺得冷落了羅明義,邵副廳長說:小羅點吧,小羅這方面是專家,在外面吃飯多。羅明義有點為難,說:邵副廳長點,邵副廳長點,我最不會點菜。

這種場合,怎麼能夠讓邵副廳長點菜呢?邵總說:我來點,我伯伯最喜歡吃的一道是活泥鰍煮豆腐。服務員,來一份。再來一份鵝掌,一份北京烤鴨,一份娃娃魚。邵總一連點了十多道菜,差不多了,邵副廳長說:哦,介紹一下,小羅,這是我侄兒,邵明亮。在老家做生意做得好好的,非要來長樂辦什麼學校,小羅啊,還得謝謝你啊,他們的事辦得這麼快這麼順利,小羅做了工作。

羅明義嘴裡說哪裡哪裡應該的應該的,心裡卻在想這是李桃的主意還是邵副廳長的主意?或者還真是邵明亮的主意?羅明義心裡有點不高興,總感到他們把他當外人了,看來,羅明義也只是常人一個。

這是羅明義吃得最窩囊的一餐飯。以前,他也和邵副廳長在一起吃過飯的,雖然在部隊是戰友,是上下級,到地方後,又是上下級,但羅明義不善於去經營和邵副廳長的關係,腳步為親,人是要走動的,關係也是要走動的。你看楊本齋,和邵副廳長認識才多久,就親密無間地在一起無話不說。說到底,還是羅明義本分老實,不知道投其所好,自己和老戰友吃飯,卻成了局外人,羅明義心生悲涼。難怪張小燕要罵他無用。難怪羅小義上一個重點中學還要求助一個招生辦的主任,還要花這麼大一筆冤枉錢,還要擔那麼大的風險。

弄明白了是李桃和邵明亮請客,這讓羅明義更加不舒服了。李桃和邵明亮為什麼不給羅明義打電話,而是要楊本齋來安排?楊本齋明明知道為什麼又不告訴羅明義?席間,楊本齋和李桃一直是主角,輪番敬邵副廳長的酒,特別難以接受的是,楊本齋居

然指揮起羅明義來，喊他敬邵副廳長的酒，很被動。很不舒服。

這餐飯吃了一個多小時，在送邵副廳長走時，楊本齋偷偷給了邵明亮一個房卡，說了聲二八八八八。二八八八八是大柏地的總統套間。

邵明亮送邵副廳長走了，楊本齋這才把注意力放到羅明義身上。沒說話就連喝三杯，白酒，滿的。楊本齋說：兄弟，我什麼都不解釋，我先喝了這三杯再和你說話。

羅明義說：本齋，你這是幹什麼，你喝了三杯，那我也一定要喝三杯的。

楊本齋搶過杯子：明義，你喝什麼，你不喝，要喝，也是我敬兄弟的酒。服務員，把酒給我倒上。服務員把酒滿上。

一旁的李桃也來湊熱鬧，說：我也來敬羅科長。按說，我也要自罰三杯的，羅科長，你總不忍心看我醉得一塌糊塗吧？

羅明義說：不說敬，來，我們一塊喝一杯。

楊本齋豪氣衝天站起來說：我作陪，來，乾了。

正喝著，邵明亮下來了，他也敬了羅明義一杯，羅明義照單收下，邵明亮還要敬第二杯時，楊本齋打住。楊本齋對邵明亮說：小邵，李桃喝過了，我這裡還有一個房卡，你先扶她上去休息。邵明亮會意，接過房卡扶李桃上樓。

只剩下楊本齋和羅明義，楊本齋說：我原來不知道邵明亮是邵副廳長的侄兒，明義，邵副廳長多次說到你，說你為人正直，為人實在，為人本分。這是他一再要我們向你學習的地方。

羅明義感覺楊本齋有點好笑。羅明義對領導，不管他是哪一級的，都是君子之交，從不獻媚，也從不折腰，一是一，二是二，別說是邵副廳長，就是省長市長，他也是這樣。相反，楊本齋把邵副廳長掛在嘴上，以為羅明義會感興趣，他太不暸解羅明義了，羅明義真是不感興趣，要不是戰友，羅明義也不會和邵副廳長這麼交往。

楊本齋關注著自己的事了，他問：明義，你是聽誰說的我的事？

羅明義想難難他，故意問：你的什麼事？

楊本齋說：我的……哦，沒事，沒事。

羅明義有意挑起楊本齋的興趣，說：本齋，你看我這腦殼，喝多了，喝多了。要恭喜你，也要祝賀你。本齋，你可要請客。

楊本齋說：我請，我請，行了吧？你我之間，還非得要有什麼大事才能喝酒不成？想喝就喝，想吃就吃，你說是不？

羅明義說：那可不一樣，平時吃喝玩樂，是聚會。這事不一樣，是天大的喜事，能一樣嗎？

楊本齋說：也是，還是明義分得清。哎，明義兄，你是聽誰說的？

羅明義說：聽誰說的不重要，重要的是，你要高升了。

楊本齋含蓄一笑：八字還沒一撇呢。不過，明義你說說，憑我楊本齋的能力，別說是校長，就是局長市長，也不在話下。

羅明義知道楊本齋喝高了，也不計較，附和說：那是，本齋是什麼人，精，人精。

楊本齋哈哈大笑，說：明義罵我。

楊本齋要約人下午打牌，羅明義本來是沒有什麼事，可以參加的，但他心裡不如意，說單位還有些事要處理，一句話推了。

羅明義走出大柏地賓館，回頭望了一眼高聳入雲的大柏地，其實，他在尋找二八八八八房，但他根本就找不著二八八八八在哪裡。

羅明義清楚自己想要知道什麼。

也不去單位了，直接回家。在回家的車上，羅明義想起邵副廳長，想起在部隊時，羅明義是他的下屬，加上又是老鄉，部隊最講老鄉觀念，邵副廳長特別喜歡他，曾在一起共事多年，羅明義

很感激在部隊那些年裡邵副廳長對他的關心和提攜。轉業回到地方後，邵副廳長又把他安排在自己的系統，羅明義一直保持一種對長輩的尊重，在邵副廳長面前不多說一句話，不去找邵副廳長辦一件不該辦的事，和邵副廳長的交往就像是和父母親的交往一樣，逢年過節必去家裡走走。羅明義感覺這種方式已經老土了，二十多年的交情不如楊本齋十多天的交往。

　　羅明義猜想，楊本齋和邵副廳長的相識，應該是李桃從中起的作用，李桃現在是二中的一名老師，說白了是楊本齋的下屬，她替楊本齋做點事是正常的，說不定李桃進二中，楊本齋還出過主意。因此，他們的關係密切，沒有什麼非議的。問題是，楊本齋這人太狡猾了，在糊弄要他牽線搭橋認識邵副廳長的同時，卻在和邵副廳長打得火熱，這一點讓羅明義不舒服了。羅明義不是那種小心眼的人，但也不是那種可隨便糊弄的人。最讓他氣不過的是在自己面前的表現，這一點讓羅明義對楊本齋產生了一種看法，他對楊本齋真正有了一種反感。

# 第三十二章

# 需要一片森林，而不只是樹木

　　一上班，羅明義被通知參加一個緊急會議，會議是市局主持的，會議的規格有蠻高，連分管教育的副市長也出席了。原來，昨天下午突發了緊急事件，家住學士園的近五百住戶，把二中圍了個水泄不通，在學校補課的近兩千學生被困在學校裡面六個多小時，聞訊趕來的家長與住戶發生了肢體衝突，後出動公安部門才將事件平息下來。此次事件影響極壞，當時正好有新華社的記者在學校採訪，整個事件通過記者的報導，全國都知道了。

　　五百住戶鬧事，是有其背景的。也不知是從什麼時候開始，房地產開發商看準了名校附近的商業價值，在長樂市，凡是有好一點的學校的地段，小學，中學，甚至大學，地產十分地火爆。學士園就是看準了家長對孩子讀書的一點，通過關係在二中新校區附近開發了成片的商業住宅區，他們的宣傳更是直接：給孩子一個金色的未來，給自己一個紅色的收穫。學士園附近配套學校有：新二中，新育小學，仰天小學。凡購買學士園住宅的業主，我公司保證你的小孩子都能進這些名校讀書。為保險起見，住戶們在購買學士園的房子時，要求合同裡增加一條保證孩子能讀名校這一條，開發商解釋加上這麼一條是不允許的，但一定能夠保證孩子讀名校。很多住戶就是衝這一點購買了學士園的房子。

　　然而，長樂市實行了一次學區的劃分，學士園社區的孩子劃

362

分到了別的區域，既不能進仰天小學，也不能進新育小學，而那些想進二中的學生，更是沒有希望。社區鬧了有幾年了，報社也給教育部門和政府轉來過社區家長們寫的申訴材料，問題就是得不到解決。羅明義也接待過這方面的上訪人員，他還記得當時只和他們談了些大道理，其他的也只能表示無能為力。不想，這一下還真出大事了。

這次開會，市政府很重視，但並沒有提出解決的辦法，只是要求教育主管部門經常深入下去，瞭解情況，發現問題，及時彙報及時處理。學士園社區不是個例，在別的名校附近，也有類似問題，只是沒有爆發。學士園這一鬧，也許就是一根導火索，全市都會跟著起哄，如果這樣下去，那長樂市政府就有事可做了。因此，副市長要求教育系統的每一位官員，務必要把這件事作為頭等政治大事，因為教育部門處在事件的風口浪尖，在火上烤著，哪個環節，哪個部門，哪個人，因瀆職或不作為，而引發群體事件，將一票否決。

回到局裡，又是開會。局裡的會是按市局會議的要求，將任務和責任層層包幹，實行責任制。羅明義的二科負責的學校是二中以及附近地區的七所中小學，不管是什麼原因引發的群體上訪，都屬責任範圍內，發現問題，一律摘掉頭上的帽子。

散會後，已是中午，與會者在單位食堂用了餐，因事前通知了食堂，飯菜是按會議餐標準準備的，還喝了酒，羅明義喝了幾瓶啤酒，有點頭暈，準備回辦公室休息。這時，楊本齋打他電話，要他立即趕到小九所賓館。小九所賓館是西南省委接待處，環境很好，很幽靜，很少有現代都市氣息那種賓館的車水馬龍。

羅明義來到小九所，楊本齋已經在那裡了。開了一陣玩笑，說話進入了正題。楊本齋說：明義兄，今天請你來，老弟有事求兄，還請兄弟要鼎力幫忙，兄弟要是過了這一關，長樂市內的賓館，隨你們點。羅明義說：什麼事，只要不是要我賣白的黑的。楊本齋說：是

這樣，學校通知我，說是市局組織部門的人明天要來學校考察我，我也不知道要考察些什麼，哪些人來，聽說還要民意測驗，測驗這一點我不怕，就是擔心那些人對我沒印象，不替我說話。再說了，這次被考察的有三個人，就是說還有其他兩個考察對象，其中就有整我黑材料的。當然，這是學校做樣子的，明義你是清楚的，要有這麼幾個作陪襯。但我不能疏忽大意了，我要是不能知己知彼，真被那幫王八蛋黑了，那不是前功盡棄？羅明義說：那倒是不會，認識或不認識，沒有關係，你要相信人家組織。至於你那些作陪襯的，不可馬虎，要小心提防。楊本齋說：我是相信，但知己知彼總是沒有錯。至於那些人，明義不要擔心，我自信得很。明義兄，你是系統裡的，應該有些熟人，你替我打聽一下，或許你有熟人更好，要是沒有，請聯繫一下熟人，我想晚上請他們吃餐飯。

羅明義一想，覺得不妥。於是說：本齋，你這樣欠妥，關鍵時候了，去請他們，有嫌疑感覺。再說了，你請他們，不一定會來。楊本齋說：所以請羅兄出面啦。羅兄肯定有人。羅明義說：我倒是認識組織科的傅科長，不過，人家是管幹部的，會不會請得動，難說。

楊本齋說：你認識傅科長？是什麼樣的關係？鐵不鐵？

羅明義說：教育系統搞過一次徵文，我和傅科長都喜歡寫點東西，巧了，我們倆的文章都獲了一等獎，就這樣認識了。後來，由於工作關係，也經常在一起開會，只是沒有很深的交往。

楊本齋說：明義兄，那你邀請傅科長晚上吃飯試試？以你的名義請，在你們吃飯時，我再打你電話，到時我再見機行事。好不好？

羅明義說：我請，以什麼名義請，總得有一個理由啊。

楊本齋說：那我不管，相信明義這點魄力應該有。

羅明義說：我試試。

楊本齋說：明義，你什麼時候打電話？有傅科長的電話嗎？沒有的話，我叫人去查。

羅明義說：上班再說吧，中午人家休息。

楊本齋說：明義下午要上班嗎？如果沒什麼事，我們搞點活動？

羅明義說：下午還有點事，再說，我要回辦公室才能找到傅科長的電話。

楊本齋求之不得：好好好，那就多謝了。

晚上的客是在神農氏大酒店請的，羅明義真的佩服楊本齋，他甚至有一個想法，這小子不當官都不行。羅明義沒想到事情會這麼容易，下午，羅明義給傅科長打電話，一聽羅明義說請客，傅科長竟然二話不說就答應了。而且，楊本齋找了個天衣無縫的理由要來見羅明義時，傅科長居然提出要見見他。

楊本齋的表現太優秀了，幾杯酒下肚，楊本齋的那種活躍細胞被全部調動起來，他運用得恰到好處，讓傅科長多喝了不少的酒。飯後，楊本齋安排大家洗澡，按摩，唱歌，外帶每人一張消費卡，事情就這樣在輕鬆愉快的氣氛中搞定。

第二天中午，楊本齋打電話給羅明義，說太感謝兄弟了，要不是兄弟幫忙，事情恐怕沒有這麼順利。羅明義問事情進行得如何，楊本齋說太順利了，真他娘的太順利了。羅明義說：那就恭喜你了。祝賀兄弟。楊本齋要羅明義打的去勝利大廈，他無不激動地說：我太想慶祝了，我等不得了，我現在就想慶祝一下。兄弟，來吧，我請你喝茶。洗腳也行，洗澡也行，想幹什麼，只要你開口。羅明義不想去，找理由，楊本齋說：兄弟，你別給我找理由，你來了，是兄弟。你不來，就不是我兄弟，你看著辦。

羅明義只好去了，來到勝利大廈，楊本齋等在門口，兩人一同上了十八層。十八層是旋轉餐廳，可以吃飯喝茶，也可以觀景賞光，還可以娛樂，棋牌琴藝樣樣齊全。

到了十八層，兩人找了個僻靜的座位坐下。楊本齋說：兄弟，我太高興了。我要告訴我所有的朋友們。羅明義說：是的，我也替你高

興。本齋，說真的，你當個副校長太屈才了，你是一個市長書記的料。楊本齋說：明義兄，你說的是真話吧？不過，我相信你說的肯定是真心話。不是吹，我楊本齋並不安於現狀，我有更高的追求，有更大的理想，我相信我一定有那麼一天。羅明義說：我也相信。

按照長樂市的體制，二中的副校長應該享受副處級，如果沒有什麼大的變化，楊本齋在開學後不久就可以以副校長兼招生辦主任的身份主持工作。如今的官場，什麼都看不清楚，只有官員的升遷看得最清楚，就連一個傻瓜也知道誰會升，誰當什麼角色，不像國外的，不到最後不知誰將勝出。

羅明義對當官並沒有太大的興趣，但也不反對當官。他在官場混的時間太長了，知道裡面的套路，也諳熟中國人為什麼都喜歡當官，就連生意人也要和當官的做朋友。

羅明義多少有一點失落，不過這不影響羅明義真心佩服楊本齋。這個社會就是楊本齋這樣的人的社會，換了別人，或者是他羅明義，混不下去。羅明義慶倖自己在教育部門當著這麼小小的一個科長，已經很知足了。官不大，卻有很多實惠。譬如二中的副校長，副校長怎麼啦，一樣要給他們局裡納貢，否則，你就玩不下去，這是規則。遊戲的規則。你以為羅小義交的那些好處費，分數費，贊助費，幾萬元那不是錢，那是錢，真真切切的錢，數起來都要數半天，就這樣出去了，羅明義也心痛。但羊毛出在羊身上，二中還得給教育部門納稅。教育部門是誰？至少羅明義說得上半句話。

楊本齋一直處於興奮中，他提出要找個小姐放鬆一下，羅明義不想在這方面濕身下水，就說：你實在想把你的興奮告訴一個異性，那你最好找劉同學。羅明義說的劉同學是楊本齋在歌廳認識的一位坐台小姐。楊本齋說：玩久了跟老夫老妻有什麼區別？沒一點新鮮感了。羅明義說：本齋，我要批評你，你要新鮮，就不要跟劉同學一塊玩，玩了，就得對她負責。我知道你負不起責，我是說感情上要負責，要對得起她。楊本齋說：我要負什麼責？我又負得起什麼責？我該給她的都給了，我不該給她的，也給了，我對得

起她了。羅明義愕然，楊本齋會說出這種話出來。

羅明義不想和楊本齋待下去了，想走，楊本齋不放人。楊本齋說：再坐一會，和你說一件更高興的事，不過你不許對任何人說起。

羅明義說：什麼高興的事？

楊本齋說：我們校長和我說了，要我十月份陪他去美國、加拿大旅遊一趟，回來後去臺灣，現在臺灣不是放開對大陸旅遊禁令了嗎？

羅明義說：這是好事。你們校長對你還是蠻信任的嘛。

楊本齋說：那當然，我們是什麼關係！又說：你要是我校長，一樣的對我很信任。我楊本齋沒有別的，就是忠誠，還有孝順。你想想，我能在這樣一個大家都眼紅的位置上，一待那麼多年，容易嗎？不瞞你說，一個大學的招生辦主任，絕對沒我牛皮。

楊本齋又說：說實在的，我還真佩服我們校長。明義，你是領導，你都清楚，你說說，第一個將學校辦成公司的，是誰？是我們校長。當時，有多少人反對，有多少人擔心，我們校長就敢，他說他要做第一個吃螃蟹的人，於是掛牌成立了教育集團有限責任公司，圈了地，籌辦了新校區，砌了教師高檔別墅區，集團的收入成千上億地進帳，誰不佩服我們校長？就是省市區三級教育局一年又要從我們那裡拿走多少？我們一年送出去的學生有多少？我們送進北大清華的學生又有多少？每年那麼多的學生不惜一切代價都想擠進二中來，又是為了什麼？社會上流傳說我們二中是魔鬼學校，為什麼還有那麼多人都來我們學校？我覺得就是這幾個字概括了：教學。魔鬼式的，摧殘出人才，沒聽說舒服了還能成才的。

是啊，外國主管教育的官員，哪一個比得上中國的呀！

羅明義不贊成楊本齋的一些說法，但他又不能反駁，因為他也把羅小義不惜一切弄進二中，這就是事實。

楊本齋說：我敢說，長樂市的大好教育局面，就是我們學校帶動的，沒有我們學校做表率，沒有我們二中做出了經驗，哪有四

大名校？哪來的四大名校？現在，你睜開眼看看，又起來了多少名校？雖然還沒有四大名校有名氣，但我敢肯定，要不了一二年，新的名校如雨後春筍。我們校長說了，現在老百姓兜裡有的是錢，為了孩子，就是沒有錢，他們也會想方設法，讓自己的孩子受到最好的教育。我們作為學校，就是要給他們提供這樣一個場合，要不然，我們失職啊。我們校長的目標，就是要把學校所有的班級變成實驗班，不像現在，一個學校只有四五個實驗班。你看我們校長，都想到前面去了。

羅明義說：這未必是好事。我歷來主張不要以分數來衡量一個孩子學習的好壞，不能以分數來評估一個學生的優劣，不能以分數來考核一個人的智慧。最近，我看到一些報導，有許多大學生回爐讀技校，說明了什麼？一些大學生畢業後找不到工作，稱大學白讀了，又說明了什麼？國家需要大量人才，而不是高分數的人，高分數的人是想成為精英，國家是需要，但更需要的是技術工人。在發達國家，技工比例占絕大多數，成橄欖形，而我們國家恰恰相反，出現了啞鈴形的結構。即便是這樣，我們的社會，我們的學校，我們的家長，還在大肆為了把孩子培養成一個高等人才衝鋒陷陣，殊不知，這樣做給了孩子多少壓力，我們的教育不僅把一個未成年的正在長身體的孩子當成了滿足成年人某種願望的工具。

楊本齋說：接受高等教育，絕對是一件好事，人接受的教育高了，水準相應上升了一個層面，有什麼不好的？

羅明義說：這就是應試教育把你給禍害了。你也好，名校也好，都是應試教育的產物。我個人認為，名校就是應試教育的罪惡之樹，害了我們的孩子，也害了我們的家長。我不反對精英教育要有名校，但九年義務教育和中學教育，不是培養精英的，要那麼多名校幹什麼？要那麼多實驗班幹什麼？要清北班或尖子班幹什麼？大學裡的名校，有悠久的歷史與厚重的文化，有培養精英人才的機制和科研成果，是想做學問或從政人才必須要進去的，但所謂的中學名校，別介，我不是說你們二中，這些中學名校，除了高學費，高

升學率，它們還能有什麼？而高升學率又催生了這些所謂的名校不費吹灰之力就壟斷了國家政策的傾斜以及優質資源的使用，在全國全省全市內大範圍的招收優質生源，高考的時候，升學率自然上去了，名校和老師們便坐收漁人之利。還有那些媒體，為了一點小小的利益，不惜紙張過分渲染高考成績，渲染各地文理科狀元，把名校和她的管理者們日益膨脹的貪欲，推到了一個新的層面，成為了他們創收的主要藉口。我個人認為，我們需要一片森林，而不只是樹木。我們要實現教育的均衡，優質化，而不是啞鈴。

楊本齋說：明義，你可是教育局的領導，你的話就是指示，你可不能亂講。哎，明義，我就不明白了，你怎麼有這種想法？什麼時候的事？

羅明義說：也許我待在你那個位置，我就不會有這種想法了。

楊本齋疑惑：為什麼？

羅明義說：不為什麼。

楊本齋不解：明義兄，有一點我不明白了，你既然不贊成名校，為什麼還要把令郎送到我們學校來？

羅明義說：不是我想送，我也不想送。可是，大家都這樣，我能怎麼辦？我連老婆都改變不了，那我只能改變自己。

楊本齋說：明義，你這樣一說，我一點成就感也沒有了，算了，小姐也不喊了，小劉也不喊了，副校長也算了，你把二中說成這樣，我還當什麼副校長？日益膨漲的貪欲，我楊本齋是貪，但我絕不貪不該貪的。

羅明義說：本齋，我不是指你，也不是指你們學校，我是指一種現狀。在全國，這類名校還少？烽火煙起，野火燎原。

楊本齋說：我也不是怪你，其實，我也知道這些弊端，我也有小孩子讀書。

羅明義說：我們都是身不由己。

# 第三十三章

# 小棟出走

羅小義的錄取通知書收到了，張小燕很高興，她在傳達室拿到通知書時，故意在院門口待了很長時間，當時正是下班時候，院內的人陸續回來，張小燕見人就說羅小義的錄取通知書，二中的。人們對張小燕說些恭維的話，張小燕心裡美滋滋的。

張小燕給羅明義打電話，說通知書已經到了，就拿在手裡，要不要給他朋友打個電話，謝人家一聲。

張小燕很興奮，給父母打電話，說羅小義進了二中，又給其他親戚朋友一個一個打電話，還是說羅小義考進了二中。在羅明義和羅小義回家前，張小燕一直在打電話。

羅小義先回，進屋書包一丟說：姆媽，累死了，明天不去上課了。張小燕問：為什麼？羅小義說：不為什麼。張小燕說：門都沒有。還有幾天啊，就堅持不下來了。羅小義說：新課都講完了，還上什麼啊？

自從羅小義參加完幾大名校的考試後，張小燕給羅小義報了一個快速補習班，補習的內容是初一上學期的數學和英語，這種上新課的補習班在長樂市很有市場，可以說百分之四十的學生，都要在寒暑假期間快速補習下一學期的新課。這種方法羅小義堅持了幾年。在不到二十天裡，羅小義把初中的數學和英語學完了，當然並不是全部課程，二十天只能學些重點內容。

張小燕問：都學完了？

羅小義說：總算學完了。

張小燕說：這些課程掌握得怎麼樣？

羅小義說：可以。

張小燕說：跟得上？

羅小義說：講得太快。

張小燕說：不懂的地方問過老師沒有？

羅小義說：老師沒時間。

張小燕說：那你在家裡做作業時，為什麼不問家教呢？

羅小義說：那是，我哪有時間問。

張小燕說：怎麼就沒有時間？

羅小義說：學校的作業，補習班的作業，家教的作業，你還要我做試卷，我是機器啊。

張小燕說：不知道合理安排啊？不知道做快點啊？

羅小義說：切。

張小燕說：我交的錢算是白交了。

羅小義說：可以不交啊，我又沒讓你去交。

張小燕無語。她想發脾氣，一想羅小義也是夠辛苦的，忍了。想起了錄取通知書，說：告訴你，你的錄取通知書來了，二中可不像東林小學，二中抓得緊，你要改變你散漫的作風了，一個男孩子，要是沒有出息，將來堂客（老婆）都討不到。我可跟你說定了，二中不是誰想進就能進去得了的，你知道，為了你進二中，我們花了多少錢嗎？六七萬。你可要好好珍惜，好好用功，好好讀書。如果你還像在東林小學一樣，吊兒郎當，我就不是這個態度了。

羅小義煩躁：不和你說。

張小燕說：別不愛聽，要不是從我身上掉下來的肉，我還懶得管。你以為我愛管啊。我可告訴你，進入初中就是進入了一個非常

時期，非常重要，主要是打基礎的階段，以後高中的一些知識，就有初中的基礎，一定要認真仔細聽課。我沒有別的，我只要求你在班裡前十名內，年級前一百名內。沒有這個成績，別怪我不客氣。

羅小義說：切，一點現話，我是神仙啊。

張小燕說：別人是人，你也是人，你為什麼就沒有這個信心？你聽好了，從明天開始，除了家教的課外，你要好好地複習一遍過去的課程，到二中後還要考試的，考好了才能進實驗班，要不然只能進平行班了。你一定要進實驗班，進了實驗班，讀好大學就罐子裡的烏龜，再差也能考個西南大學。我也沒有別的要求，也不一定非要你考上北大清華，只要你考上西南大學土木工程系或醫學院，就滿足了。

羅小義拖長聲音說：我，餓，了。

張小燕說：是囉，我和你說，你就不愛聽，告訴你，老子沒那麼多冤枉錢送，要是你考不了一個好高中，要是你不能在二中直接升上去，我不再花錢，讀不了名校也不管了，隨你，到時你去當搬運工，當清潔工，當服務員去，每月拿著千把元工資，自己都養不活，那時你別怨我們。

羅小義說：我去開公司。我去當老闆。

羅明義回來了，張小燕又和他說起了羅小義的事。張小燕說：羅明義，羅小義二中是進了，但必須得讓他進實驗班，要是進了平行班，等於沒進二中。要是這樣，還不如不進，花了這麼多冤枉錢。

羅明義說：你這叫什麼話，進了二中就是進了二中，沒進實驗班就是沒進二中，哪有這樣說的？實驗班是二中的牌子，但其他班也是不錯的。

張小燕說：我不管，我花了錢就花得值，不然我花這麼多錢做什麼？總之，我要羅小義進實驗班。

羅明義說：不可理喻。你以為我開學校，想怎麼搞就怎麼搞。你不曉得我把他弄進去花了多少精力，剝下多少臉皮。

　　張小燕說：還好說得，沒卵用。你去和你朋友說，你不好意思說，你把他的號碼告訴我，我去說。

　　羅明義說：你想幹什麼？

　　羅小義一旁說：我餓了，我要吃飯啦。

　　羅明義的頭又大了，他很清楚張小燕的作風，更瞭解張小燕的脾氣，她認準的事，非要辦成不可，就是辦不成，也要讓你耳朵聽出繭嘴巴脫層皮。在辦公室，羅明義和同事說起這事，同事們說：羅科，你行啊，我們都沒能把小孩弄進二中，你做到了。羅明義說：不是我弄的，是小孩子自己考的。這次他參加二中的考試，考得好，二中錄了他，我做夢也沒想到的。

　　大家你一言我一語，說了一會名校的事，多是牢騷，說這些名校的老師如何如何了。羅明義不想說這些，又把話題扯回到羅小義要不要進實驗班的事上來。羅明義說：實驗班是好，但是進不去啊，我又沒有關係，再說了，進實驗班憑的是本事，你就是進了，要是成績出現滑坡，一樣的要退出實驗班。說白了，實驗班是鐵打的班級流水的學生，難自始至終留在實驗班的，要經過多少風浪，經過多少磨礪，哪能是你想進就能進的。

　　同事們就著羅明義的話題正說著，張小燕打電話進來了，見是張小燕打電話來，大家都離開了羅明義辦公室。

　　羅明義聽著張小燕說了一堆，才說：你也不想想，就算羅小義進了實驗班，有什麼好處，他是學習出類拔萃，還是成績非常突出？都不是，他連考進去都費了這麼大的周折，你讓他進實驗班，等於是把他放到火尖上烤。

　　張小燕說：你總是對羅小義沒有信心，每次要你辦點事，你總是這理由那理由，說白了，你是不辦。說難聽了，你是窩囊，說得好聽一點，你是軟弱，缺少男人的血氣。羅小義為什麼不能進實驗班？你就知道他進了實驗班後就不能有所提高？

　　羅明義有點火氣：張小燕，你簡直是胡攪蠻纏，我是窩囊，我

也軟弱，但我決不是沒有男人的血氣，你給我記住了。

張小燕說：好，你有血氣，我承認說錯了，不過羅明義你給我聽好了，羅小義非進實驗班不可，否則我跟你沒完。

羅明義說：張小燕，你聽我說，先讓羅小義進去適應一段時間，如果他成績好，年級排名在前幾十名，再去找關係讓他進實驗班，這樣不更好嗎？

張小燕說：羅明義，你是蠢還是少根筋，羅小義這樣的成績，能進入年級前幾十名嗎？等他進入了前幾十名，黃花菜都涼了。

羅明義說：你既然知道他學習成績不是太好，為什麼非要逼他去實驗班？對羅小義沒有好處，他進了實驗班跟不上，有壓力，現在小棟的樣子就是羅小義將來的樣子。

張小燕氣勢洶洶：呸呸呸，羅明義，你咒羅小義是吧？你咒小棟是吧？小棟怎麼啦，他哪一點值得你這樣去詆毀？你個沒良心的傢伙。

羅明義不耐煩說：好好好，我沒良心，懶得和你說。說完掛了電話。

張小燕上午一個電話，下午一個電話，吵得羅明義都沒有心思回家。他清楚，如果回去，張小燕是不會放過他的，肯定會就羅小義進實驗班的事和他吵。羅明義不想吵。

羅明義在一家叫米陽蒸菜的小館子裡吃了飯，看時間早得嚇人，無聊極了，沒地方去，也不想找人，其實羅明義也沒有幾個說得來的朋友，至少沒有幾個這種時候想待在一起的朋友。除了朱銘琦，李桃不合適。這個時候，羅明義很想和朱銘琦待在一起，但是他內心的苦衷不能和朱銘琦說。

羅明義找了一個喝茶的地方，進去了又出來了。一個人喝茶，太悶，也沒有情調，坐在那裡像一個傻瓜，還無端增添許多心事。羅明義沿街面走著，一家休閒中心吸引了他，猶豫一會，他進去了。

有服務小姐立即迎上前來問他是按摩還是洗腳，還不失時機提出要羅明義泡個鹽浴或土耳其浴。羅明義一向對洗浴沒有多少興趣，主要是擔心怕說不清楚的事會惹上身，羅明義一向潔身自好，從不亂來，在他的觀念中，有多個情人是很正常的，不丟人，但有那種事，很丟人的。所以，羅明義說洗個腳。

領班帶羅明義去了一間包廂，問他是否有熟悉的技師。羅明義說沒有，安排一個手法嫺熟的女生來即可。領班出去了，一會，技師端了水進來。

洗腳的過程中，羅明義睡著了，等他醒來時，羅明義身上蓋著床單，技師早已不在房間了。羅明義看了一眼牆上的鐘，晚上十點多了，坐起來，點了一根煙，吸了幾口，想起手機關了，忙又打開。

手機信號剛連接上，就有資訊進來，屏上顯示有十多個未接電話。羅明義逐條查看，有四個是張小燕打的，有一個楊本齋打的，還有一個張小北打的，其他幾個是些無關緊要的人打的。

羅明義先打了楊本齋的電話，楊本齋在打牌。羅明義問楊本齋什麼事，楊本齋說正和傅科在酣戰，問他過不過來抓鳥。羅明義說在外面有點事，改日再陪，就掛了。羅明義又打了張小北的電話，張小北一個人在父母家裡，羅明義問張小北有什麼事，張小北說沒什麼事，心裡煩，想說說話。羅明義問能不能出來，張小北說可以，兩人約了地方，說一會見。

沒多久，兩人來到約定地方，一家檔次很好的咖啡廳。找一個僻靜的地方坐下，羅明義要了咖啡。兩人一邊喝著咖啡，一邊聊著。

扯了很久的空閒，羅明義才說：怎麼啦，還是為小棟的事煩？

張小北說：是，也不全是。

羅明義喝咖啡。

張小北說：張小燕說你不回家，手機又關了，打電話找我呢。

羅明義說：還不是為羅小義的事，找我吵。

張小北說：小義的事不是搞好了嗎？還吵什麼。

羅明義說：張小燕想讓羅小義進實驗班，我哪有這個能耐，這不，找我吵。

張小北說：能進去，就已經很不錯了，知足。回頭啊，我找張小燕說說。

羅明義說：沒用的。她不會聽你的。你的妹妹，應該瞭解她的個性。

張小北說：那你有沒有辦法嘛。

羅明義說：我哪有辦法。就算我有辦法，實驗班的人員都是各地的尖子生，大浪淘沙一樣，剩下的全是金子。

張小北說：也是。全省那麼多的尖子生，都想擠進長樂市的各大名校來，能不大浪淘沙嗎？

羅明義說：光本省的也就好了，還有其他省市的學生，都有實力，羅小義這樣的成績，讓他進實驗班做什麼？受罪？

張小北說：張小燕也真是，進了二中就行了，還非要進實驗班幹嘛。

羅明義說：張小燕哪裡是在考慮羅小義，她是在考慮自己，不切實際的一些想法和做法，只會害了羅小義，沒有一點好處。

張小北說：謝敏也是這樣，小棟脾氣越來越暴躁，就是謝敏逼出來的，我真擔心，要是小棟出點什麼事，肯定不是小事，小棟這孩子，我太瞭解了。

羅明義說：我以前就和你說過的，其實，我也擔心小棟，你要和謝敏好好談談，要放一放，給小棟一點空間，小棟的壓力太大了，會承受不了，一旦承受到了極限，會出問題的。

張小北說：你不知道，我天天和謝敏說，也吵了，今天還為小棟的事大吵了一架。小棟明年就要高考了，我不想和謝敏吵，吵得謝敏也沒了心情，脾氣也是一天比一天臭，還影響小棟，小棟聽了更

是煩。謝敏呢，不顧我的苦衷，天天在我和小棟面前唸經一樣，不是說小棟學習不用功就是說小棟蠢，不是說小棟沒有按時完成作業就是說小棟偷懶了，說我就是呆啊沒用啦咒我死啦，我不吭聲就以為我是軟弱無能，我是讓她，我不想還在家庭方面給小棟造成影響，增加壓力，所以，一般情況下只要謝敏不做過激的事情，我就忍了。我能怎麼辦？我們是一個家，不能不過了吧，小棟的學習也要謝敏來管，可是，長此下去，我又擔心小棟會出問題。難啊！

羅明義說：別怪我說話不好聽，小棟已經有點問題了，要及早引起重視。

張小北說：我知道，你不說我也清楚。哎，明義啊，你不是說有個好朋友是二中的老師，願意和小棟談談，分析一下他的情況，有這回事？

羅明義說：有這回事。不過，我這朋友談的是小棟的學習，可是，我認為現在小棟要談的並不是學習，而是心理障礙，他需要一個好的心理醫生。

張小北說：我找過一個心理醫生，和他探討過這個問題，他說小棟的情況不是一兩天的事，造成這種情況的原因很多，綜合因素在一起成了綜合症，是小棟自己將自己封閉起來了。他不想和別人溝通，也不希望別人和他去溝通，有時候，又有一點抑鬱，看不到希望，做什麼事都覺得沒有意思。我要帶他去看醫生，謝敏說小棟只是這樣的性格，不善於言談，沒有別的問題，她不讓我帶小棟去，說本來沒有問題，你這樣一搞，反而讓小棟覺得自己有問題了。

羅明義說：我並不是認為成績有什麼不好，但我也不認為成績就那麼好。一個人的成長，成就，先天有，後天也有，但我認為，主要還是在以後的日子中去努力追求。因此，考一個好大學不應該成為我們衡量一個學生一個孩子唯一的標準，成績並不是主要的，能力、性格、智商、外加毅力，才是一個人成功的基礎。現在的家長太現實，他們要求孩子進名校，考名大學，當然主要是為孩

子著想，但也是為他們自己著想。更主要的是，他們在投機，他們也在賭博。也許我的表述並不確切，我要說的是，任其自然。別太逼孩子，考上北大又如何？考不上北大又如何？人啊，只要心中有信念，文盲還能成就一番事業。帶小棟去看看醫生。

張小北說：好，這次我不會聽謝敏的了，我一定要帶小棟去看看心理醫生。昨天，小棟又參加了補考，還是有一門沒及格，不及格就不及格，不及格讓他再補考就是。大不了，降一級。

羅明義說：不會的，一般都會讓他們及格的，及不了格，就沒有資格參加高考，學校會有分寸的。從另一個角度說，學校還算是負責任的，不走過場，要是不負責任的，出幾道容易的題，隨便讓你過關，那才不好。對學生要求嚴格，這是好事。也不要多埋怨小棟。

張小燕打電話，問羅明義為什麼關機，為什麼不回家也不打個電話，還問他現在在哪裡。羅明義說和張小北在一起，喝咖啡。張小燕問羅明義什麼時候回，羅明義說還不知道。張小燕問他和二中的朋友聯繫了沒有，羅明義說沒有，張小燕說那你不要回來。

謝敏這時候也打張小北的電話，張小北接了電話後說，小棟離家出走了。羅明義問怎麼回事，張小北說還不清楚。

羅明義和張小北一起去了他們的出租屋。謝敏已經站在院門外等，見了張小北說：我只是說了他幾句，就衝出了家。很著急的樣子。

張小北說：到底是怎麼回事，你慢點說。

謝敏說：你走了後，小棟從學校回來了，我要他進裡屋複習，他進去了。沒過好久，我偷偷從門縫裡看到他趴在桌上睡覺，我進去後喊他起來學習，他懶洋洋的，也不說話，也不理睬我，我一氣，把他桌上的課本甩在地上。小棟望了我一眼，繼續睡，我當時的確很生氣，去拖他，小棟說他有點不舒服，鬼才信他，晚上還好好的，怎麼就不舒服了呢？我不信，說了他幾句，他衝就站起來，往外跑，跑到門口說：你別後悔。張小北，小棟不會想不開吧？

張小北說：他跑出來後，你沒跟出來？

謝敏說：我跟出來了，我出來後，已經不見了，也不知他往哪個方向跑了。

謝敏都要哭出聲了：張小北，你說小棟不會想不開吧？

張小北說：我跟你說過多少遍了，要你不要這樣逼他，你就是不聽，你簡直是豬。

羅明義說：別說了，我們分頭去找。他平時最喜歡去什麼地方？

謝敏說：不知道，他平時很少外出的，也沒有什麼朋友，和同學聯繫也不多。

羅明義說：他有手機？

謝敏說：手機是關機的。

張小北說：明義，我們分頭去找找看。又對謝敏說：你在家等，萬一小棟回來，他沒帶鑰匙。

張小北往南，羅明義往北，他們住的地方只有南北兩條街道，羅明義沿南邊街道，一路打聽，一路尋找，網吧，小旅社，茶室，卡拉OK廳，公園，地下通道，涵洞，街邊小作坊，商鋪，影吧，休閒娛樂場所，只要是有人的地方，羅明義都進去了，結果一無所獲。

羅明義給張小北打電話，張小北也沒發現小棟。兩人有點急了，不停地撥打小棟電話，不停地尋找，到凌晨兩點鐘，羅明義說：報警吧。張小北說：再找找。

羅明義給張小燕打電話，打了幾次張小燕才不情願接了。張小燕說羅明義你有病啊，羅明義說小棟來過沒有。張小燕一下清醒了，說：什麼，你說清楚點。羅明義說小棟不見了。

張小燕立馬給張小北打電話，問小棟是怎麼回事，張小北告訴她小棟離家出走了。張小燕說：怎麼會這樣？張小北說：還不是謝敏，說了小棟幾句，小棟就出走了。張小燕說：要我來嗎？張小北說：不要，羅明義在這裡，要是小棟去了你那裡，立即告訴我。

凌晨四點鐘，還是沒有找到小棟，羅明義和張小北回到出租

屋。謝敏有點慌神了，哭哭啼啼，悲天搶地，說要是小棟找不到，她也不想活了。羅明義勸謝敏，說：小棟不會有事的，他都十八歲了，可能躲在哪個地方，想通了就會回來的。

謝敏說：不會的，小棟這伢子我太瞭解了，從小就要強，說不得他半句，說多了他就反感，他是爺，我們是他的崽。

羅明義說：也不是，謝敏，我知道你的心情，但是，我也要說你幾句，希望你不要見怪。小棟之所以變成今天這個樣子，你多少是有責任的，小棟其實是一個很懂事的伢子，他承受的壓力，你們想過沒有？學校的，屋裡的，同學間的，社會的，各種各樣的壓力都壓在了他們身上，容易嗎？我不是說你，我只是告訴你，如果小棟回來了，你一定要改變一下方法方式，不要再給他增加壓力了，特別是心理上的壓力。

謝敏有點不高興，她說：羅明義，你家羅小義是有你，我們家小棟，要是有一個像你這樣的父親，我也不會這樣去管他，你是有門路，才敢說大話，你要是我們，你想想看，還不如我們呢。

羅明義說：我也並不是你想像的那樣有能耐，無非是羅小義進了二中，但進了二中並不就是進了保險箱，可以高枕無憂了。要知道，就算進了幾所名校，也不見得個個都能考上名牌大學。好了，不是說這些的時候，還是想想小棟，他能去哪些地方？

謝敏氣憤：這沒良心的東西，這不孝的東西，這個不知好歹的東西，我養他十八歲了，他這樣待我，我還有什麼意思？我是不管他了，他要是回來，我也不管他了。

羅明義說：報警吧。

張小北說：沒有超過四十八小時，報警也是不會受理的。

# 第三十四章

# 謝敏瘋了

　　四十八小時過去了，小棟還是沒有消息。這四十八個小時中，張小北發動了所有的親戚、朋友和同事，這些親戚朋友和同事又利用他們的關係，也沒有找到小棟。張小北報了警，也通過長樂市的新聞媒體發佈了尋人啟事，該想的辦法都想了，就是沒有小棟的影子。

　　張小北有點急了，他不知該怎麼辦。

　　謝敏病了，她是急病的，住進了醫院，張小燕在招呼她。

　　羅明義抽了時間去醫院看謝敏，才一天多沒見面，謝敏變了一個樣子，清瘦，眼睛深陷，兩眼癡呆無光，頭髮蓬亂，像一個失去記憶的傻子。一會靜，一會說：伢子啊，你在哪裡？走時身上沒帶錢。見了羅明義不認識似的，羅明義喊她，連眼也不轉動一下。羅明義問張小燕謝敏的病情，張小燕說：醫生說謝敏是急火攻心，加上又餓又累，沒有休息，需要調養幾天。醫生說如果在靜養期間恢復過來了，就沒事，如果沒有恢復，那就有點麻煩。

　　羅明義問：謝敏神志還清醒嗎？

　　張小燕說：你什麼意思？

　　羅明義說：她好像不認識人。

　　張小燕說：誰說的，她認得。說著把羅明義拉到一邊，輕輕

說：你說小棟會去哪裡？他外出時，沒帶一分錢，怎麼活？羅明義，你說小棟不會出事吧？不會想不開吧？你們尋找的時候，那些⋯⋯羅明義制止，說：別想那麼多，應該不會。羅明義也沒有心情多說。

張小燕都哭出聲了：你說小棟會在哪裡？小棟要是出了事，張小北怎麼受得了？謝敏現在成了這副樣子，她不遭孽？過去真是錯怪她了。小棟，你在哪裡啊？張小燕在抽泣了。

羅明義也有點傷感，他說：張小燕，我們都要從這裡吸取教訓。

張小燕抬起頭說：羅明義，你什麼意思？出了一個小棟，你嫌還不夠？你還要咒羅小義？我們家羅小義才不會，不會。

羅明義說：我也沒說我們家羅小義，我只是要你好好想想，有些事要到了痛時才知道後悔莫及的，你以為謝敏她不後悔？可是天下沒有後悔的藥。

張小燕說：不讓你教，我不會像謝敏那樣對羅小義，你還記得嗎，不久前羅小義在醫院打針時，我說了他，他生氣一個人衝出去走了，我後來不是狠狠說了他一頓。這種事，我是絕對不會讓羅小義有這種苗頭的，有了一次，就會有二次三次，那還了得。

羅明義說：你清楚就好。

羅明義陪著張小北找了幾天，江邊，湖邊，池塘，也去了附近的幾個城市，還是沒有小棟的消息。又給派出所打電話，詢問有沒有小棟的消息，派出所說還沒有。

張小北有點崩潰，精神的，意志的，身體的，心靈的。幾天的勞碌，奔波，身心的煎熬，吃不好，睡不好，他也病了。羅明義把張小北也送進了醫院，讓醫生給他開了葡萄糖打點滴。

一瓶點滴沒打完，張小北突然從床上坐起，拔了針管往外走。他下了樓，出了醫院，打的回到了出租屋，三幾下就撬開了小棟的抽屜。

抽屜裡顯得有點擁擠，但卻井井有條。因為房子擠，當初買桌子時只買了一張一個抽屜的桌子，小棟的東西就鎖在了這個抽屜裡。張小北一樣一樣清著，有兩本精美散文集，一本是人生哲理卷，一本是青春抒情卷。兩本書顯然被看過多遍，一些頁面多次折疊，張小北翻著，眼睛卻濕潤了。一支派克鋼筆，這是張小北送給小棟十八歲的生日禮物，還原封沒有動。張小北打開盒子，發現裡面有一張紙條，上面有一行字：爸爸送我的成年禮，等考上大學後再用。張小北看了，眼淚就流出來了。小棟。張小北喊了一聲，撕心裂肺痛哭起來。

張小北繼續翻著，看到一個CD盒，打開，裡面有一張碟，是張小北送小棟的，《大悲咒》。張小北按下紐鍵，立刻，音樂彌漫開來。張小北聽了一遍，又聽了一遍，再聽了一遍，並沒有讓自己平靜下來，相反，張小北有點急躁不安。他關了音樂，待坐了一會，繼續清理著。張小北找到一些專業書籍，還有一個作業本。這些專業書全是關於動漫製作的，有國內的，也有日本的，日本的最多。原來小棟喜歡動漫製作，張小北打開作業本，上面有小棟製作的動漫圖，張小北一頁一頁看著，上面的動漫圖很精巧，人物設計栩栩如生，配的文字也很幽默。看了小棟的這些東西，張小北腦子裡第一個念頭就是，怎麼從來不知道小棟喜歡動漫？張小北自責起來，責備自己對小棟的關心太少，責備自己沒有早一點發現小棟的這些愛好，要是早發現了，也許張小北會支持小棟，光明正大地學習這些專業。可是，一切都晚了，晚了。

在最下面，張小北翻到小棟的一個日記本，日記本被設計成精美的卡通樣，封面有動漫，有文字，張小北捧著日記本，雙手在發抖，心也怦怦亂跳。他不敢也害怕打開日記本。張小北要找的東西，就是這本日記，記得有一次，張小北進小棟的房子，小棟正在上面寫著什麼，一見張小北進來，小棟驚慌失措收了日記本，當時張小北就有點好奇，一直想看看小棟寫些什麼。現在，日記本就在他的手上，他卻害怕起來。張小北不敢看小棟的日記，並不是害怕

小棟在裡面記了些什麼，而是張小北害怕去撕開小棟的隱私。

就這麼捧著，一直這麼捧著。電話響了，他沒接。又響了，他還是沒接。再次響起時，突然反應過來，立即接了。電話是羅明義打來的。羅明義問他在哪裡，他說在出租屋裡。

正捧著那本日記發愣時，羅明義到了。羅明義看到日記本，要拿過去看，張小北不肯。張小北說：小棟的日記，他不在時，我們不能偷看的。羅明義知道張小北有點急糊塗了，說：北哥，我知道偷看小棟的日記不好，但都什麼時候了？興許我們能從小棟的日記中發現點什麼，對我們找到小棟有幫助。張小北堅持說：那也不行，我們偷看小棟的日記，就是對小棟的不尊重，小棟有自己的隱私，我們不能偷看的。羅明義說：你迂，榆木腦瓜。

羅明義想，一定得看看日記內容，羅明義清楚張小北為什麼不允許看日記，是他覺得對小棟有愧疚，內心產生一種強烈的自責，因此，他不允許任何人做對不起小棟的事，只有這樣，張小北才能從內心感覺到正在減少對小棟的懺悔。還有，張小北是急蒙了，有點犯糊塗。羅明義不再強迫，先把張小北弄到醫院打針再說。

想方設法把張小北送進醫院，再輸上液，敦囑他好好休息。羅明義想在張小北睡覺時，好好看看小棟的日記。張小北一隻手輸液，一隻手緊緊抱著日記本不放。羅明義坐在一旁，看到張小北驚恐不安的樣子，突然發現張小北很可憐。

不知過了多久，羅明義睡著了。突然，他被電話吵醒，電話是派出所打來的，當初，報警時羅明義留的是自己號碼，他之所以沒有留張小北的電話，是怕張小北急，也沒時間和心情來應付這些事，儘量少去打擾他。最主要的還是，擔心萬一有最壞的消息，第一時間不讓張小北知道最好。

羅明義心裡祈禱，希望派出所能告訴他好消息。按了鍵，聽到對方說是七星裡派出所的周警官，問他是否羅明義。羅明義說他是。周警官說：是這樣的，我們剛接到市刑警支隊的電話，說是在

湖江的下游三十公里處發現一具男性屍體，市110指揮中心希望你能去現場看看。所長要你在十五分鐘內趕到派出所院內，坐我們的車一同前去現場。

羅明義的心都到嗓子口了，為了不引起張小北的警覺，他儘量使自己平靜下來。他對張小北說去單位辦點事，出了病房。

路上，羅明義給張小燕打了電話，羅明義在電話中只要張小燕聽，不要她出聲，不要驚動謝敏。張小燕第一時間感覺到可能是小棟的事，催促羅明義快點說，羅明義覺得張小燕的嘴不靠譜，只說派出所給他打了電話，他現在正去派出所的路上。

當羅明義一行人趕到時，屍體已經裝進了袋子。這個時候的長樂市，正是一年中溫度最高的時間段，屍體已經高度腐爛，根本沒法辨認，只有從衣服鞋子去甄別。

前去辯認屍體的有七八個，法醫對大家說了初步的死亡時間：三天左右。死亡原因：溺水。不排除其它原因，有待進一步調查。

三天左右，小棟跑出去已經是第四天了，從時間上算，不應該是小棟，但是，法醫說的是三天左右，而且，小棟也不是跑出去後就直接跳了江，而是經過了一番思想鬥爭，待上一天也是有可能的。這樣想著，時間完全吻合，羅明義越想越害怕了。前去辦認屍體的人，沒有一個能肯定是他們確認要找的，羅明義更是不能肯定。唯一的辦法，是通過衣物鞋襪之類的實物來確定。但羅明義並不清楚小棟出走的當晚穿的是什麼衣服，穿的是什麼鞋子。

羅明義給張小燕打電話，要她問問謝敏，搞清楚小棟出走的那晚穿的什麼衣服。張小燕警覺地問：什麼意思，幹嘛要知道小棟穿什麼衣服？羅明義找個理由：派出所要知道，便於協查。張小燕還是不相信，問：羅明義，你別跟老子捉迷藏，說，是不是有什麼壞消息？羅明義說：沒有，只是想搞清楚小棟的一些特徵。張小燕問：你到底在哪裡？別騙我。羅明義說：在派出所。你先問問

謝敏，五分鐘後我再打電話。

　　幾分鐘後，羅明義打電話給張小燕。張小燕說：謝敏現在是糊裡糊塗，問她什麼也不清白，我想她也不一定知道小棟當天穿的什麼衣服，我分析應該是學校的校服，不過暑假期間學校並不要求穿校服，所以並不清楚小棟那天穿的什麼衣服。羅明義一聽，為難了，這可怎麼辦？讓謝敏自己來認？這樣太殘酷了，暫時不能告訴謝敏。

　　要不要和張小北說？要不要告訴謝敏？羅明義很為難，告訴謝敏，怕她一時受不了打擊，會倒下，從此也許一輩子她就待在醫院了；不告訴她，屍體不能放，要立即火化，不說辨認，說是讓謝敏和張小北見小棟最後一面，從道義上來說，也是應該的。可是羅明義擔心的是兩人都受不了這樣的折磨和打擊，再說了，就是讓他們見上一面，也沒有太大的意義，屍體根本無法辨認，是不是小棟還難說，就算讓張小北和謝敏見了，沒有什麼好處，只會加重他們的打擊。即便是小棟，過一年半載再告訴他們，時間會減輕他們的傷痛。羅明義暗暗作出一個決定，先做DNA，讓屍體火化，暫不告訴任何人。要做罪人，就讓他來做吧。

　　和法醫及刑警隊領導協商後，羅明義交了費用，辦好了一切手續。之後，羅明義去了張小北打針的醫院，找了個理由，讓醫生給張小北抽了一管子血，拿去做DNA化驗。

　　羅明義好說歹說想看小棟的日記，張小北就是不同意，羅明義讓張小燕出面，張小北還是說不行，羅明義只好找來了張小涵。

　　張小涵老實多了，見了張小北，不敢亂說話。張小涵喊了一聲張小北，眼就紅了，要哭的樣子。羅明義不要她激動，說會影響張小北的心情。

　　張小涵說：都怪我這張臭嘴。

　　羅明義說：怎麼怪你？

　　張小涵說：我以前咒過小棟，我對張小北說，說小棟抑鬱了，讀書讀傻了。

　　羅明義說：你又沒說錯，要是當初把你的話聽進去了，就不會有今天了。

　　張小涵說：羅明義，我都後悔死了，你還這樣說，你不是打我臉嗎？

　　羅明義說：我是說真的，我們都要是有你這樣的觀點，態度，也許我們的孩子們不至於自殺啊，出走啊，抑鬱啊，自閉啊，作為社會也好，學校也好，老師也好，家長也好，我們要從中吸取教訓。

　　張小涵說：羅明義，你還說了一句人話。

　　羅明義說：我什麼時候都是說的人話。只是你對我羅某人有偏見，聽不見我的話罷了。

　　張小涵說：我開不了口，小棟的日記現在是張小北的命根子，他怕別人把他的命根子搶了去。

　　羅明義說：只是看看裡面的內容，又不要，看了還他。

　　張小涵說：你不懂，張小北是怕失去小棟，所以，對小棟的一切都看得很重。他是不會讓我們看小棟的日記的。儘早想想別的辦法。

　　張小北不僅不允許別人看小棟的日記，就連小棟用過的東西，他也不許別人動。張小北有點變態了，他的心態發生了嚴重的變化，他不許別人議論小棟，也不許別人在他面前說起小棟，老師和學生來家裡慰問，他拒絕，親戚朋友打電話或上門來安慰，他發脾氣，摔東西，他走到哪裡，總是抱著小棟的那本日記，睡覺也抱著。

　　謝敏更是瘋瘋傻傻，她沒能像醫生說的那樣被很好地控制住，而是變得不清不白了，一會說小棟考上北大了，去了北京了，一會說小棟出國了，去國外讀書了。都知道謝敏是受了刺激，周圍的人都挺同情謝敏，就連張小涵也在醫院陪了謝敏幾個晚上，還替

她交了一萬元的住院費。

小棟的走失，他們都還瞞著張小北的父母，老倆口都是七十歲的人了，經不起這樣的打擊，羅明義堅決反對告訴倆老，說是過一段時間再說，也許那時小棟就回來了。

可是，小棟是否能夠回來，大家心裡都沒底。

小棟，你在哪裡？電視中，報紙上，街頭巷子，播放、刊登和張貼了這樣的廣告。羅明義還把小棟的像片發到網上，請網友們幫忙尋找。可是，小棟沒有消息，爺爺奶奶卻從報紙和電視中知道了小棟的事，一下子被擊垮了，老倆口都住進了醫院。

羅明義把老倆口送到醫院後，讓張小涵留下照顧，自己則四處打探情況。就要開學了，單位一大堆的事，會議，檢查，還得時時注意著羅小義，不能讓他知道小棟哥哥出走的事。如果讓羅小義知道了，影響不好。羅小義似乎發現了什麼，幾次問他和張小燕怎麼老不回家，羅明義和張小燕只好說單位忙，要他和家教老師在家好好學習，他們留了錢給家教老師小龍，要小龍到吃飯時帶羅小義下樓去吃館子。

這天，羅明義下班沒有直接去醫院，而是回了家。他想好好和羅小義在一起吃餐飯，陪陪羅小義。這些天，羅明義也是疲憊不堪，神經衰弱到了極點，他好想好好地睡上一覺。

羅明義給張小燕打電話，問她回不回家吃飯。張小燕說她下班後直接去醫院，先到父母親那裡，再去看看張小北和謝敏。他們是這樣分工的，由張小涵招呼父母，張小燕招呼謝敏，羅明義招呼張小北。張小燕問羅明義是不是在張小北那裡，羅明義說他在家裡，張小燕說張小北的晚飯誰管，羅明義說他帶飯去。

到家後，發現門是反鎖的，想羅小義一定是不在家裡。羅小義上午和下午都是有課的，而且就在家裡上，他會去哪裡？羅明義打羅小義電話，羅小義接了，羅明義問他在哪，羅小義說在同學家裡。羅明義問為什麼沒上課？羅小義說小龍老師一天都沒來。

羅明義問為什麼，羅小義說小龍老師打電話說他今天有事來不了，就沒來。羅明義問他吃飯了沒有，羅小義說沒有。羅明義要羅小義趕緊回來。

羅明義進了廚房弄飯菜，燉了一個排骨湯，炒了番茄炒雞蛋，青椒炒肉，孜然牛肉，外加一個小菜。這些菜都是羅小義最喜歡吃的，把張小北的飯菜留出，其餘都端上了桌。

羅小義還沒有回來，羅明義打電話，羅小義說到了樓下。

一會，門鈴響了，羅明義去開門，是羅小義。羅小義風塵僕僕進了屋，洗了手吃飯。羅明義問他去了哪個同學家裡，羅小義說去了某某家，羅明義說為什麼沒有上課不打電話告訴張小燕，羅小義說告訴姆媽她還能讓我休息？當然不能告訴她。羅明義說那也要告訴我啊。羅小義說：告訴你沒用，告訴你了也會讓我去玩的。羅明義說話不能這樣說，告訴我說明你懂事，讓不讓你去玩卻是另外一回事。以後遇到這種事，一定要告訴大人。羅小義說知道了。

望著羅小義吃東西，羅明義感覺一種溫暖，一種憐愛，突然感慨：能和兒子在一起吃飯，真好。想到了小棟，他現在在哪裡？他還好嗎？有淚花在眼裡閃，羅小義問爸爸怎麼啦。

羅明義發現失態，立即對羅小義笑笑。說：中午吃飯了嗎？羅小義回答：吃了。羅明義問：在哪裡吃的？羅小義說：吃碗炒粉。羅明義說：哪來的錢？羅小義說：你給小龍哥哥的錢，我們沒吃完，他給了我。羅明義說：晚上爸爸要出去，姆媽也不能回來，你一個人在家裡，不要外出，在家看看書，看看電視，爸爸爭取晚上回來。有人來了，先要從貓眼裡看是誰，生人來了不要開門。羅小義問：你和姆媽在做什麼，怎麼老是不在家。羅明義說：爸爸和姆媽單位有事加班，過幾天就好了。羅小義最聽話了的，也最懂事的，一定要好好讀書，最主要的是要聽話，要注意安全，安全是第一的。羅小義說：知道，你每次都和我說平安是第一的。

羅明義洗了碗，又交待了羅小義幾句，提了飯菜出了門。不一

會來到了醫院，張小北躺在床上發呆，見了羅明義，點點頭，算是打了招呼。羅明義要他吃飯，張小北遲遲不動。羅明義去扶張小北，張小北以為他是要去搶日記，立即藏起來。

羅明義說：人是鐵，飯是鋼，身體要緊，你要是垮了，誰去尋找小棟？

張小北無語。

羅明義想，DNA明天應該會有結果了，等結果出來了，他就拿了結果去刑警隊，找到李法醫，那具屍體是不是小棟，很清楚了。羅明義在心中千萬遍說，那不是小棟，一定不是小棟，小棟只是藏身在某處，不想回家罷了。等小棟回來，他一定要謝敏不要那樣對小棟了。

第二天，羅明義拿了化驗結果來到市刑警支隊，他找到李法醫，將結果交給他。李法醫說這邊的結果還沒有出來，讓他回家等。

# 第三十五章

# 小魯自殺

　　小棟的事還沒有結果，小魯又出大事了。

　　那天，羅明義去培訓學校看了小魯，得知小魯被關在鐵籠子裡後，羅明義心裡很不是滋味，他覺得自己太多事了，他認為小魯受這樣的罪，完全是由他引起的。一個十二歲的女孩，被關在鐵籠裡，這給她的心靈帶來多大的傷害？羅明義有點生氣，認為學校的一些做法欠妥，動不動就關鐵籠子，怎麼能這樣對待一個小女孩？當初送她去時，沒想到學校會這樣對待她。

　　精神摧殘法，意志折磨法。學校的這些說法讓羅明義覺得並不是沒有一點道理，至少在理論上是行得通的。並且小魯這孩子也只有採取這樣嚴厲的做法，才能徹底解決她的問題，忍一時之痛而非長期之痛，也只能這樣了。因此，他並沒有向學校提出異議。回到單位後，羅明義越想越覺得這件事有點過分，要是朱銘琦知道這件事，她會怎樣想？小魯會怎樣想？如果裡面關的是羅小義，自己又會怎樣想？羅明義覺得應該和學校說說，關一二個小時就可以了，只是給小魯一點教訓，不必用這種方式來讓小魯屈服，即便小魯在這種方式下屈服了，那也會給她的心靈造成永久的傷害，留下永久的陰影。

　　在羅明義的過問下，學校做出了讓步，把小魯從籠子裡放了出來。

小棟的事發生後，羅明義一直沒有再過問小魯的事。今天，羅明義準備去李法醫那裡的，路上接到學校打來的電話，說是請羅明義務必去學校，而且立馬就要趕過去。羅明義問有什麼事，對方不說，羅明義說明天行不行，對方說不行。羅明義有點不悅，說：我有急事，一時半會過不去，你總得告訴我有什麼事吧？學校才說：小魯同學出了點問題，請您務必馬上過來。

　　小魯又出了什麼事？羅明義一頭霧水。千萬不要出別的什麼事啊！不然怎麼向朱銘琦交待。羅明義這樣想著，給李法官打了電話，告訴他暫時不能過去，電話中，羅明義問李法官DNA的結果，李法官要他見面再說。

　　打的到了學校，進學校院門時，羅明義感覺到了異樣，保安增加了崗哨，學校安靜極了，操場裡沒有學生操練，甚至沒人走動，這是羅明義幾次來都沒有過的安靜，讓人窒息。校長帶一幫人親自在校門口迎接，表情怪異，高度緊張，沒有一個說話。

　　羅明義和校長握手，校長居然沒有伸出手來。羅明義問：小魯怎麼啦？校長戰戰兢兢，語無倫次：沒什麼，哦，出了點問題，她，她，她。羅明義說：她怎麼啦？病了？傷了？逃跑了？還是打人了？校長說：都沒有。沒有。羅明義放寬了心，語氣也輕鬆下來：那出了什麼事？不妨說出來。

　　陪同的人說羅科長先去會議室休息一會，再向您好彙報。羅明義說先去看看小魯，校長有點慌神，說羅科長還是先去會議室。

　　羅明義只好跟著往會議室走。一路，羅明義問學生怎麼沒有操練，校長說今天學校放假，讓學生們休息一天。羅明義說不是什麼節日，怎麼放假了？校長說學生們都辛苦，放一天假。說著，到了會議室門口。

　　裡面早有人在等，一位女老師早已泡好茶，羅明義進了會議室，三四個人早已站在門口，女老師的茶也送到羅明義手上。

　　羅明義接過茶，心裡犯嘀咕：學校搞什麼名堂？不便問，只好

聽任學校擺佈。

坐下後，沒有一個人說話，羅明義也不說話，只是一面喝著茶，一面觀察動靜，越坐越覺得不對，有虛汗從他額頭冒出。女老師遞過去紙巾，羅明義接了，擦拭著。

羅明義提出要見小魯，校方答應得好，就是不帶他去，也不喊小魯來。羅明義感覺越來越不妙，但他沒有往深處想，沒往深處想的原因是他沒發現有警員在場，憑羅明義的經驗，只要沒有員警在，就算出了點事，也不是什麼大事。

羅明義定了定神，穩定了一下情緒，說：校長大人啊，我沒時間和你捉迷藏，我還盡是事。說吧，到底有什麼事，說出來。有事說事，沒有我走人。

校長猶猶豫豫，娘們一樣。

羅明義說：別磨磨嘰嘰了。是不是小魯跑了？什麼時候的事？

校長說：沒有，沒跑。

羅明義說：沒跑，那她怎麼了？傷了？病了？

校長憋了好久才說：羅科長，小魯出大事了。

羅明義說：出什麼大事了，你快說，急了人了。

校長說：羅科長，怎麼辦？

羅明義說：你沒說出什麼事了，我怎麼知道怎麼辦。

校長說：小魯她，她，她自殺了。

自殺？羅明義倏地跳起來，眼睛直瞪著他。

校長說：割腕。

羅明義說：人呢？搶救過來了嗎？

校長說：沒……有。

羅明義一聽，全身癱軟。說小魯自殺，羅明義不奇怪，小魯這孩子什麼事都能幹出來，只要沒出人命，做下這樣的事，也在情裡之中。可是，說她自殺身亡，羅明義這一下徹底垮了，他的第一個

念頭就是朱銘琦，他怎麼向朱銘琦交待，朱銘琦怎麼能經得起這樣的打擊。羅明義腦子亂糟糟的，小魯可是他提出來要送到這裡來的。

羅明義並沒有讓自己亂了分寸，他努力使自己平靜下來。羅明義問：確定是自殺？

校長說：應該是。

羅明義說：怎麼能是應該？報警了嗎？

校長說：還沒有，這不是等您來嗎？

羅明義說：趕緊報警啊，不報警，怎麼知道她就是自殺啊？

校長央求：羅科長，您看不報警，行不？我們私下解決，我願意多出點錢，只要事情能低調妥善處理，我們學校免去一切費用，另外補償……羅明義毫不客氣打斷校長的話說：你糊塗，你這校長白當了，你幾十年的飯也是白吃了。不報警，你怎麼能確定小魯是自殺？你不報警，一個鮮活的生命沒有了，你說沒有了就沒有了？還私下解決，你以為是在做買賣？免去一切費用，你以為免去了費用，你的良心就得到了安慰？得到解脫？補償，你補償一百萬，又有什麼用？你的錢大些？白癡！

羅明義這一罵，校長的臉紅一陣白一陣，他唯唯諾諾，像一隻被關在小玻璃杯中的蒼蠅，到處亂躥，無了主張。羅明義見校長真是沒遇到過這種事情，有點急，也亂了分寸，罵他也無濟於事，才說：這樣吧，趕緊報警，屍體動了沒有？現在在哪裡？

校長說：屍體現在在校醫務室，因為發生在今天凌晨的事，發現後，我們就立即搶救，但還是沒有搶救過來。發現太晚了。

羅明義說：你們等著吃官司吧。明知小魯性子烈，為什麼不派人值班？為什麼不巡察？為什麼房子裡有兇器？你們把她關在哪裡？帶我去看看。

關押小魯的房子，就是羅明義第一次來看到的那間大房，有很多鋼管隔開，人就站在鋼管之間，用手銬銬著，人與人之間相互

夠不著。羅明義看了房子後，覺得奇怪，要是沒有兇器，怎麼能夠自殺？可是校長的說法，又不能不讓他相信小魯真的是自殺。原來，房子的牆壁上有釘子，小魯是利用了釘座凸出的那一點刃鋒自殺的。

校長說：小魯同學個性太強，我們想盡了辦法，不管用。你知道的，我們用精神折磨法，意志摧殘法，其實還是管用的，那麼多學生，我們都讓他們服服貼貼了，惟獨這個小魯同學，就出了問題。你知道的……

羅明義憤然打斷：我知道什麼啊，我什麼也不知道。我跟你們說，這禍，你們闖大了。

校長說：我知道，知道。羅科長，我們也不想出事，沒想到小魯同學性子這麼烈。她要是不逃跑，我們也不會關她，羅科長給我們打電話，我們立即放她出來了，但她還是逃跑，還打教官，踢教官，罵教官，沒辦法，我們只好又關了她。關了兩天後，她好像老實了，也不鬧了，也不罵了，我們以為她服貼了，把她放到了大房子。沒想到，就出事了。

法警對小魯的屍體進行了屍檢，證實小魯屬於自殺。

小魯死了。羅明義這時才真正清醒過來，他有點害怕了。小魯死了。自殺了。

羅明義做夢也沒想到小魯會自殺，在送小魯時，羅明義記得小魯說過一句話：我死給你看。沒想到，一語成讖。

小魯的自殺，給羅明義的打擊很大，畢竟是他主張送小魯來的，要不是羅明義，小魯也許不會自殺。

朱銘琦聽到小魯自殺的消息時，暈死過去了，在醫院搶救了幾天，才甦醒過來。小魯的善後處理，一直是羅明義陪同她的爺爺做的。學校退還了小魯的全部學費，補償了60萬。羅明義問朱銘琦對這樣的處理是否滿意，朱銘琦一個字沒說。

羅明義心裡很失落，自從小魯出事後，朱銘琦沒有和羅明義

說過一句話。儘管羅明義明白朱銘琦是急的，不是針對他的，但他明白，小魯的死，和自己有直接的聯繫，羅明義恨不得用自己的命去換小魯的生命。

羅明義心裡的苦沒法向人訴說，他很想找個人說說。

羅明義來到醫院，朱銘琦還住在醫院裡，他想來陪陪朱銘琦。朱銘琦有幾天沒說話了，她心裡的苦比誰都要多，心裡的痛比誰都要厲害，這個女人經不起打擊了。

朱銘琦躺在床上，羅明義來到她的面前時，朱銘琦沒有一點反應。她的臉是木的，眼是空洞的，表情是癡呆的，樣子是可憐的。羅明義抓住朱銘琦的手，這雙手有點粗糙，還有點顫抖，而且冰涼。羅明義心情複雜，他既替朱銘琦難過，又心疼朱銘琦，還對自己犯下的過錯做著良心的譴責。

朱銘琦的親戚在外地，沒有人招呼朱銘琦，這些天一直是羅明義在招呼。羅明義還請了一個護工，白天給她買點飯菜，晚上陪護，羅明義擔心朱銘琦想不開。

小魯的自殺，對朱銘琦是一個致命的打擊，她的全部希望是小魯，她所做的一切也是為了小魯。如今，小魯沒了，她的希望也就沒了，破滅了。

羅明義除了自責以外，他還想做一起事，給小魯找一塊地方。生前，小魯的精神曾經受到過摧殘，意志受到過折磨，現在，小魯去了，她的魂魄需要有一個清靜的地方安息，這個地方必須沒有名利，沒有世俗，沒有自私。小魯安息了，羅明義也算是盡了一份心意，也是給朱銘琦一點安慰。

羅明義還想做一件事，等朱銘琦清醒一些後，他要帶朱銘琦離開這個地方，去外散散心，離開這個傷心的地方，住上一段時間，也許朱銘琦會很快好起來。羅明義有公休假，他盤算著帶朱銘琦去哪些地方玩。

學校打羅明義電話，說六十萬元錢已經籌備到帳，問他怎樣

付。羅明義說按照當初派出所調解時說的付，小魯爺爺得四十萬，朱銘琦得二十萬。朱銘琦的這二十萬還是羅明義爭取才得到的。起初，小魯的爺爺提出六十萬全部歸他，羅明義說這樣不公平，也不符合法律條款，小魯爺爺問羅明義是誰，羅明義說是朱銘琦的朋友，小魯爺爺自然不信，說羅明義沒有資格說話。羅明義也自知沒有資格說話，就請求派出所出面協調，才得以這樣解決。按照羅明義的想法，是想替朱銘琦請一個律師的，但想起這錢是用小魯的生命換來的，為了這麼點錢，還在小魯屍骨未寒期間爭賠款，讓朱銘琦知道，她一定會不高興的。羅明義太瞭解朱銘琦了，要是讓她來處理，她一分錢也不會要。因此，羅明義替朱銘琦接受了這個方案。

羅明義將朱銘琦的二十萬，外加退的學費十萬，以朱銘琦的名義存在銀行。學費的十萬是羅明義當初墊的，現在，他還是給了朱銘琦，一是他壓根兒就沒想過要要回這筆錢，他之所以以朱銘琦名義存起來，是想讓朱銘琦晚年有一個依靠；其次，羅明義不收這十萬，是想求得自己良心的安慰，得到超脫。不然，他一輩子也不會原諒自己。

羅明義幾天沒有歸家，引起了張小燕的極大不滿，張小燕說羅明義你還知道有個家啊。羅明義不想和張小燕爭執，他清楚當初為了去照顧朱銘琦，曾對張小燕撒謊說是去外地開會，羅明義知道自己做過分了，張小燕說幾句也是情有可原的。

張小燕並不是怪他不在家，而是小棟才出事，正是需要幫忙的時候。羅明義對張小燕說要去外地開會時，張小燕就要羅明義請假，換別人去，說小棟的事要人跑腿，要羅明義想辦法打探。小棟的DNA結果出來了，李法醫告訴羅明義，屍體的DNA結果與張小北的結果不相吻合。就是說屍體不是小棟。

正是知道了這個結果後，羅明義才決定去照顧朱銘琦的，要不然，他也沒有心思和精力去管小魯的事了。

張小燕囉嗦了幾句，也就過去了。她說羅小義明天去報到，要羅明義陪他去，羅明義答應了。他總要做點對家人溫暖的事。

一大早，羅小義去二中報到，羅明義陪同。羅明義帶著羅小義來到招生辦的學生報名處時，四間大教室已經擠滿了人，羅明義擠不進去。羅明義不想等，他打電話給楊本齋，楊本齋手機關機。羅明義又給李桃打電話，李桃說她在她的培訓學校。

羅明義只好排隊等。好不容易輪到他時，因他忘記了帶擇校費，辦事的女孩不給他辦手續。羅明義說他是教育局的，是不是先通融一下，辦了手續就去交錢。女孩堅持要先交錢再辦手續。這幾天，羅明義的心情太壞了，經歷了這麼多的事，他就是素養再好，也會有牢騷的。羅明義見女孩不肯通融，心情壞到了極點。羅明義說：這位女同志做事怎麼這樣呆板？我又不少你一分錢，我是忘記了帶，做事總要靈活點吧？真是。你們這裡能不能刷卡？刷卡也行嘛。女同志也來火了，她說：學校每天成百上千的學生來報名，都要像你這樣，我們還要不要活？靠一邊去，別影響了別人。羅明義要發脾氣，一旁的人勸阻，羅明義才沒失態。

帶著羅小義來到院牆宣傳欄下，看到宣傳欄裡是西南省今年高考前一百名的照片，二中占了二十六個，這些學生都是考上清華北大浙江大學等學校。羅明義喊羅小義看，羅小義沒興趣了，卻對操場上打籃球的人感興趣。羅明義知道羅小義還小，對大學的概念不強烈，也不強迫，只要羅小義在這裡等他，自己則去銀行取錢。大約半小後，羅明義回來，沒見羅小義，四處尋找，才發現羅小義在操場看別人打籃球。

好不容易辦了手續，拿到了新書。當羅明義抱著新書帶著羅小義來到學校操場時，滿操場人頭攢動，羅明義突然感到十分沮喪。按說，羅小義進二中是一件好事，可羅明義一點也高興不起來。

再打楊本齋電話，還是關機。

從朱銘琦那裡出來，已經很晚了，羅明義沒有坐車，他一個人漫無邊際地走著，長樂市的夜生活此時剛開始，滿街的人都在吃著夜宵，桌子擺到了馬路中間。羅明義不明白，長樂市的市民，怎麼就不喜歡坐在屋子裡吃，屋子裡沒有一個人坐，卻非要坐在馬路中間吃，那人來人往，那車水馬龍，那灰塵，那噪音，可是，他們一個個吃得津津有味。一些孩子，都是女孩，大概十二三歲，就是小魯的年紀，拿著一把吉它，還拿著鮮花，一張桌子一張桌子要人買花，問人要不要聽歌。遭到客人斥責，也不生氣，來到另一桌，遭到同樣的斥責，還是不生氣。羅明義想，這些孩子已經適應了這種環境，她們的生存能力太強了。只是，她們還在讀書嗎？

羅明義的心情壞到了極點，朱銘琦還是沒有從悲痛中緩過來，羅明義來看她，沒有一點表情，也不說話，人瘦得不像樣子了，羅明義感到坐在病床上的不是朱銘琦，簡直就是一具僵屍。羅明義的心痛到了極點，他自責，他甚至於想離開這個城市，到一個沒有人認識他的地方。他覺得累。

羅明義不想這麼早回家，張小燕從小棟的事情中跳出來了，她又逼著羅明義去替羅小義活動進實驗班的事。

羅明義只想找個人好好聊聊，他沒有太多交心的人，朱銘琦是不可能了，他也無法面對朱銘琦。李桃現在只有她的學校，羅明義也不想和李桃說這些事情。

# 第三十六章

# 投錯胎了嗎

　　小棟離家出走二十多天了，二十多天中，張小北一直沒有放棄對小棟的尋找。

　　張小北沒有上班，他做了嵌有小棟照片的牌子，四處尋找著小棟。長樂市的大街小巷張小北是找遍了，他決定去更遠的地方找，深圳，廣州，北京，上海，武漢，這些城市都有可能是小棟落腳的地方。

　　羅明義也不相信小棟會有什麼危險，他想小棟一定是到了某個城市打工，要不就是在某地乞討，總之，小棟不會有事的。上次DNA的事，羅明義沒有和張小北說，也沒有告訴張小燕，已經證明那不是小棟，就沒有必要再告訴他們有這麼一檔子事了。讓它成為永久的一個秘密吧。

　　有一件事，羅明義一直放不下，那就是小棟的日記本。要想解開小棟離家出走之謎，就得瞭解小棟的心裡軌跡，就得知道小棟的內心世界，就得看看小棟在日記裡記了些什麼。張小北的情緒好轉了一些，事情已經發生，要面對現實，要接受現實，還要學會從現實中解脫。要張小北解脫一切那是不現實的，但是，讓張小北從現實中走出來，羅明義覺得是有必要的。

　　羅明義找到張小北，和他談小棟日記本的事，目的就是要張小北放下包袱，勇於面對現實，接受現實。羅明義說：張小北，你

要從幻想中走出來了，你不能再騙自己了，小棟已經出走了，這已經成了事實。現在，你要做的，就是找到小棟，讓他回到家裡，回到你的身邊。

羅明義繼續說：謝敏是這個樣子了，她只怕一年半載的難得好起來。你不能像謝敏那樣垮了，你要是垮了，那就真正的垮了。你得像個男子漢，以前，你總以為小棟的事自己沒盡到責任，現在，是該你盡一點做父親職責的時候了。

羅明義說：把小棟的日記拿來，看看小棟說了些什麼，看看我們能不能憑日記內容找到小棟。這是我們最後的希望了。

張小北拿出日記本交給羅明義，張小北說：你看吧。

羅明義知道張小北不想看小棟日記的原因，他沒多說什麼，找了一個僻靜的地方，慢慢打開了日記本，當翻到扉頁時，羅明義的表情凝重起來。日記本的扉頁用紅色圓珠筆寫著：死去，或許才是解脫！逃避，或許才是安寧！麻痺，或許才是放鬆！捨棄，或許才是得到！這四句話是並排句，小棟寫得工工整整，規規矩矩，而且還用線條框了起來。從四個感嘆號就能看出，小棟很看重這四句話。

羅明義大致翻了翻，日記是從小棟進入高中以後開始寫的，不是每天都寫了，所以記錄並不全。但是有時間，有天氣變化，有星期記錄，每篇的內容不長，三言幾語，有時一句話，有時一個符號，多是問號和感嘆號。

羅明義一頁一頁看著，隨著日記的深入，一個脆弱的小棟，站在羅明義面前。

⊙ 某年某月某日，晴，星期三
　　家裡一直在活動，想要我進一中或二中，要不就進五中和師大附中，憑我的成績，要想進這些學校是沒有指望的。這個學期裡，媽媽給我購買了大量的複習資料，還請了專門的家教，但我並沒有考出好成績。媽媽很生氣，認為是我不爭氣，不發狠，其實，我努力了。唉！
　　對了，媽媽要羅叔叔去幫忙，我希望羅叔叔能幫我辦好，我

401

想去五中，那裡的英語專業很棒。我想去國外讀書。

看到這裡，羅明義心裡不是滋味。他在心裡說：小棟，我對不起你。

⊙ 某年某月某日，陰，星期一

　　我的希望泡（破）滅了，我進名校泡（破）滅了，羅叔叔沒有辦成，媽媽很惱火，我的日子不好過了。

　　媽媽今天罵我了，罵得難聽，我強忍著。

羅明義心裡有一把刀在絞，這個小棟，他其實是很想進名校的。可是小棟啊，你為什麼非要進名校呢？名校固然重要，但最重要的還是自己學習的方法。不過，這又能怪小棟嗎？小棟能左右自己的命運？顯然不能。羅明義清楚，小棟的自閉，或是抑鬱，並不是生來就有的，而是環境逼的。就我們現在培養出來的人，你就是考上了清華北大又能如何？沒有創造性，人文精神與道德滑坡，取得的成績是以犧牲學生身心健康為前提的。我們一直在培育精英教育，這種教育只是針對少數人的，它是一種畸形的教育方式。中國孩子非智力因素和心理素質方面的問題，已構成未來最可怕的隱患。我們如果不能認識這種隱患的存在，將來，我們國家會付出巨大代價的。

⊙ 某年某月某日，晴，星期日

　　進入高中了，媽媽辭職了，她在我們學校附近租了一間房子，專門陪我讀書。我們家的經濟條件雖然不是很差，但因為我的學習讓媽媽不去工作，我說不出來的感覺，總覺得心裡空空的，成績好還好說，我擔心成績不好，我有點害怕。

⊙ 某年某月某日，雨，星期二

　　這個星期裡，學習的艱苦與壓力真讓我受不了，成天是上課上課補課補課，「堆成山」一樣的作業緊緊捆綁住我的手腳，像吐絲作繭的蠶，活動的圈子越來越小，說話的人越來越少，身上的負擔越來越重，心理的壓力越來越大，簡直喘不過氣來。

有人說，國家的命運與其說操在掌權者手中，不如說握在教

育者手裡。正是因為如此，中國才不得不在重新審視教育現狀的同時，提出了素質教育的概念，且明確指出素質教育是依據人的發展和社會發展的需要，以全面提高全體學生的基本素質為根本目的的，以尊重學生主體和主動精神，注重開發人的智力潛能，注重培養學生的創新精神與實踐能力，注重人的健康個性為根本特徵的教育。而我們現在的的老師，成天就是補課，做題，這怎麼叫尊重學生主體，又怎麼能夠發揮學生的主動精神？

⊙ 某年某月某日，陰，星期三

週考成績出來了，成績不理想，在班上排名第四十一，在年級排名第四百六十七名，我都不敢告訴家裡。

老師把成績單貼在教室裡的宣傳欄內，我不敢去看，我也沒臉見人。老師在總結時，表揚了成績好的，對成績不好的提出了批評，我是其中之一。沒面子。

⊙ 某年某月某日，陰，星期四

月考成績公佈了，這次我考得更差，班上排名四十九，年級排名五百三十三。成績好的都是試驗班和尖子生班的，科技班的排名緊隨其後，其次是平行班的，也就是我們這些班的。我們是後媽生的。老師不高興，發脾氣了，說帶我們倒了八輩子霉，晦氣。

我沒敢告訴家裡。我不敢想媽媽知道後會是什麼結（後）果？

恐懼感！

整天活在一種恐懼中，羅明義不能想像小棟心裡承受了多大的壓力。有誰能理解孩子的感受？孩子們為什麼害怕讀書？羅明義到現在也沒法明白，我們所從事的教育模式，到底是素質教育還是應試教育？有專家說，我們是穿新鞋，走舊路。口裡說素質教育，實則一直在搞應試教育。這種模糊的教育模式，讓教師無所適從，領導檢查，聽課，是素質教育，領導一走，又是填鴨式教育。這苦了誰？苦了老師，苦了孩子，也教會了孩子說謊和弄虛作假。結果，越提素質教育，學生的素質卻越差。

⊙ 某年某月某日，陰，星期五

今天開家長座談會，我真希望是爸爸去參加，可是，媽媽參加的。

我知道慘了，媽媽參加完家長座談會後，對我大發雷霆，我從沒見過媽媽竟如此的可怕，如此的恐怖。媽媽在學校裡當那麼多的人說我沒用，說我天生笨蛋，讓我好沒面子。我知道自己考得不好，我也知道是自己惹媽媽生氣了，但我不希望媽媽當我的同學說我。

我其實是一直都在努力。

媽媽修改了我的作息時間：中午不允許午休，自習兩小時，晚上除正常的作業和自習外，增加一小時複習，強記英語或其它內容。

我越來越害怕媽媽嘮叨了，她一嘮叨起來就沒完沒了。

羅明義對謝敏的做法，非常反感，由此，他聯想到張小燕，他覺得張小燕有時和謝敏一樣。

⊙ 某年某月某日，陰，星期一

真想好好睡一覺，不再醒來。

⊙ 某年某月某日，陰轉晴，星期三

難道人的一生一定是要先苦後甜嗎？如果先前的苦一定會給後來帶來幸福美滿的話，那我倒還可以去堅持努力，可我卻又聽大人們說：現在的高中畢業生已經沒有多大用處了，甚至是大學生也沒有用處了，畢業後找不到單位，找不到工作。聽到這些話，我很茫然不知所措。未來的社會競爭能力真有那麼殘酷嗎？我對學習猶豫起來，內心產生了兩種想法：一是只有通過學習，也許會有一條出路；二是既然大學畢業都這樣不可靠，那還不如「今朝有酒今朝醉」，玩個痛快淋漓呢。面對這些問題，真不知道如何是好！

好想問老師，希望老師能給我們一個「指南針」，為我們選擇人生方向。

這些日記都是高一學期寫的，還有一些，大致相同。羅明義覺得還算是客觀的，並沒有說過份或不切實際的話，說明小棟還是一個理性的孩子。隨著日記繼續看下去，羅明義對小棟又有新的

認識。

⦿ 某年某月某日，陰，星期一
進入高二了，學習更加緊張，都說打仗一樣，我認為比打仗還要激烈。

學校調整了學習計畫，高二幾門主要的新課，語數英等，我們在暑假中就學得差不多了，現在，我們除了上那些沒有上的新課外，基本上就是複習考試，考試複習。學校的指標只有一個，分數。我媽媽的指標也只有一個，名次。為了要我上名次，媽媽在課外增加了我的學習計畫，替我請了一對一的輔導老師，重點是搶主課，比如英語，數學，化學，物理。我的語文基礎一直不怎麼好，媽媽說語文就不花精力了，只要我能把這些主科目的分數搞上去，到時考大學550分應該沒問題。

學校也增加了自習的時間，中午一個半小時，晚上要到十點四十分才下課，回家後還要做二至三個小時的作業。媽媽一直陪在身邊，我好不自在。

⦿ 某年某月某日，陰轉明，星期五
考試。考試。考試。分數。分數。分數。

一天要考幾門功課，語文老師要考，數學老師也要考，英語老師要考，生化歷史地理也要考。分數上不去的，每個老師就開小灶，老師不開小灶的，也要學生在家裡開小灶。如果分數上不去，名次上不去，老師要挨批，還要扣獎金。

⦿ 某年某月某日，晴，星期二
班上有個同學，女生，成績最差，墊底的。今天，這個女生沒有來上課，據說是跑了，離家出走了。大家都很難過，這個女生雖然成績差，但我認為她很有才華，主要指她文章寫得好，朗誦很好，黑板報辦得好。組織能力也強，班上的活動一般都由她組織。但她成績很差，不是她不努力，她努力了，分數就是上不去。她是個自尊心強的人，受不了，就不來上課了，離家出走了。

其實挺想念她的。

- 某年某月某日，晴，星期五

病了，可能是重感冒，媽媽帶我去打了針，醫生要我休息三天，媽媽不同意，送我到學校。上課時，實在受不了，趴在課桌上伏了一會，被老師狠狠批評了幾句，我不爽，老師說我是故意頂撞，罰我站立，後來暈倒，老師才讓我回到座位。

可惡。

- 某年某月某日，陰，星期三

爸爸和媽媽為我的學習又吵架了，總是媽媽不饒人，爸爸總是一直忍讓。

爸爸送我一盒帶子，《大悲咒》，儘管我聽不懂唱了些什麼，但我聽著很寧靜。

我要是心裡煩了，我就想聽。但媽媽不讓我聽。

- 某年某月某日，陰，星期四

同學突然對我說：張小棟，你抑鬱了。自閉了。我就突然發現自己真的抑鬱了，自閉了。

沒有人和我說話，我也不想和別人說話。我想一個人待著，我想逃避這個社會。我害怕讀書。我每天就害怕一件事：讀書。我害怕回家，我也害怕來學校。

我是不是有病？

- 某年某月某日，陰，星期三

為什麼我是中國人？為什麼我要做你們的崽？我要是生在外國就好。

苦。苦。苦。累。累。累。

不要生在中國。

- 某年某月某日，晴，星期六

煩躁。鬱悶。

- 某年某月某日，陰，星期四

我要發瘋啦……

- 某年某月某日，陰，星期五

我要自殺。

羅明義發現，小棟日記越來越短，字數越來越少，情緒越來越壞。比如煩躁、鬱悶、我要發瘋、我要自殺這些字，小棟寫得好大，占了整整一頁。從字裡行間可以看出小棟極壞的情緒，那是一種發洩，一種掙扎，一種無奈。是一個十多歲孩子無法承受的壓力。

日記裡還有許多內容，寫的是學習的艱辛，體力的付出，身心的難以承受，以及家庭社會學校和同學帶給他的種種壓力。羅明義找到最近的日記，這些日記如果早一點讀到，小棟也許就不會離家出走。可是，即使家長和老師讀到了這些日記，又能改變什麼？什麼也不能改變。

◉ 某年某月某日，陰，星期三
　我沒法讓自己超脫，我快承受不了了，我真的快要瘋了。

◉ 某年某月某日，陰，星期四
　期末考試不及格，學位分數拿不到。補考不及格，再考還是不及格，媽媽的忍耐到了極限。我腦子一片空白，媽媽卻還在我的面前嘮叨，發脾氣，罵我。我受不了了，我甩東西。我不知道自己為什麼控制不住情緒，我其實根本就沒想要甩東西，但我就是甩了。媽媽見我甩了東西，又是哭，又是鬧，我受不了了，我想逃跑。但我沒有逃跑。

◉ 某年某月某日，陰，星期一
　為什麼大家都不喜歡我？難道就是因為我的成績很差嗎？我真的這樣沒用嗎？

　誰能告訴我？

◉ 某年某月某日，晴，星期四
　如果不能選擇死亡，那麼只有逃避。逃避雖然不是一個男子漢的行為，但總還有雄起的機會。我在死與逃跑之間，我選擇逃跑。我一定要混一個人模人樣，才以嶄新的面貌出現，不然，我將永遠隱身。

　家裡平時給我的零用錢，我都攢起來了，三個月沒問題，我可以先找份事做，再打算下一步。爸爸，媽媽，要是我哪天不

在你們身邊了，你們不要想我，我會努力的，遲早有一天，我要讓你們另眼看我。爸爸，媽媽，你們為我的事辛苦了，兒子不孝，兒子給你們跪下了。

後面的幾篇日記，重複著一句說：不要做中國人的崽。不要做中國人的崽，羅明義心中隱隱作痛，這痛不是因為小棟的出走，而是因為那句話：不要做中國人的崽。

羅明義翻到最後一篇日記，按照時間推算，這篇日記是小棟離家出走的前一天寫的，沒有按之前的日記格式寫，而是在另外一頁上寫著：從來不關心我們，從來不和我們座談，從來不管我們是否吃得消，從來不顧我們死活。他們只關心一樣東西：分數，名次，名校。他們不問我們是怎麼想的，他們也不想知道我們是怎樣想的，他們甚至不要我們有自己的想法。他們總是要我們按照他們設計的路走，他們把我們當成機器，可是我們是人，是一群沒有長大的人。我們在他們的安排下，承擔著本不應該承擔的苦難，壓力，付出本不應該付出的精力和體力。我們真是不明白，這到底是為了什麼？為了什麼？？為了什麼？？？為了什麼？？？？

羅明義的心已經很難寧靜與從容，從小茜到小棟，再到小魯，給羅明義的印象太深了，與其說是謝敏，張小燕，羅明義害了這些孩子，還不如說是中國的教育害了他們。原本多麼天真，多麼浪漫，多麼富有生機，多麼絢爛的孩子，可是，他們被逼得走投無路。羅明義在心中無數次呼籲家長，社會，學校，老師，不妨靜下心來想一想，我們的孩子到了什麼樣的一種地步。從幼稚園開始，我們的家長就讓他們學習各種生存本領，幼稚園本來是一個托兒所，是那些家長要上班小孩子沒有人帶才放的地方，還有就是現在都是獨生子女，孩子比較孤單，為了不讓孩子自閉，也為了利於培養孩子的性格，才送到幼稚園，因為幼稚園有伴。可是，一個兩歲的孩子，要學習書法，學習舞蹈，學習彈琴，學習唐詩三百首，學習英語九百句，學習許多許多東西。做家長的，只要家裡來了客人，就要孩子背唐詩，彈琴，識字，得到客人的表揚時，家長臉上

就會露出滿足的笑容。特別是最近幾年，什麼「神童方案」，「寶寶MBA課程」「幼兒奧數」「天價幼稚園」，此等新鮮事物，層出不窮，給早期教育的嬌嫩天地帶來一片魚龍混雜的喧嘩之聲。進入小學後，這個階段的孩子本來是大大拓展知識面，加強感性吸收，促進同伴交友社會化的最佳時機，卻被讀寫算的單一灌輸訓練壓制得失去自主，失去靈氣。而越到高年級，更是變本加厲，原先還算活潑的孩子，不知怎麼就自閉了，抑鬱了，癡呆了，眼中的光芒越來越死沉、表情越來越呆板，他們的神態，就像一幫任人擺佈無以抵抗的木偶，就像羅小義，或類似羅小義這樣的孩子。這樣的情形，羅明義想來就感到心酸。而中學階段，則是自我意識膨脹，青春動力飛揚，理性思維活躍的勃發時機，這一時期的教育應該給孩子提供更多的機會，引導去思考關於自身成長及其與社會有機融合，去順利解決自我成長突變歷程中的種種衝突與困惑，但接踵而來的中考高考應試重負卻壓得孩子們喘不過氣來，更何況小學階段忽視整體潛能發展，單一死板的教育使得他們沒有足夠的內力去對付繁重如山的應試功課，處理迷亂紛雜的青春困惑，內憂外患的沉重擠壓，讓許多孩子不知如何掙脫釋放，於是，翹課，離家出走，沉迷網路，少年犯罪，成了這個階段屢治不禁的社會問題。比如小魯，比如小棟，比如報紙上宣傳的學生集體自殺或集體出逃。

　　而高等學校的學子們，已經是作為一個成年人來擔負自我發展和社會生活的責任了，怎樣籌畫自己的職業理想，怎樣承擔將要走入婚姻家庭的角色職責，怎樣樹立科學的人生觀和世界觀，怎樣利用自己的興趣才智來為社會擔一份責，都應該是被稱為「大學」的高等教育階段最主要的價值內涵。可是，經歷了長達十幾年寒窗煎熬，閉門苦讀的學子們終於可以卸下讀書重負，可以不受管制地在大學校園裡好好鬆懈釋放了，他們抄著筆記掙著學分，卻不知道為何要學，他們談著戀愛論著情感，卻不知道婚姻的內涵與家庭的責任，他們暢想著，接觸著

校園外面的花花世界，卻不知道自己面臨的這個社會到底與自己有多大的內在關聯。對於許多大學生來說，千辛萬苦地進來，輕輕鬆鬆地度過，再稀哩糊塗地出去，而等到真正走上社會後，就業的困難，生存的不易，職場的無助，前途的迷茫。這種種困境如當頭一棒，擊碎了心中沉醉多年的「教育夢」：原來，學了這麼多年的東西派不上用場。原來讀書沒有用。

回顧一個學生十多年的讀書經歷，到頭來就是下面這幾句話：用堆積如山的作業來剝奪他們的自由，用統一的教材來扼殺他們的自主，用各種生存的技巧來替代他們的愛好，用考試來消耗他們的精力，用分數來限制他們的追求，用升學來壓迫他們的心智，用各種被閹割的知識來迷惑他們的認知，用前途莫測的就業來阻止他們的求索，最後再在他們頭頂上壓一套房子。於是，這個世界，一下就安靜了。

羅明義陷入深深的自責中。中國有句古語說：初飛之鳥，勿拔其羽；新植之木，勿撼其根。我們為什麼要拔其羽撼其根？

羅明義找到張小北，要他看看小棟的日記。張小北還是不想看，羅明義說：張小北，你這是逃避，是懦夫，小棟還敢出走，你連小棟的勇氣都沒有，怪不得謝敏瞅不起你。你自責有什麼用？小棟就會回來？逃避不是辦法，關鍵是我們都要從中吸取教訓，告訴你，小棟應該沒有事，他很有可能去了南邊，想想，小棟的出走，其實並不奇怪，只是我們都感知不到。看看吧，看了後你會有新的認識的，小棟不是我們想像的那樣弱。

在羅明義的敦促下，張小北終於打開了小棟的日記。

# 第三十七章

# 頭腦不是一個填滿的容器

　　羅小義沒有分到實驗班，就連科技班也沒有進去，張小燕為這事和羅明義大吵了一架。羅明義想起小棟的日記，突然就想哭，他真想把小棟的日記內容告訴張小燕，但告訴張小燕管用嗎？

　　羅明義在思考一個問題：為什麼全國範圍內的人都熱衷於選擇名校名班？而且不惜一切代價，衝鋒陷陣，愈演愈烈。到底是為什麼？羅明義還在反思一個問題：怎樣才能抑制這種勞民傷財坑害孩子們的浮躁之風？怎樣才能還孩子們一個輕鬆快樂的學習氛圍？又怎樣才能給孩子們營造一個快樂成長的環境？

　　羅明義做出了一個決定，公佈小棟的日記。

　　在沒有徵得小棟和張小北的同意下，羅明義將小棟的日記發表在某大型網站，並配有他寫的文章。日記貼上去後，立即引起了廣泛的關注，每天跟貼的人數多達數千條，一時間，其它網站相繼轉載，引發一場關於是否要讀名校的大討論。慢慢的，討論由讀名校引升為改革應試教育，注重技能，注重創造力，而不是分數，進而引發網友們更深層次的討論：一個人一生重要的是自主，而自主教育又正是我們國家目前最缺乏的。羅明義認為，學生是自主學習的主體，羅明義記得曾經有一本書走俏中國，那就是《學習的革命》一書，這本書羅明義讀過，雖然沒有理論上

的突破，但給我們提供了許多值得借鑒的經驗，尤其是其中的一句話，羅明義記得非常清楚，多少年後，這句話一直在他的腦海中。「頭腦不是一個要被填滿的容器，而是一把需要被點燃的火把。」羅明義曾經在網上搜索這句話，他想知道這是誰說的，結果是古希臘普魯塔戈在三千年前說的話。想想，一個三千年前的聲音，洞穿蒼茫的時空，對今天我們那些還在照本宣科、不厭其煩地把學生腦子當容器的人，是多麼無情的嘲諷！

每個學生都有自己的軀體，自己的感官，自己的頭腦，自己的性格，自己的意願，自己的知識和行動規律。正如每個人都只能用自己的器官吸收物質營養一樣，每個學生也只能用自己的器官吸收精神營養。這是別人不能代替也不能改變的。教師不可能代替學生讀書，代替學生感知，代替學生觀察，分析，思考，代替學生明白任何一個道理和掌握任何一條規律。教師只能讓學生自己讀書，自己感受事物，自己觀察，分析，思考，從而使他們自己明白事理，自己掌握事物發展變化的規律。

有網友這樣認為：教師應努力使學生成為學習主體，應尊重承認並努力去培育學生成為學習主體，這是一個互動的過程。要讓學生學習有目標，有興趣並轉化為學習的動力。興趣應成為學生學習的第一要素，歐洲教育家德可利樂認為：「興趣是個水閘，依靠它就能打開注意的水庫和指引注意流下來。」學習過程中，學生要具有較強的靈活性，學生可以在一定範圍內對學習內容，學習方式等進行選擇，去追求一種更適合於自身特點的學習方式。

幾天後，南方日報根據網路上的文章，引用小棟的日記，組織了三場討論：一是關於應試教育的討論；二是要不要進名校的討論；三是學生要不要自主的討論。參與者數以萬計，紛紛呼籲改革教育，培養新型人才。這是官方組織的討論，讓羅明義看到了希望。

按下來，羅明義又在網站上發表了幾篇文章，又有不少網迷跟貼，他注意到這些跟貼中說什麼的都有，最主要的還是批判現

行教育體制將一個聰明活潑的孩子培養成一個呆板單一的沒有創造力的機械工具，有些線民的話說得很難聽。

也有線民給中國教育支招，羅明義看一個署名呂恩澤的網友，他跟貼說中國的高校，應該實行自主招生。他說：自主招生，重在自主，給大學一定的自主權，可以選擇自己招入校門的學生。

他舉例說：錢鐘書數學不及格，卻被清華大學破格錄取，這段佳話在今日已成奢望。現如今的教育拿分數量人，只要求學生死學課本而毫無創新，帶著枷鎖的舞蹈其結果只能是禁錮了學生思想，也禁錮了學生的自由，限制了人才的發展。這就是為什麼高考狀元大都成為碌碌之輩，而許多落榜之人卻成就一番事業的原因。

即使在大學中，應試本質也沒有太大改觀，大學提供的不以學生自我興趣為方向的課程也無法給學生素質教育所應有的發展空間。錢老之問，諾獎之殤，還有無數良知學者的言語無一不被不幸地言中。如果愛迪生、牛頓來到中國接受教育會是怎樣的結果？

羅明義覺得這個網友說得很好，但他沒有引導，他清楚自己所處的位置，他不能發表過激的言辭。在網上看了一會，羅明義關了電腦。

羅小義上課還沒回來，張小燕在看電視，羅明義沒事了想去羅小義學校看看，順便接他回來。按照張小燕的意思，羅小義現在轉到李桃的學校補課，雖然遠了點，但坐車方便。

羅明義自己清楚為什麼要去接羅小義，他其實是想去看看李桃學校的情況。臨出門時，手機有資訊進來，羅明義看了，正是李桃學校發來的。內容是：理想找楚材，習慣不好找楚材，貪玩厭學找楚材，長樂楚材，名師一對一，效果好。選擇楚材，贏在楚材。楚材是李桃學校的名稱。

很快到了李桃學校，羅明義沿樓層看了看，爆滿。

羅明義沒有看到李桃，他打李桃電話，手機關機。羅明義來到老師辦公室，向工作人員打聽李桃，工作人員說李校長今天有事沒來。

李桃的學校算是走入正軌了，羅明義真是佩服李桃，也難怪，有邵副廳長的支持，李桃真是如魚得水。這個社會，就是能者上，庸者退，羅明義說自己就是一個庸者。

接了羅小義，羅明義送他到樓下，讓羅小義回去，自己則去了張小北那裡。

張小北坐在沙發上，沒有吃東西，羅明義替他下樓買了水餃，張小北不想吃。謝敏還在醫院，她只怕是難得好了，這個可憐的女人，一生只知道付出，卻又沒有方法，最後落得這樣的結局，是誰也想不到的。

小棟牽動著整個家庭，岳父岳母也倒下了，羅明義還要抽時間去看望他們，陪他們說說話，其實也就是勸勸他們，別的事情，他們聽不進去。

剛剛開學，楊本齋一直關機，羅明義有點擔心。其實，他去李桃的學校，也不全是為了看看，主要還是想通過李桃瞭解一點其它情況，比方說楊本齋怎麼老關機，都有三四天了，羅明義打他電話總是關著的。

羅明義之所以這樣關注楊本齋，是他在單位聽到一些不好的消息，說是長樂市某學校某些負責人，和學校某些教職人員聯合，採取非法手段招收違規學生，大肆收受賄賂，已被隔離審查了。聽到這些議論時，羅明義的神經有點緊張了，他想到了楊本齋和自己，這種事情，要是沒有舉報，屁也不是，如果有人舉報，擺到桌面上來，那就是天大的事了。羅明義有點心神不安起來。要不是最近發生了這麼多事牽扯到他的精力，他也不至於打聽不到消息。

羅明義有一種預感，一定有大事發生。

　　李桃聯繫不上，楊本齋手機又關機，羅明義突然感到了一種前所未有的恐懼，這種恐懼比小棟出走那種恐懼要直接，害怕。小棟的恐懼來自於周圍，他的恐懼來自於內心，然而羅明義畢竟是見過世面的人，再大的恐懼他也只能從容面對。

　　第二天上午，羅明義來到辦公室，一踏進辦公室的門，他感覺到了一種異樣，好像同事們的眼神也變了。羅明義心裡一個嘎噔，左眼就跳了，一種不祥的徵兆籠罩著他。

　　羅明義也沒有心思做事，拿起手機給楊本齋打電話，電話還是關機。隔一會又打，盲音。

　　羅明義有點坐立不安，但他又不好表露得太明顯。上網進他的博客看了一會，什麼也沒看進去，下了。

　　坐在辦公桌前，一根接一根抽煙，屋子裡煙霧彌漫，羅明義並沒感覺到。羅明義不是一個沒有定力的人，可是今天他心情格外地亂糟糟，也不知是什麼原因，羅明義從一開始就心神不寧。羅明義開了窗戶，一股熱浪撲鼻而來。才上午十點，窗外的氣溫已經達到四十攝氏度了，羅明義在窗前站了一會，窗外，陽光有點發白，這是這個城市一年中最熱的季節。也不知站了多久，羅明義感到有點熱了，他關了窗戶，回到辦公桌前，坐進了他那張舒適的椅子中。

　　坐了一會，羅明義來到外邊大辦公室，他要同事替他找份資料，這份資料他自己完全可以找的，卻要同事去找，他只是想以此增加一點自信。在辦公室待了兩個多小時，也沒有心思做事，羅明義乾脆下樓去看朱銘琦。

　　來到朱銘琦病室，羅明義輕輕推開門走了進去。朱銘琦睡在床上，只一張臉露在被單外面。朱銘琦表情平靜，平靜中帶著深深的哀愁，好像這種哀愁已經嵌入了她的皮肉。羅明義不知道朱銘琦是睡著了，還是不想睜開眼睛，朱銘琦的神智還是不怎麼清醒，羅明義原想接她回家休養，但醫院建議再觀察一段時間，羅

明義只好同意了。

羅明義在她身邊坐了有十多分鐘了，也不見她動一動，羅明義望著朱銘琦那張曾經親過無數次的臉，這是一張多麼美麗的臉，現在，這張臉被痛苦代替了。羅明義又一陣莫名的心疼。

羅明義請來招呼朱銘琦的陪護只有三餐飯時才過來，羅明義看看時間，離吃飯還有一段時間。羅明義坐在朱銘琦床邊，雙手伸進被單，握住朱銘琦的手。朱銘琦的手清涼，熱天手涼說明身體好，羅明義緊緊握著，發現朱銘琦手動了一下，眼睛並沒有睜開。

銘琦，你一定要好起來。羅明義在心裡默默祈禱。

銘琦，是我對不起你。你放心，我決不會棄你不管的。羅明義在心裡對朱銘琦說。

羅明義還想和朱銘琦好好說說話，偏偏這時候電話響了。羅明義怕吵醒朱銘琦，迅速離開，來到走廊。電話是局裡毛副局長打來的，毛副局長問羅明義在哪裡，羅明義說在外面辦點事。毛副局長說有事請羅明義回辦公室一趟，羅明義沒問什麼事，只說一會就回去。

此時，羅明義反而平靜了許多，他回到朱銘琦床前，朱銘琦還在酣睡中，羅明義俯下身去，在朱銘琦額頭親了一下，離開了病室。

羅明義被人帶走了。他是被上級紀檢部門的人帶走的，在一家封閉的賓館裡住了下來。

# 第三十八章

# 羅明義被撤職查辦

羅明義做夢也沒想到，自己會被稀哩糊塗弄到這裡來。

那天上午，毛副局長打他電話，他心裡已經有了準備。毛副局長是分管紀檢的，平時和他在工作上的聯繫較少，當羅明義來到毛副局長辦公室時，有兩人已經在那裡等他了。

見了羅明義，毛副局長介紹說這是市局監察室的同志，有幾個問題想找他核實清楚。毛局長要羅明義停止手中的工作，積極配合市局的同志，把問題搞清楚。

接下來的幾天中，調查組的人輪番來找羅明義談話，要他主動交待自己的問題。開始，羅明義極力否定，因為他心裡非常清楚，要說有事，就是和楊本齋之間的那點事情。但他現在不能確定楊本齋到底是不是被隔離審查了，如果楊本齋沒事，那他亂說，不等於是不打自招？要說他有經濟問題，羅明義打死也不會承認的，在教育部門待了這麼多年，除了部門有違規創收外，他個人是沒有經濟問題的。說到部門創收，在他們系統，哪個部門沒有？至於部門小金庫的錢怎樣花銷，羅明義的帳目是清清楚楚的。調查組的人見羅明義不肯說，提醒說有人檢舉揭發他了，要羅明義想清楚後再說。羅明義說既然有人檢舉揭發，就請提醒一下。調查組的人說羅明義不老實，說你說了，是坦白，我們說出來，性質就不一樣了。羅明義說真的不知道為了什麼。

調查組的人見羅明義態度強硬，有針對性提醒：你認識楊本齋嗎？羅明義見提到楊本齋，心裡清楚了七八分，一定是楊本齋被隔離了。他說：認識。調查組的人又問：你和楊本齋是什麼關係？羅明義說：朋友加同事關係。調查人員問：在這次名校招生過程中，你們都做了些什麼。羅明義見他們掌握了材料，也不瞞了，就說楊本齋招了他小孩進了二中。但羅明義聲明說：我小孩進二中，是經過二中統一考試的，並不存在違規。調查人員說：沒有問你這些，你和楊本齋之間沒有別的事情？羅明義堅持說沒有。在以後的幾天中，不管調查組的人怎麼問他，羅明義堅持說和楊本齋之間沒有什麼事情。

調查組的人沒有在羅明義這裡問到實質性的問題，也不再問了，只是把他一個人關在房間裡，讓他吃飯看電視睡覺，但不許他和外界聯繫。

大概過了四五天，戲劇性的一幕發生了，楊本齋出來了。

原來，羅明義之前的擔心是對的，楊本齋真的被隔離審查了。

這是十多天前的事了。在羅明義處理小魯後事的那幾天，楊本齋被上一級紀律檢查部門喊去談話，隨後就沒有再回來。這次談話是十分保密的，就連羅明義所在的開源區教育局也不知道這件事。

事情的發生，出乎意料，又在情理之中。當時，楊本齋競爭學校的副校長基本上是鐵板上釘釘子，組織部門對他當副校長之前的一切手續都履行過了，只等宣佈了。偏偏就在這時，楊本齋的另一競爭對手，不知從哪裏弄到了楊本齋的黑材料，說他透露考試試卷，採取不正當手段違規招生，大肆收受錢物。材料上還有一些證人的簽字，言之鑿鑿，鐵證如山。在事實面前，楊本齋承認了為個別學生家長辦理了小孩進入名校收受錢物的事實，但堅決否認透露考試試卷，堅決否認行賄。

楊本齋的本意是不想牽連太多的人，更不想扯上一些領導，

他只是把羅明義牽扯出來了。他說出羅明義，只是想自保，他自保的理由有三：一是羅明義有邵副廳長這條線，關係硬，加上自己和邵副廳長的關係，雙保險；二是羅明義是他一個系統的，就算有點事，也是同事間的照顧，法不外乎人情，量刑時會輕些；三是羅明義為人忠厚，進來後不會亂嚼，只要自己咬住，查不出什麼。楊本齋的思維真是縝密，他的這三點都能站住腳。但他犯了一個致命的錯誤。他忽略了一個最大的事實，羅明義是一名公職人員，堂堂教育局的一名科長，處理的措施比一般的人要嚴格得多，定罪量刑也要比一般的人嚴厲得多。

楊本齋被隔離審查的這些天裡，一直採取拖延戰術。調查人員說有人檢舉楊本齋利用職務之便，和校長合謀，大肆收取非法財物。楊本齋極力否認這一點，說是有人和他爭副校長一職，故意陷害他和校長。調查一直沒有突破。

在楊本齋進去之後，他的老婆找到邵副廳長，邵副廳長知道兩人並沒有立案偵察，從中進行幹旋。在邵副廳長的干預下，楊本齋和羅明義並沒有移送司法機關，而是由各自單位領回，再由各自單位的組織部門進行處理。事後，邵副廳長對李桃開玩笑說：羅明義和楊本齋的問題是人民內部矛盾問題，人民內部問題就得由人民內部解決。

事情戲劇性地結束。楊本齋被學校免職，調離教育崗位，在學校從事後勤保障工作。羅明義撤銷職務，開除公職一年，保留編制，以觀後效。至於那幾個孩子進名校一事，原來是要清理出去的，後來邵副廳長說，孩子們都是經過考試進去的，與這事無關。

楊本齋和羅明義出來後，兩人碰到一起，什麼話也沒說，雙方只說了一句：對不起！轉過身去，兩人都在心裡說：都是名校惹的。

兩人會意一笑，各自回家。

開除公職的羅明義無所事事，雖然他每天都去辦公室，但沒有人給他派活，閑得十分無聊，寫起了小說。新來的科長和同事們對他很客氣，見面總說：羅科，又寫了什麼大作？羅明義笑笑。

根據小棟的故事，羅明義著手寫《高三學生》這本書，他想把這些學生的苦寫出來，他覺得，沒有一個國家的孩子，比中國的孩子苦。這不是因為小棟在日記中說了，羅明義就照搬，羅明義是真的覺得，中國的孩子們苦。

這天，羅明義在辦公室和同事們聊天，接到了派出所的電話，說是海南那邊的公安給西南的公安發來一份協查通報，在那邊發現一具男性屍體，當地公安在該死者的身上找到了一些證據，認為可能是長樂市人。因為毀容太厲害，無法辨認。所以詢問長樂最近有沒有失蹤人員。

羅明義去了派出所，問清楚了具體情況後，坐當天的飛機去了海南。走時，他連張小燕也沒說，只說單位派他去外地兩三天，張小燕說你都無官無職一身輕了，還有哪個派你的公差？羅明義沒有做聲，想這個女人說話太刻薄。

張小北根據小棟的日記，去了南邊的城市尋找，羅明義沒法和他聯繫。謝敏已經完全瘋癲了，一時清醒，一時糊塗，經常將大小便屙在了身上。羅明義也沒法告訴她，只是走時去醫院看了謝敏。

兩天後，羅明義從海南回來，回來時的心情和去的心情大不一樣。因為那具屍體不是小棟。

回來後，羅明義對張小燕說了去海南的真正目的，張小燕聽後，驚駭得張大嘴巴：是真的？

羅明義說：那還能有假？

張小燕雙手合十：阿彌陀佛，菩薩保佑小棟。

羅明義被開除公職後，張小燕哭過幾次，也鬧過幾次。她一直鼓動羅明義去找邵副廳長，羅明義不去，張小燕罵羅明義笨得

出血。說的次數多了，羅明義煩了，對張小燕一通臭罵：都是你這個瘋三，我不要羅小義進名校，你非逼我，進了名校，你又逼我，非要羅小義進實驗班。現在，我被撤職了，你又要逼我。我只是開除公職一年，又沒少我一分錢，已經是看邵副廳長的面子了，你還要我去為難人家，只考慮到自己，你有沒有替別人想過？

張小燕說：你個沒良心的東西，你進去的那幾天，老子天天哭，急得孫子一樣，我得到了什麼？我還不是為了羅小義？我還不是為了這個家？

羅明義說：活該。

羅明義去參加了一個朋友的生日聚會，在那裡，羅明義碰到了小郭倆口子。小郭知道羅明義出了事，一直想找機會去家裡看望的，又因事耽擱一直沒有去成。小郭非常內疚，說是他們害了羅明義。羅明義說跟你們沒有關係。小郭非要請羅明義吃飯，羅明義揮揮手，笑笑。小郭說：一定要的，你等我電話。

小郭果然給羅明義打電話，說約了老王和張小涵一起，言之切切說飯菜已預訂，務必請羅哥賞臉等等。

羅明義只好去了，喝酒前，老王說：羅科長，要不是小郭和我們說，還不知道你為了我們，遭了這麼大的罪。怎麼說呢，我們全家，特別是小兵，都非常感激你。要敬羅明義的酒，眼睛都紅了，羅明義什麼也沒說，喝了。

小郭也站起來，雙手舉著酒杯說：羅哥，本來我姐和姐夫應該來敬羅哥的酒的，但他們在老家沒過來。我就代我姐一家了，我敬羅哥一杯酒，這杯酒它不是一般的酒，它是我小郭的心。羅哥，你是我最敬重的人，我從心眼裡佩服你。我喝了，你隨意。說完，小郭一仰脖子喝了。羅明義也喝了。

輪到張小涵了。張小涵說：羅明義，你太不仁義了，出了這麼大的事，也不告訴我，你要是告訴了我，我還要去給你送飯呢。這個張小燕，真是的，連我也不說。羅明義，毛毛謝謝你，雖然沒有

進實驗班，但二中的普通班，比二類學校的實驗班，還要好，我也想通了，挺好。羅明義，我敬你啊，記住，不是因為毛毛的事，是我覺得你還挺仗義的。為這一點，我張小涵喝了。

羅明義說：孩子們的事沒出紕漏，我就放心了。只要孩子們好，比什麼都重要。要吸取張小北家裡的教訓，小棟的事當然只是個例，但說明了一些問題，你們看看，多好的一個家庭，毀了。毀了。太可惜了。最擔心的是，小棟還不知在哪裡。我勸大家一句，進了名校，就好好珍惜，但千萬不要給孩子壓力，順其自然，孩子平安，比什麼都重要。

都說羅科長說得對，都說羅科長仗義，都說幹嘛非要進名校。

這一次，羅明義喝了很多酒，他喝醉了。

有很久沒有去看望朱銘琦了，羅明義也不知道朱銘琦現在怎麼樣了。他打朱銘琦電話，電話關機。

羅明義來到醫院，醫院說她早幾天前失蹤了，既沒有結帳，也不見回來，又沒留聯繫方式。當初是羅明義替朱銘琦交的住院費，羅明義說明情況後，結了帳。

從醫院出來，羅明義到了朱銘琦家。羅明義敲門，沒有動靜。再敲，還是沒有動靜。羅明義問鄰居，鄰居說有蠻久沒有見到她了。

朱銘琦失蹤了。

羅明義問了許多人，都不知道朱銘琦去了哪裡。他有點擔心朱銘琦，他擔心朱銘琦會想不開。

朱銘琦能去哪裡？

羅明義報警了，他懷疑朱銘琦就在家裡，懷疑朱銘琦可能出了事。員警和羅明義一同來到朱銘琦家，開了門進去，朱銘琦並沒有在家。

　　羅明義在房間內四處看了看，房間裡很整潔，只是傢俱上有了一層塵埃。員警說朱銘琦可能是去了外地，或是回了老家，問羅明義還要不撤警，羅明義不放心，堅持要報警。

　　羅明義來到湖江邊，這裡曾是羅明義和朱銘琦來得最多的地方。羅明義一個人坐在湖江邊的石凳上，孤零零的有點冷寂。腳下，已經沒有了肥沃的水草，還不到深秋，那份蕭條彌漫在羅明義周圍，更添了一絲愁緒在心。遠處，一抹雲彩湧動著，不時變化著不同的圖形。山，長樂市最著名的那座山，就在河對岸，在雲彩下顯得青黛，朦朦朧朧，猶如就在眼前。正是下班高峰期，喧囂的市區雜亂無章。

　　馬路上，人流如織，車輛如織。


　　　　二〇〇九年五月一稿於長沙，八月修改於岳陽

國家圖書館出版品預行編目資料

高考 / 傅春桂著. -- 初版. -- 臺北市：博客思, 2018.09
面； 公分. -- (現代文學；46)
ISBN 978-986-95955-4-4(平裝)

857.7    107004402

現代文學46

# 高　考

作　　者：傅春桂
編　　輯：楊容容
美　　編：楊容容
封面設計：陳勁宏
出 版 者：博客思出版事業網
發　　行：博客思出版事業網
地　　址：台北市中正區重慶南路1段121號8樓之14
電　　話：(02)2331-1675或(02)2331-1691
傳　　真：(02)2382-6225
E－MAIL：books5w@gmail.com 或 books5w@yahoo.com.tw
網路書店：http://bookstv.com.tw/　http://store.pchome.com.tw/yesbooks/
　　　　　三民書局、博客來網路書店 http://www.books.com.tw
總 經 銷：聯合發行股份有限公司
電　　話：(02) 2917-8022　傳　真：(02) 2915-7212
劃撥戶名：蘭臺出版社 帳號：18995335
香港代理：香港聯合零售有限公司
地　　址：香港新界大蒲汀麗路36號中華商務印刷大樓
　　　　　C&C Building, 36,Ting, Lai, Road, Tai,Po, New,Territories
電　　話：(852)2150-2100　傳　真：(852)2356-0735
經　　銷：廈門外圖集團有限公司
地　　址：廈門市湖里區悅華路8號4樓
電　　話：86-592-2230177　傳　真：86-592-5365089
出版日期：2018年 9 月 初版
定　　價：新臺幣　280元整（平裝）
I S B N：978-986-95955-4-4